**Impressum**

1. Auflage 2021



Lektorat: Mark Lustig
Umschlag und Satz: JaKe Production, Oberkochen/SchwäbischGmünd
Druck: Druckerei Bieg, Aalen-Unterkochen
Covermotiv: Foto © Florian Kenntner
Autorenfoto: Foto © Karin Krüger

www.sandragottwaldt.com

**Das Buch**

Der Erstroman von Sandra Gottwaldt erzählt eine Geschichte, wie sie nur das echte Leben schreibt, und so läuft auch bei den Protagonisten nicht immer alles glatt. Wir können uns eben nicht aussuchen in wen wir uns verlieben oder auch nicht. Wir haben nicht auf alles Einfluss und können auch nicht abschätzen, wie Menschen sich gegenseitig beeinflussen. In dem Roman „Du hast mich" kann der Leser viele verschiedene Perspektiven einnehmen und wer genau hinsieht, wird die ganz große Liebe vielleicht zwischen den Zeilen entdecken.

**Die Autorin**

Sandra Gottwaldt wurde am 10.11.1991 in Ellwangen (a.d. Jagst) geboren. Nach ihrem Abitur besuchte sie die Hochschule für öffentliche Verwaltung und Finanzen in Ludwigsburg. Heute lebt sie mit ihrem Ehemann und ihren zwei Kindern in Aalen. „Du hast mich" ist ihr erster veröffentlichter Roman.

ISBN: 978-3-00-071705-5

Roman

# Du hast mich

von

Sandra Gottwaldt

*»Ich möchte nur, dass meine Seite der Geschichte erzählt wird.«*
*(Kintpuash/Kientpoos / Captain Jack)*

# 1 Romantische Gefühle

*»Nicht die Dinge sind romantisch, weder Roman, noch Tisch, sondern wir.« (Erhard Blanck)*

Mit großen Schritten läuft Savannah schnell durch die noch menschenleeren Straßen. Die Luft um sie herum ist eiskalt und – anders als viele andere – liebt sie genau dieses Wetter. Sie liebt die klirrende Kälte, die mit einem sanften, fast zärtlichen Prickeln ihre zierliche Nase und die Wangen rot färbt, den Atem zu sichtbaren, kleinen Nebelschwaden formt und einen Moment der Stille schafft. Im spärlichen Licht der Straßenlaternen beobachtet sie das Spiel von Frost und Raureif, das die Luft glitzern lässt. Es scheint, als würden die winzigen Eiskristalle in der Luft zu Boden tanzen.

Savannahs dünne Beine beginnen vor Kälte zu zittern und so läuft sie noch ein wenig schneller. Die Backsteinhäuser zu beiden Seiten der Straße sind noch dunkel und sehen wie leblose, kalte Riesen aus, die darauf warten, dass sich ihre Bewohner aus den Betten schälen und sie mit Leben und Wärme erfüllen. Savannah biegt auf einen Fußgängerweg, der von unzähligen Bäumen und Sträuchern gesäumt ist, und sieht in der Ferne das imposante Gebäude der Ernest-Aggerty-Group. Eine bitterkalte Brise lässt ihre braungrünen, leicht asymmetrischen Augen tränen, zerzaust ihre aschblonden, langen Locken und färbt ihre kleinen Ohren noch ein wenig röter.

Der Weg wird zunehmend steiler und dennoch verringert sie das Tempo nicht. Das Bürogebäude, in dem sie seit vier Jahren arbeitet, ragt immer höher vor ihr auf. Sie verlangsamt ihre Schritte erst, als sie am Fuße der knapp einhundert Stufen steht, die zu dem Gebäude emporführen.

»SAVANNAH.«

Savannah dreht sich, etwas außer Atem geraten, um. Ihre beste Freundin, Cherry Emanueli, kommt so schnell es ihre kurzen

Beine zulassen auf sie zu getrippelt, eingehüllt in einen dicken dunkelgrauen Wintermantel, halbhohe schwarze Gummistiefel und eine rosafarbene Baskenmütze.

»Hey, na wie geht es dir?«, fragt Savannah wie gewohnt und schließt sie in eine kurze Umarmung, bei der ihr der vertraute Geruch von Vanille entgegenschlägt.

»Frag nicht«, antwortet Cherry verschnupft. »Es hat mich voll erwischt. Ich habe das ganze Wochenende flachgelegen.«

»Oh, nein. Das tut mir wirklich leid, Cherry«, antwortet Savannah und betrachtet die rauen Betonstufen vor sich.

Der Bodenfrost glitzert an einigen Stellen und das Tausalz knirscht unter ihren Füßen, als sie gemeinsam die Stufen nach oben steigen.

»Eigentlich hatte ich am Wochenende so viel vor.«

KNIRSCH

»Josy und ich wollten ...«

KNIRSCH

»... aber das konnte ich wirklich vergessen.« Cherry hustet.

»Fieber, Schüttelfrost, Halsschmerzen, Schnupfen, Husten ...«

KNIRSCH.

»Ich habe nichts ausgelassen.« Sie hält kurz inne und atmet schwerfällig. »So elendig habe ich mich schon lange nicht mehr gefühlt, Sav, und schuld daran ist dieses Wetter.«

Wieder schlägt Savannah eine frostige Brise ins Gesicht und sie schließt für einen kurzen Moment die Augen. Mit einem tiefen Atemzug füllt sie ihre Lungen mit der eisigen Luft. Sie ist durch und durch ein Kind des Winters.

»... diese Treppen bringen mich noch um«, hört sie Cherry neben sich schimpfen. »Wenn ich heute nicht so viel zu tun hätte, wäre ich im Bett geblieben.«

Cherry kramt ein Taschentuch aus ihrer Jackentasche und schnäuzt lautstark hinein. Savannah blickt wortlos zu dem tristen, grauen Betonblock vor ihnen. Ein Großteil der unzähligen Fenster ist noch tiefschwarz. Das Gebäude ragt unnachgiebig vor ihnen in der Dunkelheit auf. Es wirkt gnadenlos, wie es mit seinen scharfen Ecken und Kanten die weiche, friedliche Hügellandschaft des Hintergrundes durchbricht.

»Und wie war dein Wochenende?«, fragt Cherry.

»Genau genommen habe ich das Wochenende auch im Bett verbracht. Anders als du allerdings mit einem wunderbaren Buch.«

»Also hast du nichts Spannendes zu berichten? Nichts, weshalb mir die Kinnlade herunterklappen würde?« Savannah verbeißt sich eine spöttische Bemerkung zu Cherrys ›aufregender‹ Wochenendgeschichte und antwortet mit einem knappen »Nein«. Vermutlich meint Cherry nicht den Inhalt ihres Romans und mehr hat Savannah tatsächlich nicht zu erzählen.

»Bist du sicher?« Cherry schenkt ihr einen ihrer vielsagenden Blicke. Ihre großen schokoladenfarbenen Kulleraugen versuchen Savannah zu durchleuchten, während der kalte Wind Cherrys weiche, hellbraune Locken zur Seite bläst, um ihre zarten Wangenknochen zu entblößen. Stumm blickt Savannah zu Cherry und stellt fest, dass sie heute nicht so richtig schlau aus ihr wird.

»Na gut. Ehrlich gesagt habe ich eine Bitte an dich, Sav, und ich hoffe, du tust mir diesen klitzekleinen Gefallen.«

»Worum geht es?«

Statt einer Antwort presst Cherry ihre vollen Schmolllippen aufeinander und reißt ihre großen Augen noch ein Stück weiter auf. Es ist ihre Art, eine dramatische Pause einzulegen, bevor sie ihre Bitte endlich laut ausspricht: »Du müsstest mir eine Handynummer besorgen.« SO klitzeklein findet Savannah ihre Bitte nicht.

»Bevor ich ja sage, möchte ich wissen von wem.«

»Okay, also bist du bereit?«, fragt Cherry gedehnt und genießt die Spannungspause, die entsteht, bevor sie ihre vermeintliche Bombe platzen lässt, bei der Savannah sprichwörtlich die Kinnlade herunterklappen soll.

Wer könnte ihr den Kopf verdreht haben? Savannah fallen

spontan nur zwei mögliche Kandidaten für Cherry ein: Kash Lonaghan, der sportliche Schönling aus ihrer Abteilung, oder Moris Wanner, der Hobbygitarrist.

»Jetzt sag schon. Wer ist es?«, fragt Savannah genervt, als sie endlich die letzten Stufen emporgestiegen sind. Cherrys Gesichtsausdruck schwankt zwischen Belustigung und Geheimnistuerei. Savannah kann förmlich sehen, wie es in ihrem Kopf rattert und Cherry sich sekündlich fragt, ob sie es sagen soll oder nicht.

»Logan Adams«, kiekst Cherry aufgeregt. Savannah prallt im selben Moment mit voller Wucht gegen die Flügeltür des Eingangsbereiches und noch bevor ihr tatsächlich die Kinnlade herunterklappen kann, raubt ihr ein dunkler Sog das Bewusstsein.

»Scheiße, ist das kalt.« Logan tritt aus der Haustür und zieht den Schal ein wenig enger um seinen Hals. Er ist noch nicht weit gekommen, als das Telefon in seiner Manteltasche klingelt.

»Ja?«, meldet er sich knapp.

»Hast du einen Moment?«, schallt ihm Jordans Stimme entgegen.

»Was gibt es?«

»Ich habe dir doch erzählt, dass ich gestern ein Date hatte.«

»Ja?« Ist das sein Ernst? Um acht Uhr am Morgen muss er ihm davon erzählen?

»Es ist der absolute Wahnsinn gewesen«, sagt Jordan aufgeregt. »Wir haben uns auf Anhieb wie blind verstanden. Die Chemie hat einfach direkt gestimmt. Weißt du, was ich meine?« Logan muss sich beherrschen und versucht, seinem Freund ernsthaft zu antworten.

»Das freut mich sehr für dich. Stellst du mir die Glückliche irgendwann vor?«

»Auf jeden Fall. Du wirst sie mögen. Sie ist witzig, schlau und wahnsinnig attraktiv.«

›Ist das nicht jede?‹, fragt sich Logan stumm. Am Anfang, wenn alles noch rosarot, frisch, neu und aufregend ist, wenn keiner

Fehler oder Macken hat. Außerdem ist Jordan auch ein Mann, der sich sehr leicht von einer Frau beeindrucken lässt. Aber Logan möchte jetzt nicht vorschnell urteilen. Vielleicht hat er ja wirklich sein Gegenstück gefunden. Logan würde es ihm wünschen.

»Jordan, ich muss jetzt Schluss machen. Ich bin gerade am Auto angekommen und fahre jetzt zur Arbeit.«

»Alles klar. Was machst du nach Feierabend? Wir könnten uns auf ein Bier bei mir treffen.«

»Ich melde mich bei dir.«

Ohne ein Abschiedswort legt Logan auf. Er schließt das Auto auf und lässt sich auf den Fahrersitz fallen. Er dreht den Schlüssel im Zündschloss herum. Der Motor beginnt zu schnurren und Logan fährt aus der Parklücke heraus. Wie nahezu jeden Morgen. Wie fast jeden Tag. Immer der gleiche Weg mit immer dem gleichen Ziel.

Kälte und Schmerz sind die ersten Gefühle, die Savannah durchströmen, als sie wieder zu Bewusstsein kommt. Schwerfällig versucht sie, die Augen zu öffnen und die zwei verschwommenen Gesichter zu erkennen, die über sie gebeugt sind. Der Waschbetonboden unter ihr fühlt sich wie eine riesige Eisscholle an und die Kälte versucht sich durch jede Ritze ihrer Kleidung zu zwängen. Ihr Kopf hämmert und fühlt sich an, als würde er gleich explodieren.

»Alles ok bei dir? Es tut mir so leid, Savannah. Ich habe dich nicht gesehen! Gerade habe ich noch an meine Tasche gedacht, die ich im Auto liegen gelassen habe und in der die Unterlagen sind, die ich am Wochenende noch einmal komplett überarbeitet habe, als ich die Tür von innen aufgestoßen habe... Ich versichere dir, dass es keine Absicht gewesen ist. Ich habe dich einfach nicht gesehen«, dröhnt es Savannah entgegen.

Sie konzentriert sich darauf, das verschwommene Bild vor sich scharf zu bekommen, und erkennt Naomi Ismaels geschocktes Gesicht, das – ähnlich wie Cherrys – blass und besorgt auf sie herunterblickt. Naomi fragt an Cherry gewandt:

»Glaubst du, wir sollten einen Krankenwagen rufen?«

Das lange, dichte schwarze Haar fällt in Naomis herzförmiges Gesicht und verdeckt eines ihrer hellbraunen, ovalen Augen. Savannah beobachtet, wie ihre blassen Lippen beim Sprechen die unterschiedlichsten Formen nachbilden, und erst dann kommen Naomis Worte bei ihr an.

»Es ist alles ok«, presst Savannah mit schmerzverzerrtem Gesicht hervor und winkt ab, als ob nichts passiert wäre. »Es geht mir gut«, lügt sie weiter und wundert sich gleichzeitig darüber, dass ihr Kopf noch an Ort und Stelle sitzt. Mühsam setzt sie sich auf und presst eine Hand gegen die pulsierende Stirn.

»Ich glaube, wir brauchen hier keinen Krankenwagen. Unserem Dickkopf ist schon nichts passiert, die hält einiges aus«, lacht Cherry unbekümmert und hilft Savannah auf die Beine.

Alles beginnt sich zu drehen. Cherry ringt mittlerweile um ihre Fassung, schafft es aber nicht, das aufkeimende Lachen zu unterdrücken. Während Cherry mit einem schadenfrohen Kicheranfall kämpft, blickt sich Savannah schnell um. Außer Cherry, Naomi und zwei anderen Männern, die sie nur vom Sehen kennt, hat niemand mitbekommen, wie sie mit voller Wucht gegen die Tür gelaufen ist.

Nachdem Savannah noch etwa tausendmal versichert hat, dass wirklich alles in bester Ordnung ist, betritt sie mit Cherry das schmucklose Bürogebäude. Das Hämmern in ihrem Kopf wird immer lauter. Savannah befühlt erneut ihre Stirn und ertastet eine kleine pochende Wölbung oberhalb ihrer Augenbraue. Es tut einfach unfassbar weh.

»Kannst du mir jetzt eigentlich die Nummer besorgen?«, will Cherry unvermittelt wissen. »Du hast dein Bewusstsein verloren, bevor du mir eine Antwort geben konntest.«

»Nummer?« Savannah versucht den Schmerz auszublenden, um sich zu erinnern, was vor dem Aufprall passiert ist.

»Logan? Hallo? Erde an Savannah? Brauchst du vielleicht doch einen Krankenwagen? Ist gerade da oben etwas kaputt gegangen?« Ihre Stimme hallt schrill in Savannahs Kopf nach und langsam beginnt sie sich zu erinnern. Die erste Frage, die sich Savannah gegen ihren Willen aufdrängt: warum ausgerechnet er?

»Und? Was ist jetzt?«, bedrängt Cherry sie weiter.

»Ja. Ich versuche dir die Nummer zu besorgen«, sagt Savannah erschöpft. Sie kann kaum einen klaren Gedanken fassen. Ihr Kopf hämmert ununterbrochen und unter den Schmerz mischt sich das Bild eines Paares eisblauer Augen.

Cherry und Savannah treten durch die große apricotfarbene Tür und vor ihnen erschließt sich ein großer Raum mit einer weitläufigen Fensterfront. Das Großraumbüro, das aus vielen kleinen, einzelnen Tischnischen besteht, die wenigstens einen Hauch von Privatsphäre schaffen sollen, ist noch wie ausgestorben. Ganz hinten befindet sich ein mit einer Glaswand abgetrennter Raum mit einem großen Konferenztisch, an dem Meetings und Teambesprechungen stattfinden. Zügig geht Savannah zu ihrem Schreibtisch und zieht die oberste Schublade heraus. Nach kurzer Suche wird sie fündig und drückt eine Tablette aus ihrer Verpackung.

»Was machst du da?«, fragt Cherry hinter ihr.

»Ich nehme eine Schmerztablette, Cherry. Nach was sieht es denn aus?«, fährt sie sie strenger an als gewollt. »Es tut mir leid, aber mir platzt fast der Schädel.« Savannah holt eine Limonade aus ihrer Tasche und spült die Tablette mit einem großen Schluck hinunter.

»Schon okay. Nach meinem Wochenende kann ich das nur zu gut nachvollziehen. Du bist ja auch ordentlich gegen die Tür geprallt«, lenkt Cherry sanft ein. »Bist du dir sicher, dass du nicht doch besser zu einem Arzt gehen willst?«

»Es ist alles gut«, sagt Savannah abweisend und drückt auf den Power-Knopf ihres Computers. Damit ist das Gespräch für sie beendet und während sie sich aus ihrer Jacke schält, geht auch Cherry zu ihrem Schreibtisch auf der anderen Seite des Raumes.

Savannahs Kopf fühlt sich an, als würde in ihm ein Presslufthammer sein Unwesen treiben, während sie die Post durchgeht und der Computer langsam Fahrt aufnimmt. Sie setzt sich auf ihren Schreibtischstuhl und betet stumm, dass das Schmerzmittel so schnell wie möglich seine Wirkung entfaltet. Zur Sicherheit nimmt sie noch eine Tablette. Nach fünfzehn scheinbar endlosen Minuten lässt das Hämmern in ihrem Kopf endlich nach. Sie beginnt ihre Mails durchzugehen, als Logan Adams durch die Bürotür tritt und ihr zur Begrüßung kurz zunickt.

›Auf in einen neuen Montagmorgen‹, denkt Logan, bevor er mit undurchdringlicher Miene die Tür des Großraumbüros aufstößt. Sein Blick fällt zuerst auf Savannah, die ihn anstarrt, als wäre er ein Außerirdischer. Er nickt ihr zur Begrüßung kurz zu. Doch von ihr kommt keinerlei Reaktion, was ihn allerdings nicht verwundert. Sie kann manchmal ein wenig seltsam sein.

»Morgen«, flötet Cherry ihm entgegen und er versucht ein freundliches Lächeln zustande zu bringen. »Wie war dein Wochenende, Logan?«

»Danke, gut«, antwortet er knapp und setzt sich, hinter Cherry, an seinen Schreibtisch. Er wird sie ganz gewiss nicht fragen, wie ihr Wochenende gewesen ist und da kann sie ihn noch stundenlang mit ihrem Hundeblick anstarren. Cherry wendet sich wieder ab und richtet ihren Blick nach vorne auf ihren Bildschirm. Während sein PC hochfährt, nimmt er aus den Augenwinkeln eine Bewegung wahr. Er dreht den Kopf und beobachtet, wie Savannah sich wieder kerzengerade auf ihren Stuhl setzt. Ist sie gerade fast von ihrem Stuhl gekippt? Oder hat er sich das nur eingebildet?

»Hey, Cherry. Ist mit Sav alles in Ordnung?«, fragt Logan leise. Als ihre beste Freundin wird sie ihm das sicher beantworten können.

»Ach ja, der geht es gut. Sie ist vorhin nur kurz ohnmächtig gewesen, nachdem sie gegen die Eingangstür gelaufen ist.« Cherry unterdrückt ein Kichern und schlägt sich eine Hand vor den Mund.

»Ups. Das hätte ich jetzt, glaube ich, nicht sagen sollen. Sag ihr bitte nicht, dass ich dir das erzählt habe.« Logan nickt abwesend und beobachtet Savannah weiter. Als sie den Kopf zur Seite wendet, meint er tatsächlich so etwas wie eine Beule knapp über ihrer Augenbraue erkennen zu können. Aber aus seiner Perspektive ist das ziemlich schwer zu sehen. Sie blickt zu ihm herüber und etwas in ihrem Blick macht ihn stutzig. Hat sie vielleicht eine Gehirnerschütterung? Cherry hat doch gerade gesagt, dass sie in Ohnmacht gefallen ist. Das klingt nicht nach etwas, das man einfach so abtun sollte. Aber das ist nicht sein Problem. Konzentriert richtet er seinen Blick wieder auf den Bildschirm und versucht seine Umgebung vollkommen auszublenden.

›Nicht mein Problem‹, ermahnt er sich streng.

Irgendetwas stimmt nicht mit ihr. So viel ist sicher. Sie kann kaum einen klaren Gedanken fassen. Ihr Bildschirm erinnert sie an eine Wasseroberfläche, die bei jedem Buchstaben, den sie eintippt, eine kleine Welle schlägt. Immer wieder verschwimmt alles vor ihren Augen. Sie greift nach der Tablettenverpackung, kann aber die kleinen Striche darauf nicht zu sinnvollen Worten zusammensetzen und gibt es auf. Sie sieht zu der Fensterfront und ihr Blick begegnet den hellblauen Augen von Logan. Ob er weiß, wie schön seine Augen sind? Er sieht sie fragend an. Ihr Mund verzieht sich zu einem breiten Lächeln, doch er wendet sich ohne eine Erwiderung ab. Ernst und konzentriert blickt er in das helle Licht seines Bildschirmes. Savannah kann den Blick nicht von ihm abwenden. Es ist, als würde jemand einen Scheinwerfer auf ihn richten. Das Bildschirmlicht reflektiert in seinen Augen und in seinem Gesicht entsteht ein Spiel aus Licht und Schatten, mit hellen weichen Formen und dunklen Konturen. Wieder hebt Logan den Kopf und sieht zu ihr herüber. Es ist, als wäre der ganze Raum plötzlich elektrisch aufgeladen. Ihre Blicke verhaken sich ineinander und bilden ein unsichtbares Band. Mit aller Macht wendet sie sich von ihm ab und versucht sich ihre persönliche Regelliste in Erinnerung zu rufen. Die Liste ist überschaubar, enthält lediglich drei einfache Regeln und dennoch fällt es ihr schwer, sich an diese zu halten. Zumindest gerade jetzt in diesem Augenblick. Sie tippt ein weiteres Wort in den Computer und der Bildschirm schlägt wieder leichte, weiche Wellen, die sie in eine Art Bann zu ziehen scheinen.

»Ist alles in Ordnung bei dir?«, hört sie Logans ruhige Stimme neben sich fragen und zuckt erschrocken zusammen.

»Ja-ha«, antwortet sie gedehnt und starrt ihn an. Der erste Punkt auf ihrer Liste ist: Verliebe dich auf keinen Fall in jemanden, der bei der Ernest-Aggerty-Group arbeitet, außer du hast bereits einen neuen Job!

»Du hast da eine ordentliche Beule am Kopf.«

»Ich bin gegen die Eingangstür gelaufen.« Logan geht in die Hocke und begutachtet die Stelle oberhalb ihrer Augenbraue. Der zweite Punkt auf ihrer Liste lautet: Verliebe dich auf gar keinen Fall in jemanden aus deiner Abteilung (ohne Ausnahme)!!

»Sowas passiert auch nur dir.« Seine Stimme klingt angenehm warm und ist ihr in all den Jahren unheimlich vertraut geworden.

»Alles ok bei euch?«, erkundigt sich Cherry laut, ohne sich von ihrem Platz zu erheben. Savannah nickt geistesabwesend, während sie jeden Zentimeter seines Gesichts genauestens mustert.

»Hast du Schmerzen?«, fragt Logan.

»Nein, ich habe vorhin ein paar Tabletten genommen und seitdem geht es mir gut.«

»Was hast du denn genommen?« Savannah reicht ihm brav die Tablettenverpackung. »Gibt es dazu noch den Beipackzettel?«

»Nein.«

»Du kannst doch nicht einfach irgendwelche Medikamente nehmen. Wie viele hast du genommen?« Ihre Gedanken schweifen zu Punkt drei auf ihrer Liste.

»Das sind nicht irgendwelche Medikamente. Die hat mir mein Hausarzt verschrieben und ich habe wirklich höllische Kopfschmerzen gehabt.«

»Wie viele, Sav?«

»Gibt es ein Problem?«, schrillt Cherrys Stimme erneut durch das Zimmer.

»Ich habe zwei genommen.«

»Weißt du, was das für Tabletten sind, die Savannah gegen ihre Kopfschmerzen genommen hat, Cherry?« Logan dreht sich zu Cherry um, die nur mit den Schultern zuckt.

»Na wunderbar«, stöhnt er leise und Savannahs Blick bleibt an seinen herzförmig geschwungenen Lippen hängen. Diese Liste hat sie bereits vor drei Jahren geschrieben und bewahrt sie unter ihrem Bett in einer kleinen Schuhschachtel auf. Sie erinnert sich noch ganz genau an die letzte Zeile dieser Liste, die sie mit einem giftgrünen Stift geschrieben hat und die lautet: Vergiss Logan Adams!!!

»Eigentlich ist es doch egal, was darin ist. Wichtig ist, dass es hilft und das tut es. Meine Kopfschmerzen sind verschwunden. Ihr könnt jetzt in Ruhe weiterarbeiten. Mir geht es bestens.« Ihre Stimme klingt kalt und abweisend.

»Du siehst aber nicht nach ›bestens‹ aus, Sav. Wäre es nicht besser, wenn du nach Hause gehst?«

»Nein, ich habe heute noch einiges zu tun.« Sie sieht überall hin, nur nicht zu ihm.

»Das ist einfach nur unvernünftig. Du solltest zu einem Arzt. Vielleicht hast du eine Gehirnerschütterung.«

»Ich bin erwachsen und entscheide das selbst.« Trotzig wendet sie sich von ihm ab. Es ist besser so. Ganz bestimmt.
Savannah starrt auf die Pinnwand hinter ihrem Bildschirm und entdeckt, dass ein Zettel heruntergerutscht ist und ein Foto von Cherry und ihr verdeckt. Sie beugt sich vor und begutachtet den gelben Post-it. Es dauert eine Weile, bis die Worte in ihrem Kopf Sinn ergeben. Es ist ein Zitat, das sie noch nie zuvor gehört hat, und sie fragt sich, was es an ihrer Pinnwand macht.

***»Manche können ohne gute Vorsätze nicht leben. Aber mit ihnen noch weniger. (Erhard Blanck)«***

Savannah murmelt die Worte leise vor sich hin. Sie blickt zu Cherry. Hat sie ihr den Zettel an die Pinnwand geklebt? Cherry. Sie hat ihr versprochen die Handynummer von Logan zu besorgen. Savannah blickt zu den beiden und fragt sich, wie sie das fände, würden die beiden womöglich ein Paar. Vielleicht wäre das sogar besser für sie. Für sie und auf jeden Fall für ihre Liste. Sie wird Cherry diese Nummer besorgen. Die Frage ist nur: wie?

Savannah versucht ihre Gedanken zu sortieren und obwohl die Lösung wirklich nicht einfacher hätte sein können, braucht sie sage und schreibe zehn Minuten, bis es ihr einfällt. Hochkonzentriert drückt sie auf den ›Nachricht verfassen‹-Button und wählt Michael Fall als Empfänger aus. Michael ist Savannahs Chef und – wie es der Zufall so will – auch Logans Cousin. Wieder beginnt der Bildschirm, vor ihren Augen leichte Wellen zu schlagen.

`Guten Morgen, Michael,`

tippt Savannah konzentriert, während unzählige kleine Wellen ihren Bildschirm in Bewegung bringen.

`Hattest du ein schönes Wochenende?`

Sie hält inne, bis die Bildschirmoberfläche wieder glatt ist. Sie kann nicht anders und muss sich ein Lachen verkneifen. Was für eine verrückte und doch irgendwie auch witzige Situation.

`Können wir nachher kurz die anstehenden Termine für diese Woche –`

als hätte sie zwanzig Kieselsteine auf einmal in einen zuvor ruhigen See geworfen –

`abgleichen und besprechen, wann wir die nächste Teamkonferenz ansetzen wollen?`

Immer wieder vertippt sie sich und muss abwarten, bis sie wieder klar sehen und fortfahren kann.

`Kannst du mir die Handynummer deines Cousins geben? Danke dir. Bis später. Sav.`

Erleichterung durchströmt Savannah, als sie endlich den Button ›Nachricht versenden‹ anklickt. Sie atmet tief durch und hofft, dass die berauschende Wirkung der Tabletten bald nachlässt. Sie wendet sich nun einem ihrer aktuellen Projekte, der Aufstellung einer Marketingstrategie für ein brandneues Schmuckunternehmen, zu. Und auch wenn sie nicht wirklich schnell vorankommt, hat sie nach einer weiteren Stunde das Gefühl, sich langsam wieder etwas normaler zu fühlen.

Als Michael später zur Tür hereinkommt, ist sie so in die Arbeit vertieft, dass sie die E-Mail an ihn schon längst wieder vergessen hat. Auch das mittlerweile emsige Treiben im Büro blendet sie aus. Sie fährt gerade mit der Ausarbeitung der Internetseite der eigenen Firmenhomepage fort, als sich Kash zu ihr gesellt. Kash Lonaghan ist ein großer, durchtrainierter Mann. Er hat ein leicht vorstehendes Kinn, ziemlich kleine dunkle Augen und dunkelbraunes Haar. Aktuell trägt er einen Dreitagebart, der ihm überaus gut steht. Er ist spezialisiert auf Grafik und Design und sein Spektrum reicht von sehr abstrusen bis hin zu wahnsinnig kreativen und einzigartigen Ideen. Er würde, rein optisch, wirklich sehr gut zu Cherry passen.

»Savannah, bist du schon an der Internetseite dran?«

»Ich sitze gerade an der Ausarbeitung.«

»Ok. Also ich habe schon ein paar Bilder zusammenbekommen, aber irgendwie bin ich noch nicht zufrieden. Nichts ist bisher für ein gutes Logo zu gebrauchen.« Er zieht abschätzig eine Augenbraue in die Höhe.

»Ich habe Michael bereits eine Mail geschrieben, um die nächste Teamkonferenz festzulegen. Da können wir doch nochmal über das Thema sprechen.«

»Hättest du mich nicht in CC nehmen können?« Er klingt verärgert.

»Ähm... entschuldige, ich habe nicht daran gedacht. Nächstes Mal nehme ich dich in den Verteiler mit auf. Versprochen.«

P L O P.

Auf Savannahs Bildschirm erscheint ›Nachricht von Michael‹ und natürlich sieht Kash es auch.

›Nur die Wellen, die sich um den Text ›Nachricht von Michael‹ bilden, kann er nicht sehen‹, denkt Savannah bei sich und versucht, nicht darüber zu lachen.

»Willst du die Nachricht nicht öffnen?«, fragt er, während er sich zu ihr herunterbeugt und abwartend auf den Bildschirm starrt. In Savannahs angeschlagenem und noch immer etwas benebeltem Kopf arbeitet es auf Hochtouren. Was soll sie ihm sagen?

»Hör mal zu, Kash, ich bin gerade mitten in einer wichtigen Zusammenstellung von Produktbeschreibungen. Ich habe eben eine wirklich gute Idee gehabt, die ich mir gerne noch schnell notieren möchte, bevor ich sie vielleicht wieder vergesse.« Angestrengt starrt Savannah auf ihre Tastatur. Was soll sie jetzt eintippen? Kash neben ihr blickt gespannt auf ihren Bildschirm. Ihr Kopf ist wie leergefegt. Sie ist einfach die schlechteste Lügnerin auf der Welt.

»Gibt es da etwas, was ich nicht wissen soll?«

»Was? Nein!« Savannah reißt ertappt die Augen auf und wünscht sich sofort, sie hätte es nicht getan, denn eine Welle aus Schmerz schwappt durch ihren Körper, die ihr kurz den Atem stocken lässt. »Ich will es nur noch kurz zu Ende machen«, presst Savannah schmerzverzerrt hervor. »Ich bin gerade so im ... Thema ... du weißt schon ... und ich will ... jetzt nicht unterbrechen«, schließt sie lahm und langsam lässt der Schmerz wieder nach. Sie blickt an Kash vorbei zur Fensterfront und beobachtet den Graupelschauer draußen. Der Wind wirbelt die Graupeln in der Luft umher, während der Himmel einen hellgrauen Ton angenommen hat. Für einen kurzen Moment verliert Savannah sich bei diesem Anblick. Fasziniert von diesem Spiel der Natur.

»Logan, hast du einen Moment?«

»Wenn du mich schon wieder fragen willst, ob das Protokoll fertig ist, dann ist meine Antwort immer noch: Nein. Aber ich bin dran.«

»Eigentlich wollte ich dir nur sagen, dass sich jemand bei mir nach deiner Handynummer erkundigt hat.« Michael wartet gespannt auf Logans Reaktion, der sich nur gelassen in seinen Stuhl zurücklehnt und den Blick vom Bildschirm nimmt.

»Soll das ein Scherz sein?«

»Nein, ich habe es schwarz auf weiß. Soll ich ihr deine Nummer geben?«

»Okay, also nehmen wir mal an, dass es keiner deiner bescheuerten Scherze ist. Wem willst du meine Nummer geben?«

»Savannah.«

»Savannah?«

»Savannah Goats. DIE Savannah.« Michael deutet auf ihren lockigen Hinterkopf.

»Hör auf mich zu verarschen, Michael. Das ist echt nicht witzig.« Logan richtet sich ungläubig in seinem Stuhl auf. »Du verschwendest meine Zeit.«

»Dann sage ich ihr, dass du kein Interesse hast und ich ihr deine Nummer nicht geben darf?«, Michael sieht unerwartet ernst aus. »Du glaubst mir nicht, oder?« Er zückt sein Mobiltelefon und hält Logan das Display entgegen. »Lies selbst!«

Tatsächlich. Ein unkontrolliertes Lächeln huscht über Logans Gesicht, begleitet von unzähligen Fragen.

Allmählich lässt die Wirkung der Tabletten nach. Savannahs Blick ist wieder klarer, der Bildschirm flackert nur noch ab und an ein wenig, und sie kann sich endlich wieder einigermaßen vernünftig ihrer Arbeit widmen. Um Viertel nach eins taucht Cherry an ihrem Schreibtisch auf und sie gehen gemeinsam in die Cafeteria zum Mittagessen. Das Pochen in Savannahs Kopf nimmt immer weiter zu, doch sie versucht, es zu ignorieren. Cherry und sie finden etwas abgelegen einen freien Tisch und während Cherry den Platz besetzt hält, holt Savannah für sie einen einfachen, gemischten Salat und für sich eine Portion Pommes.

»Hast du sie schon?«, fragt Cherry, als Savannah ihr den Salat reicht. Es ist nicht schwer zu erraten, was Cherry meint und Savannah reagiert gereizt:

»Sehe ich aus wie ein Magier, der neben einem Kaninchen auch beliebige Handynummern aus dem Hut zaubern kann? Ich habe Michael gefragt und ich hoffe, dass er mir die Nummer nachher einfach so gibt. Keine Ahnung, was ich ihm sagen soll, wenn er mich fragt, warum ich die Nummer haben möchte.«

»Sag doch einfach, dass sie für dich ist«, antwortet Cherry leichthin und beißt in eine Tomate.

»Sonst noch irgendwelche Wünsche?« Savannah schüttelt leicht den Kopf, während sie ihre Portion Pommes mit reichlich Ketchup überschüttet.

»Oder du sagst, es ist etwas Geschäftliches. Zum Beispiel wegen der neuen Firmenhomepage?«

»Wieso willst du eigentlich seine Nummer?«

»Ähm, ist das nicht klar? Er sieht gut aus, ich sehe gut aus, warum also nicht mein Glück bei ihm versuchen? Ich finde ihn süß und denke, dass ich sogar ein bisschen in ihn verschossen bin. Er ist ja auch ein Leckerbissen.«

Genüsslich ersticht Cherry mit ihrer Gabel mehrere Salatblätter und schiebt sie in ihren breiten Mund. Während Savannah eine fettige Pommes isst, stellt sie fest, dass sie kaum einen Menschen kennt, der bei diesem Thema so gelassen reagiert wie Cherry. Cherry hätte genauso gut einen Kommentar über das Wetter machen können. Aber nein, sie redet über ihre Gefühle, als wäre es das Leichteste und Natürlichste auf der Welt. Unterschiedlicher könnten sie in dieser Hinsicht kaum sein. Gefühle sind für Savannah ein schwieriges Thema. Warum über etwas sprechen, das man selbst kaum fassen kann?

# 2 Befindlichkeiten

»Dieser Mantel ist grauenhaft. Du siehst darin wie ein ausgemergelter Kanarienvogel aus.«

»Annie!«

»Ich versuche lediglich zu verhindern, dass man dich anzeigt.« Annie Buzz sitzt in einem alten, längst durchgesessenen, geblümten Ohrensessel, trägt ein knöchellanges, lavendelfarbenes Nachthemd und starrt zu ihrer Nichte, die mit einem knallgelben Regenmantel in dem engen, vollgestellten Flur steht.

»Wegen was sollte man mich anzeigen?« Mabel überprüft ihr Aussehen noch einmal im Spiegel der wuchtigen Garderobe und findet nichts an sich auszusetzen. Die Farbe passt perfekt zu ihren dunklen, kurzen Haaren, den blauen Augen und lässt ihre Haut nicht ganz so blass wirken.

»Körperverletzung, Belästigung, Erregung öffentlichen Ärgernisses, ... brauchst du noch mehr?«

»Ich muss jetzt in den Verlag.« Sie beschließt, die Bemerkung ihrer Tante zu ignorieren, geht in das mit Büchern vollgestopfte Wohnzimmer, weicht auf ihrem Weg mehreren Stapeln alter Zeitungen aus und gibt ihrer Tante einen flüchtigen Kuss auf die Wange.

»Bei mir wird es heute Abend später. Kommst du solange allein zurecht?«

»Natürlich, ich komme seit fünfundachtzig Jahren allein zurecht und meine Lebensweisheit sagt mir, dass du viel zu viel arbeitest. Wie willst du jemals einen vernünftigen Mann kennenlernen, wenn du nur in deinem Büro sitzt? Schließlich wirst du auch nicht jünger. Wenn du so weitermachst, dann endest du noch wie meine gute Freundin Jane. Allein.« Mabel verdreht die Augen und kann sich ein lautes Stöhnen nicht verkneifen. Es ist immer das Gleiche. Annie greift nach ihrer Brille und der Tageszeitung, die neben ihr auf dem Beistelltischchen liegen, während sie fortfährt:

»Um Jane zu zitieren: ›***In neun von zehn Fällen sollte eine Frau lieber mehr Zuneigung zeigen, als sie verspürt.***‹ Vielleicht versuchst du es einmal damit.«

»Bei deiner Freundin Jane scheint es nicht funktioniert zu haben. Oder sie hat auf die Zehn gehofft.« Mabel geht in den Flur, nimmt ihre Tasche und hängt sie sich über die Schulter.

»Oder hat auch so einen scheußlichen Mantel getragen«, hört Mabel Annie sagen.

»Ich wünsche dir einen schönen Tag. Wenn irgendetwas ist, ruf mich an.«

»Mabel?«

»Annie, ich bin wirklich spät dran. Wenn ich mich nicht beeile, dann verpasse ich den Bus.« Stöhnend geht Mabel zurück ins Wohnzimmer, wo ihre Tante den Kopf etwas schief hält, um sie besser durch ihre dicken Brillengläser mustern zu können. Eine lange, graue Strähne fällt ihr ins Gesicht, als sie ernsthaft sagt:

»Ich liebe dich von ganzem Herzen, Kind, und will nicht sterben, ohne dich in guten Händen zu wissen.«

»Also erstens: Du stirbst nicht. Das erlaube ich dir nicht!«, sagt Mabel, während sie einen schnellen Blick auf ihre Armbanduhr wirft und stumm betet, dass sie den Bus noch bekommt. »Und zweitens treffe ich mich nach der Arbeit mit ... einem Mann. Vielleicht beruhigt dich das.« Annies bernsteinfarbene Augen beginnen zu leuchten. Durch die Brille wirken sie noch größer, als sie sowieso schon sind.

»Kenne ich ihn?«

»Oh, Annie! Ich muss wirklich los. Kann das nicht bis heute Abend warten?«

»Jeder Tag könnte mein letzter sein. Also rate ich dir, mir diese Frage zu beantworten. Vielleicht werde ich nachher, wenn du weg bist, für immer die Augen schließen. Dann wirst du dein ganzes Leben lang bereuen, dass dir deine Arbeit wichtiger gewesen ist als ich.«

»Du weißt genau, dass das nicht stimmt. Und er heißt Jordan. Zufrieden?«

»Oh.« Annie macht ein enttäuschtes Gesicht und schlägt die Zeitung auf.

»Was ist?«

»Naja, ich dachte irgendwie ... egal. Musst du nicht los?«

»Annie, was soll das jetzt? Du willst doch etwas sagen. Tu jetzt nicht so, als würdest du ausnahmsweise einmal in deinem Leben nicht deine Meinung sagen.«

»Ich dachte, du meinst einen anderen Mann«, sagt sie schlicht und zuckt mit den Achseln, während sie eine Seite der Zeitung umblättert und so tut, als wäre sie in einen Artikel vertieft.

»Wen meinst du?«

»Ich bin vielleicht alt und auch wenn ich eine Brille brauche, bin ich nicht blind. Denkst du, ich habe eure Blicke nicht gesehen?« Irritiert starrt Mabel ihre Tante an, die die Zeitung wieder heruntergenommen hat. Wovon spricht sie? »Ich kenne Jordan nicht und sicher ist er ein netter Mann«, setzt Annie fort, »aber eines weiß ich mit Sicherheit: Du siehst ihn ganz gewiss nicht so an wie ihn.« Wieder verschwindet ihr Gesicht hinter der Zeitung.

»Ich verstehe kein Wort. Wen, um Himmels Willen, meinst du?«

»Ich meine Paul. Paul Torn, der jeden Freitag nach mir sieht und für den du extra früher von der Arbeit nach Hause kommst. Den du ansiehst, als wäre er ein Heiliger. Jeden Freitag sehe ich, wie du ihn anstarrst, wenn du denkst, niemand würde es bemerken. Seit er zum ersten Mal den Fuß in unsere Wohnung gesetzt hat, hat er dir den Kopf verdreht. Ihr würdet wunderbar zueinander passen. Mit eurem sehr ausgefallenen Modegeschmack.« Annie mustert erneut Mabels Jacke. »Ich kann mich tatsächlich nicht entscheiden, welche Farbe ich scheußlicher finde, dieses grauenhafte Gelb«, Annie deutet auf Mabel, »oder das furchtbare Violett.«

»Ich denke nicht, dass Paul sich die Farbe seiner Pflegekleidung selbst aussuchen durfte.«

»Man kann sich aber seinen Arbeitgeber aussuchen. Ich weiß von meiner Freundin Gerda, dass ihr Pfleger ein angenehmes, zartes Mintgrün trägt. Aber das tut jetzt nichts zur Sache. Ich sage dir das jetzt aus Erfahrung: Welche Befindlichkeit auch immer dich abhält, dein Glück bei Paul zu versuchen, ich hoffe, du kommst zur Besinnung. Sonst wirst du deines Lebens nicht mehr froh, wenn du es nicht wenigstens versucht hast. Ich habe in meinem Leben nur einen einzigen Menschen so angesehen wie du Paul und ... es ist nicht dein Onkel Bert gewesen.« Mabel starrt ihre Tante irritiert an. »Kann ich jetzt endlich in Ruhe meine Zeitung lesen? Ich hoffe, Betty kommt heute pünktlich, um mir meine Haare zu machen. Sie ist in letzter Zeit wirklich sehr unzuverlässig. Es ist eine Zumutung. Mal kommt sie um neun und mal erst nach zehn«, wechselt Annie das Thema.

»Ich rede mit Betty, ok? Ich rufe sie gleich in der Mittagspause an und bitte sie, in Zukunft pünktlicher zu sein.«

Mabel ist vor vier Monaten in die Wohnung ihrer Tante gezogen, um sich um sie zu kümmern. Keiner aus der Familie hält es mit Annie länger als zehn Minuten im selben Raum aus und da Mabel kurz zuvor aus ihrer Wohnung geflogen ist, hat sie sich freiwillig gemeldet. Ihre Tante Annie hat Onkel Bert mit einundzwanzig Jahren kennengelernt und geheiratet. Gedankenverloren geht Mabel durch den Flur und greift nach ihrem Haustürschlüssel, der an einem rostigen, krummen Nagel neben der Tür hängt. Von wem hat ihre Tante gesprochen, als sie gemeint hat, es sei nicht Onkel Bert gewesen? Bevor Mabel geht, ruft sie noch:

»Bis heute Abend«, in Richtung Wohnzimmer, woraufhin Annie nur:

»Geh endlich!«, zurückruft, was ihre Schuldgefühle wieder schrumpfen lässt, und geht aus der kleinen, überfüllten Dreizimmerwohnung. Mabel eilt durch den schmalen Hausflur eine enge Treppe hinunter und tritt nach draußen. Wenn es eine Liebe auf den ersten Blick gibt, dann hat Mabel sie erlebt. Vor etwa drei Monaten.

Es hatte sie unzählige Stunden gekostet, ihre Tante zu einem

Pfleger zu überreden, der einmal die Woche nach ihr sehen und ein paar Übungen mit ihr machen sollte. Es war Freitagmittag, als Mabel völlig abgehetzt aus dem Büro kam. Annie saß – wie immer – mit einem perfekt frisierten Dutt in ihrem geblümten Sessel und sagte:

»Zu spät!«

»Entschuldige, ich habe es nicht früher geschafft. Heute war die Hölle ... «

»Ich meine doch nicht dich. Die Tatsache, dass du es rechtzeitig geschafft hast, grenzt an ein Wunder. Dieser Pfleger, den du mir aufgeschwatzt hast, sollte schon vor fünf Minuten da sein.« In dem Moment klingelte es auch schon und wenig später stand Paul vor Mabel in der Tür. Eine dunkelbraune, große Brille, schwarze, leicht zerzauste Haare und ein Dreitagebart.

»Hi, mein Name ist Paul Torn und ich möchte zu Ms. Appleby. Sie sehen allerdings nicht so aus, als ob sie einen Pfleger bräuchten.« Er lachte herzlich, während seine dunklen Augen vergnügt funkelten.

»Richtig. Es geht nicht um mich, sondern um meine Tante. Hallo, Mr. Torn. Kommen Sie doch herein.«

»Sie können gerne Paul zu mir sagen.«

»Sehr gerne. Ich bin Mabel.« Sie musste den Kopf leicht in den Nacken legen, um ihm ins Gesicht sehen zu können. Seine karamellbraunen Augen versprühten das pure Leben und Mabel erschloss sich seine Berufswahl. Der Geruch von Zedernholz und Orange stieg ihr in die Nase und blieb in der Luft, auch noch, als er schon längst an ihr vorbeigegangen war. Mehr hatte es nicht gebraucht und Mabel wusste, dass es um sie geschehen war. Bis sie zwei Wochen später wieder in der Realität ankam, als sie erfuhr, dass er in einer glücklichen Beziehung war.

Schnell eilt Mabel zur Bushaltestelle und erreicht gerade noch den Bus. Als sie Platz nimmt, kramt sie das Manuskript aus ihrer Tasche, das sie am Wochenende zu Tränen gerührt hat. Vermutlich hat sie die Liebe zur Literatur ihrer Tante Annie zu verdanken. Mit Glück wird sie heute ein Meeting mit dem Autor vereinbaren können und dann versuchen, ihn für den Verlag zu gewinnen. Er könnte ihr Durchbruch sein. Nach ganz oben. Sie will ihn und dieses Buch unbedingt. Der Bus hält und ein älterer Herr steigt ein. Obwohl der Bus komplett leer ist, setzt er sich neben Mabel und schlägt, laut schmatzend, ein Buch auf. Es ist *Stolz und Vorurteil* von *Jane Austen.* Annies gute Freundin Jane. SCHMATZ.

Savannah streicht sich eine widerspenstige Locke hinters Ohr, bevor sie sich von ihrem Stuhl erhebt. Konzentriert starrt sie auf das Tablet in ihrer Hand und scheint nichts anderes um sich herum wahrzunehmen, während sie nach hinten in das Konferenzzimmer geht. Logan weiß selbst nicht warum, aber er muss plötzlich an letzten Sommer denken. Ein früherer Kollege war gestorben und alle aus der Abteilung gingen auf seine Beerdigung. Logan saß während der Trauerfeier neben Savannah und neben ihr Dora Jenkins. Eine treue Kirchgängerin, wie sich herausstellte, als Dora während der Beerdigung leidenschaftlich in den schiefsten und schrägsten Tönen mitsang. Aus den Augenwinkeln bemerkte er, wie sich Savannah ihre Augen abtupfte. Was sollte er tun? Sie trösten? So tun, als hätte er es nicht gesehen?

»Alles in Ordnung bei dir?«, fragte er sie unsicher. Der Blick, den sie ihm zuwarf, genügte. Sie sah nicht traurig aus. Im Gegenteil. Sie lachte lautlos. Es war ihre Albernheit, die ihr die Tränen in die Augen trieb. Und das auf einer Beerdigung! »Sav, bitte reiß dich zusammen«, flüsterte er ihr zu.

*»Mother Mary comes to me ...«*, trällerte Dora unbarmherzig laut weiter. *»Let it be ...«*

»Ich versuche es doch«, wisperte Savannah und presste die Lippen fest aufeinander, damit ihr nicht doch noch ein Laut entschlüpfte. Logan betete bei jedem Lied, obwohl er absolut nicht gläubig war, dass die bebende Savannah neben ihm nicht doch noch laut losprustete.

»Da wäre ich jetzt gerne dabei.« Kashs eindringliche Stimme

reißt Logan zurück ins Hier und Jetzt. Kash tritt an seinen Schreibtisch heran und gemeinsam beobachten sie, wie sich Savannah zu Michael an den Konferenztisch setzt. »Savannah hat sich heute ... merkwürdig verhalten«, stellt Kash nachdenklich fest.

»Ist sie das nicht immer oder meinst du merkwürdiger als sonst?«

»Sie hat ein riesiges Geheimnis aus einer Mail von Michael gemacht.«

»Ach ja?« Logan lässt den Blick über seinen Bildschirm schweifen und stellt überrascht fest, dass Jennifer Barn ihm geschrieben hat.

»Heute Morgen bin ich zu Savannah gegangen, um sie über den aktuellen Stand meiner Arbeit in Kenntnis zu setzen. Während wir uns unterhalten haben, ist eine Mail von Michael ...« Was will Jennifer von ihm? Warum schreibt sie ihm? Er hat seit Wochen nichts mehr von ihr gehört. »... angeblich ist sie zu beschäftigt gewesen ...« Logan nickt gedankenverloren und öffnet die Mail. Sie ist ziemlich kurz.

Hey, Logan. Lange nichts mehr von dir gehört. Wie geht es dir? Hast du mal wieder Lust, etwas zu unternehmen? Ich habe dir so viel zu erzählen. Jen.

»Merkwürdig. Findest du nicht?«, hört er Kash enden.

»Hm«, gibt er nur von sich und Kash scheint es zu genügen, denn er setzt seinen Monolog unbeirrt fort:

»... Wer weiß, was die beiden gerade besprechen. Hast du gehört, dass Antonia Russel geht?«

»Nein.« Und es interessiert ihn auch nicht. Kash kneift seine schmalen Augen noch ein wenig enger zusammen und auch Logan wendet sich, angesteckt von seinem Blick, wieder dem Konferenzzimmer zu. Savannahs Wangen und Ohren sind leicht gerötet, während sie einen kleinen, weißen Zettel in der Hand hält. Im selben Augenblick landet mit einem leisen PLOP eine weitere Nachricht von Jennifer Barn in seinem Postfach.

»Hi, Michael.« Gedankenverloren setzt sich Savannah auf einen der unbequemen schwarzen Lederstühle. Durch die Fensterscheibe zum Großraumbüro sieht sie, wie Kash zu Logan an den Schreibtisch tritt. Als Logan sich zu ihr umdreht, richtet sie den Blick schnell auf Michael, der ihr ein knappes »Hi« entgegnet.

»Wegen des Termins«, beginnt Savannah und starrt auf den Kalender ihres Tablets. »Ich habe gerade nochmal alles aktualisiert und es kommen zwei Termine diese Woche in Frage. Nächste Woche ist komplett frei, allerdings hat Kash mich heute schon wieder wegen des Logos angesprochen. Deswegen würde ich ein Meeting diese Woche empfehlen – ... was ist das?«

»Die Nummer.« Michael wedelt mit einem kleinen Zettel herum. »Wofür brauchst du sie?«

»Naja, wofür braucht man eine Nummer?«

»Lass uns nicht um den heißen Brei reden und ich frage dich das jetzt nicht als dein Chef, sondern als ein Freund. Also nochmal: Was willst du mit Logans Nummer?«

»Ich will ihn ... nur ... etwas fragen.«

»Und warum fragst du ihn das nicht persönlich?«

»Du kennst doch Logan.«

»Also fragst du lieber mich nach seiner Nummer?« Michael lacht und schüttelt belustigt den Kopf.

»Warum denn nicht?«

»Irgendwie ist das schon komisch. Findest du nicht?«

»Wie meinst du das?« Nervös beißt Savannah sich auf ihre Unterlippe.

»Ihr kennt euch jetzt schon ... wie viele Jahre? Seid, soweit ich weiß, sogar gute Freunde? Und urplötzlich fragst du mich nach seiner Nummer? Wozu? Warum hast du seine Nummer nicht schon längst?« Michael lacht erneut unbefangen auf, während Savannahs Gehirn auf Hochtouren läuft.

»Ich dachte ..., dass ... ich dich fragen kann ..., ohne dass es kompliziert wird.«

»Also ist es zwischen Logan und dir kompliziert?«

»Nein.« Das Gespräch läuft alles andere als gut.

»Läuft da irgendetwas zwischen euch?«

»Nein!«

»Na gut, dann versuche ich es anders. Was willst du ihn denn fragen?« Michael sieht sichtlich amüsiert aus, was Savannah gerade so gar nicht teilen kann.

»Wenn ich gewusst hätte, dass du genauso nervig bist wie er, dann hätte ich dich ganz bestimmt nicht gefragt.«

»Tja, der Zug ist abgefahren. Jetzt hast du mich schon gefragt und ich muss zugeben, dass ich schon sehr neugierig bin. Warum gibst du es nicht einfach zu, Sav? Du stehst doch auf ihn.«

»Wie bitte?«

»Tu nicht so. Du hast mich schon verstanden. Es passiert quasi täglich.«

»Dass dich jemand nach Logans Nummer fragt?«

»Witzbold. Ich meine, dass sich viele Menschen am Arbeitsplatz kennenlernen und verlieben. Ist doch logisch. Schließlich sieht man sich jeden Tag, lernt sich immer besser kennen und schon passiert es. Schmetterlinge im Bauch. Man fühlt sich wieder wie fünfzehn. Steht jeden Morgen beschwingt auf und freut sich auf den Tag, weil man sich dann endlich wiedersieht. Schmachtende Blicke. Das volle Programm eben.«

»Da scheint ja der Profi aus dir zu sprechen.«

»Ich habe es bisher noch nicht erlebt, aber es gibt sogar eine sehr aussagekräftige Statistik dazu. Einige der Büro-Romanzen enden sogar in Ehen. Vielleicht ist es bei dir genauso. Wobei du ...« Michael hält kurz inne, bevor er hinzufügt: »jetzt nicht unbedingt sein Typ bist.« W U M S.

Michaels Bemerkung tut sehr viel mehr weh, als sie sollte.

»Das soll keine Beleidigung sein«, redet er weiter, »aber die Frauen, mit denen Logan sonst ausgeht, sind anders. Sie sind nicht so schlau wie du, nicht so zuverlässig und ganz bestimmt auch nicht so ordentlich. Die Frauen, die Logan kennenlernt, sind meistens eher die Kategorie ›wilder Feger‹. Du dagegen bist anständig und gewissenhaft. Willst immer alles ordnungsgemäß

geregelt haben und machst alles zu hundertundeins Prozent.«
Savannah hebt die Hand, um Michael zu bremsen. Sie hat genug gehört. Ihre Kehle ist wie zugeschnürt.

»Danke, Michael ... für all diese ... netten Worte«, presst sie hervor und zwingt sich zu einem Lächeln. »Ich denke, dass ich verstanden habe, was du mir sagen willst. Kann ich jetzt trotzdem seine Nummer haben?«
Michaels Worte verletzen sie bis ins Mark. Das sollten sie nicht.

»Vielleicht bist du ja auch ein wilder Feger«, sagt er und streckt ihr breit grinsend den Zettel entgegen. Am liebsten würde sie ihn in tausend Stücke zerreißen. Einfach nur um Michaels Gesicht dabei zu sehen.

»Ich habe Logan übrigens gesagt, dass du nach der Nummer gefragt hast.« Heute ist definitiv nicht ihr Tag. »Und er weiß, dass du sie genau in diesem Moment von mir bekommst.«
Savannah versucht gegen die Schamesröte anzukämpfen, die ihr unbarmherzig in die Wangen und Ohren kriecht. Kann ein Tag überhaupt noch schlimmer sein?

»Süß. Du brauchst nicht rot zu werden, heb dir das für Logan auf«, sagt Michael heiter und sie beantwortet sich ihre Frage selbst mit einem klaren Nein. »So und jetzt zu den Terminen.«

Er nimmt ihr das Tablet aus der Hand und schaut in den Kalender. Sie muss doch jetzt irgendetwas sagen! Das kann sie doch nicht einfach so stehen lassen!

»Können wir am Donnerstag das Teammeeting wegen der Homepage machen?« Als wäre nichts gewesen, fährt Michael chefmäßig fort: »Es ist ziemlich spontan, aber ich sehe keine andere Möglichkeit ...«

Was denkt Michael jetzt nur von ihr? Und wird er irgendetwas davon Logan erzählen? Allein bei dem Gedanken daran wird Savannah ganz schlecht. Sie muss noch irgendetwas sagen.

»... Ich würde nachher gleich eine Mail dazu herausgeben. Wir besprechen dann die Probleme ...« Sie starrt auf den Zettel in ihrer Hand und erkennt Logans feine, ordentliche Handschrift und fragt sich unweigerlich, ob die beiden über sie gesprochen haben. »Mit Sicherheit werden wir den ganzen Vormittag benötigen. Hast du irgendwelche besonderen Rückmeldungen? Ist die Ausarbeitung fertig?« Sie ist nicht sein Typ und trotzdem hat Logan diesen Zettel für sie geschrieben. Savannah muss machtlos feststellen, dass ihr bei dem Gedanken das Herz bis zum Hals hämmert und aus scheinbar jeder Pore ihres Körpers der Schweiß tritt.

»Savannah?«

»Ja?«

»Deine Ausarbeitung?« Sie muss das noch richtigstellen, aber ihr fällt einfach nichts ein und deshalb sagt sie nur:

»Ist so gut wie fertig. Spätestens morgen hast du sie auf deinem Schreibtisch.« Vielleicht regelt sich die Sache von selbst, sobald Cherry ihm geschrieben hat. Spätestens dann wird er wissen, warum sie Michael nach seiner Nummer gefragt hat.

»Sehr gut«, antwortet Michael, doch bei Savannah ist irgendwie gerade rein gar nichts gut. Geschweige denn sehr gut. Sie fühlt sich so schlecht wie schon lange nicht mehr. Ihre Gefühle fahren Achterbahn.

Dicke Schneeflocken bedecken die matschigen Wege mit einer zarten Schicht Neuschnee. Sie legen sich über die Spuren des Tages, sodass irgendwann nichts mehr von ihnen übrig ist. Als wären sie nie da gewesen. Alles wirkt dadurch wieder unberührt und rein. Savannah tritt aus dem Bürogebäude und atmet die kalte, schneidende Luft tief ein. Schnell geht sie die Stufen hinunter.

»Hier«, sagt Savannah knapp und legt Cherry den Zettel mit Logans Nummer auf den Tisch, bevor sie sich die Jacke auszieht und über den Sessel gegenüber von Cherry hängt. Wie jeden Montagabend sitzen sie in ihrem Lieblingscafé, dem Costello. Es ist ein kleines, altes italienisches Café mit orangefarbenen Wänden, gemütlichen Sesseln und unzähligen, kleinen Tischen aus Nussbaum. Das gedimmte Licht schafft eine warme Atmosphäre, während im Hintergrund leise die typischen italienischen

Lieder in Dauerschleife gespielt werden.

»He, das ging ja schneller als gedacht«, sagt Cherry und klingt überrascht. Savannah bestellt sich einen Latte Macchiato und lauscht dem weichen Gesang von *Umberto Tozzi*.

»Was willst du ihm schreiben?« Savannah versucht beiläufig zu klingen, während ein Kellner ihr den Latte Macchiato bringt, bevor er zum Nebentisch geht, wo er leise mitsingt: *»Ti amo. In sogno, ti amo ...«*

»Ach, ich weiß es noch nicht.« Die Art, wie Cherry das sagt, lässt Savannah aufhorchen und sie blickt zu ihrer Freundin. Erst jetzt bemerkt sie, dass die Nummer noch immer unberührt zwischen ihnen auf dem Tisch liegt.

»Du schreibst ihm doch, oder?«

»Kann dir eigentlich egal sein.« Cherry sieht sie feixend an.

»Ist es.« Nicht. Sie hätte vorhin doch noch irgendetwas zu Michael sagen sollen.

Der Kellner räumt den Nebentisch ab und wischt die Tischplatte kurz darauf mit einem Handtuch ab, während er beschwingt weiter singt: *»Ti odio e ti amo. È una farfalla ...«*

»Ist doch nur eine Nummer«, stellt Cherry fest und schnäuzt sich kräftig die Nase. Savannah wartet, bis sie das Taschentuch wieder eingesteckt hat, bevor sie sagt:

»Michael hat Logan gesagt, dass ich nach seiner Nummer gefragt habe.«

»Ja und? Darüber würde ich mir keine Gedanken machen. Es kann dir doch egal sein, was andere von dir denken.«

»Ich denke, dass ich Michael ... oder vielleicht doch direkt Logan ...«, Savannah legt eine kurze Pause ein und trinkt einen Schluck von ihrem Latte Macchiato, bevor sie fortfährt: »... einfach sage, dass ich die Nummer für dich geholt habe. Dann kann es uns gemeinsam egal sein, was andere von uns denken.« Erstaunlich flink nimmt Cherry die Nummer vom Tisch und steckt sie in ihre Tasche.

»Bleib locker«, sagt sie und grinst breit. »Ich werde ihm schreiben. Kann ja deinen Namen als Absender verwenden.«

»Wag es nicht.« Savannah hebt drohend einen Finger und muss jetzt selbst grinsen. Cherry ist eben ... Cherry. *»... e chiedo perdono ... Ti amo ...«*

Mit dem Handtuch über der Schulter und einem vollbeladenen Tablett schlendert der singende Kellner wieder an ihrem Tisch vorbei und geht durch eine Schwingtür in die Küche.

»Wie geht es deinem Kopf?«, wechselt Cherry das Thema.

»Besser.«

»Und deiner Schwester? Gibt es bei ihr irgendetwas Neues? Du hast schon lange nichts mehr von ihr erzählt.«

»Corry geht es gut. Sie hat einen neuen Job in einem Unternehmen für ... ich weiß es nicht mehr. Frag mich auch nicht, was sie dort genau macht. Sie hat auf jeden Fall irgendetwas von schwedischen Autoren und literaturwissenschaftlichen Aspekten erzählt«, erinnert Savannah sich mühselig.

Die Hintergrundmusik wechselt und *Gianna Nannini* singt *»bello, bello e impossibile ...«*.

Der Kellner tritt aus der Küche und geht zur Musikanlage, um die Musik ein wenig lauter zu machen. Zufrieden wiegt er sich leicht zur Musik und schließt für einen kurzen Moment die Augen. Er sieht glücklich aus.

S C H L Ü R F. Lautstark leert Cherry ihren Cappuccino. Der Kellner scheint es auch gehört zu haben und kommt schnell zu ihrem Tisch geeilt:

»Darf es noch etwas sein?« Sein italienischer Akzent ist nicht zu überhören.

»Ich würde noch einen Kräutertee nehmen«, sagt Cherry und strahlt den Kellner an.

»Sehr gerne. Kommt sofort.« Im Gehen hören sie ihn summen: *»... Con gli occhi neri e la tua bocca da baciare ...«*. Cherry beginnt eine Geschichte über ihre gemeinsame Freundin Josy zu erzählen, während Savannah dem Kellner nachblickt, der wieder hinter der Schwingtür verschwindet. So eine Schwingtür sollte es auch für das echte Leben geben, denkt sie und beobachtet das leichte Nachschwingen der Tür. Hin und her. Hin und her.

»Annie?«

»Ich bin nicht taub, falls du das denkst.« Annie steht mit einer Tasse Tee in der Küche.

»Ich habe Betty heute nicht erreicht«, gesteht Mabel erschöpft, setzt sich auf den Eichenstuhl in der winzigen Küche und sieht abwartend zu ihrer Tante, die zuerst einen Schluck Tee trinkt, bevor sie ihr antwortet:

»Betty hat ihre Arbeit heute wieder toll gemacht und sie ist sogar schon um halb neun da gewesen. Wie ist es mit deinem Schriftsteller gelaufen?«

»Der ist auch nicht zu erreichen gewesen. Nachdem ich es zehnmal auf seinem Handy versucht habe, eine Mail rausgeschickt und den Manager terrorisiert habe, könnte er jetzt auf jeden Fall sicher wissen, dass der Verlag Interesse hat.«

»Du hast alles gegeben. Mehr kannst du nicht tun.«

»Wie ist dein Tag gewesen?«, fragt Mabel müde und reibt sich die Augen.

»Genauso wie jeder andere Tag in den letzten Jahren. Möchtest du auch noch eine Tasse Tee, bevor du ins Bett gehst?«

»Nein, aber danke.« Mabel unterdrückt ein Gähnen.

»Geht es dir gut?«, fragt Annie weich.

»Das, was du heute Morgen gesagt hast, geht mir einfach nicht mehr aus dem Kopf.«

»Wenn du diesen Mantel endlich loswerden willst, dann kannst du auf mich zählen. Da ich keine Stufen mehr laufen kann, könnte ich ihn für dich aus dem Fenster werfen. Und wenn es um Paul geht, dann habe ich Neuigkeiten. Ich habe ihn heute angerufen und ich glaube, dass er sich mit seiner Freundin gestritten hat. Zumindest hat er erzählt, dass er am Wochenende nicht zu ihr fährt. Wenn du willst, dann könnte ich ...«

»Nein, danke. Warum hast du ihn angerufen?«

»Ich wollte ihn daran erinnern, am Freitag pünktlich zu sein.« Annie stellt ihre Tasse ab und stützt sich auf die Arbeitsplatte der Küchenzeile. »Mein Kreislauf ...« Mabel steht sofort auf und greift Annie unter die Arme.

»Komm, ich bringe dich ins Bett.«

»Danke, Mabel. Was würde ich nur ohne dich tun? Sei froh, dass du dir nicht vorstellen kannst, wie es ist, alt zu sein. Gefangen in einem Körper, der nichts mehr kann, während der Kopf noch immer zwanzig ist. Ständig von irgendjemandem abhängig zu sein. Das Alter nimmt einem fast alles und mir ist nur noch eines geblieben. Mein freier Geist. In meinem Kopf kann ich meine Fehler wieder gut machen. Ich kann mir vorstellen, dass die Menschen, die ich vermisse, wieder bei mir sind. Sehe mich wieder zum ersten Mal einen Jane-Austen-Roman lesen, während ich unter einer alten Weide sitze und die glücklichste Frau auf der Welt bin. Der warme Sommerwind streicht durch meine Haare und das Leben fühlt sich leicht an. Voller Möglichkeiten. Voller Optionen. Manchmal wünsche ich mir wirklich, nochmal so jung zu sein wie du.«

»Glaub mir, so toll ist das auch nicht immer.«

»Ich weiß.«

***»Jeder Tag ist ein kleines Leben – jedes Erwachen und Aufstehen eine kleine Geburt, jeder frische Morgen eine kleine Jugend, und jedes zu Bett gehen und Einschlafen ein kleiner Tod.« (Arthur Schopenhauer)***

# 3 Sehnsucht

*»Es gibt ein erfülltes Leben trotz vieler unerfüllter Wünsche.«*
*(Dietrich Bonhoeffer)*

Donnerstagmorgen. Savannah sitzt im Konferenzzimmer und beobachtet, wie nach und nach ihre Kollegen eintrudeln, ein knappes »Hallo« oder »Guten Morgen« murmeln, sich hinsetzen und ein paar Sekunden später wieder aufstehen, um sich doch noch einen Kaffee zu holen. Savannahs Beule hat mittlerweile die dritte von vier Farbetappen erreicht. Angefangen bei einem grellen Hellrot ist Etappe zwei ein intensives Lilablassblau gewesen, das sich über Nacht in einen frühlingshaften, zarten Grünton verwandelt hat. Es ist kurz vor acht Uhr. Savannah sieht nervös zu den Mappen, die vor ihr auf dem Tisch liegen und in denen fein säuberlich die Ausarbeitung liegt. Unruhig lässt sie ihren Blick durch den tristen Raum schweifen. Senfgelbe Wände, ein billiger, dunkelgrauer PVC-Boden, ein paar zusammengeschobene, wackelige Metalltische und, nicht zu vergessen, die schwarzen Lederstühle. Das einzig Schöne ist der Ausblick in die ruhige Winterlandschaft, die sich vor der weitläufigen Fensterfront erstreckt. Die Äste der Bäume verbiegen sich unter der Last der schweren Schneedecken, die sich in der letzten Nacht auf sie niedergelegt haben. Eiszapfen bilden sich an den Dachrinnen der Häuser, während alles in einem Meer aus Weiß zu ertrinken scheint.

»Morgen.« Kash betritt mit schweren Schritten den Raum, lässt sich geräuschvoll gegenüber von Savannah in einen Lederstuhl fallen und beginnt eine Unterhaltung mit Vincent Korky. Vincents weiche, dunkelbraune Locken fallen ihm leicht in die Stirn, umspielen seine sanften Gesichtskonturen und betonen die rehbraunen Augen. Sein auf den ersten Blick gutmütiges Äußeres ist irreführend. Wenn ihm etwas nicht gefällt, ein Konzept nicht klar durchdacht ist oder irgendwelche Unsicherheiten erkennbar sind, dann findet er immer klare Worte. Er ist gnadenlos. Obwohl er sich nicht gerade ein Bein ausreißt, wird seine Meinung von allen geschätzt. Auch von ihr. Savannahs Blick schweift zurück zu dem Stapel vor sich und sie hofft, dass ihre Arbeit seinem Urteil standhält. Ihr Blick wandert zur Tür und sie beobachtet wie Cora Davy und Daniel Sanders, kurz bevor sie zur Tür hereinkommen, ihre Hände loslassen. Sie hat nicht gewusst, dass die beiden ein Paar sind.

»Hallo, alle zusammen.« Naomi stürmt an den beiden vorbei in den Raum. Abgehetzt und völlig außer Atem nimmt sie neben Savannah Platz.

»Wie geht es dir, Sav?« Michael betritt den Raum und Naomis Kopf schnellt zu ihm, während das allgemeine Geplauder langsam verstummt.

»Entschuldigt meine Verspätung. Aber es hat noch Probleme gegeben, die wir zum Glück lösen konnten. Dennoch kann heute keiner aus der Chefetage dabei sein. Aber das ist nicht ...«, sagt Michael in die Runde.

»Danke. Es geht mir – «, setzt Savannah zu einer leisen Antwort an, die von Naomi mit einem scharfen »Pst« im Keim erstickt wird. »... schlimm, denn Logan«, Logan tritt hinter Michaels Rücken hervor und schlendert lässig in den Raum. »... wird alles Wichtige notieren und weitergeben. Er ist bestens mit dem Projekt vertraut, weiß worauf zu achten ist und kann uns sagen, wo wir noch mehr ins Detail gehen sollten, damit auch unsere Vorgesetzten von der neuen Verfahrensweise überzeugt sein werden.«

»Hast du gewusst, dass Daniel und Cora zusammen sind?«, fragt Savannah Naomi.

»Nein. Aber jetzt weiß ich es.« Naomi zieht abschätzig die Augenbrauen in die Höhe, bevor sie hinzufügt: »Also ich weiß nicht. Das wäre nichts für mich. Auch noch ein Arbeitskollege. Was findet sie nur an ihm?«

»Geht es dir wieder besser?«, hört Savannah die vertraute Stimme von Logan neben sich fragen und beobachtet, wie er neben ihr Platz nimmt. »Wegen deiner Stirn«, fügt er hinzu, als er ihren ratlosen Blick bemerkt, während er mit dem Stuhl näher an den Tisch heranrückt.

»Ach, das. Mir geht es gut. Danke«, sagt Savannah ein wenig zu hastig. Unweigerlich fragt sie sich, ob Cherry ihm schon geschrieben hat.

»Ist ja doch eine ordentliche Beule geworden.« Seine blauen Augen betrachten für einen Moment die Stelle oberhalb ihrer Augenbraue, bevor sie wieder zurück in ihre Augen blicken. Kleine graue Splitter durchziehen das kühle Blau seiner Iris und sehen aus wie winzige Eiskristalle. Sie kann den Blick kaum von ihm lösen und erinnert sich an den Tag zurück, als sie ihn das erste Mal gesehen hat.

Bei einer großen Versammlung der Ernest-Aggerty-Group rief Marc Spinner in der Pause zu ihr herüber:

»Hey, Savannah!« Savannah blickte ihn irritiert an, denn Marc hatte noch nie zuvor auch nur ein Wort mit ihr gewechselt. Er arbeitete in der Finanzabteilung, mit der sie zum Glück nicht allzu viel zu tun hatte. »Lust auf ein Date?«, rief er ihr damals zu. Ein paar Kollegen um sie herum unterbrachen ihre Gespräche. Vereinzeltes Gelächter drang an Savannahs Ohren und sie wandte sich ab.

»Was ist jetzt?«, hörte sie Marc kurz darauf wieder rufen. Sie hob lediglich einen Finger in die Luft, der Antwort genug auf seine Frage sein sollte. Noch mehr Gelächter und auch Marc begann schallend zu lachen. Plötzlich tippte ihr jemand auf die Schulter.

»Was ist denn?«, hatte sie genervt gefragt, bevor sie den Kopf drehte. Vor ihr stand ein Mann mit längeren blonden Haaren, akkuraten weißen Zähnen, Lachfältchen um die Augen, weich geschwungenen Lippen, makelloser Haut und eben diesen eisblauen, klaren Augen.

»Hi«, hatte er gesagt. »Logan Adams.«

»Savannah Goats«, brachte sie gerade so heraus und obwohl

sie sich selbst für nicht oberflächlich gehalten hatte, lehrte sie das Leben in diesem Moment etwas anderes.

Logans Mund formt sich vor ihr zu einem weichen Lächeln und holt sie zurück in die Gegenwart. Er fährt sich mit einer Hand durch die Haare und plötzlich überkommt sie eine immer unterdrückte und doch unkontrollierbare Sehnsucht. Nach mehr.

»Muss das sein?«, hört sie Naomi neben sich zischen und folgt ihrem strengen Blick. Daniels Hand streicht sanft über Coras Rücken.

Das Geodreieck beginnt zu rotieren, während Kash lautstark verkündet, wer ihm wann welche Bilder zugeschickt hat und warum sie für das neue Logo nichts taugen. Selbst wenn er etwas Spannendes erzählte, könnte sie ihm nicht zuhören. Zu fasziniert ist sie von Logans schlanken Fingern, die kurz die Rotation unterbrechen, um sie gleich wieder fortzusetzen. Ein nussbrauner, kleiner Leberfleck ziert seine linke Hand und während sie ihn anstarrt, bemerkt sie nicht, dass er sie mustert.

»Was ist?«, fragt er sie hörbar und Kash verstummt. Alle Köpfe wenden sich Savannah zu. Das Geodreieck rotiert beharrlich weiter.

»Nichts. Was soll sein?«

»Warum starrst du mich an?«

»Ich starre dich nicht an.«

»Oh, doch und jetzt will ich wissen, warum.«

»Weil ...« Es dreht sich immer schneller »... du nervst.«
Mit einem unangenehmen Geräusch kommt das Geodreieck auf dem Tisch zum Erliegen.

»Wie bitte?« Logan zieht verwundert die Augenbrauen in die Höhe.

»Du hast mich schon verstanden. Es nervt, wenn du, wie ein kleiner Schuljunge, mit deinem Geodreieck spielst ...« ›... und dabei so unverschämt gut aussiehst‹, fügt sie in Gedanken hinzu.

Sie will nicht, dass Cherry ihm schreibt oder sonst irgendeine andere Frau. Die Erkenntnis durchzuckt sie wie ein Blitz, während die blanke Eifersucht in ihr tobt.

»Tja«, erwidert Logan gedehnt, »das nenne ich dann wohl... Pech gehabt.«

Frech grinsend stellt er das Geodreieck wieder auf und fährt fort. Dabei lässt er sie keine Sekunde aus den Augen.

»Fahr doch bitte fort, Kash«, hört Savannah Michael sagen.

»Wieso kannst du mit den Bildern von Victoria Berry nichts anfangen?« Unsicher wendet sie ihren Blick von Logan ab, der sie weiter von der Seite beobachtet.

»Die Perspektive stimmt einfach noch nicht,« erklärt Kash und alle Blicke wenden sich wieder ihm zu. Nur Logan sieht weiter Savannah an. Verlegen streicht sie sich eine Haarsträhne aus dem Gesicht und Logan grinst noch ein wenig breiter. Könnte er vielleicht doch ...?

»Ich kann es mir nicht vorstellen. Lasst uns zuerst Savannahs Ausarbeitung durchsprechen und dann können wir uns nochmal Gedanken zu deiner Idee machen«, sagt Michael und sieht zu Savannah. »Dann mal los, Savannah.«

Logan wendet sich Savannah zu, um eine Mappe von ihr entgegen zu nehmen. Doch sie dreht sich in die andere Richtung und gibt den Stapel an Naomi weiter, die sich schnell die oberste herunternimmt und direkt zu lesen beginnt. Savannah wartet, bis auch er eine Ausarbeitung hat, und beginnt zu reden. Er sieht, wie sie die Beine unter dem Tisch überschlägt. Oder besser gesagt miteinander verknotet. Es sieht unbequem aus.

»Zuerst habe ich die Fragestellung beantwortet, warum wir überhaupt eine neue Internetseite benötigen und hieraus Rückschlüsse auf die Neugestaltung gezogen, damit das, was uns derzeitig essenziell stört, nicht auch bei der neuen Internetseite auftritt und unser Augenmerk ...«, setzt sie an, während er auf dem Stuhl herumrutscht, um eine bequemere Position zu finden. Das billige Leder knarzt. Sie hält kurz inne, was ihn aufschauen lässt.

Vor allem jetzt in den Wintermonaten ist ihre Haut besonders blass, lediglich die Sommersprossen geben ihrem Gesicht ein wenig Farbe. Dennoch sieht er ihre dünnen Adern blau, grün und violett hindurchschimmern.

»... wir dürfen nicht die gleichen Fehler wiederholen ...« An ihrer Unterlippe ist ein kleiner rosafarbener Punkt. »... das bedeutet, wir brauchen einen einfacheren Aufbau, es muss benutzerfreundlicher sein und laut der Marktanalyse ...«

»... muss man sich folgende Frage stellen: ergibt eine Zusammenarbeit mit einer externen IT-Firma Sinn?«

»Nein. Wir haben eine eigene IT-Abteilung«, unterbricht Logan Savannah.

»Das weiß ich doch.« Sie sieht ihn fragend an.

»Dann frage ich mich, ob du schon einmal etwas von internen Abläufen gehört hast. Für mich klingt das, als ob du die Kollegen im eigenen Haus übergehen willst?« Verwundert stellt Savannah fest, wie Logan verärgert die Lippen aufeinanderpresst.

»Die internen Abläufe sind mir bekannt. Und ja. Ich möchte die Kollegen im eigenen Haus ›übergehen‹, wenn du es so nennen willst.«

»Das kann nicht dein Ernst sein.«

»Ähm, doch. Es ist schließlich nicht unbegründet.«

»Auf deine Begründung bin ich jetzt wirklich gespannt.« Mit verschränkten Armen lehnt Logan sich in seinen Stuhl zurück.

»Sie haben ihre Chance gehabt und sie nicht genutzt. Ihnen verdanken wir, dass – ganze fünf Jahre später – ein komplett neues Marketing benötigt wird, weil ein absolutes Chaos herrscht, sich keiner wirklich zurechtfindet und die Außenwirkung der Firma dadurch ... ich würde sagen ... katastrophal ist. Ich finde da stellt sich berechtigterweise die Frage, ob ein externes Unternehmen zur Unterstützung dazu geholt werden sollte.«

»Aha. Und dieser eine Fehler ist jetzt deine Grundlage dafür, dass man ihnen die Chance nimmt, den Fehler wiedergutzumachen? Es hat sicherlich in den letzten fünf Jahren einige personelle Veränderungen gegeben. Findest du das nicht ein wenig unfair?« Er ist wütend. So viel steht fest. Sie erkennt es an dem gepressten Klang seiner Stimme. Aber was ist sein Problem?

»Betrachtet man den wirtschaftlichen Aspekt, dann ist meine Antwort: Nein.«

»Deine Meinung interessiert hier aber niemanden.«

»Was ist denn auf einmal los mit dir?«

Er ignoriert Savannahs Frage und fährt fort:

»Wir können es uns nicht erlauben, es uns mit der internen IT-Abteilung zu verscherzen.« Logan blickt ernst in die Runde, während sie ihn entgeistert anschaut. Er hat sie doch nicht mehr alle.

»Die aktuelle Internetseite hat damals sehr viel Geld gekostet. Aufträge sind nachweislich ausgeblieben, da die Kunden bereits bei der Anfrage gescheitert sind. Muss ich dir jetzt wirklich noch einmal alles aufzählen? Es geht hier nicht um Fairness, sondern um Wirtschaftlichkeit«, erklärt Savannah ruhig und Naomi neben ihr nickt zustimmend. Savannah blickt an Logan vorbei zu der Fensterfront, wo sie beobachtet, wie dicke Schneeflocken durch die Luft wirbeln. Der Himmel hat ein dunkles Grau angenommen und das Schneetreiben nimmt stetig zu. Sie sieht zu einer dunkelgrünen Tanne. Mehrere Zentimeter Schnee liegen auf ihren Ästen und Zweigen. Es ist schon fast ein Wunder, wie sie den Schneemassen trotzt. Dem Druck und der Last nicht nachgibt. Standhaft ist und bleibt. Durchhält, bis der Schnee schmilzt. Mit dem Wissen, dass es vorübergeht.

»..., wenn wir schon über Wirtschaftlichkeit sprechen. Von welchem Geld willst du die externe IT-Firma bezahlen?«, hört sie Logan fragen. Savannah atmet tief durch. Wappnet sich gegen seine nächste Beanstandung, auf die sie sicher nicht lange warten muss.

»Blätter auf Seite 25. Da kannst du die Kostenkalkulation zu meinem Konzept sehen. Du wirst feststellen, dass wir absolut im Budget liegen. Mit der Fotografin für Kash, die ihn bei der Layoutfindung und dem Logo unterstützt und so weiter.«

»Hast du mögliche Puffer einberechnet und einkalkuliert, dass es durch externe Berater zu Verzögerungen kommen kann, die sich die Firma vielleicht nicht leisten kann? Es scheint dir ja egal zu sein, auf den Gefühlen anderer herumzutrampeln.«
Seine Worte verletzen sie. Sind unangemessen in der Runde, in der er sie fallen lässt. Sind persönlich und gehören, wenn überhaupt, in ein Vier-Augen-Gespräch.

»Die Ausarbeitung ist eine Zusammenstellung von unzähligen Befragungen und Marktanalysen und es wurden alle möglichen Eventualitäten berücksichtigt.« Savannahs Stimme zittert, während sie fortfährt: »Außerdem glaube ich nicht, dass es bei externen Beratern zu massiven zeitlichen Abweichungen kommt. Eine gute Arbeit ist schließlich im beidseitigen Interesse. Im Übrigen möchte ich dich noch wissen lassen, dass mir die Gefühle anderer nicht egal sind. Nur weil ich nicht ...«

»Weil du nicht ...?«

»Bei der Ausarbeitung ist sachlich und analytisch vorgegangen worden. Während du gerade ... taktisch und sehr persönlich denkst. Ich habe gegen niemanden aus der IT-Abteilung etwas. In der Ausarbeitung wird lediglich das Argument vertreten, dass die Leistung unserer IT-Abteilung in der Vergangenheit mangelhaft gewesen ist.«

»Taktisch? Wie meinst du das denn bitte? Ich finde, dass man einfach alle Faktoren berücksichtigen sollte.«
Logans Stimme wird lauter, weil er sich nun ähnlich wie Savannah angegriffen fühlt. Zwischen seinen Augen bildet sich eine Falte und er funkelt sie wütend an.

»Diese Meinung teile ich mit dir. Bei dieser Ausarbeitung«, Savannah deutet auf die Mappe vor sich, »sind alle relevanten Faktoren berücksichtigt worden.« Sie nimmt sich einen Moment, um ihren Blick durch den Raum schweifen zu lassen. Abzuwägen, wie weit sie bereit ist zu gehen. »Außer das taktische Füßeküssen. Das findet hier keinen Anklang. Ist es das, was dir fehlt?«

Naomi neben ihr zieht hörbar die Luft ein, während Savannah ein kaltes Lächeln in Logans Richtung wirft.

»Savannah, bleib bitte sachlich«, schaltet sich Michael ein.

»Ich versuche lediglich zu verstehen, wo genau das Problem liegt.« Savannah zuckt unschuldig mit den Schultern, was Logan nur noch wütender macht.

»Meine Aufgabe ist es, deine Ausarbeitung zu hinterfragen und Probleme vorab zu erkennen«, faucht er sie an. »Wenn du das nicht verstehst, weil du zu verbissen bist und vor allem immer Recht behalten willst, dann bist du hier das Problem. Gerade hast vor allem DU bewiesen, wie mangelhaft du arbeitest.«

Jetzt kocht auch sie vor Wut. Wie konnte sie sich nur einbilden ihn toll zu finden. Geschweige denn daran denken, ihre Liste in den Wind zu schießen. Genau aus diesem Grund gibt es diese Liste. Weil er ein gemeiner Arsch ist.

»Savannah, du hast gute Arbeit geleistet. Bitte komm zum Schluss«, sagt Michael schnell und sein Blick kommt einer stummen Bitte gleich. Sie soll es auf sich beruhen lassen. Savannah erfüllt ihm widerwillig diesen Wunsch und setzt mit bebender Stimme fort: »Eine weitere Umfrage der Marktforscher hat ergeben, dass die aktuelle Internetseite einen Vorteil hat – «

» – wenn das nicht wieder für die interne IT-Abteilung spricht«, unterbricht Logan sie erneut. Er kritzelt etwas in sein Exemplar der Ausarbeitung und beginnt mit dem Stift rhythmisch auf den Tisch zu klopfen. KLONK, KLONK, KLONK. Und wieder hört sie ihn sagen:

»... zu verbissen ... immer Recht behalten ... dann bist du hier das Problem ... mangelhaft«. Darunter mischt sich Michael, der ihre Arbeit als »gut« bezeichnet. Nur gut? Nicht gut genug? Ist es das was er eigentlich gemeint hat?

»Es hat sich herausgestellt, dass das Farbkonzept sehr ansprechend ist. Nach einer Kundenbefragung sollte man sich überlegen, ob man das beibehält. Die meisten Menschen reagieren im ersten Moment negativ auf Veränderungen«, spricht Savannah schnell weiter.

»Unsere interne IT-Abteilung ganz bestimmt auch, wenn sie

von deinen Plänen hören.«

»Bei der Ausarbeitung geht es um das bestmögliche Ergebnis.« Jetzt ist es ihre Stimme, die lauter wird.

»Um jeden Preis?«

»Ich wusste nicht, dass du so an der IT-Abteilung hängst.« Ohne es zu wissen, hat sie ins Schwarze getroffen. Logans Gesichtsausdruck verändert sich plötzlich. Es ist nicht mehr nur Wut, die sich in seinem Gesicht spiegelt. Sie hat einen wunden Punkt erreicht. Stumm bedeutet ihr sein Blick aufzuhören und ihre Wut schmilzt dahin, als er sie mit diesen eisblauen Augen durchdringend ansieht. Seine Frage bekommt in diesem Moment eine ganz neue Bedeutung.

»Arbeitet nicht Jennifer Barn dort?«, fragt Kash in die Runde und spricht aus, was Logan scheinbar befürchtet hat. Zumindest sieht er kopfschüttelnd zu Kash. Wer ist Jennifer Barn?

»Logan hat ihr dort vor ein paar Monaten einen Job besorgt, wenn ich mich nicht sehr täusche«, antwortet Vincent und zuckt mit den Achseln. Logans Hand ballt sich für einen Moment zu einer Faust, bevor er ruhig sagt:

»Na und? Das eine hat mit dem anderen nichts zu tun. Die internen Abläufe sind eine direkte Anweisung der Geschäftsführung und die gibt es nicht zum Spaß. Ich wünschte, Savannah hätte darauf etwas besser geachtet, als sie die Ausarbeitung gemacht hat. Sonst ist sie doch auch so penibel.«

Er sieht sie nicht an. Irgendetwas ist faul an der ganzen Sache.

»Ich denke, wir können alle eine kleine Pause vertragen. In einer halben Stunde treffen wir uns wieder hier.«

Michael erhebt sich, verlässt als Erster das Konferenzzimmer und Logan folgt ihm schnell. Was ist hier gerade passiert? Savannah starrt zu Cora und Daniel, die nun wieder Händchen halten. Daniel beugt sich zu ihr und flüstert ihr etwas ins Ohr, woraufhin Cora ihn anstrahlt. Glücklich. Verliebt. Es sieht so leicht bei den beiden aus. So unkompliziert. Und schlagartig fragt sie sich, ob so etwas zwischen ihr und Logan überhaupt jemals möglich sein könnte. Er hat sich gerade absolut danebenbenommen und trotzdem verspürt sie eine tobende Eifersucht. Eine Eifersucht, die am liebsten in die IT-Abteilung stürmen würde und einer gewissen Jennifer Barn die Visage zerkratzen möchte.

»Es wird eine Aufnahme des Gebäudes gemacht und aus den Umrissen wird dann ein Logo kreiert. Eigentlich simpel und sehr ansprechend für den Kunden. Genauso, wie Savannah es in der Ausarbeitung beschrieben hat.«
Kash blickt begeistert in die Runde. Wie immer, wenn er nervös ist, rutscht er auf dem Stuhl herunter, um sich kurz darauf wieder kerzengerade hinzusetzen. Es ist bereits Nachmittag und so gut wie jeder in dem stickigen Konferenzzimmer möchte nach Hause. Die Konzentration hat ihren Tiefstand erreicht. Savannah ringt sich ein höfliches Lächeln in Kashs Richtung ab. Sie findet seine Idee etwas zu simpel. Oberflächlich. Ohne irgendeine tiefere Bedeutung.

»Ich würde vorschlagen, dass du bis nächste Woche ein paar Entwürfe vorbereitest und wir uns die ganze Sache dann noch einmal an einem konkreten Beispiel ansehen.« Michael erhebt sich von seinem Platz. »Ich muss euch noch etwas Wichtiges mitteilen. Der Zeitplan für das Projekt ist nach vorne korrigiert worden. Wir haben jetzt noch exakt fünf Wochen, um den Planungsprozess abzuschließen, bevor die Sache an die IT, ob extern oder intern ist noch zu klären, rausgeht und Nägel mit Köpfen gemacht werden. Naomi, dein Konzept ist wirklich gut. Du hast ein paar großartige Schlagworte eingebaut. Schick bitte alles an Logan. Kash, du bekommst ab sofort Unterstützung von Cora und Daniel, die sich hoffentlich bald wieder mehr auf die Arbeit konzentrieren können.«
Cora errötet leicht und sieht zum tausendsten Mal verliebt zu Daniel, der nur breit grinst. Naomi neben ihr stöhnt genervt auf und Savannah kann sie mittlerweile verstehen. So langsam ist es wirklich zu viel.

»Vincent, du gehst bitte noch einmal über die Zahlen. Savannah hat eine sehr umfassende Aufstellung der angesetzten

Kosten gemacht. Überprüf die Budgetierung und rechne noch einmal alles durch. Ich will zwei separate Kostenaufstellungen, die auch die maximalen Kosten, also das Worst-Case-Szenario, beinhalten. Klar?« Alle in der Runde nicken. »So, dann habt ihr es für heute geschafft.«

Savannah erhebt sich und geht schnell aus dem stickigen Zimmer, als sie plötzlich jemand mit festem Griff am Arm packt. Logan. Keiner schenkt den beiden noch große Beachtung. Laut redend und lachend gehen alle an ihre Tische und freuen sich auf den wohlverdienten Feierabend. Logan sieht unruhig im Großraumbüro umher, bevor er leise »Danke« murmelt, ihren Arm loslässt und zu seinem Schreibtisch geht. Verwirrt starrt sie ihm nach. Spürt noch immer seine Hand auf ihrem Arm. Was ist das nur mit ihnen beiden? Was soll sie jetzt tun? Aufgeben und für Cherry, Jennifer Barn und all die anderen Frauen das Feld räumen?

Logan geht an seinen Schreibtisch und setzt sich. Während er beobachtet, wie Savannah sich ihre Jacke überzieht, fragt er sich, ob er im Meeting zu hart zu ihr gewesen ist. Hat er ihre Gefühle verletzt? Ist er zu hitzig gewesen? Hat sie Recht gehabt und er hat die ganze Sache zu persönlich genommen? Er beobachtet, wie sie eilig das Großraumbüro verlässt und ohne ein Wort durch die hässliche, orangefarbene Tür verschwindet. Unwissend. Das Büro leert sich allmählich und als Michael sich mit den Worten »Mach nicht mehr so lange« verabschiedet hat, fährt auch er, als Letzter im Büro, den Computer herunter. Langsam erhebt er sich und geht zu ihrem leeren Platz. Auf der Pinnwand an ihrem Schreibtisch entdeckt er ein neues Bild. Regelmäßig ändert sie die Bilder oder ordnet sie neu an. Es wechselt genauso schnell wie ihre Laune. Gerade ist es eine Mischung aus Bildern und Sprüchen. Logan nimmt das neue Bild von der Pinnwand ab, um es genauer zu betrachten. Man erkennt darauf die Silhouette einer Frau mit einem Regenschirm in der Hand. Über ihr verdunkeln graue Wolken den Himmel und es regnet. Die Wassertropfen, wie sie an dem Schirm herabperlen, sind perfekt von der Kamera eingefangen. Logan dreht das Bild herum und erkennt Savannahs saubere Handschrift:

*»Der stärkste Regen fängt mit Tropfen an. (Deutsches Sprichwort)«.*

Er hängt das Bild wieder auf und geht zurück an seinen Platz, nimmt sich seine Jacke vom Stuhl und bevor auch er das Büro verlässt, schaltet er das Licht aus.

# 4 Ehrliche Worte

*»Ehrlichkeit ist die aufrichtigste Form, jemandem Schmerzen zuzufügen ...« (Horst Pohl)*

Montagmittag. Übermüdet sitzt Savannah neben Cherry und starrt auf den Teller vor sich.

»Was soll das nochmal sein?«, fragt sie Cherry und verzieht angewidert das Gesicht.

»Gebratene Nudeln mit Rührei und Fleischkäse. Probiere es doch einfach.«

»Es sieht aus, als hätte das schon jemand vor mir gegessen.« Savannah schiebt den Teller von sich weg. »Ich verzichte.«

»Dass du dich immer so anstellen musst.« Cherry verdreht die Augen und nimmt sich einen Bissen von Savannahs Teller. »Es schmeckt wirklich nicht so schlimm.«

»Das bestätigt mich darin, es nicht anzurühren.«

»Du bist zu verwöhnt.« Cherry zieht den Teller zu sich heran und beginnt zu essen.

Die ersten Sonnenstrahlen des Jahres tauchen die Cafeteria in ein warmes Licht. Die kräftigen Strahlen erhellen die vom Winter verdreckten Fensterscheiben und werden von der dicken Schneedecke, die langsam anfängt dahinzuschmelzen, reflektiert. Savannah lässt ihren Blick durch die Cafeteria schweifen, ohne wirklich etwas um sich herum wahrzunehmen. Ihre Gedanken kommen nicht mehr zur Ruhe und rauben ihr seit Tagen den Schlaf. Immer wieder geht sie im Kopf alles noch einmal durch und versucht zu verstehen. Mit einem verzweifelten Blick auf ihre beste Freundin, die den Teller bereits halb geleert hat, fragt sich Savannah, zum etwa einhundertsten Mal, was sie bloß tun soll.

»So. Jetzt kann ich nicht mehr.« Cherry schiebt den Teller weg und betupft sich den Mund mit ihrer Serviette. »Ich habe heute Morgen Victoria Berry getroffen und du glaubst nicht, was sie ...«

Savannah sieht, wie hinter Cherry Cora und Daniel in die Cafeteria kommen. Sie halten Händchen, Cora schmiegt ihren Kopf an Daniels Oberarm und kichert. Plötzlich sieht sich Savannah selbst, wie sie Logans Hand hält und mit ihm zusammen – . Schnell schüttelt sie den Kopf. Als könnte sie Logan so aus ihrem Kopf vertreiben.

»Ja«, hört sie Cherry sagen. »Ich habe es auch nicht glauben können ...« Ihn irgendwie loswerden.

»... Victoria arbeitet gerade sehr viel mit Kash zusammen und er hat wohl erzählt, dass ...« Scheinbar genügt ein verliebtes Paar und Savannahs Fantasie geht mit ihr durch. So langsam hat sie das Gefühl, verrückt zu werden. Vielleicht hat sie sich doch stärker am Kopf verletzt, als sie zunächst gedacht hat. Sie fährt sich über die Stelle, die mittlerweile nur noch ein sonnengelber Fleck ist, und erinnert sich an letzte Woche. Genau eine Woche ist es jetzt her ...

»Du hörst mir gar nicht zu«, schimpft Cherry sie plötzlich. »Wo bist du denn mit deinen Gedanken?«

»Bei der Arbeit. Entschuldige.« Savannah starrt Cherry ertappt an. Sie sollte mit ihr reden. Muss endlich mit irgendjemandem darüber sprechen.

»Sehr strebsam, Savannah. Hast du jetzt vielleicht auch einen kurzen Augenblick für deine beste Freundin? Danach kannst du dich wieder der Arbeit widmen.«

»Du hast meine volle Aufmerksamkeit.« Wie soll sie nur anfangen?

»Na gut, dann noch einmal. Ich habe dir gerade von meinem Arzttermin erzählt und wie mir Doktor Garner gesagt hat, dass ich eine schlimme Nasennebenhöhlenentzündung habe.« Und was genau soll sie ihr sagen?

»Ich frage mich wirklich, ob auf meiner Stirn ›Fang mich doch, du mieseste aller Erkältungen‹ geschrieben steht.«

»Cherry ...?«, fängt Savannah zögerlich an.

»Ach und bevor ich es vergesse, es wird dich sicher freuen, wenn du erfährst, dass ich Logan endlich geschrieben habe.«

»Was?«

»Und das soll deine volle Aufmerksamkeit sein? Du arbeitest zu viel. Ich habe gerade gesagt, dass ich Logan geschrieben habe.« Cherry sieht Savannah besorgt an: »Wie wäre es mit einem kleinen Spaziergang?«, schlägt sie vor. »Vielleicht bekommst du so mal ein bisschen den Kopf frei.«

Savannah nickt und sieht zu, wie Cherry aufsteht und durch die Cafeteria wuselt, um ihr Tablett zurückzubringen. Savannah ist sich sicher, dass ein Spaziergang ihr nicht helfen wird. Wenn es doch nur so einfach wäre.

Die Luft ist noch immer schneidend kalt, als die beiden nach draußen treten, während die starken Sonnenstrahlen auf ihren Gesichtern prickeln. Cherry hebt sich schützend eine Hand vor die Augen und geht neben Savannah zwei Treppenabsätze nach unten. Die beiden biegen nach links in die Richtung der Parkplätze ab und es ist Savannah, die die Stille endlich durchbricht, indem sie fragt:

»Was hast du ihm denn geschrieben?« Sie versucht beiläufig zu klingen, als wäre es für sie belanglos. Doch für eine Belanglosigkeit klopf ihr Herz viel zu schnell.

»Nichts Aufregendes. Aber warte, ich lese es dir vor.«

Sie bleiben stehen und Savannah tritt unruhig von einem Bein auf das andere, während Cherry ihr Handy aus der Jackentasche zieht.

»Ich habe ihm geschrieben:

> Hey. Das kommt jetzt vielleicht überraschend, aber ich habe gedacht, dass ich dir einfach mal schreibe. Wie geht es dir?«

Savannah schnürt es vor Anspannung die Kehle zu.

»Er hat mir kurz darauf geantwortet:

> Hi. Mir geht es gut und dir? Was machst du? L.

Total nett, oder?«, setzt Cherry fort.

»Ja, total nett«, wiederholt Savannah tonlos. Ihr fehlt es gerade an der nötigen Objektivität.

»Ich bin immer noch nicht ganz fit, deswegen liege ich nur im Bett herum. Und du?

Daraufhin hat er geschrieben:

Immer noch so schlimm? Du solltest wirklich zu einem Arzt gehen! Treffe mich noch mit Freunden. Lass uns doch mal im Büro reden. Vielleicht bei einem Kaffee? L.«

Ein Date. Logan will mit Cherry ausgehen und Savannah soll sich jetzt mit ihr darüber freuen?! Er hat Interesse an Cherry, so viel ist sicher. Savannah schluckt den Kloß, der sich in ihrem Hals bildet, mühsam hinunter.

»Ich habe ihm nicht mehr geantwortet.« Savannah blinzelt überrascht und bekommt keinen Ton heraus. Hat sie Cherry gerade richtig verstanden?

»Ich glaube, Logan passt einfach nicht zu mir.« Cherry zuckt kurz mit den Achseln.

»Außerdem ... naja, ich habe da jemanden kennengelernt.« Erleichterung und Überraschung vermischen sich miteinander und am liebsten würde Savannah Cherry vor Freude um den Hals fallen.

»Ich glaube, du kennst ihn. Er arbeitet in der Finanzabteilung. Marc Spinner.« Wenn Savannah ehrlich ist, dann ist es ihr egal, wer es ist. Hauptsache, er heißt nicht Logan Adams.

»Ich kenne ihn schon eine ganze Weile und er hat mir gesagt, dass er mich mag. So richtig. Genau genommen haben wir so etwas ... wie eine Beziehung geführt.« Cherry nestelt nervös an einem ihrer Ärmel herum, während Savannah in Gedanken Freudensprünge vollführt.

»Er hat eine Neue und ich ... habe gedacht, dass ich mich auch umsehen sollte. Und ich denke, dass ich mich auch an ihm rächen wollte. Du weißt schon ... ihn eifersüchtig machen. Aber wenn ich ganz ehrlich bin, dann will ich ihn zurück. Ich weiß, das klingt verrückt. Er hat eine Freundin und trotzdem ... bekomme ich ihn einfach nicht aus meinem Kopf. Er hat so wahnsinnig blaue Augen. Und obwohl ich rote Haare eigentlich schrecklich finde, finde ich ihn unwiderstehlich.«

Savannah stellt fest, dass sie Cherrys Offenheit bewundert. Vielleicht sollte sie auch mehr so sein wie Cherry. Auch sich selbst zuliebe.

»Am Hinterkopf hat er diesen dunkelbraunen Pigmentfleck ... und ... ich weiß nicht, was ich tun soll.« Cherry reißt verzweifelt die Augen auf. »So habe ich mich noch nie gefühlt, Sav. Warum habe ich das nicht gleich erkannt? Warum musste er erst mit dieser ... Frau zusammenkommen? Wieso habe ich es verbockt?«

»Hey, ihr beiden.« Savannah und Cherry zucken erschrocken zusammen. Naomi steht direkt hinter ihnen.

»Gut, dass ich dich hier sehe, Savannah, Logan sucht dich. Wenn ich es richtig verstanden habe, dann geht es um die Ausarbeitung. Das Konzept ist so gut wie fertig. Die Überstunden am Wochenende haben sich wirklich gelohnt. Aber es ist immer noch so viel zu tun. Aktuell stecke ich in der Überarbeitung der Aufnahmebögen für die Neukunden. Ziel ist es, dass bereits bei der Erstanfrage die eigenen Vorstellungen und die Anforderungen an unser Unternehmen mitgeteilt werden können und somit direkt mehrere Marketingvorschläge zusammengestellt werden können.«

»Klingt gut«, sagt Savannah und versucht die Situation, so gut es geht, zu überspielen. Sie wechselt einen kurzen Blick mit Cherry, die sie angespannt ansieht. Naomis Timing hätte nicht schlechter sein können und Savannah hätte Cherry gerne noch ein paar aufmunternde Worte gesagt.

»Ich arbeite aktuell für drei«, redet Naomi munter weiter. »Vincent macht nichts und behauptet, er müsse irgendetwas anderes zuerst machen, während Logan alles besser weiß, aber auch nicht wirklich mitarbeitet. Wie läuft es denn bei euch, Savannah?«

»Logan hat mir seine Änderungsvorschläge letzte Woche

geschickt und bis auf einen Punkt sind wir uns einig.« Savannah mustert Naomi und fragt sich, ob sie gehört hat, worüber Cherry und sie sich unterhalten haben.

»Savannah?« Ruckartig dreht sich Savannah beim Klang dieser Stimme um und zur Strafe fährt ihr ein brennender Schmerz wie ein Blitzschlag in den Nacken, weshalb sie nur ein leises »Ugh«, von sich gibt und sich an den Nacken greift.

»Hast du einen Moment?« Logans Augen sind zu kleinen Schlitzen verengt und er blinzelt gegen die helle Sonne an.

»Klar«, antwortet Savannah gedehnt und versucht ein lautes Stöhnen zu unterdrücken. Es fühlt sich an, als würde sie ihren Kopf nie wieder bewegen können.

»Geht es um die Ausarbeitung?«, will Naomi wissen.

»Ja, genau«, antwortet Logan, während er Savannah irritiert mustert.

»Hast du dann im Anschluss nochmal ein paar Minuten, um mit mir über das Konzept zu sprechen?«, fragt Naomi und sieht streng zu Logan, der nur nickt und seinen Blick wieder Savannah zuwendet:

»Kommst du?«

Er hält ihr die Tür zum Korridor auf, während der Schmerz in ihrem Nacken weiter anhält.

»Danke«, murmelt Savannah und massiert sich den rechten Nackenmuskel. Ist es noch Zufall, dass sie sich in letzter Zeit ständig verletzt oder gibt es eine höhere Macht, die ihr damit irgendetwas mitteilen möchte?

»... ich habe dir vorhin eine E-Mail geschrieben, aber es ist mir lieber, wir besprechen das Thema noch persönlich miteinander.« Vorsichtig dreht sie den Kopf hin und her. Es tut höllisch weh und sie hat mal wieder nicht zugehört. Wovon redet er?

»Ich habe doch deine Anmerkungen vollständig umgesetzt.«

»Sprichst du von der Ausarbeitung?«

»Du nicht?« Mist.

»Nein. Aber schön, wie du mir zuhörst.« Logan lacht kurz

laut auf.

»Entschuldige, du hast mich vorhin überrascht. Ich glaube, ich habe den Kopf zu schnell gedreht und mich dabei verzerrt.«

»Wird das jetzt dein Ritual? Jeden Montag eine neue Verletzung?« Breit grinsend bleibt er stehen.

»Na los, dreh dich um!«

»Was? Warum?«

»Rate mal. Ich will mir deinen Nacken ansehen. Wo tut es denn genau weh?«

»Hier.« Langsam dreht Savannah sich um. Was passiert hier gerade?

»Meine Tante ist Masseurin, deswegen kenne ich mich ein bisschen aus. Ich kann dir aber nicht versprechen, dass es dir danach wirklich besser geht.«

Und bevor Savannah noch irgendetwas sagen kann, fühlt sie seine weichen Hände ihren Nacken abtasten und ihr bleibt sprichwörtlich das Herz stehen.

Ihre Haut fühlt sich weich an. Vorsichtig ertastet er den kleinen Knoten und drückt ein wenig darauf, sodass Savannah hörbar die Luft einzieht.

»Tut es sehr weh?«, fragt er lachend.

»Es geht«, stammelt Savannah zurück. »Lach nicht so blöd, das ist echt nicht lustig.« Logan hört an ihrer Stimme, dass sie grinst.

»Sag mir, wenn ich aufhören soll.« Langsam erhöht er den Druck und der Muskel gibt etwas nach.

»Uff. Ich hoffe du weißt, was du da tust.«

»Natürlich. Beweg den Kopf und sag mir, ob es sich besser anfühlt.« Gehorsam dreht Savannah den Kopf.

»Es ist wirklich erstaunlich. Aber ich muss zugeben, dass es jetzt viel besser ist. Danke.«

»Meinst du das ernst? Oder versuchst du dich galant aus der Situation zu befreien?«

Savannah dreht sich zu ihm herum und grinst ihn frech an.

Ihre braunen Augen strahlen und er kann nicht anders, als sich von ihrem Lächeln anstecken zu lassen.

»Ich kann die Panik sogar in deinen Augen sehen«, zieht er sie auf.

»Welche Panik? Ich weiß nicht, was du meinst.«

»Oh nein, jemand hat mich angefasst«, ahmt er ihre quiekende Stimme nach. Blitzschnell holt sie mit der Hand aus und schlägt ihm gegen den Oberarm.

»Das stimmt nicht«, sagt sie prustend und ihre Nase kräuselt sich vor Lachen. Er mag sie wirklich. Savannah kann widersprüchlich und sprunghaft scheinen. Das macht sie aus. Sie sind Freunde und manchmal ist da noch ein bisschen mehr. Ein leichtes Kribbeln, wo keines sein sollte. Doch wenn er ehrlich ist, dann weiß er, egal wie sehr er sich gelegentlich nach ihr sehnt, dass es bei ihnen beiden nicht gut gehen würde. Nicht gut gehen könnte. Sie ist einfach nicht die Frau, nach der er sucht. Nicht die Frau, die an seine Seite passt. Sie beide haben einfach unterschiedliche Ziele und er ist nicht bereit seine für sie aufzugeben. Geschweige denn irgendetwas in der Art von ihr zu verlangen. Logan tritt noch einen Schritt von ihr weg und spürt zu spät, dass ihm sein Knie leicht zur Seite wegdreht.

»Alles ok?«, hört er sie fragen, während er sein rechtes Kniegelenk vorsichtig beugt und streckt.

»Ja, es ist alles gut. Ich habe mich nur vertreten. Passiert mir öfter.«

Genau genommen schon seit seiner Jugend. Er ist ein ambitionierter Fußballspieler gewesen und hat natürlich auch den Traum von der großen Fußballerkarriere gehabt. Allerdings nicht die Chance dazu. Viel zu jung hat er sich viel zu schwer verletzt und sein Traum ist wie eine große Seifenblase zerplatzt. Savannah und er setzen ihren Weg wieder gemeinsam fort. Nach zwei schwerwiegenden Operationen an beiden Knien haben die Ärzte ihm gesagt, dass er nie wieder Sport auf diesem Niveau betreiben kann. Zumindest nicht, wenn ihm etwas daran liege, auch noch die nächsten Jahre laufen zu können. Denn das wäre der Preis gewesen, hätte er diesem Traum nicht den Laufpass gegeben. Logan sieht zu Savannah, deren Haare sich in alle Richtungen kräuseln. Er hat damals mit dem Fußballspielen aufgehört und nimmt sich auch heute noch beim Sport zurück. Damals ist er deswegen absolut frustriert gewesen und hat seine Wut darüber an nahezu jedem ausgelassen. Seine Wut über die Ungerechtigkeit des Lebens. Seine Wut über dieses blöde Foul in einem so unbedeutenden Spiel. Seine Wut über die Machtlosigkeit. Seine Wut auf alles und jeden. Heute weiß er, dass es Schlimmeres gibt. Mit vierzehn Jahren hat er diesen Weitblick noch nicht besessen. Das eigentliche Problem an der Sache ist vermutlich die Tatsache gewesen, dass man immer am meisten genau das möchte, was man nicht haben kann. Er sieht zu Savannah, die immer noch stumm neben ihm hergeht und die grauen Fußbodenfließen zu betrachten scheint.

Das Großraumbüro ist noch wie ausgestorben. Logan geht kurz zu seinem Platz, holt sich ein paar Notizen, nimmt sich den Stuhl von Vincent, der vor Savannah sitzt, und setzt sich dann neben sie.

»Öffne bitte meine letzte Mail. Die von heute.«

Obwohl sie vorhin so gelacht haben, ist jetzt die Stimmung zwischen ihnen befangen. Savannah ruft die Mail auf und beginnt zu lesen. Mit jedem weiteren Wort, das sie liest, weiten sich ihre Augen noch ein Stückchen mehr:

Ich habe auf meine Frage, ob du mit mir einen Kaffee trinken möchtest, keine Antwort bekommen. Was in diesem Zusammenhang auch eine Antwort ist. Du musst mir deswegen aber nicht aus dem Weg gehen. Können wir das bitte klären?

Ihre Wangen glühen, während Savannah spürt, wie Logan sie von der Seite anstarrt. Es ist, als würde sie auf einem riesigen Feld stehen, geblendet von einem gigantischen Flutlicht, das jede Bewegung, Mimik und Regung belichtet und einfach alles von ihr zu erfassen scheint, während eine Tribüne voller Publikum gespannt darauf wartet, dass sie etwas sagt oder tut.

»Hast du nicht gesagt, du hättest mir wegen der Ausarbeitung geschrieben?«, stottert Savannah überrumpelt.

»Die Ausarbeitung habe ich schon letzte Woche weitergeleitet. Gleich nachdem ich sie von dir bekommen habe. Allerdings hatte ich vergessen, es dir zu sagen, was mir jetzt sehr gelegen gekommen ist, denn ich habe nicht gewusst, wie ich dich ansprechen soll. Du hast mir den ganzen Vormittag nicht geantwortet und ich will auch nicht, dass du mir weiter aus dem Weg gehst. Also sprich bitte Klartext mit mir.«

»Du kennst doch Cherry?«

»Savannah, was soll die Frage? Natürlich kenne ich sie. Ich sitze direkt hinter ihr.«

»Sie hat dir geschrieben«, sagt Savannah schnell, bevor sie der Mut verlässt. »Sie hat mich darum gebeten, ihr deine Nummer zu besorgen.«

»Dein Ernst? Wie kindisch ist das denn bitte? Wir sind doch nicht mehr in der Schule. Warum hat Cherry nicht selbst nach meiner Nummer gefragt?«, fragt Logan. Er klingt sehr viel kälter und distanzierter als noch vor wenigen Minuten.

»Entschuldige, Logan. Frag das besser Cherry. Ich habe ihr nur einen Gefallen getan.«

»Alles klar.« Logan steht auf. »Das ist eigentlich schon alles gewesen, was ich wissen wollte«, und schiebt den Stuhl zurück an Vincents Schreibtisch. »Betrachte die Mail hiermit als erledigt.«

Er versucht unbeschwert zu klingen und dennoch huscht etwas wie Enttäuschung über sein Gesicht. Und auf einmal macht es Klick. Er wollte kein Date mit Cherry. Sondern mit ihr. Die Erkenntnis darüber löst ihr die Zunge und noch bevor er zurück an seinen Schreibtisch gehen kann, steht sie auf und stellt sich ihm in den Weg.

»Logan, warte. Das ist alles ein bisschen komplizierter.«

»Nicht wirklich.«

»Wenn ich es gewesen wäre, die dir geschrieben hätte, hättest du dich dann darüber gefreut?« Ihr Herz klopft stark gegen ihre Brust und Angst keimt in ihr auf. Was ist, wenn ... –

»Was soll die Frage, Sav?«

»Als Cherry mich nach deiner Nummer gefragt hat, habe ich gedacht, dass du ...«

»Dass ich?«

»Vergiss es«, sagt Savannah leise und stellt entmutigt fest, dass sie sich bei ihrer Erkenntnis wohl getäuscht haben muss.

»Die Antwort auf deine Frage ist: ja. Wenn ich die Wahl hätte, dann würde ich wollen, dass du mir schreibst, Savannah«, antwortet Logan überraschend direkt. Seine blauen Augen funkeln sie an und ihr Gesicht beginnt wieder zu brennen.

»Ich würde sehr gerne einen Kaffee mit dir trinken gehen«, sagt Savannah schnell. Sie hat es getan. Ihr Herz rast und sie kann keinen klaren Gedanken fassen. Logan starrt sie überrascht an. Sein Mund öffnet sich, doch es kommt kein Ton heraus. Zaghaft blickt sie in das kühle Blau seiner Augen und weiß, dass in ihrem Blick die blanke Angst liegt.

»Okay, dann lass uns das doch bald mal machen.« Seine Miene ist unergründlich.

Mabel trägt ein pinkfarbenes T-Shirt und dazu dunkelblaue Leggings, während sie schnell durch das Fitnessstudio eilt. Unter ihrem Arm klemmt die steinalte Yogamatte von Annies Freundin Gerda, die sie sich für heute ausgeliehen hat. Sie betritt den Sportraum am anderen Ende des Studios, sieht sich unsicher um und entdeckt eine Frau in ihrem Alter, die sie sympathisch anlächelt. Mabel lächelt freundlich zurück und sieht sich weiter um. Da entdeckt sie ihn. Zielstrebig geht sie auf den hageren, kleinen Mann zu.

»Mr. Thomson?«

»Ja?«, überrascht sieht Richard Thomson sie an.

»Mabel Appleby. Ich bin die Verlegerin von WannaMe und habe letzte Woche versucht Sie zu erreichen. Der Verlag ist sehr an Ihrem Manuskript interessiert.« Er sieht ganz anders aus, als

Mabel ihn in Erinnerung hat. Wenn sie ehrlich ist, dann sieht er schrecklich aus. Seine Wangen sind eingefallen, die Kleidung sieht aus, als hätte er sie schon ein paar Tage an, und seine dunklen Haare fallen in fettigen Strähnen zu beiden Seiten hinunter.

»Namaste.« Der Yogalehrer betritt den Fitnessraum und durchkreuzt Mabels Plan, noch vor Beginn der Stunde wieder weg zu sein.

»Was machen Sie denn hier?«, fragt Mr. Thompson und sieht sie argwöhnisch an.

»Ich ... interessiere mich für Yoga und habe Sie zufällig entdeckt.«

»Dann wünsche ich Ihnen viel Spaß. Mein Manager wird sich mit Ihnen in Verbindung setzen.« Sie sieht es an seinem abweisenden Blick. Er will sein Buch nicht von ihrem Verlag verlegen lassen.

»Mr. Thomson«, sie hat nichts mehr zu verlieren: »Bitte geben Sie mir eine Chance. Ihr Roman ist wirklich sehr gut. Der Verlag ist sehr an einer Zusammenarbeit interessiert. Vielleicht können wir uns diese Woche für eine Stunde zusammensetzen.«

»Ich bin nicht an einer Zusammenarbeit mit Ihnen oder Ihrem Verlag interessiert.« Mabel hat nicht mit einer so deutlichen Abfuhr gerechnet. »Ich werde den Roman nicht veröffentlichen.«

»Wie bitte?«, entsetzt starrt sie ihn an. »Haben Sie den Verstand verloren?«, rutscht es ihr heraus und Mr. Thomson sieht sie überrascht und empört zugleich an.

»Bitte entschuldigen Sie meine Ausdrucksweise, aber Ihr Buch ist großartig. Sie können nicht bei Sinnen sein, wenn Sie es nicht veröffentlichen wollen. Sie haben es doch nicht umsonst geschrieben.«

»Ms. Appleby. Jedes Wort in diesem Buch, jede Zeile ist durchdacht. Es ist eine literarische Komposition. Dafür brauche ich keine überhebliche Verlegerin, die mich in den Himmel lobt. Das erkenne ich selbst. Ich habe das Manuskript an alle Verlage dieses Landes geschickt und was glauben Sie, wie viele es haben wollen? Sie wollen es alle.«

Mr. Thomsons Augen funkeln und jetzt sieht sie den Menschen, der hinter diesem besonderen Manuskript steckt. Ein Mann mit Elan und Esprit.

»Sie wollen es alle, weil es die Menschen berührt. Weil sie alle daran viel Geld verdienen können und ihre eigenen Karrieren pushen wollen. Als ich Ihnen und all den anderen Verlegern mein Manuskript zugeschickt habe, wollte ich Ihnen allen zeigen, was Sie eigentlich haben wollen, aber nicht bekommen können. Sie wollen sich an der Kunst anderer bereichern. Nicht mit mir.«

»Also Mr. Thomson, ein wenig lächerlich ist das jetzt schon.«

»Wie bitte?« Scheinbar hat er nicht mit Gegenwind gerechnet oder bisher keinen bekommen.

»Natürlich würde es meine Karriere pushen, wenn ich ein Manuskript wie Ihres für unseren Verlag gewinnen würde. Aber Sie tun gerade so, als hätten Sie das Unmögliche geschaffen. Da muss ich Sie enttäuschen. Ja, Ihr Manuskript ist qualitativ in einem der oberen Segmente. Aber nichts aus Ihrem Buch ist neu. Alles ist schon einmal da gewesen. Ich danke Ihnen dennoch für Ihre aufrichtigen Worte. Damit habe ich meine Antwort und kann mich Autoren widmen, die verstanden haben, dass es bei der Literatur auch darum geht, Menschen zu erreichen.«

Zufrieden stellt Mabel fest, dass Mr. Thompson nun doch etwas verdattert aussieht. Aber das ist ihr egal. Sie dreht sich um, lächelt den Yogalehrer entschuldigend an und verlässt den Sportraum wieder. Warum ihre Zeit weiter verschwenden? Obwohl Mabel gerade so getan hat, als wäre es keine große Sache, dass er sein Manuskript nicht von ihr verlegen lassen möchte, ist sie wütend. Auf sich selbst. Es ist die reinste Zeitverschwendung gewesen. Hatte sie tatsächlich geglaubt mit ihrem lächerlichen, winzigen Verlag einen so großen Fisch wie Richard Thomson an Land ziehen zu können? Wie blöd von ihr!

»Mabel? Was machst du denn hier?« Irritiert blinzelt sie den verschwitzen Mann vor sich an, der gerade von einem der Laufbänder gestiegen ist.

»Das gleiche könnte ich dich fragen«, sagt sie und starrt hoch in Pauls Gesicht, das sie ohne die große, schwarze Brille nicht gleich erkannt hat.

»Ich muss mich für meine Kundschaft fit halten.«

»Deswegen arbeite ich in einem Verlag.« Paul lacht herzhaft und Mabels Herz schlägt ein wenig schneller.

»Bist du schon fertig mit deinem Kurs?« Er deutet auf die muffige Yogamatte unter ihrem Arm.

»Sieht man das denn nicht?« Mabel muss kichern und fügt hinzu: »Ich habe geschwänzt. Eigentlich habe ich mich nur in dieses Yogaoutfit gezwängt, um einen Autor für den Verlag zu gewinnen. Aber leider ist meine Mühe vergeblich gewesen.«

»Verstehe ich nicht. Dieser Autor muss ein Trottel sein.«

»Er ist sogar der Anführer aller Trottel, das kannst du mir glauben. So, ich muss jetzt wieder ins Büro. Dir noch viel Spaß beim Schwitzen.«

»Danke. Aber ich bin fertig für heute und habe den Rest des Tages frei.«

»So ein Faulenzerleben möchte ich auch einmal haben. Bis Freitag, Paul.«

»Bis Freitag.«

Paul hebt etwas unsicher die Hand und geht in die Richtung der Duschräume. Er hat wirklich einen sehr athletischen Körper, stellt Mabel fasziniert fest. Sie geht weiter Richtung Ausgang und sieht ein Poster, auf dem das typische Fitnesspaar abgebildet ist, die natürlich gut gelaunt beim Gewichtestemmen und Dehnungsübungenmachen für die Kamera posieren. Beide haben die perfekte Figur, makellose Haut und scheinen ein harmonisches Team abzugeben. Wie es bei Models und solchen Postern häufig der Fall ist, stellen sie nichts Reales dar, sondern sind lediglich das Abbild eines Ideals. Unerreichbar für jeden Einzelnen, der dieses Studio betritt und später wieder verlässt, denn die vollkommene Perfektion gibt es nicht. Mabel stößt die Tür auf und stellt fest, dass die Sonne durch die Wolkendecke blitzt. Die triste Winterwelt beiseiteschiebt und die ersten Impulse für den Frühling sendet. Ein Bild, das ihr viel besser gefällt als die Darstellung irgendwelcher aussichtsloser Illusionen.

# 5 Taktgefühl

»Was machst du denn hier?« Mabel trägt eine alte ausgeleierte Jogginghose, einen weiten, apfelgrünen Pullover und reißt überrascht die Augen auf, als sie Paul vor sich in der Tür stehen sieht.

»Hast du gestern etwas vergessen?«

Es ist Samstagmorgen und Mabel ist gerade eben aufgestanden. Oder träumt sie noch?

»Ist das schon wieder Charlie? Sag ihm, wenn er nicht bald aufhört, jeden Samstagmorgen hier zu klingeln, werde ich ihm meinen Gehstock um die Ohren schlagen«, ruft Annie aus dem Wohnzimmer.

Ihre Stimme klingt schwacher und ausdrucksloser als sonst. Ohrenschmerzen haben sie die ganze Nacht wachgehalten, scheinen aber keine Auswirkung auf ihre Abneigung gegen den senilen Charlie zu haben, der häufiger bei ihnen klingelt, wenn er sich mal wieder im Stockwerk geirrt hat.

»Kann ich kurz hereinkommen?« Paul macht ein angespanntes Gesicht. Seine Augen sind gerötet und darunter bilden sich dunkle Augenringe. Er sieht aus, als hätte er die ganze Nacht kein Auge zugetan. Für einen Traum sieht das alles ein wenig zu realistisch aus. In einem Traum müsste Paul strahlend schön aussehen und sie selbst würde nicht aus dem Bett kommen, sondern ...

»Mabel?«, hört sie Paul fragen, bevor sie verschlafen beiseitetritt und er zielstrebig an ihr vorbei ins Wohnzimmer geht.

»Hey, Annie. Wie geht es Ihnen?«, hört Mabel ihn Annie begrüßen, während sie die Haustür schließt und langsam Richtung Wohnzimmer geht. Zwangsläufig kommt Mabel dabei an dem großen Garderobenspiegel vorbei, wo sie, nach kurzem Überlegen, erschrocken innehält. »Scheiße«, entfährt es ihr leise, als sie in ihr blasses Spiegelbild starrt.

Ein neuer, gigantischer Pickel ziert ihr Kinn und glänzt ihr in einem speckigen Rot entgegen. Ihre Haare stehen auf der einen Seite ab, wohingegen auf der anderen Seite eine Strähne an ihrer Wange klebt. Tiefe Schatten liegen unter ihren Augen und zeigen, wie schlecht sie in der letzten Nacht geschlafen hat.

»Es ist mir schon einmal besser gegangen«, hört sie Annie aus dem Wohnzimmer antworten, was sie aus ihren Gedanken reißt, und geht weiter ins Wohnzimmer. Annies Kopf zuckt kaum merklich, als sie hereinkommt. Mabel beobachtet, wie Annie sich in ihrem geblümten Ohrensessel zurücklehnt und stellt fest, wie schlecht sie heute aussieht. Die Sorgen der letzten Nacht kehren zurück und Mabel schnürt es die Kehle zu. Sie setzt sich auf das kleine Sofa gegenüber von Annie, als sie Paul sagen hört:

»Annie, Sie müssen zu einem Arzt.«

Seine Stimme ist sanft, aber nachdrücklich. Er beugt sich zu ihr hinunter und befühlt Annies Stirn. Dabei fällt Mabel ein silberner, schwerer Ring an Pauls Mittelfinger auf.

»Und Sie müssen dringend duschen«, antwortet Annie, bevor sie die Augen schließt. »Sie riechen wie eine wandelnde Bahnhofskneipe.« Mabel muss sich ein Lachen verkneifen.

»Das tut mir leid«, erwidert Paul grinsend und sieht an sich hinab. Er trägt ein einfaches schwarzes T-Shirt, das eng an seinem Körper klebt, und eine schlichte dunkelblauen Jeanshose. Mabel mustert ihn und bemerkt zum ersten Mal, wie klein seine Ohren eigentlich sind.

»Bitte lassen Sie sich durchchecken, Annie.«

»Warum?« Annie öffnet die Augen und ihr Blick ist klar und wach. »Was soll mir ein Arzt denn sagen? Was soll er tun? Mein Leben um einen weiteren Tag verlängern? Oder sogar um weitere Wochen? Denken Sie, ich weiß nicht, dass es mir täglich schlechter geht?«

Mabel starrt nun Annie fassungslos an und das Lächeln auf ihrem Gesicht erstirbt.

»Es geht in erster Linie nicht darum, Ihr Leben zu verlängern, Annie. Ein Arzt kann es Ihnen erträglicher machen«, erwidert Paul leise.

»Wenn Sie nichts tun, dann werden Ihre Anfälle immer schlimmer. Unkontrollierbar. Denken Sie doch an Ihre Nichte. Sie wird das alles mitansehen müssen und ich spreche aus Erfahrung, wenn ich sage, dass das nicht leicht ist.«
Anfälle? Paul blickt kurz zur aschfahlen Mabel, die froh darüber ist, in diesem Moment zu sitzen.

»Bitte, Annie, lassen Sie sich untersuchen.«

»So ist das Leben, Paul. Das kann ICH Ihnen aus Erfahrung sagen. Und ich zwinge niemanden dazu, mir bei irgendetwas beizustehen. Mabel weiß, dass sie jederzeit gehen kann. Sie ist mir zu nichts verpflichtet und kann das genauso handhaben wie der Rest der Familie.«

»Was redest du denn da, Annie?« Mabels Stimme klingt gepresst und die ersten Tränen treten in ihre Augen. »Es sind doch nur Ohrenschmerzen. Die werden bald schon wieder weg sein und dann geht es dir wieder besser.«

»Es tut mir leid, Mabel, aber es sind nicht einfach nur Ohrenschmerzen. Annie hat mich vor ein paar Tagen angerufen, weil sie bemerkt hat, dass sie manchmal die Kontrolle über ihren Körper verliert. Das äußert sich bisher durch leichtes Zucken oder Schräglage des Kopfes sowie kurzzeitige Taubheit in den Extremitäten. Sie hat es bereits vor einigen Wochen bemerkt.« Paul blickt streng zu Annie. »Leider hat sie es mir jetzt erst gesagt und das auch nur, weil sich die Symptome verschlimmern. Deswegen ist es sehr wichtig, dass sie zu einem Arzt geht, Mabel. Das sage ich ihr allerdings schon seit letzter Woche. Bisher vergeblich.«

»Petze. Sobald Sie weg sind, werde ich mich darüber informieren, ob Sie nicht auch an irgendwelche Schweigepflichten gebunden sind. Falls ja, werde ich Sie bis auf Ihr letztes violettes Pflegehemd verklagen«, murrt Annie und sieht beunruhigt zu Mabel.

»Das wirst du schön bleiben lassen, Annie. Warum hast du mir denn nichts gesagt?« Mabel steht auf und geht zu Annie. Sie legt ihr eine Hand auf die Schulter, bevor sie mit zittriger

Stimme sagt: »Du kannst doch immer mit mir reden.«
Annie ergreift Mabels Hand und drückt sie kurz, bevor sie sagt:

»Das weiß ich doch, Mabel. Aber ich wollte dich damit nicht belasten.«
Annie stöhnt und schließt für einen kurzen Moment die Augen.

»Soll ich einen Arzt rufen?«, fragt Mabel leise.

»Bloß nicht. Ich brauche einen Kaffee, sonst verspreche ich euch, dass ich sofort sterbe. Ich habe die halbe Nacht kein Auge zugetan und möchte nicht vor meiner ersten Tasse Kaffee weiter über mein gesundheitliches Wohlbefinden diskutieren. Vielleicht bin ich nachher vernünftiger«, fügt Annie milde lächelnd hinzu.

»Sie bleiben doch noch, Paul?«

»Sehr gerne. Dann kann ich den Zeitpunkt noch ein wenig herauszögern, bis Sie mich dann verklagen.«
Pauls Brille ist ein wenig nach unten gerutscht und er schiebt sie wieder auf seiner großen Nase nach oben, bevor er zu Mabel sieht, die ihm ertappt ein Lächeln zuwirft, bevor Annie glucksend antwortet:

»Eines ist sicher: die Zeit arbeitet für Sie, Paul.«

Mabel steht in der beengten Küche und versucht ihre Gedanken zu sortieren. Wird Annie bald sterben? Wie krank ist ihre Tante? Und was wird sie selbst bald erwarten? Sie hat noch nie einen anderen Menschen gepflegt. Wird sie es richtig machen? Wird sie dem gewachsen sein? Was ist, wenn sie etwas falsch macht? Das ist eine riesige Verantwortung und bisher ist ihr das irgendwie noch nicht so richtig bewusst gewesen. Mabel starrt aus dem winzigen Küchenfenster, während der Kaffee unaufhaltsam in die Kanne tropft. Die Sonne versucht, gegen den frühmorgendlichen Nebel anzukommen. Die Schneemassen der letzten Wochen sind bereits größtenteils geschmolzen. Lediglich ein paar dunkle, schlammige Eisklumpen versuchen hartnäckig, der Sonne zu trotzen.

»Ich dachte, ich sehe mal nach dir. Ist alles in Ordnung?« Paul steht hinter ihr in der kleinen Küchentür und wirkt noch größer als sonst, während Mabel die Tränen nicht mehr zurückhalten kann.

»Was ist mit Annie? Ist sie sehr krank?«, fragt sie leise schluchzend.

»Das kann ich dir nicht sagen. Das kann nur ein Arzt und zu dem will Annie nicht.« Paul steht unschlüssig in der Küche.

»Ich wünschte, sie hätte mir etwas gesagt.«

»Sie wollte dich nicht beunruhigen. Gestern ist mir bei der Physiotherapie aufgefallen, dass ihr Kopf zur Seite gekippt ist und sie ihn danach nicht wieder gerade ausrichten konnte. Bisher hat es keine altersuntypischen Auffälligkeiten gegeben, weshalb ich dann doch etwas beunruhigt war. Es hat mir keine Ruhe gelassen, deswegen wollte ich heute noch einmal nach ihr sehen, und was ich sehe, beruhigt mich nicht.«

»Ich werde nachher noch einmal in Ruhe mit ihr reden und am Montag rufe ich beim Arzt an. Wenn sich ihr Zustand am Wochenende weiter verschlechtert, bringe ich sie in die Notfallpraxis.«

Mabel strafft die Schultern, wischt sich die Tränen von der Wange und holt drei Tassen aus dem Küchenschrank. Es bringt nichts, sich die Augen aus dem Kopf zu weinen. Sie muss jetzt funktionieren. Für Annie.

»Danke, dass du nochmal hergekommen bist. Jetzt weiß ich Bescheid und vielleicht kann man ja noch etwas machen.«

»Ja, vielleicht.« Paul klingt zögerlich.

»Ganz bestimmt. Annie ist zäh. Sie schafft das schon.«

Mabel stellt die Tassen auf ein Tablett und holt die Zuckerdose und ein kleines Kännchen Milch aus dem Schrank. Paul macht noch einen Schritt in die Küche und ihr steigt der mittlerweile vertraute Duft von Zedernholz und Orange, vermischt mit Schweiß und Zigarettenrauch, in die Nase. Mabel blickt hoch in Pauls Gesicht, das fast liebevoll auf sie hinunterblickt. Oder bildet sie sich das nur ein?

»Mabel, ich möchte dir keine falschen Hoffnungen machen.

Ich bin kein Arzt, aber ich glaube nicht, dass sich Annies Zustand wieder verbessern wird. Und ... so wie es aussieht ... geht es schnell.«
Mabel treten wieder die Tränen in die Augen. Warum sagt er das jetzt zu ihr? Muss er so schroff sein? So taktlos? Sie hat es doch eben erst erfahren und muss das erst einmal verarbeiten. Und ja, er ist kein Arzt.

»Können wir das Thema wechseln?« Die Kaffeemaschine gibt ein gurgelndes Geräusch von sich.

»Natürlich«, sagt Paul knapp und tritt wieder einen Schritt zurück. »Soll ich dir etwas abnehmen?«

»Nein, das schaffe ich allein. Aber danke.«

Paul geht zurück ins Wohnzimmer und Mabel trägt das Tablett hinein. Anschließend holt sie den frisch gebrühten Kaffee. Als sie zurückkommt sitzt Paul auf dem kleinen, geblümten Fußschemel neben Annie und lacht herzhaft. Es ist ein merkwürdiges Bild, wie dieser riesige Mann auf dem schienbeinhohen Schemel sitzt. Mabel blickt zu Annie, die sie amüsiert mustert.

»Sie sehen müde aus, Paul«, stellt Annie fest und nimmt eine Kaffeetasse von Mabel entgegen. »Hatten Sie eine kurze Nacht?«

»Wie man es nimmt.« Paul hebt sich eine Hand vor den Mund und gähnt. »Ich arbeite noch nebenher in einem Club und komme direkt von einer Nachtschicht. Heute Abend geht es weiter.«

»Interessant. Und wo ist das?«, fragt Annie neugierig weiter, während Mabel Paul einen Kaffee reicht.
Mabel schenkt sich ebenfalls eine Tasse ein und setzt sich im Schneidersitz zurück auf das kleine Sofa.

»Ich weiß nicht, wie gut Sie sich in der Clubszene auskennen, Annie. Aber der Club, in dem ich arbeite, heißt Theatron und ist in der nächsten Stadt. Also quasi um die Ecke.«

»Das sagt mir nichts«, lacht Annie müde und ihr Kopf kippt leicht zur Seite, als sie zu Mabel sieht.

»Aber Mabel könnte sich das doch einmal genauer ansehen und mir dann berichten.«

»Oh, Annie«, stöhnt Mabel und trinkt einen Schluck Kaffee, um nicht gleich antworten zu müssen.

»Klar, ich kann Mabel auf die Gästeliste setzen lassen.«

»Das klingt doch prima. Hast du gehört, Mabel? Er setzt dich auf die Gästeliste.«

»Ja, ich habe es gehört. Und danke, ich überlege es mir.«

»Ich würde mich freuen, wenn du kommst.«

Hat er das gerade wirklich gesagt? Mabel trinkt noch einen Schluck aus ihrer Tasse und sagt zu ihrer eigenen Überraschung:

»Dann setz mich auf die Gästeliste. Aber nicht für heute Abend. Nächstes Wochenende vielleicht?«

»Passt es dir am Samstagabend? Soll ich noch jemanden auf die Gästeliste setzen lassen?« Die Frage ist absolut unverfänglich, doch Annie gibt ihr Bedeutung, weil sie verheißungsvoll ihre müden Augen ein Stück aufreißt.

»Ich komme allein«, antwortet Mabel zur Freude ihrer Tante und auch über Pauls Gesicht huscht ein zufriedenes Lächeln, wenn sie seine Mimik richtig deutet.

»Sie sind zu spät.« Die braungrünen Augen von Margot Sticks blicken Savannah streng an, die, nach Atem ringend, irgendeine gute Ausrede sucht. Ihre Augen suchen hastig das Zimmer ab, suchen nach irgendeiner guten Idee, aber wie so oft fällt ihr einfach nichts ein.

»Bitte entschuldigen Sie meine Verspätung. Ich habe verschlafen«, stammelt Savannah und versucht, dem unnachgiebigen Blick von Ms. Sticks auszuweichen. Wie peinlich. Alle im Raum starren sie an.

»Schön, dass Sie es nun doch noch aus dem Bett geschafft haben. Bitte setzen Sie sich, Ms. Goats.«

Mit gesenktem Kopf geht Savannah zu dem einzigen freien Platz und beschließt, für den Rest des Tages einfach nicht mehr aufzufallen. Weder positiv noch negativ. An einem Tag wie heute vermutlich die beste Strategie, denn es scheint einer dieser Tage zu sein, an denen einfach alles schiefgeht. Nachdem Savannah ihren Wecker erst nach dem fünften Schlummermodus ernstgenommen hat, ist sie geradezu aus dem Bett gesprungen, um dann festzustellen, dass sie schon längst auf dem Weg ins Büro sein sollte. In Windeseile hat sie sich die verschmierte Schminke vom Vortag weggewischt und einfach eine neue Ladung Wimperntusche und Eyeliner aufgetragen. Auch bei der Kleiderwahl hat die Zeit für eine gewisse Sorgfalt gefehlt. Die hellblaue Hose vom Vortag ist dreckig, was sie erst bemerkt hat, als sie schon fast im Büro gewesen ist, und die weiße Bluse, die sie neu gekauft hat, ist zu eng und unbequem. Ein Fehlkauf, wie er im Buche steht. Savannah ist also losgerannt ohne Frühstück oder Kaffee und ihr Magen dankt es ihr nicht. Krampfhaft zieht er sich zusammen. Trotz alldem ist sie zehn Minuten zu spät gekommen. Ausgerechnet bei Ms. Sticks, die für Unpünktlichkeit keinerlei Verständnis aufbringen kann und gerade erklärt, dass das B2B-Marketing nicht mehr so viele Unterschiede zum B2C-Marketing aufweist wie früher. Savannah verkneift sich ein Gähnen.

Um zehn, Savannahs Magen hat sich schon mehrfach lautstark bemerkbar gemacht, was Ms. Sticks mit großem Missfallen bemerkt hat, ist endlich die erste Pause und Savannah eilt in die Cafeteria. Dort drängelt sich eine kleine, dickliche Frau frech an ihr vorbei und gibt eine Massenbestellung ab. Bei der sie sich natürlich immer wieder umentscheidet. Savannah versucht sich nicht aus der Ruhe bringen zu lassen und beißt – endlich! – wenige Minuten später in einen gezuckerten Donut. Und er ist einfach herrlich. Der köstlichste Donut, den sie je gegessen hat. Genüsslich schließt sie für einen winzigen Augenblick die Augen.

»Da bist du ja. Ich habe dich überall gesucht.« Cherrys schrille Stimme klingt wütend.

»Hallo, Cherry«, murmelt Savannah unbeirrt und beißt gierig von ihrem Donut ab.

»Weißt du, wen ich heute Morgen getroffen habe? Logan!«, sagt sie laut und ihre Augen funkeln bedrohlich: »Schön, dass du ihm erzählt hast, dass ich es gewesen bin, die ihm geschrieben hat. Weißt du, Savannah, wenn du keine Geheimnisse für dich behalten kannst, dann sag es mir einfach. Dann vertraue ich dir keines mehr an. Das hat mich wirklich genervt, als er heute Morgen auf mich zugekommen ist und mich zur Rede gestellt hat, weil du Tratschtante nichts für dich behalten kannst.«

»Ich musste es ihm sagen«, sagt Savannah ruhig, bevor sie erneut von ihrem Donut abbeißt.

»Ach ja, du musstest? Hat er dich mit einer Waffe bedroht? Dich erpresst?«, fragt Cherry bissig und verschränkt die Arme vor der Brust. Savannah starrt zu ihrem halb gegessenen Donut und überlegt, ob sie ihn zuerst essen oder doch besser zuerst antworten soll. Savannah entscheidet sich für letzteres, in der Hoffnung, danach in Ruhe essen zu können, bevor das Meeting weiter geht.

»Das heißt, du hast absichtlich den Namen unter den Textnachrichten weggelassen, damit er denkt, dass ich ihm geschrieben habe? Verstehe ich dich richtig?«

»Was? Nein«, sagt Cherry empört.

»Logan ist auf mich zugekommen, um mich zu fragen, warum er keine Antwort mehr bekommen hat.«

»Und wann wolltest du mir das sagen? Was hast du sonst noch rumposaunt? Weiß jemand etwas über die Sache mit Marc? Wenn ja, dann schwöre ich – «, redet sich Cherry weiter in Rage.

»Hör mal gut zu, Cherry«, unterbricht Savannah sie, »Ich bin gefragt worden, ob ich hinter den Nachrichten stecke, und habe ehrlich erwidert, dass ich nichts damit zu tun habe. Was das alles mit Marc zu tun hat, ist mir schleierhaft. Das ist nämlich ganz allein deine Sache, sofern du nicht vorhast, mich da in irgendetwas hineinzuziehen. Ich habe und werde niemandem etwas erzählen.«

»Eine Entschuldigung klingt aber anders.«

»Es tut mir leid, dass ich deiner Bitte nachgekommen bin und dir Logans Nummer besorgt habe. In Zukunft machst du so etwas ohne mich. Na, klingt das besser?«, sagt Savannah schärfer als beabsichtigt, macht auf dem Absatz kehrt und verlässt die Cafeteria. Lässt Cherry stehen, die ihren ganzen Frust abbekommen hat, obwohl sie eigentlich nur die Kirsche auf dem Sahnehäubchen gewesen ist.

Draußen ist es bereits dunkel, als Savannah endlich ihre Sachen zusammenpackt, und während sie nach ihrer Jacke greift, stürmt Logan ins Büro. Er pfeffert ihr mit voller Wucht etwas auf den Schreibtisch. Außer ihnen beiden ist niemand mehr da.

»Was ist das, Savannah?«, stößt Logan wutschnaubend hervor. Langsam greift sie nach dem Schnellhefter auf ihrem Tisch und blickt auf das oberste Schriftstück, bei dem es sich um eine E-Mail handelt.

»Woher soll ich das wissen? Ich habe diese Mail noch nie gesehen und der Absender ist geschwärzt«, sagt Savannah, nachdem sie das Schriftstück kurz überflogen hat, ohne es richtig zu lesen. Sie blättert den Schnellhefter grob durch, doch nichts darin kommt ihr bekannt vor. Erschöpft von dem endlosen Meeting mit Ms. Sticks streckt sie Logan den Schnellhefter entgegen.

»Ich glaube, du kennst das sehr wohl, denn es klingt nach dir«, zischt Logan ihr aufgebracht entgegen, bevor er ihr den Ordner entreißt und laut zu lesen beginnt:

> »Logan Adams, Abteilung Marketing und Consulting, ist nicht nur vorlaut und besserwisserisch, nein, er ist auch ein richtiger Depp, der lediglich zweitklassige Arbeit leistet, wenn überhaupt. Er hat keinen Sinn dafür, wie man mit Kollegen und Kolleginnen anständig umgeht. Scheinbar permanent geht er verbal auf alle los und hält sich für den Größten. Ich möchte daher explizit den Wunsch äußern, dass, sollte es zu Personalstreichungen kommen, Sie doch bitte bei Mr. Adams anfangen. Ohne ihn fehlt dieser Firma wirklich nichts«,

endet er und knallt den Schnellhefter erneut auf Savannahs Schreibtisch.

»Seit Monaten bekommt Ms. Sticks solche E-Mails. Die meisten sind über mich. Ab und an werden auch andere erwähnt. Du nicht, Savannah, und das wundert mich dann doch.«

»Was soll das denn jetzt heißen?«

»Du bist jetzt auch nicht das Ebenbild der Perfektion.« Savannah stockt das Herz. Sie ahnt nichts Gutes.

»Das behauptet doch niemand.«

»Das wäre ja auch sehr weit entfernt von der Realität. Du bist eine Kratzbürste. Absolut zickig. Ständig gereizt, verbissen und als ob du kein Besserwisser bist. Ha, dass ich nicht lache. Außerhalb des Büros bist du auch noch lächerlich. Kicherst ständig mit deiner Freundin Cherry herum und benimmst dich einfach nur affig.«

Das hat gesessen. Sie fühlt sich wie vom Bus überfahren, aus einem Fenster aus dem zehnten Stock gestoßen, wie jemand, der im Schlaf beraubt wird, und das alles zur gleichen Zeit. Absolut unerwartet treffen sie seine harten Worte, als wären es einzelne Schläge in die Magengrube, und wie so oft wird sie zum Opfer seiner Wut.

»Ich bin das nicht gewesen, Logan.« Savannahs Stimme bebt.

»Als ob ich dir das glaube. Du spielst doch ständig diese Spielchen. Diese ganze Nummerngeschichte, mit der ihr mich zum Narren gehalten habt. Hast dir sicher ins Fäustchen gelacht bei diesen ganzen beschissenen Mails«, faucht er sie an.

»Ich habe Cherry deine Nummer gegeben. Ja. Schuldig, wenn du es so willst. Aber ansonsten habe ich mit dieser ganzen Geschichte nichts zu tun. Gar nichts. Die Textnachrichten hast du von Cherry bekommen, die vielleicht vergessen hat, ihren Namen dahinter zu schreiben. Vielleicht aus Absicht? Aber ich habe damit nichts zu tun.«

»Als ob. Du bist eine Lügnerin und man kann dir nicht trauen.«

»Diese Mails sind eine bodenlose Frechheit und du hast jedes

Recht, dich deswegen aufzuregen. Der Verfasser gehört gefeuert und auch definitiv zu einer Sorte Menschen, mit denen ich nichts zu tun haben will. Aber schön, dass du mich für genau so jemanden hältst. Und wenn du dich mal umhörst, dann wirst du erfahren, dass ich nie, wirklich nie, auch nur ein schlechtes Wort über dich hinter deinem Rücken sage. Vielleicht denkst du darüber einmal nach.«

»Du schreibst hier ja nicht nur über mich«, fährt er unbeirrt zornig fort.

»ICH?« Zornentbrannt erwidert Savannah: »Ich schreibe über niemanden und die anderen sind mir egal. Wie lange kennst DU mich jetzt schon? Eigentlich solltest du mittlerweile wissen, dass ich nicht so bin. Und egal, wie sehr du dir vielleicht wünschst, dass ich diesen Mist geschrieben habe, wenn du ganz ehrlich zu dir selbst bist, einen Moment in dich gehst, dann weißt du, dass ich es nicht gewesen bin.«

»Tu nicht so, als ob das so weit hergeholt wäre. Ja, ich kenne dich seitdem du hier angefangen hast und weiß, dass du eine absolute Zicke bist. Sobald ich nur eine kleine Anmerkung vorbringe, reagierst du genervt und übertrieben gereizt. Du bist empfindlich und kannst keinerlei Kritik annehmen. Das nennt man beratungsresistent, Savannah.«
Sie atmet tief durch und versucht ihm ruhig zu antworten:

»Manchmal, auch des Öfteren, reagiere ich leicht überspitzt auf deine Anmerkungen. Aber nur, weil ich das Gefühl habe, dass du mich am laufenden Band kritisierst und es egal ist, was ich sage, denn es ist einfach alles falsch. Einzig und allein aus dem Grund, weil es von mir kommt. Egal was schief geht, in deinen Augen bin immer ich Schuld und nichts ist gut genug.«

»Mach doch mal die Augen auf, kein Mensch erträgt dich.« Logans Miene verändert sich. Die Zornesfalte ist verschwunden und dafür trägt er nun ein selbstgefälliges Grinsen zur Schau, das ihr ganz deutlich signalisiert sich zu wappnen.

»Ist es nicht offensichtlich, dass du nicht zum Aushalten bist?«, fügt er hinzu.

»Nein«, keift sie zurück, »und ich habe keine Lust, mich weiter mit dir herumzustreiten und auf mir herumhacken zu lassen. Deswegen gehe ich jetzt nach Hause und mache mir einen ruhigen Abend.« Sie zieht sich ihre Jacke an, während seine Worte noch immer in ihren Ohren nachhallen. »Um zum eigentlichen Thema zurückzukehren, das heißt falls du noch aufnahmefähig bist, nachdem du mich mehrfach persönlich beleidigt hast, mein Gewissen ist absolut rein. Mit der Sache«, Savannah schlägt ihm den Schnellhefter, so stark sie kann, gegen seine Brust, in der Hoffnung, dass es ihm wenigstens ein bisschen wehtut, »mit der habe ich nichts zu tun. Such dir also jemand anderen für deinen nächsten Wutausbruch. Bei mir bist du an der falschen Adresse.«

Sie will gerade an ihm vorbeigehen, als Logan sich ihr in den Weg stellt und verdächtig leise fragt:

»Wo ist dann dein Freund?«

»Was?«, irritiert sieht sie ihn an.

»Wenn du so toll bist, wie du tust, warum hast du keinen Freund? Keinen Partner? Eine Frau, die keine Zicke ist. Wow. Die lediglich das Gefühl hat, nicht gut genug zu sein. Doppeltes Wow. Die Männer müssen doch bei dir nur so Schlange stehen. Aber ich sehe hier keine Schlange und auch in den letzten Monaten – ach quatsch – seit ich dich kenne, hast du doch noch nie einen Freund gehabt. Und weißt du, warum? Ich kann es dir sagen. Keiner, der noch alle Tassen im Schrank hat, würde jemanden wie dich wollen.«

***»Zwischen zu früh und zu spät liegt immer nur ein Augenblick.«***
***(Franz Werfel)***

# 6 Auftritt

»Mr. Adams.«

»Ms. Sticks?« Logan nickt ihr kurz unsicher zu, bevor er ihrer Geste folgt und sich auf einen der beigefarbenen Designerstühle ihr gegenüber setzt. Er blickt sich in dem schönen, schlicht gehaltenen Büro um. Es ist so viel geschmackvoller als das Großraumbüro. In leichten Beigetönen und feinen Grautönen gehalten wirkt alles modern und edel. Weiche Vorhänge verschleiern den Blick nach draußen und lassen den Raum dadurch ruhiger wirken. An der rechten Wand hängt eine geschmackvolle Fotografie eines großen Olivenbaums.

»Sie wollten mich sprechen?«, fragt Logan und verschränkt die Arme vor der Brust. Vielleicht hat er eines Tages auch mal so ein Büro. Bei der Vorstellung daran muss er zufrieden schmunzeln.

»Ich habe heute eine E-Mail erhalten, der ich nachgehen muss. Allerdings glaube ich nicht, dass der Inhalt der Wahrheit entspricht. Dennoch werden schwere Vorwürfe gegen Sie erhoben, Mr. Adams.«

»Worum geht es denn?« Das Lächeln auf seinem Gesicht erstirbt und sein Herz schlägt unbarmherzig fest gegen seine Brust, während er angespannt Ms. Sticks beobachtet.

»Ich muss eines Ihrer Arbeitszeugnisse überprüfen, Mr. Adams, und ich denke, es ist auch in Ihrem Sinne, wenn Sie in dieser Sache mit mir zusammenarbeiten.«

»Wie bitte?« Bittere Wut nimmt von Logan Besitz und es fällt ihm schwer, nicht aus der Haut zu fahren. Nicht zu schreien. Ms. Sticks fällt ihm in den Rücken! »Von wem ist diese Mail?« Logans Stimme bebt.

»Mr. Adams, Sie wissen genau, dass ich es Ihnen, selbst wenn ich es wüsste, nicht sagen könnte.«

»Das verstehe ich nicht. Wie soll ich noch irgendjemandem in dieser Firma vertrauen?« Ms. Sticks blickt ihn kühl an und als keine Antwort kommt, fragt Logan weiter: »Um welches Zeugnis geht es?«

»Sie haben ein Arbeitszeugnis der Firma ...«, Ms. Sticks blättert die Unterlagen vor sich durch und schiebt sich die kleine Lesebrille ein wenig höher auf die schmale Nase, »... Tradimento erhalten, das tatsächlich ausschlaggebend für Ihre Einstellung bei uns gewesen ist. In der E-Mail wird die Behauptung aufgestellt, dass dieses Arbeitszeugnis gefälscht ist. Ich hoffe, Sie verstehen, dass ich das auch zu Ihren Gunsten nicht so stehen lassen kann.«

»Natürlich.« Nicht. Er versteht die Welt nicht mehr. Wer auch immer diese E-Mail geschrieben hat, muss ihn wirklich hassen.

»Könnten Sie mir den Kontakt herstellen, denn ich bin leider bisher nicht wirklich durchgekommen? Die Firma hat hier mittlerweile keinen Sitz mehr, sondern nur noch in Italien. Eine Bestätigung des Zeugnisses würde auch genügen.«

»Selbstverständlich. Ich werde Ihnen so schnell wie möglich eine Bestätigung zukommen lassen«, antwortet Logan, so beherrscht er kann.

»Sehr gut! Das ist dann auch schon alles gewesen. Ich bin mir sicher, dass wir diese ... Anschuldigungen sehr bald aus der Welt schaffen können.«

***»Sich wehren ist etwas anderes, als zurückzuschlagen.«***
***(Anke Maggauer-Kirsche)***

Rache ist vielleicht der falsche Begriff, um zu beschreiben, was Savannah als nächstes im Schilde führt. Man könnte es eine Lektion nennen. Aber macht es die Sache an sich dadurch besser? Ein kleiner Teil in ihr sträubt sich noch gegen den Plan. Doch für einen Rückzieher ist es zu spät, denn Savannah sitzt bereits in den Startlöchern. Genauer gesagt sitzt sie auf einem ziemlich unbequemen, hölzernen Barhocker in einer überfüllten Bar am anderen Ende der Stadt. Beobachtet gespannt und mit unnatürlich gerader Haltung die Eingangstür. Neben ihr sitzt Cherry, in sich zusammengesunken und schon ziemlich betrunken. Mit einem Ellenbogen auf dem Tisch stützt Cherry ihren scheinbar zentnerschweren Kopf. Sie trägt eine schwarze Jeans und eine kurze, enganliegende Bluse mit großen dunkelroten Blumen und Spitzenrändern an den Ärmeln in einem zarten Altrosa. Ihnen gegenüber sitzen Eve und ihr Freund Dimitry. Alle bis auf Cherry starren wie gebannt die Eingangstür an, als endlich Hugh Conners die Bar betritt. Savannahs Date für den heutigen Abend und nicht nur das: Hugh ist heute sehr viel mehr. Er spielt die Hauptrolle in einer Inszenierung, die hoffentlich genauso verläuft, wie Savannah es sich ausgemalt hat. Er ist die Schlüsselfigur in ihrem Schachspiel, ohne die Regeln zu kennen. Besser, er nimmt sich in Acht, denn Savannah holt heute zu einem Gegenschlag aus und er ist daran beteiligt, ob er will oder nicht.

Hugh hebt eine seiner gigantischen Hände und winkt ihnen zu, bevor er sich seinen Weg durch die überfüllte Bar bahnt. Dank seiner Größe überragt er die meisten und geht in der bewegten Menge nicht unter. Savannah ist zum allerersten Mal in dieser Bar. Sie bevorzugt sonst kleinere Diskotheken oder gemütliche Cocktailbars. Doch heute macht sie eine Ausnahme und hat sich für eine größere Bühne – mit entsprechend größerem Publikum – entschieden. Savannah trägt große, glitzernde Kreolen, die immer wieder zwischen ihren wilden Locken hindurchfunkeln und dazu ein schwarzes, fransiges Top mit Spaghettiträgern, die sich in ihrem Rücken kreuzen. Ihre hellblaue Hose geht ihr bis zum Bauchnabel und betont ihre zerbrechliche Figur. An ihrem Handgelenk baumelt ein schwarzes Lederarmband mit unzähligen Glitzersteinen, die das Licht reflektieren lassen, während Savannah unruhig daran herumspielt. Hugh ist ein guter Freund von Dimitry, der schon seit ein paar Jahren mit Eve zusammen ist. Eve und Savannah kennen sich noch aus der Schulzeit und versuchen sich seit ihrem Abschluss regelmäßig zu treffen. Savannah beobachtet, wie Hugh ihrem Tisch immer näherkommt.

»Guten Abend. Entschuldigt die Verspätung. Der Verkehr ...«

Savannah starrt Hughs breiten Mund an, mustert seine stoppeligen, dunkelblonden Haare und beobachtet, wie seine dattelförmigen Augen, eine Mischung aus blau und grün, zwischen ihnen allen hin und her blicken. Es bilden sich zwei zarte Lachgrübchen an seinen Wangen, als er zu Savannah sieht, die erleichtert feststellt, dass sie ihn auf den ersten Blick sympathisch findet. Nachdem Hugh seinen dunkelblauen Wintermantel abgelegt hat, setzt er sich auf den freien Platz neben Savannah, die noch immer an ihrem Armband herumnestelt. Als Hugh eine seiner großen Hände auf dem dunkelbraunen Tisch platziert, schießen Savannah Logans feingliedrige Finger in den Kopf. Was macht sie hier eigentlich?

»Du siehst umwerfend aus, Savannah«, sagt Hugh freundlich und sieht sie warmherzig an.

»Danke. Ich bin froh, dass wir uns heute endlich persönlich kennenlernen. Die beiden da drüben«, Savannah deutet auf Eve und Dimitry, »haben mir schon viel von dir erzählt.«

»Es geht mir genauso. Besonders Eve hat mir von dir vorgeschwärmt und sie scheint nicht übertrieben zu haben.«

»Warte lieber, bis du mich wirklich kennst«, warnt Savannah ihn lächelnd und ihr schlechtes Gewissen meldet sich direkt wieder zu Wort.

»Das hätten wir schon viel früher machen sollen«, sagt Dimitry laut an Eve gewandt und blickt von Hugh zu Savannah und wieder zurück.

»Was meinst du?«, fragt Eve, die gerade in ihr Handy vertieft ist und nicht einmal aufblickt.

»Wir hätten die beiden schon viel früher miteinander bekannt machen sollen«, antwortet Dimitry und legt Eve sanft einen seiner langen Arme um die Hüfte. »Und überleg mal, wir können dann immer etwas zusammen unternehmen. Das wäre doch wunderbar.«

›Es wäre alles, aber ganz sicher nicht wunderbar‹, denkt Savannah und sieht nachdenklich zu Dimitry. Er ist noch nie gemein zu ihr gewesen. Er ist vielmehr das Gegenteil davon.

Dimitry ist immer freundlich, beherrscht und kontrolliert. Die fehlende Echtheit und die schiere Makellosigkeit machen es Savannah schwer, hinter seine perfekte Maske zu schauen. Tut er dass um beliebt zu sein? Oder ist es reiner Selbstschutz? Sie sind jetzt schon eine Weile bekannt miteinander und trotzdem würde sie nicht behaupten, dass sie sich wirklich kennen. Woran liegt das?

»Dann müsst ihr für mich aber auch noch jemanden finden«, sagt Cherry gedehnt und schaut betrübt in die Runde.

»Ich habe einen neuen Arbeitskollegen. Er heißt Chris. Ich könnte ihn dir vorstellen. Er ist erst vor Kurzem hergezogen und kennt noch nicht viele Leute, deshalb wäre er sicher dankbar, wenn er Anschluss finden kann«, steigt Dimitry euphorisch ein und Cherry sieht fragend zu Savannah, die nur mit den Schultern zuckt. »Eigentlich sollten Eve und ich eine eigene Firma gründen. Wenn wir erst einmal Savannah und Cherry in feste Hände gebracht haben, dann können wir für jeden einen Partner finden.«

»Wie bitte?« Savannahs Stimme lässt keinen Interpretationsspielraum und Dimitrys Lächeln erlischt. Zum ersten Mal an diesem Abend blickt Eve von ihrem Handy auf und sieht zu ihrem Freund, dessen permanent gerötete Wangen noch eine Spur dunkler werden, während er ein wenig unruhig auf seinem Stuhl herumrutscht.

»Das war doch nicht böse gemeint. Versteh mich nicht falsch, Savannah, aber du und Cherry seid ja sogenannte ›Dauersingles‹. Oder besser gesagt: schwer zu vermitteln.«

»Cherry und ich sind eben wählerisch«, antwortet Savannah verletzt.

»Ach, wirklich?«, fragt Hugh interessiert.

»Pah, wenn es nur so einfach wäre«, kommt es von Cherry, die mit ihrem Strohhalm auf die übriggebliebenen Eiswürfel in dem leeren Cocktailglas einsticht. »Das eigentliche Problem ist doch vielmehr, dass man uns nicht will.«

»Das kann ich mir nicht vorstellen«, sagt Hugh an Cherry

gewandt. Er kann die Erleichterung nicht aus seiner Stimme verbannen und fährt fort: »natürlich kann ich das nicht in Gänze beurteilen. Aber bisher macht ihr einen äußerst netten Eindruck auf mich.« Savannah sieht zu Cherry, deren Gesicht, trotz ihres Alkoholpegels, Bände spricht.

Nachdem sie sich noch etwas bestellt haben, versucht Savannah sich wieder auf das Gespräch mit Hugh zu konzentrieren, der gerade erzählt: »... zuerst habe ich echt Pech gehabt und bin in den Feierabendverkehr gekommen. Es ist nur stockend vorangegangen. Zuerst bin ich einem Traktor hinterhergefahren, dann einem LKW und zu guter Letzt noch einer jungen, dunkelhaarigen Frau, die das Gaspedal mit der Bremse verwechselt hat.« Savannah stellt fest, dass Hughs Stimme erstaunlich hoch für einen Mann ist und sie ab und an klingt, als würde sie brechen oder überschnappen. »Ich habe es echt versucht, pünktlich zu kommen, aber keine Chance. Ich habe meinen Mercedes noch ordentlich ausgefahren, aber es war nichts zu machen«, lacht Hugh, während die Kellnerin ihre Getränke auf den Tisch stellt.

»Wie viel PS hast du?«, will Dimitry wissen und Savannah klinkt sich aus dem Gespräch aus.

»Jordan, ich brauche deine Hilfe!«

»Was ist los?«, fragt Jordan und sieht besorgt zu Logan, dessen wilde Miene Bände spricht.

»Ich habe dir doch erzählt, dass es bei der Arbeit jemanden gibt der mich loswerden will. Die Sache spitzt sich zu. Jetzt geht es um mein Arbeitszeugnis bei Tradimento.«

»Oh nein.«

»Jordan, ich würde dich nicht bitten, wenn ich selbst einen Ausweg wüsste, aber du hast doch noch Kontakt zu jemandem aus der Firma?«

»Ja, habe ich. Aber ich kann dir nichts versprechen, Logan.«

»Das reicht mir schon, Jordan. Danke dir. Ich mache das irgendwann wieder gut.«

»Irgendwann oder heute? Mabel hat sich schon seit einer Weile nicht mehr gemeldet ...« Jetzt erst bemerkt Logan, wie bedrückt Jordan aussieht. So sehr ist er mit seinem Problem beschäftigt gewesen, dass er es gar nicht bemerkt hat. Es ist aber auch ungerecht. Wieso passiert so etwas immer ihm? Warum ist er Ziel dieser Hetzkampagne? Hätte es nicht einfach einen anderen treffen können? »... Wie lange soll ich noch warten? Ich habe ihr schon mehrmals geschrieben und nie eine Antwort bekommen. Glaubst du, ich soll sie einfach mal anrufen?«, fragt Jordan und Logan zuckt nur mit den Schultern.

Savannah blickt zu Hugh, der mit Dimitry noch immer über Autos redet und verbannt das aufkeimende Gefühl, ungerecht zu sein. Ungerecht zu einem Mann, der mit der ganzen Sache eigentlich nichts zu tun hat. Hugh bemerkt ihren Blick und wendet sich an sie: »Was fährst du denn für ein Auto?«

»Ich habe kein Auto.«

»Wieso nicht, wenn ich fragen darf?«

»Savannah kann nicht Auto fahren?«, rät Dimitry und lacht lautstark über seinen Einwurf. Savannah ist genervt und fragt sich, nicht zum ersten Mal, wie Eve es eigentlich mit ihm aushält. Sie sieht zu Eve, die wieder nur mit ihrem Handy beschäftigt ist.

»Ich brauche gerade keines. Zur Arbeit komme ich zu Fuß und alles andere erreiche ich mit Bus oder Bahn. Ich habe gehört, du spielst Tennis?«, lenkt Savannah das Thema auf Hugh, der tatsächlich anfängt zu erklären, wie man einen Tennisschläger richtig bespannt. Als er unaufhaltsam noch genauer ins Detail geht, ist Savannah nicht unglücklich, als Cherry ihn unterbricht, um zu verkünden:

»Es tut mir leid, aber ich muss nach Hause.« Ihre Stimme ist vom Alkohol gedehnt und sie schwankt ein wenig, als sie vom Barhocker herunterrutscht.

»Wir begleiten dich«, sagt Dimitry prompt und stupst Eve neben sich zärtlich an, die tatsächlich ihr Handy sofort in die

Tasche packt.

»Nicht nötig. Ich will nicht, dass ihr wegen mir auch gehen müsst. Ich habe es doch nicht weit.« Doch Dimitry und Eve lassen sich davon nicht abbringen und wenig später verlassen sie zu dritt die Bar.

»Da sind es nur noch zwei«, schmunzelt Hugh. »So, erzähl mir mal etwas von dir. Was hörst du für Musik?« Zu Savannahs Freude scheint er vergessen zu haben, dass sein Monolog zum Thema »Wie bespanne ich einen Tennisschläger richtig« gestört worden ist.

»Wie kommst du denn auf die Frage?«, fragt Savannah ironisch.

»Vielleicht habe ich ja gehört, dass du eine Schwäche für Musik hast? Was ist dein Lieblingslied?«, fragt er und nimmt einen weiteren Schluck von seinem Bier.

»Genau genommen mag ich jedes Lied, das mich auf irgendeine Weise berührt.«

»Also hast du kein Lieblingslied?« Obwohl er ein interessiertes Gesicht macht, kann Savannah sich nicht vorstellen, dass ihn das wirklich interessiert.

»Mein allererstes Lied, dass ich in Dauerschleife Tag und Nacht gesungen habe, war *I Will Always Love You.* Ich würde sagen, es zählt zu meinen Lieblingsliedern.«

»Und Gitarre spielst du auch? Spielst und singst du mir mal etwas vor?« Wenn sie ehrlich ist, würde sie lieber einen kompletten Ameisenhaufen verspeisen, als ihm oder sonst irgendjemandem etwas vorzusingen.

»Klar, dir kann man doch keinen Wunsch abschlagen, oder?«, hört sie sich säuseln und legt zögernd ihre Hand auf seinen Unterarm. Er entzieht sich ihrer Berührung nicht und sieht sie fröhlich an.

»Dir aber auch nicht.« Er blickt ihr tief in die Augen und Savannah hält seinem Blick stand. »Dimitry hat gerade angedeutet, dass du schon längere Zeit Single bist. Woran liegt das? Bist du wirklich so wählerisch?« Und da ist es schon wieder, dieses leidige Thema.

»Man sagt, dass ich manchmal ein bisschen schwierig bin. Vielleicht liegt es daran. Oder dass ich noch nicht dem Richtigen begegnet bin«, antwortet Savannah und muss unweigerlich an Logan denken. Instinktiv zieht sie ihre Hand von Hughs Unterarm zurück und nestelt wieder an ihrem Armband herum.

»Noch kenne ich dich nicht lang genug, um das beurteilen zu können«, sagt Hugh und seine Hand rutscht auf dem Tisch ein wenig näher in ihre Richtung.

»Erzähl mir noch ein bisschen mehr von dir. Vielleicht, was du sonst noch in deiner Freizeit machst, außer Tennis«, sagt Savannah und nimmt einen Schluck von ihrem Cocktail.

»Sonst mache ich ehrlich gesagt nicht sehr viel. Mein Freund Gerry und ich trainieren noch eine Kindergruppe und eine Minigruppe. Das sind unsere Jüngsten. Es macht Spaß und ein paar der Kinder haben ein wahnsinniges Talent. Und wer weiß, vielleicht schafft es der eine oder andere einmal nach Wimbledon. Das wäre unglaublich.«

»Oh ja, das wäre der Wahnsinn«, sagt Savannah und Hugh beginnt ihr jedes einzelne Kind, das er trainiert, zu beschreiben. Und zwar in jeder nur möglichen Form. Angefangen beim Namen über Charakter, Talent und der Motivation im Training bis hin zu seiner Einschätzung, was das Leistungspotenzial angeht. Es ist ermüdend und nach Toni, der nicht einmal einen richtigen Aufschlag hinbekommt, schaltet Savannahs Kopf einfach ab. Ihr Blick schweift zu der Uhr, die direkt über Hughs Kopf hängt, und sie erschrickt. Sie hat gar nicht gemerkt, wie schnell die Zeit vergangen ist. Es ist schon kurz nach halb elf.

»Eigentlich bin ich nicht in Stimmung«, beklagt sich Logan, als er hinter Jordan hergeht, der ihm ein paar Schritte voraus ist und bereits um die nächste Ecke biegt, wo schon ihre anderen Freunde warten. Todd hat die Jacke bis zu seiner langen Nase hochgezogen, während Simon im T-Shirt lässig neben ihm steht und ihn ungläubig mustert. Andy steht ein wenig weiter weg und unterhält sich mit zwei attraktiven Frauen in hohen Stöckelschuhen. Nicht Logans Fall.

»Da seid ihr ja endlich«, brummt Todd und sieht sie vorwurfsvoll an.

»Was heißt hier endlich? Du kannst froh sein, dass ich überhaupt da bin«, erwidert Logan harsch.

»Bleib locker. Es ist einfach saukalt hier. Können wir jetzt endlich rein gehen?«

»Wie kann man nur so eine Memme sein wie du?«, richtet sich Simon an Todd und verdreht genervt die Augen.

»Es kann ja nicht jeder so ein Macho-Angeber sein, der sich jeden Tag Tonnen an Steroiden reinpfeift. Ist mir klar, warum du hier im T-Shirt stehst, du aufgeblasener ...«

»... du aufgeblasener WAS?«

»Ist doch gut jetzt! Andy, kommst du?«, geht Jordan schnell dazwischen und winkt Andy herüber, der es nicht eilig hat und so tut, als hätte er ihn nicht gehört.

»... Raffi«, sagt Hugh und Savannah versucht sich wieder auf das Gespräch mit ihm zu konzentrieren, was ihr Mühe bereitet. Wer in aller Welt ist jetzt wieder dieser Raffi? Hugh sieht sie fragend an und Savannah bereut es sofort, ihm nicht zugehört zu haben.

»Ja, der Raffi schafft das«, sagt sie verzweifelt und hofft, dass Raffi einer seiner Schützlinge ist, doch Hugh sieht sie nur fragend an.

»Du meinst: ›hat es geschafft‹.«

»Ist Raffi nicht einer deiner Schützlinge?«

»Nein, Rafael Nadal ist keiner meiner Schützlinge. Er ist Profi-Tennisspieler. Habe ich das nicht gesagt?«, fragt er freundlich. »Ist mir wohl entgangen.« Wieder schweift ihr Blick zur Uhr und sie fügt mechanisch hinzu: »Es ist wirklich schön, einen Mann kennenzulernen, der eine solche ... Leidenschaft hat wie du. Ich kenne niemanden, der so für sein Hobby brennt. Du bist wirklich ein toller Mann.«

»Oh«, seine Miene verfinstert sich abrupt. »Jetzt kommt doch ganz bestimmt noch ein Aber.« Im echten Leben ganz sicher, aber Hugh hat Glück, denn heute darf er Teil eines Theaterstücks sein, weshalb Savannah fortfährt:

»Nein. Es gibt kein Aber. Du bist ein wahnsinnig gutaussehender Mann, der auch noch ein Charmeur ist. Es wundert mich, dass du keine Partnerin hast.« Savannah wählt ihre Worte bewusst. Aufgrund der Informationen, die sie über Hugh gesammelt hat und welche der Grund dafür sind, warum er für ihren Plan wie geschaffen ist.

»Naja, vielleicht ändert sich das ja bald, Savannah?« Unsicher bewegt er seine Hand noch ein Stück weiter in ihre Richtung und nach einem kurzen Zögern überwindet Savannah sich und legt ihre Hand auf seine. »Es ist, als würde ich dich schon eine Ewigkeit kennen und nicht erst seit ein paar Stunden. Ich habe das Gefühl, dass wir perfekt zueinander passen«, sagt er leise und beobachtet Savannah, die nur nickt. »Deswegen würde ich dich jetzt gerne küssen, Savannah. Aber ich verstehe, wenn dir das zu schnell geht und ich will nichts, was du nicht auch willst«, setzt er schüchtern, mehr zur Tischplatte als zu ihr, fort.

Ein dicker Kloß bildet sich in Savannahs Kehle und zu ihrer eigenen Überraschung stellt sie fest, dass der Abend nach Plan verläuft. Sogar noch besser. Über einen Kuss hat sie keine Sekunde nachgedacht und fühlt sich deswegen überrumpelt. Der erste Kuss. Man weiß nicht, was einen erwartet und vielleicht ist das der Grund, warum sie sich beim ersten Kuss oft ziert. Er sie Überwindung kostet. Es ist, als würde sie in ein Becken mit Wasser springen, von dem sie nicht weiß, ob das Wasser warm oder eiskalt ist. Und während sie so mit sich hadert, öffnet sich die Eingangstür der Bar und Logan kommt mit ein paar Freunden herein. Er ist das Zünglein an der Waage, das Savannah dazu bewegt zu flüstern:

»Küss mich.«

Das muss sie Hugh kein zweites Mal sagen. Er neigt seinen Kopf zu ihr nach vorne und sofort beginnen Savannahs

Hände zu schwitzen. Noch immer gibt es einen Teil in ihr, der ihr sagt, dass sie zu weit geht. Trotzdem neigt sie ihren Kopf ihm entgegen, bis ihre Lippen sich berühren, und schon spürt Savannah seine riesigen Pranken auf ihrem Rücken. Als wäre sie eine Puppe, zieht er sie von dem Barhocker auf seinen Schoß und umschließt sie mit seinen Armen, während er seine Lippen auf ihre presst. Seine Hände liegen schwer in ihrem Kreuz. Behutsam legt sie ihre Hände in seinen Nacken, während er seine Lippen fest auf die ihren drückt. Doch dann werden seine Küsse zärtlicher und trotzdem fühlt sie nichts dabei. Sie könnte gerade auch einen Laternenpfahl küssen und es würde sich genauso anfühlen. Nicht weil Hugh ein schlechter Küsser ist, sondern weil Savannah nicht mit dem Herzen bei der Sache ist. Savannah legt ihm eine Hand an die Brust und drückt sich sanft von ihm weg. Schnell drückt er ihr noch einen Kuss auf die Lippen, bevor er sie aus seinen hellen, leicht vernebelten Augen heraus ansieht. Eigentlich ist das der Moment, indem Savannah nur Augen für Hugh haben sollte, doch hinter ihm in der Tür sieht sie, wie Logan wie angewurzelt stehen bleibt und sie anstarrt. Logan, der ihren Blick auf sich zieht, sobald er nur den gleichen Raum betritt. Savannah versucht in ihrer Rolle zu bleiben und tut so, als hätte sie Logan nicht gesehen. Sie wirft Hugh ein breites Lächeln zu, bevor sie langsam von seinem Schoß rutscht. Dennoch sieht sie, dass Logan jede noch so kleine Geste und Bewegung von ihr beobachtet und seine Miene sich immer mehr verfinstert. Ganz langsam löst er sich aus seiner Starre und folgt seinen Freunden an den Tisch. Nicht weit von Savannah und Hugh entfernt lässt er sich auf einen Stuhl fallen, ohne sie auch nur eine Sekunde aus den Augen zu lassen. Es heißt doch, dass man immer am meisten das will, was man nicht haben kann. Würde er sie vielleicht wollen, wenn er denkt, er könne sie nicht mehr haben?

# 7 Die Revanche

*»Niederlagen: etwas, woran der Geist wächst und die Seele zerbricht.«*
*(Peter Rudl)*

»Seit ein paar Monaten trainiere ich vertretungsweise eine Kindergruppe. Die Minigruppe.«

Savannah nimmt einen Schluck von ihrem halbvollen Cocktail mit dem Namen *Touchdown*, während Hugh wieder bei seinem Lieblingsthema angekommen ist. Tennis. Macht er eigentlich noch etwas anderes? Sie nickt höflich, während er weitererzählt:

»Die Knirpse sind eine echte Herausforderung, Sav. Vielleicht hast du irgendwann einmal Lust, beim Training zuzuschauen? Ich kann dir sagen, dass Hannah und Anna, die beiden Zwillinge ...«. ›Wer nennt seine Zwillinge freiwillig Hannah und Anna?‹, fragt sich Savannah, während Hugh lachend von den beiden erzählt: »... du musst die zwei unbedingt kennenlernen. Im Training am Donnerstag ist Hannah beim Aufschlag einfach umgefallen. Natürlich ohne den Ball zu treffen.«

»Das klingt wirklich sehr lustig.« Savannah leert ihren Cocktail in einem Zug.

»Du wirst dich totlachen, wenn du siehst, wie sich Gerry immer über die beiden aufregt. Zusammen mit Milly ...«

Ihr qualmt von all den Namen der Kopf und sie hat endgültig den Faden seiner Geschichte verloren. Sie versucht es hinter ein paar Lachern und gespanntem Nicken zu kaschieren, was ihr scheinbar gelingt, denn Hugh sieht sie zufrieden an und redet unablässig weiter. Savannah beobachtet, wie die schwarz gekleideten Kellner sich ihren Weg durch die Bar bahnen, geschickt die voll beladenen Tabletts durch die Gegend und teilweise sogar über die Köpfe der Menschen hinweg balancieren, um schnell einen Tisch nach dem anderen bedienen zu können.

»Bevor ich es vergesse. Gibst du mir noch deine Nummer?«, fragt Hugh und Savannah nickt, ohne ihn richtig gehört zu haben. Gerade hat ein junger, drahtiger Kellner einen Satz zur Seite machen müssen, um nicht mit einer torkelnden Frau zusammenzustoßen. Das vollbeladene Tablett ist in perfekter Balance geblieben, während Savannah gespannt den Atem angehalten hat. Eines seiner schlaksigen Beine ist eingeknickt, während er dennoch nicht das Gleichgewicht verloren hat. Seine rabenschwarzen Haare sind ihm ins Gesicht gefallen und während er sich aufrappelt, als wäre nichts gewesen, streicht er sich die verschwitzten Haare aus der Stirn und geht einfach weiter. Zielstrebig und unbeirrbar.

»Sav? Deine Nummer?«

»Ja?« Mit noch immer geweiteten Augen starrt Savannah Hugh an. Da kommen seine Worte erst richtig bei ihr an: »Oh, natürlich.« Sie kramt in ihrer Handtasche, als neben ihr der zuvor beobachtete, schwarzhaarige Kellner auftaucht und ihr ein Glas Wasser hinstellt.

»Vielen Dank, aber ich habe kein Wasser bestellt«, sagt sie zu dem Mann und sieht zu Hugh. Aber auch Hugh schüttelt nur den Kopf.

»Das ist von dem Typen da drüben.« Der Kellner hat eine tiefe, brummende Stimme und deutet mit dem Finger auf den Tisch, an dem Logan sitzt, der mit undurchdringlicher Miene zu einem seiner Freunde sieht. »Er meinte, du kannst ein Wasser gebrauchen.« Der Kellner zuckt kurz mit den Schultern und geht weiter.

»Kennst du dort jemanden?« Hugh blickt zu der Männergruppe ein paar Tische weiter.

»Ja. Einer von ihnen ist mein Arbeitskollege.«

»Und was hat es mit diesem Wasser auf sich?«

»Keine Ahnung. Er hält das wohl für witzig?«, erklärt Savannah halbherzig und hebt das Wasserglas demonstrativ in die Luft, um Logan zuzuprosten, der gerade in ihre Richtung sieht und nicht den Eindruck vermittelt, als würde ihm das, was er gerade zu sehen bekommt, schmecken.

»Wo arbeitest du eigentlich?«, fragt Hugh, während Savannah einen großen Schluck von dem Wasser nimmt. Es ist widerlich. Mit aller Kraft versucht sie, nicht angewidert das Gesicht zu verziehen, was ihr ziemlich schwerfällt, denn sie hasst Mineralwasser. Nur schwer bekommt sie den großen Schluck herunter, während sie kurz zu Logan schaut, der nicht aufhört sie anzustarren.

»Bei der Ernest-Aggerty-Group.«

»In welcher Abteilung genau?«

»Ich bin in der Abteilung Marketing, PR und Werbung, arbeite aber hauptsächlich im Bereich Marketing. Eines unserer größten Projekte aktuell ist das Rebranding unserer eigenen Firma. Und du?«, sagt Savannah automatisch und greift demonstrativ nach Hughs riesiger Hand.

»Ich bin Webdesigner. Also wenn ihr bei eurer Homepage oder dem Logo Probleme habt, wende dich gerne an mich.«

Hugh sieht Savannah glücklich an und drückt sanft ihre Hand. Mit Hugh ist das Leben einfach, stellt sie in diesem Moment fest. Doch ihr Blick schweift zu Logan, der finster zu ihr herüberstarrt, mit den Fingern ungeduldig auf den Tisch trommelt und sich bereits das dritte Bier bestellt hat, während seine Freunde sich lautstark miteinander unterhalten. Er sitzt teilnahmslos daneben. Als würde er nicht wirklich dazugehören.

»... Tracy aus der Abteilung ist danach ziemlich sauer gewesen. Ich kann das total verstehen. Wir sind kein so großes Unternehmen wie die Ernest-Aggerty-Group und bei nicht mehr als zwanzig Angestellten geht es eben nicht, dass man so mit jemandem redet. Verstehst du?«

»Ja, da gebe ich dir vollkommen Recht«, sagt Savannah und nimmt nochmal einen großen Schluck von der Quelle des Todes, die sich in ihrem Fall Mineralwasser nennt.

»Entschuldige mich bitte. Ich muss mal eben kurz auf die Toilette.« Hugh erhebt sich. »Und nicht weglaufen«, fügt er noch scherzhaft hinzu.

»Ha, keine Angst«, lacht Savannah ertappt. Sie beobachtet,

wie Hugh in Richtung der Toiletten geht und durch eine schwere hölzerne Tür verschwindet. Die Bar ist für ihren Geschmack ein wenig zu rustikal. Kieferwandvertäfelungen, Deckenpaneele aus Kiefer, Kiefertische, Kieferstühle und Kiefersitzbänke. Die kupferfarbenen Kronleuchter brechen nur unzureichend das kieferlastige Interieur auf. Froh über die kurze Verschnaufpause sieht Savannah zu ihrem leeren Cocktailglas. Wenn sie nicht wüsste, dass sie nach dem nächsten Cocktail nicht mehr stehen – geschweige denn gehen – könnte, würde sie sich noch einen bestellen.

»Ist das dein Ernst?«, knurrt Logan bedrohlich in ihr Ohr und sie zuckt erschrocken zusammen. Savannah kann seinen Atem in ihrem Nacken spüren und ein angenehmer Schauer läuft ihr über den Rücken.

»Komm mit mir mit«, befiehlt er ihr, bevor er sie fest an der Hüfte packt und mit Schwung zu sich herumdreht. Eigentlich wäre das der Zeitpunkt, um empört zu sein, ihn wegzuschubsen und zum Teufel zu jagen. Aber nein, sie findet ihn gerade einfach nur wahnsinnig sexy, wie er, mit seinen vor Wut blitzenden Augen, einem schlichten hellgrauen Sweatshirt und dieser perfekt geschnittenen hellblauen Jeans, vor ihr steht und sie keine Sekunde aus den Augen lässt. Dabei riecht er auch noch so unverschämt gut, dass sie am liebsten nachgeben und einfach alles tun würde, was er von ihr verlangt. Aber es gibt auch noch ihren Kopf und der ruft ihr immer wieder seine Worte ins Gedächtnis. Worte, die sie tief getroffen haben und über die sie nicht einfach hinwegsehen kann.

»Ganz sicher nicht«, erwidert sie mit einem gespielt frechen Grinsen und lehnt sich auf dem Barhocker so weit wie möglich zurück. »Ich bin mit meinem Freund hier.« Es klingt wie Musik in ihren Ohren und sie genießt es, in sein gequältes Gesicht zu sehen.

»Hör auf, Savannah. Es tut mir leid, dass ich so mit dir geredet habe.« Ach?

»Ich weiß nicht, was du meinst, Logan.«

»Tu nicht so. Ich habe es nicht so gemeint. Das weißt du doch!«

»Worüber redest du?«, fragt sie erneut und runzelt die Stirn.

»Hör auf mich so zu quälen«, sagt Logan leise.

»Ich quäle dich?«, hakt Savannah nach und schluckt den aufkeimenden Zorn herunter. »Wie quäle ich dich denn?« Gerade macht er wirklich ein ziemlich gequältes Gesicht. So ist das bei einer Revanche. Es muss schon ein wenig wehtun.

»Komm jetzt mit mir mit«, hört Savannah ihn erneut sagen und rechnet ihm seine Hartnäckigkeit, die sie allerdings nicht überrascht, hoch an. Ist das noch freundschaftliches Verhalten oder ist Logan gerade dabei, diese Grenze endgültig zu überschreiten? Das alles könnte ihm doch egal sein. Müsste nicht jetzt sofort besprochen werden. Oder ist an all dem vielleicht der Alkohol schuld? Bildet sie sich das alles nur ein? Savannah schüttelt zur Antwort schwach den Kopf.

»Was soll dieses Spielchen, Savannah?«

»Das ist kein Spielchen und ich bin es leid, mir immer die gleichen Vorwürfe von dir anhören zu müssen. Ich habe gerade ein Date. Wenn dir das nicht passt, dann ist das nicht mein Problem«, erwidert Savannah hitzig, obwohl sie eigentlich ungerührt oder amüsiert klingen will.

»Nur weil ich gesagt habe, dass ich dich noch nie mit einem Freund gesehen habe, suchst du dir den nächstbesten Kerl? Deswegen veranstaltest du dieses Theater? Savannah, du musst mir nichts beweisen.«

Während er das sagt, mustert er Savannah ganz genau, um feststellen zu können, was seine Worte in ihr auslösen. Es ist einfach, denn allein schon das eine kleine Wort ›nur‹ versetzt sie in Rage. Nur?!

»Ich habe das nicht so gemeint, Savannah! Inszenierst du deswegen all das hier? Um mir das Gegenteil zu beweisen?«

Sie ignoriert ihn weiter und greift nach hinten zu Hughs Bier, nur um ihm neuen Zündstoff zu geben.

»Bist du betrunken? Oder warum machst du diesen Blödsinn?«, fragt er immer noch verärgert, während sie einen Schluck Bier nimmt, es zurückstellt und feststellt, dass Logan es kaum aushält, wenn man ihm einmal nicht antwortet. Das amüsiert sie nun doch ein wenig.

»Ähm, hallo?«, kommt es von Hugh, der die beiden unsicher ansieht. Savannah hat ihn nicht kommen sehen und das heißt etwas, bei einer Größe von fast zwei Metern.

»Hey«, sagt Logan knapp, während er seinen Blick nicht von Savannah abwendet und auch seine Hände nicht von ihrer Hüfte nimmt.

»Hugh, darf ich vorstellen? Das ist Logan. Der Arbeitskollege mit dem köstlichen Mineralwasser«, erklärt Savannah.

»Aha«, sagt Hugh gedehnt und wirkt unschlüssig, wie er auf Logan reagieren soll, der ihn keines Blickes würdigt.

»Ich würde dich jetzt nach Hause bringen, Sav«, sagt Hugh und greift nach seinem Mantel.

»Ja, alles klar. Ich gehe noch schnell bezahlen.«

»Das habe ich gerade schon gemacht. Wie sich das gehört«, betont Hugh und lächelt Savannah freundlich an. Ein wahrer Gentleman.

»Danke, Hugh.« Gerne würde sie jetzt von dem Barhocker rutschen. Doch Logan bewegt sich nicht von der Stelle. Gibt ihr keinen Raum.

»Ich muss noch kurz etwas mit Savannah klären. Gibst du uns noch einen Moment?« Logan sieht das erste Mal zu Hugh und Savannah stößt ein stummes Gebet gen Himmel aus. Betet, dass Hugh darauf beharrt, sie sofort nach Hause zu bringen.

»Ich warte an der Tür, Schatz«, sagt Hugh jedoch nur und bahnt sich seinen Weg zur Tür. Das ist der Moment, in dem Savannah sich eingestehen muss, dass sie definitiv zu weit gegangen ist. Schatz? Sie ist ganz sicher sehr viel, aber kein Schatz. Und sie sind noch lange nicht an der Stelle angekommen, an der man sich Kosenamen gibt.

»Schatz?« Logans Stimme schwankt zwischen Belustigung und Tobsucht.

»Wieso machst du das?«

»Ich mache doch nichts«, knurrt er und bewegt sich noch immer keinen Millimeter von ihr weg.

»Du störst mein Date«, antwortet sie aufgebracht, während er sie mit seinen eisblauen Augen taxiert.

»Ich unterhalte mich nur mit dir. Das sollte einem guten Date keinen Schaden zufügen«, sagt er feixend und scheint nun eine andere Taktik zu verfolgen.

»Was soll das Ganze?«, fragt sie ihn und setzt hinzu: »Das Wasser?«

»Ich dachte, du könntest ein Wasser gebrauchen. Scheinbar hat der Alkohol dein Urteilsvermögen massiv getrübt. Hat es dir nicht geschmeckt?«

»Oh, doch. Es ist köstlich. Ich liebe Wasser«, antwortet sie ironisch.

»Warum ist es dann noch halb voll?« Logan lehnt sich nach vorne, greift auf den Tisch hinter Savannah nach dem Wasser und kommt ihr dabei noch näher. Sie spürt seinen Atem an ihrem Hals, während sein Kopf nur wenige Zentimeter von ihrem entfernt ist.

»Darf ich?«, fragt er und ohne ihre Antwort abzuwarten, nimmt er einen Schluck. »Oh, ja. Das ist wirklich ein, wie hat es doch gleich in der Karte gestanden, quirlig-spritziges Mineralwasser«, sagt er in ihr Ohr und stellt es wieder zurück auf den Tisch. Seine Hand legt er wieder an Savannahs Hüfte ab, als wäre es das Natürlichste und Selbstverständlichste auf der Welt.

»Ich habe gewusst, dass du es mögen würdest, weil ich dich kenne.« Er weiß genau, wie sehr sie Wasser hasst.

»Du kennst mich wirklich gut. Also danke dafür. Zu meiner Frage zurück, Logan. Was soll das?«

Sie dreht den Kopf leicht, um ihn besser ansehen zu können und er starrt sie nur weiter an. Scheint jede noch so kleine Sommersprosse, jede einzelne Wimper, die Form ihrer Lippen und jede Farbnuance ihrer Augen zu erfassen, was ihren Puls noch mehr in die Höhe treibt, und es keimt wieder etwas wie Hoffnung in Savannah auf. Hoffnung, dass er auch Gefühle für sie hegen könnte. Die gleichen Gefühle wie sie für ihn.

»Was willst du jetzt von mir hören?«, fragt er nur und Savannah spürt, wie das Gefühl der Enttäuschung sie überrollen will.

»Nichts. Du scheinst schließlich nichts zu sagen zu haben. Ich muss jetzt los. Kannst du bitte beiseite gehen? Ich will Hugh nicht länger warten lassen.«

»Du kannst jederzeit gehen«, sagt er und geht kaum merklich zurück.

»Kannst du bitte zur Seite gehen?«

»Warum denn? Hast du Angst, mir zu nahe zu kommen? Ich verspreche, dass ich nicht beiße.«

»Als ob ich Angst vor dir habe.« Es ist einer seiner Machtkämpfe. Nicht mehr und nicht weniger. Mit Gefühlen hat das nichts zu tun.

»Dann beweis es«, sagt er leise und sie lässt sich nicht mehr länger darum bitten. Schnell rutscht sie vom Barhocker herunter und versucht die erzwungene Nähe zu ignorieren.

»Tschüss.«

Ihre Stimme klingt fremd. Als würde jemand anderes für sie sprechen. Es passt gerade so ein Blatt Papier zwischen sie beide und sie muss sich dringend Luft verschaffen. Savannah legt eine Hand an seinen Brustkorb, schiebt Logan sanft zurück und kämpft mit dem Teil, der ihn so gern festhalten will. Zu sich ziehen will, während sie genau das Gegenteil tut. Sie schiebt ihn weg von sich, denn ihr ist klar geworden, dass sie einer Illusion hinterhergerannt ist. Sie hat wirklich gedacht, dass sie sich revanchieren könnte. Doch wie soll das gehen, wenn er nicht so fühlt wie sie. Wenn sie seine Machtspiele mit Eifersucht verwechselt. Sie hat einen klaren Plan verfolgt, als sie heute in diese Bar gegangen ist. Hat gedacht, sie würde sie als Siegerin wieder verlassen. Doch sie hat verloren. Ihre Hand verweilt länger als nötig an seiner Brust. Savannah fühlt die weiche Baumwolle, spürt die Wärme, die von ihm ausgeht und geht. Sie geht hinaus, an unzähligen Männern und Frauen vorbei, zu der Tür, an der Hugh wartet. Und obwohl Hugh direkt an ihrer Seite steht, fühlt es sich an, als wäre er Kilometer von ihr entfernt, während sie an seiner Seite nach draußen in die Stille geht, wo sie die kalte Abendluft in Empfang nimmt und umhüllt.

›Er fährt wie ein Wahnsinniger‹, denkt Savannah, während Hugh mit über 70 km/h durch eine kleine Nebenstraße brettert. So hat sie selten auf einem Beifahrersitz gesessen. Eine Hand krallt sich in das Sitzpolster, während sich die andere am Haltegriff der Beifahrertür festklammert.

»Savannah, entspann dich. Vertrau mir«, sagt Hugh mit einem Blick zu ihr und legt beruhigend eine seiner Riesenhände auf ihren Schenkel. Dabei schenkt er ihr ein Grinsen, das so viel bedeutet wie: ›Ich kann Auto fahren. Ich bin ein Mann‹. Nichts von alldem beruhigt Savannah und am liebsten würde sie sofort aussteigen. Er rast um die nächste Kurve und ihr wird immer mulmiger zumute. Was, wenn er jetzt gegen den nächsten Baum rast? Nur um ihr zu zeigen, was für ein toller Autofahrer er ist. Ist das ihre gerechte Strafe? Ist es das, was alle Welt »Karma« nennt? Nach weiteren Schreckensmomenten und einer Beinahe-Nahtoderfahrung, weil eine todesmutige Katze über die Straße gerannt ist, schießt Hughs Auto endlich in die Straße, in der Savannah wohnt.

»Hier wohne – « (noch bevor sie es ganz aussprechen kann, ist er schon an ihrem Haus vorbeigeschossen) » – ich«, endet sie lahm, zehn Häuser weiter.

»Ich drehe schnell«, sagt Hugh, während er in die nächste Querstraße rast und endlich die Bremse gefunden zu haben scheint. Savannah schleudert es nach vorne, während er wieder rückwärts aus der Straße schießt. Eines steht für sie damit unweigerlich fest, und zwar, dass sie nie wieder mit Hugh in einem Auto sitzen wird, zumindest nicht, wenn er fährt. Als das Auto vor ihrem Haus zum Stehen kommt, ist Savannah mit ihren Nerven mehr als am Ende. Was für ein anstrengender Abend. Wie gerne würde sie ihn mit einem knappen ›danke für's Fahren und tschüss‹, beenden. Da registriert sie, wie er den Gurt aus der Schnalle klicken lässt.

»Bleib sitzen, Hugh. Ich schaffe es bis zu Tür. Draußen ist es eiskalt«, reagiert Savannah schnell.

»Oh, ich dachte ich komme noch kurz mit zu dir.« Wieso sagt er das jetzt? Mit seinem Tempo kommt sie definitiv nicht klar, stellt Savannah fest und das bezieht sich nicht nur auf die Autofahrt. Aber sie hat es nicht anders verdient.

»Hör mal, Hugh. Ich mag dich und du bist mir unglaublich sympathisch. Aber ich möchte es langsam angehen«, sagt sie unaufrichtig, denn eigentlich will sie hier gerade so gar nichts mehr angehen.

»Das verstehe ich total, Savannah. Denk jetzt bitte nicht falsch von mir.«

»Keine Sorge, ich glaube, ich kann dich schon ganz gut einschätzen, Hugh«, sagt Savannah. »Ich gehe dann mal«, fügt sie hinzu und beobachtet, wie er sich zu ihr herüber beugt. Er schließt die Augen und spitzt die Lippen und Savannah gibt ihm einen kurzen flüchtigen Kuss, weshalb er sie etwas enttäuscht ansieht.

»Der Abend ist wirklich sehr schön gewesen«, sagt Savannah noch höflichkeitshalber, bevor sie die Autotür öffnet und aus dem Todesmobil steigt. Sie kramt den Schlüssel aus ihrer Handtasche, während sie zügig zu der großen roten Eingangstür des Wohnblocks geht. Sie fühlt sich ausgelaugt und schämt sich, dass sie Hugh benutzt hat. Ihm das Gefühl gegeben hat, etwas Besonderes für sie zu sein, obwohl er zu jeder Sekunde nur Mittel zum Zweck gewesen ist. Hugh ist der Bauer, den sie bereit ist zu opfern, um an den König heranzukommen. Eine Strategie, die nicht aufgehen kann, wie sich heute Abend gezeigt hat. Wofür ist das Ganze also gut gewesen? Savannah schließt die Eingangstür auf und bleibt im dunklen Hausflur stehen, bis die Tür laut hinter ihr ins Schloss fällt. Mit ihr bahnt sich eine einsame Träne ihren Weg an ihrer Wange herunter. Eine Träne der Verzweiflung.

Mabels Stöckelschuhe klackern laut auf dem Asphalt und ihr Rock ist für die Temperaturen zu kurz, während sie durch die Dunkelheit eilt. Sie hört es in der Ferne wummern und wenig später sieht sie die scheinbar endlose Schlange. Die Clubtüren werden von zwei riesigen, schwarz bekleideten Securities flankiert, auf die Mabel selbstbewusst zugeht.

»Entschuldigung, wo muss man denn hin, wenn man auf der Gästeliste steht?«

»Wie ist denn dein Name?«

»Mabel Appleby.«

»Einen Moment bitte.« Einer der beiden Türsteher hat sein Handy gezückt und sie muss nicht lange warten. Er lächelt sie freundlich an und öffnet ihr kurz darauf die Tür, damit sie eintreten kann. Sie hört lautes Stöhnen und Buh-Rufe aus der Schlange, die sie gekonnt ignoriert. Mabel geht hinein, wo die Musik laut und die Luft stickig ist. Sie zieht ihren gelben Mantel aus und gibt ihn einer Frau mit dunkelroten Lippen, schwarz umrandeten Augen und einer Frisur, die Mabel an *Amy Winehouse* erinnert. Unsicher sieht sie sich um. Es gibt einen langen Flur und einen kleinen, der nach links abbiegt. Sie kann nicht sehen, wohin er führt. Da sie noch nie hier gewesen ist, weiß Mabel nicht, wohin sie jetzt gehen soll. Gleichzeitig ärgert sie sich über sich selbst, weil sie sich nicht richtig über den Club informiert hat. Sonst würde sie jetzt nicht unschlüssig hier herumstehen.

»Hey, du bist gekommen!« Mabel dreht sich um und sieht Paul vor sich stehen.

»Hi, ja klar. Ich habe doch gesagt, dass ich komme.« Mabel blickt unsicher zu ihm hoch. Soll sie ihn umarmen? Oder ist das zu viel?

»Ich freue mich. Hast du noch Lust auf eine kleine Führung, bevor ich hinters Mischpult gehe, oder kennst du dich hier schon aus?«

»Nein. Eine Führung wäre super.«

»Paul, hey. Wie geht's dir?« Mabel und Paul sind nicht weit

gekommen, als ein kleiner, dicklicher Mann mit einem roten Cordhemd innehält, um ihn zu begrüßen. ›Paul sieht heute noch besser aus als sonst‹, stellt Mabel fest und mustert ihn, während er sich unterhält. Paul trägt ein schwarzes Shirt mit neonfarbener Schrift und wieder eine dunkle Jeans. Er strahlt und fühlt sich sichtlich wohl. Paul wirkt entspannt, nicht so gewissenhaft und verbissen wie sonst. Es ist eine ganz neue Seite, die sie heute von ihm sieht. »Ist das Cara?«, hört sie den Mann mit dem Cordhemd fragen.

»Nein. Das ist Mabel«, antwortet Paul und bedeutet ihr weiterzugehen. »Noch viel Spaß, Angelo.«

»Du lässt ja auch nichts anbrennen, Paul. Nicht schlecht«, erwidert Angelo lachend und geht an ihnen vorbei zu dem Amy-Winehouse-Double an der Garderobe, die er auch gut zu kennen scheint. Mabel geht weiter hinter Paul den Flur entlang, als dieser nach rechts abbiegt. Sie betreten einen großen Raum, der als Tanzfläche dient und an dessen anderem Ende das DJ-Pult steht, an dem gerade eine Frau auflegt und eine Hand in die Höhe streckt. Die Musik dröhnt, die Lichter flackern und Mabel fragt sich plötzlich, was sie hier eigentlich macht. Da greift eine warme Hand nach ihrer und zieht sie auf die Tanzfläche. In der Mitte der Tanzfläche angekommen lässt Paul ihre Hand wieder los und beginnt zu tanzen. Auch Mabel lässt los. Sie tanzt und vergisst für einen Moment all ihre Sorgen. Sie streckt die Hände in die Luft, während Paul sie anlächelt und sie sich so frei fühlt wie schon lange nicht mehr.

Mabels Füße brennen, Schweißperlen bilden sich auf ihrer Stirn und trotzdem hört sie nicht auf zu tanzen. Plötzlich beugt Paul sich zu ihr vor und brüllt ihr etwas ins Ohr, was sie nicht versteht. Er deutet auf das DJ-Pult und Mabel versteht, dass er jetzt dran ist. Sie geht hinter ihm weiter nach vorne und stellt sich so nah an das DJ-Pult, wie sie kann. Sie steht direkt vor der Nebelmaschine und ist von Lautsprecheranlagen nur so umgeben. Aber es ist ihr egal, denn sie hat gerade nur Augen für Paul, der sich die Kopfhörer aufsetzt und zu ihr hinunterschaut. Er zwinkert ihr kurz zu und dann schallt auch schon das erste Lied aus der Lautsprecherbox:

*»In the nighttime*
*when the world is at it's rest*
*You will find me*
*In the place I know the best ...«*
*(Paul Kalkbrenner)*

# 8 Gemeinsam einsam

*»Von Menschen umgeben und sich dennoch verlassen zu fühlen, nennt sich Vereinsamung in Gesellschaft.« (Sandra Gottwaldt)*

Mabels Füße brennen, in ihren Ohren rauscht es noch von den dröhnenden Bässen der letzten Nacht und ihr Schädel brummt. Verschlafen reibt sie sich die Augen und blinzelt gegen das grelle Tageslicht an, das durch die alten, zerschlissenen Jalousien hindurchscheint. Mabel tastet nach ihrem Handy auf dem petrolfarbenen, alten Nachttisch. Es ist schon nach elf und ein paar neue Nachrichten blinken ihr entgegen. Enttäuscht stellt sie fest, dass es sich vor allem um belanglose Nachrichten von Familienmitgliedern handelt, die sich nicht einmal die Mühe machen, sich nach Annie zu erkundigen. Eine Nachricht ist von Jordan. Sie hat schon lange nichts mehr von ihm gehört und auch gar nicht mehr an ihn gedacht. Mabel entscheidet sich, dass seine Nachricht warten kann. Sie rappelt sich mühselig aus dem Bett hoch. Ihre Füße schmerzen. Beim ersten Schritt stöhnt sie kurz auf, bevor sie langsam über den kalten, knarzenden Dielenboden zu ihrer Zimmertür geht.

»Guten Morgen. Und?« Annie steht munter vor Mabels Tür und blickt sie gespannt an. »Wie ist es gewesen?«

»Guten Morgen. Wie lange stehst du schon hier?«

»Zu lange, wenn du mich fragst. Nun sag schon.«

»Es war gut.«

»Wie gut?« Ein zartes Lächeln huscht über Annies Gesicht.

»Einfach nur gut. Ich müsste mal ins Bad, Annie.«

»Wir treffen uns in fünf Minuten im Wohnzimmer. Ich habe den Kaffee schon bereitgestellt«, sagt Annie heiter und geht schwerfällig voraus.

Wenig später sitzt Mabel auf dem geblümten Sofa gegenüber von Annie und trinkt genüsslich einen Schluck Kaffee.

»Möchtest du mir jetzt von deinem Abend mit Paul erzählen?«, fragt Annie in die Stille. Ihr Kopf kippt leicht zur Seite, während das rechte Bein zu zucken beginnt.

»Nein«, sagt Mabel knapp und mustert sie besorgt.

»Wie du willst. Hast du heute Nachmittag schon etwas geplant?«

»Nein, ich habe Zeit. Worum geht es denn?«

»Du müsstest mich zu einem Termin begleiten.«

»Was ist das für ein Termin?«

»Daisy hat mich zum Tee eingeladen und ich möchte, dass du mich begleitest.«

»Ich fahre dich hin, aber ich werde sicher keine Tasse Tee mit euch beiden trinken.«

»Wieso nicht?« Fassungslos starrt Mabel ihre Tante an.

»Du weißt genau, dass Daisy nie auch nur ein nettes Wort zu mir sagt. Sie hasst mich.«

»Jetzt übertreibst du aber. Es ist nur eine Tasse Tee.«

»Es ist eine Tasse Tee bei Daisy Dayton, der grauenhaftesten Person auf dem Planeten. Allein schon ihre rosafarbene Einrichtung ist der pure Graus ...« Aufmerksam sieht Annie Mabel dabei zu, wie sie sich unablässig über die alte Daisy auslässt, ohne ihr richtig zuzuhören.

Es regnet, als Mabel mit Annie durch die Stadt fährt. Froh über jede rote Ampel.

»Wir schaffen es niemals pünktlich, wenn du so weiterfährst«, murrt Annie auf dem Beifahrersitz.

»Es gibt so etwas wie eine Straßenverkehrsordnung.«

»Hauptsache immer korrekt. Glaubst du wirklich, dass dir das am Ende irgendetwas bringen wird?«

Mabel ignoriert Annie, die nur frustriert ist, weil sie zu Daisy nicht zu spät kommen will, und das jetzt an ihr auslässt.

»Was machst du, wenn ich nicht mehr da bin?«

»Die Ruhe genießen. Und nie wieder zu Daisy Dayton zum Tee gehen«, antwortet Mabel entnervt und biegt in die nächste Seitenstraße.

»Meine Güte, bist du wehleidig. Du hattest doch eh nichts anderes vor.«

»Selbst Nichtstun ist besser als ein Nachmittag mit Daisy.«

»Habe ich erwähnt, dass ihre Tochter Clementine auch da ist?«

»Natürlich nicht«, brummt Mabel verdrießlich.

»Ach, im Alter wird man einfach ein wenig vergesslich. Ich dachte, ich hätte es dir gesagt.«

»Du und vergesslich ...?!«

Sie erreichen den Stadtrand und die Vorgärten und Häuser werden größer. Mabels Laune erreicht ihren Tiefstand, als sie in die Allee einbiegt, in der Daisy wohnt. Daisys Haus passt nicht in die Gegend. Um es herum stehen luxuriöse Neubauten, während Daisy an dem alten viktorianischen Stil ihres Hauses festhält. Die rosa Fassade bröckelt an manchen Stellen und die Säulen haben auch schon bessere Zeiten gesehen. Selbst der Vorgarten sieht ungepflegter aus als sonst. Oder trügen sie ihre Erinnerungen? Schließlich ist sie schon eine ganze Weile nicht mehr hier gewesen. Mabel hält vor dem Haus, geht gemächlich um das Auto herum und hilft Annie beim Aussteigen. Schon auf dem Weg zum Haus geht die Haustür auf und Clementine kommt ihnen entgegengeeilt.

»Wie schön, dass ihr endlich da seid!«

Clementine ist kleiner als Mabel, trägt eine Hornbrille und eines dieser typischen Designerkleider. Ihre haselnussbraunen Haare sind zu einem perfekten Zopf zusammengebunden. Mabel verfolgt mit den Augen, wie sie auf Annies andere Seite eilt und sie stützt. Clementines Haut ist blasser als sonst und sie hat tiefe Augenringe. Während sie mit Annie redet, mustert Mabel sie. Ihr Bauchgefühl sagt ihr, dass irgendetwas anders ist als sonst. Irgendetwas nicht stimmt. Doch was ist es?

»Schmeckt es euch?« Gina Goats sitzt neben ihrem Mann Peer und sieht abwartend in die Runde.

»Wie oft willst du uns diese Frage noch stellen?«, erwidert Savannahs Schwester Corry und verdreht gereizt die Augen.

»Danke, es schmeckt gut«, antwortet Savannah und lächelt sie kurz an.

»Das freut mich. Braucht ihr sonst noch irgendetwas?«, fragt Gina weiter. Zur Antwort bekommt sie einstimmiges Kopfschütteln. Zufrieden blickt Gina auf ihren Teller und beginnt mit dem Essen. Savannah beobachtet, wie sich ihre Mutter eine lange, schwarz gefärbte Strähne hinters Ohr streicht. Gina Goats ist überorganisiert, strukturiert und weiß genau, was von einer Frau in der Gesellschaft erwartet wird. Mit strenger Disziplin führt sie ihren Haushalt, erfüllt jede Aufgabe ihres täglichen Lebens mit absoluter Konsequenz und kümmert sich um Grandma Heyna.

»Was machst du jetzt nochmal genau bei deiner Arbeit, Corry?«, kommt es von Savannahs Vater, der seinen Teller bereits zur Hälfte geleert hat.

»Und zum tausendsten Mal. Wir machen verschiedene Projekte in Schweden, die ich begleite, da ich, wie du sicherlich noch weißt, fließend Schwedisch spreche. Es geht um eine Bildbandreihe. Das hast du dir wahrscheinlich auch nicht merken können.« Corry ist sichtlich genervt.

»Und da verdienst du genug?«

»Peer. Hör auf. Lass Corry in Ruhe essen. Du kannst das doch auch noch später fragen.« Gina straft ihren Mann mit einem strengen Blick, der sofort die Augen weit aufreißt und die ›Unschuld vom Lande‹ mimt, um dann entsprechend laut zu tönen:

»Aber ich habe doch nur eine ganz einfache Frage gestellt.«

»Lass es Peer. Lass es einfach auch einmal gut sein.« Savannah sieht zu, wie ihre Mutter genervt den Kopf schüttelt, während ihr Vater die Welt nicht mehr zu verstehen scheint.

»Was ist denn so schlimm, wenn ich von meiner Tochter wissen möchte, wie sie finanziell über die Runden kommt?«

»Sag mal, du willst es auch nicht verstehen?! Ich habe jetzt keine Lust auf Streit beim Essen«, sagt Gina scharf und genau in dem Moment piepst Savannahs Handy. Seit sie gestern aus Hughs Auto gestiegen ist, steht es nicht mehr still.

»Savannah, soll ich dir noch ein bisschen Soße geben?« Ihre Mutter blickt sie fragend an.

»Ja.«

»Wer hat dir geschrieben?«, kommt es von Corry.

»Keine Ahnung. Ich schaue später«, erwidert Savannah nur.

»Aha, wie heißt der Typ?«, fragt Corry direkt und grinst.

»Ein Kerl? Wieso kenne ich ihn noch nicht?« Peer sieht von seinem Teller hoch und mustert seine drei Frauen.

»Peer, sei still. Lass Savannah doch erzählen«, sagt Gina und wendet sich Savannah zu. Alle starren sie gespannt an.

»Er heißt Hugh Conners. Ich habe ihn gestern in einer Bar kennengelernt. Er ist der Freund von Dimitry.«

»Dimitry?«, wiederholt Corry gedehnt.

»Dimitry Miller, der Freund von Eve. Du hast ihn an Eves Geburtstag im März kennengelernt.«

»Ugh, ich erinnere mich.« Corry verdreht die Augen. Mehr braucht es nicht.

»Wann stellst du ihn mir vor?«, fragt Peer und fängt sich einen erneuten strengen Blick seiner Frau ein.

»Mal sehen.«

»Und was machst du Mabel? Bist du verheiratet? Hast du Kinder?« Daisy mustert Mabel aus ihren kühlen, mausgrauen Augen heraus. Ihre Haare sind strähnig, um nicht zu sagen fettig, ihre Figur wirkt zerbrechlich und ihr Oberkörper ist nach vorne geneigt. Nichts erinnert mehr an die elegante, herablassende, puppenhafte Daisy Dayton, wie Mabel sie kennt. Eine Frau, die immer in ihrer rosaroten Welt gelebt hat, sitzt heute an einem schlicht gedeckten Teetisch und trägt schwarz. Schwarz.

»Ich bin Verlegerin in einem Verlag. Kein Mann, keine Kinder.« Mabel ist bereit. Wartet auf einen blöden Kommentar, eine schnippische Bemerkung oder eine Belehrung darüber, wie wichtig ein Mann und Kinder seien.

»Und kümmerst dich um deine Tante Annie«, stellt Daisy knapp fest und hält Mabels Blick stand, die ihre Verwirrung nicht verbergen kann. Ist es eine Falle?

»Das mache ich gerne«, erwidert Mabel und nimmt einen Schluck Tee.

»Annie hat erzählt, dass du mit dem Yoga angefangen hast.«

»Nicht so ganz. Ich bin eigentlich nur hinter einem potentiellen Autor für den Verlag her gewesen. Hat leider nicht funktioniert. Das war es dann auch wieder mit dem Yoga.«

»Was machst du sonst in deiner Freizeit?«, fragt Daisy weiter.

»Mabel hat die Clubszene für sich entdeckt«, kommt es von Annie verschmitzt grinsend, während sie Mabel vielsagend anblickt. »Ist es nicht so?«

»Ich habe Annie und die Arbeit. Ein paar gute Freunde und Kollegen und das reicht mir.«

»Schön«, antwortet Daisy aufrichtig und schenkt Mabel ein sanftes Lächeln, die sie nur ungläubig anstarrt. Ein Blick zu Clementine bestätigt sie darin, dass etwas nicht stimmen kann, denn die sonst so perfekte, immer fröhliche Clementine sieht überhaupt nicht glücklich aus.

»Und du, Daisy? Was machst du denn so den ganzen Tag?«, fragt Mabel unbekümmert.

»Ich streite mit meiner Tochter, kämpfe aussichtslos gegen den Krebs und versuche, nicht den ganzen Tag nur im Bett zu liegen. Heute ist ein guter Tag.«

»Entschuldige. Das wusste ich nicht.« Mabels Blick schweift durch die Runde. Sie sucht nach traurigen Gesichtern. Clementines Gesichtszüge sind wie versteinert. Daisys Augen blicken kalt und abwesend auf den Tisch und Annie sieht keinesfalls überrascht aus. Sind sie heute deswegen zum Tee eingeladen worden? Sehen sie Daisy womöglich zum letzten Mal?

»Wie geht es denn deinen Kindern, Clementine?« Mabel versucht die unangenehme Stille zu durchbrechen.

»Gut«, antwortet Clementine knapp und sieht geradezu

hasserfüllt zu ihrer Mutter. Was geht hier nur vor?

»Die beiden entwickeln sich wundervoll. Der Jüngste ist wahnsinnig talentiert. Siehst du da hinten das Porträt? Er hat es gemalt. Ich bin mir ganz sicher, dass er eines Tages ein Künstler wird.« Mabel wendet sich um und sieht zu der Wand hinter sich, auf die Daisy gedeutet hat, und ist entsetzt. Wieso ist ihr das Bild nicht gleich aufgefallen? Es ist eine Karikatur von Daisy mit verzerrten und entstellten Gesichtszügen, riesigen Augen, die in rosafarbenen Tränen schwimmen. Den Mund schmerzhaft verzogen, als wäre sie kurz davor zu brüllen. Es hat etwas Wildes, Animalisches. Mabel muss schlucken und wendet sich schnell wieder ab.

»Der Große verbringt seine ganze Freizeit mit Baseball. Ganz der Vater«, erzählt Daisy stolz weiter.

»Komisch, dass dir das alles egal zu sein scheint«, platzt es aus Clementine heraus.

»Oh, bitte verschone uns, Clementine. Das Wichtigste für dich ist doch auch nur, dass alle genau das machen, was du möchtest. Ist dir deswegen auch alles egal?« Harsch blickt Daisy ihre Tochter an. »Du könntest dir gerne ein Beispiel an Mabel nehmen.«

Unsicher, ob sie das gerade richtig verstanden hat, sieht Mabel zwischen den beiden hin und her. Clementine blickt wütend zu ihrer Mutter und zischt:

»Ich höre mir das nicht mehr länger an. Es reicht!« Clementine erhebt sich. »Nur weil du dir dieses ungläubige Pack ins Haus holst, ändere ich meine Meinung nicht.«

Mabel öffnet erstaunt den Mund und wirft einen Blick zu Annie, die keine Miene verzieht.

»Dann bist und bleibst du eine Idiotin, Clem.«

»DU hast sie nicht mehr alle! Und ich werde alles in meiner Macht stehende tun – «

» – Tu was du nicht lassen kannst, mein Kind. Bis dahin schlummere ich friedlich unter der Erde.«

»Ich hasse dich. Wie kannst du mir das antun?«, schreit

Clementine und Tränen laufen ihr über die Wangen. Sie sieht aus wie ein kleines, tobsüchtiges Kind. Im Hintergrund schlägt eine hässliche, rosalackierte Kuckucksuhr die volle Stunde an.

»Alles – wirklich alles – habe ich in meinem Leben getan, damit du glücklich bist. Ich habe mich aufgeopfert für dich, für deine Bildung, dich zum Ballett gebracht, gearbeitet ... und jetzt ...? Hasse mich. Aber irgendwann wirst du erkennen, wie ignorant du gewesen bist. Sieh mich an, Clementine. Meine Zeit läuft ab. Ob du das willst oder nicht.« Mabel läuft es eiskalt den Rücken hinunter, sich dem Bild in ihrem Rücken deutlich bewusst.

Es ist mitten in der Nacht und Mabel liegt unruhig in ihrem Bett. Immer wenn sie die Augen schließt, tauchen Bilder des Nachmittags vor ihrem geistigen Auge auf. Daisy als grauenhafte Karikatur, ihre gebückte Haltung, die verlassenen Augen und Clementine. Clementine, die verzweifelt die Flucht ergriffen hat und erst eine Stunde später, mit geröteten Augen, zurück ins Wohnzimmer gekommen ist und von da an stumm am Tisch bei ihnen gesessen hat. Teilnahmslos den Pflaumenkuchen in winzige Teile zerteilt, aber nichts davon gegessen hat. Daisy hat sich nicht einmal ein Stück Kuchen genommen. Sie meinte, dass durch die Chemotherapie sowieso alles im Klo landen würde und dafür sei ihr der Kuchen zu schade. Mabel wälzt sich im Bett herum und sucht eine bequemere Position. Sie lauscht in die Dunkelheit und hört ein leises, friedliches Schnarchen aus dem Nebenzimmer. Sie wünscht sich, auch so eine Ruhe zu haben. Auf dem Rückweg hat sie Annie gefragt, ob ihr der Nachmittag gefallen hat und die meinte nur, dass sie am liebsten die Kuckucksuhr von der Wand geschlagen hätte. Ansonsten fand sie den Nachmittag »wie zu erwarten«. Mabel hat keine weiteren Fragen gestellt, weil sie Annie nicht mit irgendetwas belasten möchte. Die Erschöpfung hat Annie am Abend im Gesicht gestanden und das Zucken ist, sobald sie zur Haustür hereingekommen sind, immer schlimmer geworden. Mabel ist froh, dass sie nun gut zu schlafen scheint. Ihre Gedanken kehren zurück zu Daisy. Einer neuen, ihr völlig fremden Daisy. Das Letzte, an das Mabel denkt, bevor sie in einen unruhigen Schlaf fällt, sind rosafarbene Tränen.

Ein scheinbar endloser und zäher Arbeitstag neigt sich dem Ende. Draußen ist es schon längst dunkel, als Savannah endlich ihre Sachen zusammenpackt. Sie wirft einen Blick in Logans Richtung, der noch an seinem Computer sitzt und eifrig auf die Tastatur einhämmert. Als würde er ihren Blick spüren, hebt er den Kopf. Ihre Blicke begegnen sich einen Moment, bevor Savannah sich abwendet, ihre Jacke anzieht, sich die Tasche über die Schulter hängt und geht.

Kurz bevor sie die Eingangstür erreicht, sieht sie Hugh draußen stehen. Er hat den Kragen seines Mantels nach oben geklappt und geht unruhig auf und ab. Was macht er hier? Savannah bleibt abrupt stehen. Hugh hat sie noch nicht gesehen, kommt es ihr in den Sinn, und ohne noch weiter darüber nachzudenken, macht sie auf dem Absatz kehrt und sieht sich Logan gegenüberstehen.

»Was ist los?« Logan blickt an Savannah vorbei und sieht Hugh. »Das Liebesglück scheint nicht von langer Dauer gewesen zu sein. Wobei zwei, nein, drei Tage hat es gehalten. Keine schlechte Leistung für den Anfang, würde ich behaupten.«

»Spar es dir. Ich habe nur etwas im Büro vergessen.«

»Was denn?« Wie immer ist Savannahs Kopf wie leergefegt und er setzt nach einer kurzen Pause fort: »Für mich sieht es so aus, als ob du ihm aus dem Weg gehen willst. Und ich kann es verstehen.«

»Was verstehst du?«

»Er ist eine Nummer zu klein für dich. Das sieht doch sogar ein Blinder und er weiß auch, dass du nicht in seiner Liga spielst. Du bist für jemanden wie ihn viel zu ...« Logan lässt den Satz unvollendet und Savannah sieht ihn gespannt an. Doch er redet nicht weiter, sondern begutachtet lieber den Fußboden.

»Ich bin was?«

»Du bist... schwierig.« Er bemerkt sofort, dass er nicht die richtigen Worte gefunden hat und setzt schnell hinzu: »Du bist einfach zu komplex für jemanden, der so einfach gestrickt ist wie er. Er wird dich nie verstehen.«

»Ach ja, woher willst du das wissen?«

»Wenn du ehrlich zu dir selbst bist, dann wirst du merken, dass er nicht zu dir passt, und deswegen habe ich versucht dich am Freitag davon abzuhalten, mit ihm die Bar zu verlassen. Er ist nichts für dich.«

»Schatz?« Hört sie die unsichere Stimme von Hugh hinter sich, der in der Eingangstür steht und nicht weiß, ob er hereinkommen darf oder nicht.

Savannah dreht sich um und tut so, als würde sie ihn zum ersten Mal sehen.

»Hugh?! Was für eine ... schöne Überraschung.«

»Was für eine schöne Überraschung«, äfft Logan sie leise nach.

»Neidisch oder eifersüchtig, Logan?«

»Das ich nicht lache. Ich sehe hier nichts, auf das ich neidisch oder gar eifersüchtig sein könnte. Der arme Kerl kann einem nur leidtun.«

»Komisch, am Freitag klang das noch ganz anders.«

»Ich bin überrascht, dass du dich überhaupt noch an irgendetwas erinnern kannst, so betrunken wie du gewesen bist«, fährt Logan sie an.

»Zum Glück habe ich ein Wasser spendiert bekommen. Du arrogantes – «

» – Wenn das deine Art ist, dich zu bedanken, dann bitte schön. Deine Marionette wartet«, sagt Logan mit blasierter Miene und ohne ein weiteres Wort lässt sie ihn stehen. Ergreift die Flucht. Mit aller Willenskraft dreht sich Savannah nicht noch einmal zu Logan herum und verlässt stattdessen an Hughs Seite das Gebäude. Hugh legt seinen schweren Arm um sie und es ist, als würde er eine riesige Last auf ihren Schultern ablegen.

# 9 Verspätete Auflösung

»Ich habe Mist gebaut.«

Die Frühlingssonne drückt sich durch die schwere Wolkendecke. Kraftvoll kündigt sie das Ende der eisigen Jahreszeit an, während Cherry und Savannah gemütlich auf dem Sofa in Savannahs Wohnung sitzen und den Abspann im Fernseher anstarren.

»Möchtest du reden?«, fragt Cherry in die Stille und mustert Savannah von der Seite. Die dunklen Schatten unter Savannahs Augen sind die Überbleibsel einiger schlafloser Nächte. Hugh schreibt ihr jeden Abend nach der Arbeit. Im Minutentakt gehen unzählige Textnachrichten bei ihr ein und auch wenn sie nicht antwortet, nimmt die Flut an Nachrichten nicht ab.

`Du schläfst bestimmt schon, deswegen sende ich dir noch süße Träume. H.`

`Ich kann einfach nicht einschlafen. Allein der Gedanke an dich lässt mein Herz höherschlagen. Ich vermisse dich. H.`

`Du bedeutest mir wirklich viel. Hoffe, du schläfst schön. H.`

Savannah starrt auf ihre Kuschelsocken und beginnt an einem der Säume herumzuzupfen, bis sich ein Faden löst. Es wird ihr zu viel. Sie fühlt sich eingeengt und bedrängt. Sie zieht an dem Faden, der immer länger wird, während sich ihre innere Stimme meldet, die ihr sagt: »Du hast es nicht anders verdient ... du hast es so gewollt.«

»Ist etwas mit Hugh und dir? Alles in Ordnung bei euch beiden?«, fragt Cherry vorsichtig. Savannah nickt, um kurz darauf den Kopf zu schütteln. Wo soll sie anfangen? »Ist es nicht so, wie du es dir vorgestellt hast?« Savannah zieht weiter an dem Faden, bis er abreißt.

»Du hast mich doch vor einer Weile nach Logans Nummer gefragt.« Wie wird Cherry auf ihre Worte reagieren? Und wie wird es sein, ihre Gedanken zum ersten Mal laut auszusprechen?

»Ja, was ist damit?«

Savannah zieht ihre Beine an und umschlingt sie mit den Armen. In einer Hand hält sie noch immer das Stück Faden.

»Ich bekomme ihn nicht mehr aus meinem Kopf«, flüstert Savannah mehr zu ihren Knien als zu Cherry.

»Wen? Hugh?« Cherry runzelt verwirrt die Stirn.

»Logan.«

Cherrys Mund öffnet und schließt sich, als würde sie etwas sagen wollen.

»Das ist vielleicht nur eine Phase«, sagt sie irgendwann in die bedrückte Stille.

»Ist es nicht. Ich wünschte, es wäre so einfach.«

»Seit wann bist du in Logan verliebt?«

»Ich bin nicht verliebt.«

»Seit wann ist da etwas zwischen Logan und dir?«

»Weiß ich nicht genau. Aber er geht mir schon lange nicht mehr aus dem Kopf. Es ist doch egal, wie lange das schon geht.«

»Finde ich nicht. Reden wir hier über eine Schwärmerei von ein paar Wochen? Ist dir das erst bewusst geworden, nachdem du mit Hugh zusammengekommen bist?« Savannahs Miene verzieht sich gequält, während sie den lindgrünen Faden in ihrer Hand betrachtet.

»Es sind ein paar Jahre, Cherry. Aber ich habe es verdrängt. Oder zumindest versucht, die Gefühle gar nicht erst zuzulassen.«

»Ich bin mir gerade nicht sicher, ob ich dich richtig verstanden habe. Wir reden hier über JAHRE? Wie viele Jahre?«

»Keine Ahnung. Drei?!«

Cherry lässt sich geräuschvoll in das Sofa zurücksinken.

»Was ist das dann zwischen Hugh und dir?«

»Nichts, wenn man ehrlich ist. Ich habe ihn nur benutzt.«

»Du hast was?«, fragt Cherry und Savannah erzählt ihr die ganze Geschichte.

»Und ich habe nichts davon mitbekommen«, stößt Cherry hervor und beginnt nachdenklich an ihrer Oberlippe zu zupfen.

»Warum hast du mir Logans Nummer gegeben? Hättest du mir das nicht schon früher sagen können? Also, dass er tabu ist ... oder irgendetwas? Ein kleiner Hinweis?«

»Dazu hätte ich mir eingestehen müssen, dass da Gefühle sind.«

»Warum wolltest du das nicht?«

»Weil ich nicht um diese Gefühle gebeten habe. Logan und ich sind Kollegen. Gute Freunde. Mehr sollte da nicht sein.«

»Aber, Savannah, da ist doch mehr.« Savannah beginnt sich den Faden um den Zeigefinger zu wickeln und betrachtet ihr Werk. »Weiß Logan davon? Hast du es ihm gesagt?«

»Was soll er wissen?«, nachdenklich starrt Savannah auf ihren Finger und wickelt den Faden wieder ab.

»Von deinen Gefühlen und Gedanken.«

»Soll das ein Scherz sein?«

»Aber er muss es doch irgendwann erfahren.«

»Ich denke nicht«, und plötzlich treten Tränen in Savannahs Augen. Der Faden verschwimmt und ihre Unterlippe beginnt verdächtig zu zittern.

»Hast du Angst? Davor, dass er dich zurückweisen könnte und dass er nicht das Gleiche für dich empfindet wie du für ihn? Du hast doch jetzt schon Jahre gewartet. Worauf wartest du? Wie lange willst du noch warten?« Cherry legt einen Arm um Savannahs Schulter und streicht ihr mit der anderen Hand sanft über den Arm. »Sav, ich weiß, dass das alles nicht leicht für dich ist. Allein die Tatsache, dass du es ganze drei Jahre lang für dich behalten hast, spricht doch schon für sich.« Cherry schüttelt gedankenversunken den Kopf. »Wenn ich dir einen Rat geben darf, dann sag ihm, was du für ihn empfindest. Vielleicht mag er dich ja auch.«

»Vielleicht aber auch nicht.«

»Er wäre blöd, wenn nicht«, sagt Cherry und schenkt Savannah ein breites Grinsen. »Was findest du an Logan?«

»Cherry ... das ist kompliziert.« Savannah streicht sich eine verirrte Träne von der Wange. Froh, dass ihr keine weitere folgt.

»Ein Frage habe ich noch«, sagt Cherry neben ihr und starrt sie neugierig an. »Was machst du jetzt wegen Hugh? Er wird sicher nicht glücklich sein, aber ich glaube es ist nur fair, wenn du so schnell wie möglich die Reißleine ziehst und Schluss machst.«

»Da hast du Recht«, sagt Savannah mit schwerer Stimme.

»Er wird es überleben«, sagt Cherry schulterzuckend. »Mach dich nicht verrückt deswegen, versprich mir das! Du hast niemanden umgebracht. Du bist deswegen kein schlechter Mensch, nur weil du mit jemandem Schluss machst.«

»Ich mache nicht einfach nur mit jemandem Schluss.«

»Sondern?«

»Ich verletze jemanden. Weise ihn zurück. Und das ... hätte nicht sein müssen.«

»Zu spät.«

Logan löst den Knoten seines Schals, während die Sonne ihm den Schweiß auf die Stirn treibt. Schnell geht er weiter und betritt das Parkhaus.

Seine Schritte hallen auf dem Boden nach und als er um die Ecke biegt, sieht er Jordan an einem alten, grauen Mercedes lehnen.

»Hast du es?«, fragt Logan hastig.

»Logan, hör zu. Sie haben dein Arbeitszeugnis von damals bestätigt und ...«

»Und was?« Jordan zieht einen Umschlag aus der Innentasche seiner Cordjacke.

»Ich habe wirklich alles versucht.«

Logan öffnet den Umschlag und für einen kurzen Moment ist es, als würde sein Herz aufhören zu schlagen, bevor es zu einem Sprint ansetzt.

»Das haben die nicht gemacht«, stottert Logan. Sein Gesicht wird aschfahl.

»Doch. Aber das alte Zeugnis wurde bestätigt und damit bist

du fein raus.«

»Das nennst du fein raus? Man hat mir gesagt, dass ich nur wegen dieses Zeugnisses eingestellt worden bin. Ich muss das überall vorlegen. Das ist eine Frechheit!«

»Ich verstehen deinen Frust – «

»Frust? Ich habe ein tadelloses Arbeitszeugnis ausgestellt bekommen und das hier kommt einer persönlichen Beleidigung gleich.«

»Ich denke, wir wussten beide, dass das Arbeitszeugnis, welches du als tadellos bezeichnest, nicht zu deinem Abschlussgespräch gepasst hat. Sonst hättest du mich nicht darum gebeten, dir in der Sache zu helfen.«

Logan schnaubt wütend, sagt aber nichts dazu. Er hat dieses Arbeitszeugnis auch bei seiner Bewerbung an der Universität eingereicht. Dieses Zeugnis ist wichtig für ihn und jetzt hat es keinen Wert mehr. Weil ... jemand ihn verraten hat. Und er muss herausfinden, wer es gewesen ist!

Draußen ist es bereits dunkel, als Savannah zu ihrem Handy geht und es wieder einschaltet. Das Display zeigt ihr zwanzig ungelesene Nachrichten an. Savannah stöhnt angestrengt auf und überfliegt die Nachrichten von Hugh. Es ist alles dabei von

`Ich vermisse dich`

bis

`Alles ok?`

und

`Warum antwortest du nicht??.`

Savannah schließt kurz die Augen, bevor sie ihm ein paar Zeilen zurücktextet:

`Hey. Cherry ist bei mir gewesen und mein Handy war aus. Wenn du Zeit hast, würde ich gerne morgen Abend mit dir reden. Ist 5 ok?`

`Ok.,`

antwortet Hugh nur und den restlichen Abend bleibt ihr Handy verdächtig still. Savannah schläft in dieser Nacht so gut wie schon seit drei Wochen und drei Tagen nicht mehr.

»Guten Morgen.«

Savannah steht am Treppenaufgang des Ernest-Aggerty-Group-Firmengebäudes und wartet auf Cherry, die heute ihren neuen, beigefarbenen Trenchcoat und braune Kunstlederstiefel trägt. Zwischen dem Trenchcoat und den Stiefeln blitzt eine weinrote Jeans hervor.

»Du siehst gut aus«, stellt Savannah fest und bemerkt, wie Cherrys Wangen sich verfärben.

»Wie immer.«

»Also irgendetwas ist anders.«

»Du spinnst ja. Hast du schon mir Hugh geredet?«, lenkt Cherry geschickt ab, während sie gemeinsam die Stufen hinaufgehen.

»Noch nicht. Aber ich habe es vor.«

»Wann?« Cherry starrt die Treppen hinauf und ihre Augen weiten sich.

»Heute Abend nach der Arbeit. Warum fragst du?«

»Weil der Mann da oben an der Eingangstür Hugh verdammt ähnlich sieht?!« Savannah folgt ihrem Blick und ein dicker Kloß bildet sich in ihrem Hals. Er ist es. Was macht er hier so früh am Morgen? Und wie lange steht er schon da und wartet auf sie?

»Also wenn ich mich nicht irre, dann würde ich sagen, dass er nicht besonders glücklich aussieht.«

Cherry geht schweigend an Hugh vorbei und verschwindet, so schnell sie kann, durch die Eingangstür.

»Hi, Hugh. Was machst du hier?«

»Du servierst mich ab, oder? Savannah?«, seine Stimme klingt belegt.

»Hugh ...«

»Warum?« Hugh zieht hörbar die kalte Morgenluft ein.

»Es passt für mich einfach nicht.« Der Satz wiegt schwer und Savannah muss zusehen, wie sich Hughs Gesicht schmerzvoll verzieht.

»Willst du mich wirklich mit so einem Standardsatz abspeisen? Nachdem ich mir deine Lieblingslieder angehört und Pearl Harbor mit dir angeschaut habe. Ich habe dir sogar meine Mutter vorgestellt«, sagt Hugh verletzt und fährt sich frustriert mit einer seiner riesigen Hände durch die kurzen Haare. Hat er sich wirklich alle ihre Lieblingslieder angehört? Savannah mustert Hugh, dessen Stirn in Falten liegt und dessen Wangen gerötet sind.

»Hugh, es tut mir wirklich leid. Ich wollte und will dir nicht wehtun.« Savannah sieht ihn mit großen Augen an. Die Schuld umschließt wie eine eisige Faust ihre Brust.

»Dann hättest du mich nicht dazu zwingen sollen, Pearl Harbor mit dir anzuschauen.« Hughs Gesichtsausdruck verändert sich. Wut blitzt durch seine Augen und Savannah weicht einen Schritt von ihm zurück.

»Das ist nicht wahr.«

»Als ob das irgendein Mann freiwillig sehen will. Also ich bitte dich, Savannah.«

»Nur weil ich sage, dass ich einen Film noch nicht gesehen habe, heißt das nicht, dass man sich ihn mit mir ansehen muss.«

Savannah denkt zurück an den Abend, als Hugh sie zu sich nach Hause eingeladen und ihr dieses komische ›Ding‹ gezeigt hat, mit dem er seine Tennisschläger neu bespannt. Der Film hat seine Erklärungen dann glücklicherweise vorzeitig beendet. Als Savannah sich nach dem Film direkt aus dem Staub machen wollte, nachdem sie mehrmals sein Angebot abgelehnt hat, sie nach Hause zu fahren, hat es geklingelt und Hughs Mutter hat vor der Tür gestanden. ›Das ist also Savannah‹, sind ihre ersten Worte gewesen, gefolgt von einem vielsagenden Blickwechsel mit ihrem Sohn.

»Hat es etwas mit diesem verrückten Arbeitskollegen zu tun. Der aus der Bar? Läuft da was mit ihm?«

»Wen meinst du?«

»Wenn ich den in die Finger bekomme«, tönt Hugh lautstark und beginnt vor Savannah hin und herzulaufen. »Du kannst dir das Lügen sparen. Ich habe zwei gesunde Augen im Kopf. Ich habe doch genau gesehen, wie er dich in dieser Bar angesehen hat. Und dann noch die Sache mit dem Wasser.«

Egal, was sie ihm jetzt sagt, er wird es nicht verstehen. Die Wahrheit würde seinen Schmerz und die Wut nicht lindern können. »Warum servierst du mich mir nichts, dir nichts ab? Schreibst mir, dass wir reden müssen?«

»Hast du nicht gemerkt, dass wir nicht auf einer Wellenlänge sind?«

»Nein, Savannah, davon habe ich nichts gemerkt. Ich habe wirklich gedacht, wir verstehen uns prima und alles läuft gut zwischen uns ... bis ... du mir gestern diese Nachricht geschrieben hast. Es hat sich angefühlt, als würde ich aus allen Wolken fallen. Ich habe doch wirklich alles gegeben.«

»Das hast du, Hugh. Ich habe einfach nicht die gleichen Gefühle für dich wie du scheinbar für mich.«

»Das ergibt doch alles keinen Sinn. Wie kann man von heute auf morgen seine Meinung einfach so ändern?« Hugh sieht Savannah fassungslos an.

»Gefühle gehen manchmal genauso schnell, wie sie kommen«, antwortet Savannah geradeheraus. Schärfer als beabsichtigt.

»Na super. Tja, daran kann ich wohl nichts ändern.«

»Ich muss jetzt rein.« Savannah deutet auf die Tür. Es ist alles gesagt.

»Lässt du mich jetzt einfach so stehen?«

»Ja, denn ich wollte das eigentlich NACH der Arbeit mit dir klären, damit wir genug Zeit haben, über alles zu reden.«

»Hättest du dann eine bessere Ausrede parat gehabt?« Hugh sieht sie beleidigt an.

»Nein.« Hughs Blick steckt voll von unausgesprochenen Vorwürfen und als er nichts erwidert, sagt sie: »Mach's gut, Hugh« und dreht sich um.

Savannah geht, ohne einen Blick zurück, durch die Eingangstür und während sie die Schwelle übertritt, fühlt sie die Erleichterung. Sie lässt nicht nur ihn, sondern auch ihr schlechtes Gewissen hinter sich. Sie lässt einen Teil von sich selbst zurück. Einen Teil, der sich nicht aufrichtig verhalten hat und unfair gewesen ist. Verletzt hat. Und nun geht sie leichten Schrittes durch den Flur, bevor sie entschlossen durch die Tür des Großraumbüros tritt und lächelt. Froh, endlich wieder sie selbst sein zu können, nicht mehr von unzähligen Textnachrichten überflutet zu werden und für eine ganz lange Zeit nichts mehr zum Thema Tennis hören zu müssen. Savannahs Blick sucht den von Cherry, die sie fragend ansieht. Sie nickt ihr kurz zu, bevor sie ihre Tasche an ihren Schreibtisch legt und hat sich gerade erst gesetzt, als Naomi zu ihr kommt.

»Hey, Savannah. Geht es dir gut?«, fragt Naomi vorsichtig. Savannah sieht sie irritiert an, während Cherry im Hintergrund wild gestikuliert.

»Ähm, ja. Es geht mir gut. Danke. Und dir?«, antwortet Savannah unsicher und fragt sich, was Cherry ihr sagen will.

»Mir geht es super. Ich dachte nur, dir könnte es vielleicht nicht so gut gehen.«

»Was meinst du?«

»Naja, ich habe dich vorhin mit einem Mann reden sehen«, sagt Naomi bedacht und sieht Savannah etwas mitleidig an. »Ich habe Cherry gefragt, wer der Mann ist und sie hat mir gesagt, dass es dein Freund ist. Oder besser ... gewesen ist.«

»Wir haben uns heute getrennt. Vor fünf Minuten. Aber es geht mir gut. Ich habe Schluss gemacht.«

»Ah. Dann ist es also ok, wenn ich dich kurz etwas zu einem neuen Projekt frage?«

»Natürlich. Nur her damit«, sagt Savannah freundlich und beobachtet, wie Naomi zu ihrem Platz zurückgeht und eine Mappe aus einer Schublade ihres Schreibtisches zieht. Die Bürotür öffnet sich und Logan kommt herein. Savannah beobachtet, wie er mit langen Schritten durch das Zimmer geht. Als er an seinem

Schreibtisch ankommt, hebt er den Blick und bemerkt, dass Savannah und Cherry ihn beide anstarren. Er sieht an sich herunter, als würde er nach einem Grund suchen, bevor er fragt:

»Was ist?«

»Nichts. Es ist nichts«, sagt Savannah schnell und nimmt die Mappe, die ihr Naomi entgegenstreckt. Savannah beginnt die Seiten zu überfliegen, während Naomi sich einen Stuhl heranzieht und sich zu ihr an den Tisch setzt. Alles scheint wie immer und dennoch ist nichts wie vorher.

# 10 Halbherzigkeiten

*»Erst wenn der Funke überspringt, kann man für eine Sache brennen.« (Helmut Glaßl)*

»Jordan?« Mabel geht auf den Mann zu, der sich über die offene Motorhaube beugt und aufsieht, als er seinen Namen hört.

»Hey! Was für ein Zufall.«

»Bei mir eher weniger. Die Parkplätze des Verlags sind hier. Und wie kommst du hierher?« Mabel begutachtet die Ausweisung der Parkfläche. »Hast du Geldprobleme?«

»Was? Warum?« Jordan sieht zu dem Schild ›Kundenparkplatz Schuldnerberatung‹. »Ach, das. Nein. Ich habe beim Fahren ein lauter werdendes Klackern bemerkt und bin auf den nächstbesten Parkplatz gefahren. Jetzt im Stand hört man nichts mehr, deswegen tippe ich auf das Getriebe.« Er errötet und kratzt sich verlegen am Hinterkopf. Mabel legt den Kopf ein wenig schief und ihr Bauchgefühl sagt ihr, dass irgendetwas nicht stimmt.

»Kann ich dir irgendwie helfen? Soll ich dich mitnehmen? Zur nächsten Werkstatt ist es nicht weit.«

»Ich habe schon einen Freund angerufen. Der kennt sich aus. Aber danke!«

»Kein Problem. Dann wünsche ich dir noch viel Erfolg.«

»Mabel?«, ruft Jordan, als sie schon fast bei ihrem Auto ist. Er läuft um sein Auto herum und kommt auf sie zu. »Warum hast du dich nicht mehr gemeldet?«

»Hätte ich schon noch gemacht.« Mabel schließt das Auto auf und wirft ihre Handtasche auf die Rückbank.

»Ich mag dich. Sehr. Das wollte ich dir einfach mal sagen.«

»Ich mag dich auch.« Sie denkt an die Dates mit Jordan, die wirklich lustig und unbeschwert gewesen sind. Aber mehr eben auch nicht. Mabel wirft einen Blick auf ihre Armbanduhr. »Entschuldige, Jordan, ich muss weiter.«

»Lass uns doch bald mal wieder etwas machen. Melde dich

einfach, sobald du Zeit hast.«

»Das könnte dauern. Am besten wartest du nicht auf mich.«

»Kein Problem«, antwortet Jordan und sie ist sich nicht sicher, ob er sie richtig verstanden hat. Sie hat nicht vor, sich wieder bei ihm zu melden.

»Dann noch viel Glück mit deinem Auto. Spätestens morgen werde ich sehen, ob du immer noch hier stehst.«

»Ich hoffe nicht. Bis bald, Mabel.«

Wenig später fährt Mabel auf den Parkplatz eines kleinen Supermarktes. Es hat wieder angefangen zu nieseln und der Wind peitscht ihr die feinen Tropfen ins Gesicht. Sie schlingt ihren gelben Mantel ein wenig enger um sich und geht schnell in den Laden. Wärme. Als hätte sie auf Mabel gewartet, die Arme nach ihr ausgestreckt und sie, nach ihrem Eintreten, umschlungen. Mabel grüßt kurz die dicke Betty, die gerade von ihrer Raucherpause zurückkommt und ihr mürrisch zunickt. Ihre schmalen Lippen sind pink geschminkt und ihre Augen sind dunkelblau umrandet. Auffällig. Aber es passt zu ihr. Betty hustet, während sie sich hinter ihre Kasse setzt und den nächsten Kunden abkassiert. Ihre glitzernden Gelfingernägel klackern ungeduldig auf die Abdeckung der Kasse, als eine ältere Kundin länger nach den passenden Münzen sucht. Mabel muss unweigerlich an Annie denken. Was würde sie wohl sagen, wenn Mabel sich auch mal wie Betty herrichten würde? Unweigerlich breitet sich ein Lächeln über Mabels Gesicht aus.

Mehr schlecht als recht balanciert Mabel zwei Äpfel, eine Tüte Nüsse, Taschentücher, Käse, Abschminktücher, Brot und eine Packung Klopapier in ihren Armen, um dann festzustellen, dass sie die Seife vergessen hat. Als sie sich umdreht und zu den Regalreihen mit den Produkten für die Körperpflege geht, bereut sie ihre Entscheidung, keinen Einkaufswagen genommen zu haben, und natürlich steht die Seife ganz unten im Regal. Mabel bückt sich, streckt ihren Arm aus, versucht, nichts von ihren Einkäufen zu verlieren, und während dieser akrobatischen Nummer löst sich der Verschluss ihres BHs. ›Oh, nein!‹

»Hallo, kann man dir helfen?« Erschrocken blickt Mabel auf.

»Ähm, wenn du so fragst. Ich brauche die Seife da unten.« Beim Aufstehen fallen die Abschminktücher herunter und ihr BH hängt nun nur noch auf Höhe ihrer Brustwarzen. Mabel verkneift sich ein Lachen.

»Hier.« Paul will ihr die Seife geben, hält aber mitten in der Bewegung inne. »Soll ich dir beim Tragen helfen?«

»Das geht schon irgendwie.«

»Gehst du mir aus dem Weg?«, fragt Paul schnell, während seine karamellbraunen Augen sie taxieren.

»Nein.« Sich ihrer ungewohnt freien Brüste bewusst, versucht Mabel ernst zu bleiben. Schließlich kann niemand sehen, was sich unter ihrer Jacke abspielt. »Wie kommst du darauf? Nur weil ich nicht möchte, dass du mir beim Tragen hilfst?«

»Du hast mich durchschaut.«

»Hier.« Mabel reicht ihm grinsend das Klopapier und die Taschentücher. »Ist es jetzt besser?«

»Wenn du noch Zeit für einen Kaffee hast, dann ja.«

Mabel kann nicht mehr anders und prustet los: »Es tut mir leid, Paul. So gerne ich einen Kaffee mit dir trinken gehen würde, müssen wir das vertagen. Als ich nach der Seife gegriffen habe, ist mir der BH aufgegangen und jetzt hängt er irgendwo knapp oberhalb ... naja ... er ist gerade funktionslos. Langer Rede kurzer Sinn: nichts sitzt da, wo es soll, und ich kann mich so nicht mit dir in ein Café setzen.«

»Die Ausrede lasse ich durchgehen.«

»Es ist keine Ausrede!«, prustet Mabel und auch Paul wird von ihrem Lachen angesteckt. »Wieso sollte ich mir so etwas ausdenken?«

»Keine Ahnung. Mancher Mann bekommt so ein Teil nicht einmal auf und dir geht er einfach so im Laden auf?!«

»Solche Männer kenne ich nicht. Vielleicht ist auch einfach der Verschluss kaputt gegangen.«, überlegt Mabel laut, bevor sie lachend fortsetzt: »Es ist auf jeden Fall unangenehm.«

»Soll ich mal nachsehen?« Mabel mustert belustigt seine feinen Gesichtszüge, sucht in seinem Blick etwas, dass ihr zeigt, dass er nur einen Scherz gemacht hat. Aber er blickt sie ernst an.

»Schon gut. Ich habe ja eine dicke Jacke an. Das kann bis nachher warten.« Noch immer lachend machen sie sich auf den Weg zur Kasse und als Paul alles auf dem Band abgelegt hat, fällt Mabel auf, dass er selbst nichts eingekauft hat.

»Annie hat letztens so eine Andeutung gemacht ... « Betty lässt das Band zu sich nach vorne fahren und beginnt die Einkäufe abzukassieren.

»Was hat sie gesagt?«

»Vielleicht habe ich sie falsch verstanden.«

»Das kann sein«, antwortet Mabel, während Betty mit heiserer Stimme:

»Das macht dann ...« krächzt und Mabel ihr kurzerhand ihre EC-Karte reicht, während sie weiter Paul ansieht, der sichtlich mit sich zu hadern scheint. Was hat Annie denn nur gesagt? Oder will er es vielleicht einfach unter vier Augen besprechen? Betty reicht ihr ihre EC-Karte zurück. Mabel und Paul greifen nach den Einkäufen, verabschieden sich von Betty, die nur kurz grunzt, und verlassen den Laden. Es fühlt sich selbstverständlich an. Er an ihrer Seite.

Sie laden den Einkauf in den Kofferraum und stehen sich danach unschlüssig gegenüber. Es nieselt nach wie vor, aber die Neugier ist größer als die kriechende Kälte und die tückische Nässe.

»Möchtest du mir noch sagen, was Annie zu dir gesagt hat? Dann kann ich nämlich nach Hause fahren, einen anderen BH anziehen und mich wieder etwas wohler fühlen.«

»Ich habe Annie gefragt, warum du seit drei Wochen freitags nicht mehr da bist und ob es daran liegt, dass du so viel Arbeit hast. Sie meinte, dass sie nicht glaubt, dass es an der Arbeit liegt, da du aktuell keinen neuen Autor betreust und du es ihr auf jeden Fall erzählt hättest, wenn es so wäre. Annie hat dann erst einmal nichts mehr gesagt und ich dachte, dass ihr vielleicht Streit habt. Als ich dann gegangen bin, meinte sie zu mir: ›Weißt du, Paul, es ist immer schwer, wenn ein Herz bei der Sache ist und weiß, was es will und ein anderes nicht weiß, wohin es gehört‹.«

Mabel sieht ihn fassungslos an und ihre freien Brüste sind gerade ihr kleinstes Problem.

»Annie liest eindeutig zu viele Bücher von *Jane Austen*. Das klingt nach einem Zitat. Ich denke nicht, dass sie dich oder sonst irgendjemanden damit gemeint hat.« Mabel gibt sich unbekümmert, obwohl sie das nicht ist. Wieso sagt Annie so etwas zu ihm?

»Dann habe ich mir umsonst Gedanken gemacht?«

»Definitiv.«

»Sehen wir uns also wieder am Freitag?! Vielleicht sehen wir uns ja auch im Club mal wieder.«

»Ich befrage mal meinen Terminkalender, was er zu einem weiteren Clubbesuch sagt. Bis Freitag.« Sie verabschieden sich und Mabel steigt in ihr Auto. Sie geht das Gespräch mit Paul noch einmal durch und als sie den Schlüssel im Zündschloss umdreht, hat sie Tränen in den Augen, die, während sie nach Hause fährt, ihr unaufhaltsam über die Wangen rollen.

Es ist spät und alles um ihn herum liegt in einer friedlich wirkenden Dunkelheit. Logan schlägt den Kragen seines Mantels nach oben, zieht die Schultern hoch und geht zielstrebig durch die Straßen. Er biegt gerade um eine Ecke, als er sie ein paar Meter weiter warten sieht. Ihre glatten, blonden Haare gehen ihr bis zu den Schultern und ihre schwarze Jacke spannt sich über ihre üppigen Brüste. Sie sieht gut aus. So gut wie jeder Mann würde ihm da Recht geben können. Sie ist deutlich kleiner als er, hat ein gewöhnlich hübsches Gesicht und fällt vor allem durch ihre attraktiven Rundungen auf.

»Hi, Jen. Wartest du schon lange?«

»Mussten wir uns hier treffen?« Sie ignoriert seine Frage. Verdrießlich zieht sie einen Kaugummi aus ihrer Jackentasche. »Hätte es nicht irgendwo sein können, wo – «

» – mein Arbeitszeugnis wurde korrigiert«, unterbricht Logan ihr Genörgel.

»Was?« Sie packt den Kaugummi aus und steckt ihn sich in den Mund. Ohne ihm auch einen anzubieten. Aber so ist sie eben. »Wieso haben sie eine Korrektur vorgenommen? Wie ist es aufgefallen?«

»Ich musste mir mein Arbeitszeugnis bestätigen lassen. Aber das ist eine lange Geschichte. Auf jeden Fall haben sie es mir bestätigt und es gleichzeitig auch korrigiert. Ich dachte es ist wichtig, dass du das weißt. Vielleicht kommt jemand aus der Firma auf dich zu.«

»War das etwa alles?«, fragt Jennifer ihn entgeistert und schnalzt genervt mit dem Kaugummi.

»Reicht das denn nicht?«, fragt Logan aufgebracht. »Weißt du, was das für mich bedeutet?«

»Falls es dir entfallen ist ... ICH war diejenige, zu der du als Erstes gerannt bist, als du dein tolles Arbeitszeugnis gefeiert hast. ICH habe den Fehler schon bemerkt, bevor du es bekommen hast und ICH habe die Klappe gehalten. Also weiß ich ziemlich genau, was das alles für dich bedeutet. Die Korrektur deines Arbeitszeugnisses ist blöd, aber es ist nicht zu ändern.« Jennifer zuckt kurz mit den Schultern. »War es das? Oder gibt's noch etwas anderes?«

»Wirst du die Wahrheit sagen, wenn dich jemand danach fragt?«

»Ganz sicher nicht. Ich weiß von nichts und werde dabei auch bleiben.« Sie sieht ihn mit ihren hellblauen Augen an und mustert sein Gesicht. Ihr Blick verweilt bei seinen Lippen und sie geht einen Schritt auf ihn zu.

»Was ist?«, fährt er sie an, denn sie soll nicht auf falsche Gedanken kommen.

»Du riechst gut«, sagt sie und starrt weiter auf seinen Mund.

»Weißt du, ich habe schon so viel für dich getan. Du könntest dich wirklich einmal bei mir bedanken.«

»Das habe ich, als ich dir den Job bei der Ernest-Aggerty-Group besorgt habe. Hast du das vergessen?«

»Ach, stimmt. Da war ja was.« Jennifer kommt noch näher und sein Herz schlägt ein wenig schneller. Was hat sie nur vor? Sie bleibt stumm und hält seinem Blick stand. Etwas, das Savannah nicht kann. Was macht Savannah ausgerechnet jetzt in seinem Kopf? Jennifer kommt noch ein Stück näher und nun ist er derjenige, der auf falsche Gedanken kommt. Ohne weiter darüber nachzudenken, legt er ihr seine Hand an den Hinterkopf, neigt seinen Kopf zu ihr herunter, zieht sie dicht an sich heran und küsst sie. Ihre Lippen sind kalt und schmecken nach Pfefferminze. Unweigerlich fragt er sich, wie wohl Savannah schmecken würde und bricht den Kuss abrupt ab.

»Was ist los?«, fährt Jennifer ihn an.

»Nichts. Es tut mir leid.«

»Muss es nicht.« Jennifer kaut weiter auf ihrem Kaugummi, als wäre nichts gewesen. »Willst du noch mit zu mir kommen?« Sie deutet hinter sich.

»Vielleicht ein anderes Mal. Ich wollte dich eigentlich nur warnen.«

»Und das ging nicht am Telefon?«

»Was ist denn dein Problem? Ich habe es nur gut gemeint.«

»Naja, meine Haare waren frisch frisiert, ehe ich hier in der feuchten Kälte ewig rumgestanden habe, um auf dich zu warten. Und das alles, weil man dein Zeugnis bei Tradimento korrigiert hat. Ist ja lieb von dir, mich zu warnen, aber dieser ganze Zirkus wegen so einer Kleinigkeit ist unnötig gewesen.« Jennifer spuckt den Kaugummi auf den Boden und tritt einen Schritt von Logan zurück. »Ich gehe jetzt wieder rein.« Sie deutet erneut hinter sich zu der Haustür am Ende der kleinen Gasse.

Frustriert tritt Logan nach einem kleinen Stein am Boden. Der Stein hüpft über den unebenen Asphalt, über den Bordstein und fällt durch das Bodengitter hinunter in den Abwasserkanal.

Schmerzhaft zieht es in seinem Knie und sein Frust verwandelt sich in Wut. Was ist er nur für ein Idiot? Warum hat er Jennifer überhaupt angerufen? Er weiß doch, wie sie ist. Sie interessiert sich nur für sich selbst. Hatte er sich etwas anderes erhofft? Vielleicht, dass sie seine Sorge mit ihm teilen und ihn ernst nehmen würde. Aber warum hat er sie dann auch noch küssen müssen? Wegen Savannah? Seine Gedanken wechseln zu Savannah und er sieht wieder vor sich, wie sie diesen riesigen Kerl in der Bar küsst. Hat er deswegen Jennifer geküsst? Um sich selbst etwas zu beweisen? Er erinnert sich, wie Savannah ihn in der überhitzen Bar mit ihren funkelnden, rehbraunen Augen forsch angesehen hat. Wie gerne hätte er sie an diesem Abend geküsst. Ihre zarten, rosafarbenen Lippen berührt. Ihr eine wilde Locke hinter ihr winziges Ohr gesteckt und ihr sommersprossiges Gesicht in die Hände genommen, das ihm so vertraut ist. Logan biegt auf die Hauptstraße, geht an ein paar dunklen Schaufenstern vorbei und sieht einen alten, auf einen Stock gestützten Mann, der allein auf der anderen Seite der Straße spaziert. Ein dunkler Hut wirft einen großen Schatten über sein Gesicht und er kommt nur sehr langsam voran. Als würde der alte Mann seinen Blick bemerken, hebt er den Kopf und bleibt stehen. Er hebt eine Hand zum Gruß und Logan erwidert die freundliche Geste. Langsam und konzentriert setzt der Mann seinen Weg fort und Logan hat ihn, als er wieder zu Hause angekommen ist, schon wieder vergessen.

Es klingelt. Mabel hastet an die Tür und blickt durch den Türspion.

»Guten Abend, Charlie«, sagt sie freundlich, nachdem sie die Tür geöffnet hat. »Sie müssen noch ein Stockwerk höher.«

»Oh nein, jetzt habe ich mich schon wieder in der Tür vertan. Bitte entschuldigen Sie die späte Störung vielmals. Noch einen schönen Abend.« Charlie setzt sich den Hut, den er, wie es sich gehört, abgenommen hat, wieder auf den Kopf und schlürft angestrengt, auf seinen Stock gestützt, los.

»Charlie? Bist du es?« Charlie horcht auf und Annie erscheint in ihrem besten, beigefarbenen Nachthemd in der Tür. »Du hast sie ja nicht mehr alle, so spät bei uns zu klingeln.«

»Es ist doch erst neun, Annie«, sagt Mabel sanft.

»Sag mal, kannst du nicht lesen?« Annie blickt wütend zu Charlie, der sich wieder den Hut abgenommen hat.

»Ich habe mich im Stockwerk geirrt. Bitte entschuldigt die Störung«, wiederholt Charlie. Seine müden grünen Augen funkeln ein wenig, als er Annie betrachtet.

»Hör endlich auf, ständig bei uns zu klingeln!«

»Ich werde mich bemühen, versprochen.«

»Das sagst du jedes Mal und morgen klingelst du wieder. Und übermorgen. Jeden Tag. Es ist ein Wunder, dass man dich noch allein aus dem Haus lässt. Man sollte dich in ein Heim sperren. Dann hätten wir endlich unsere Ruhe!«

»Annie! Es ist doch nicht so schlimm«, wirft Mabel ein. »Er hat sich doch entschuldigt.«

»Er soll sich aber nicht entschuldigen, Mabel. Er soll endlich aufhören, ständig hier zu klingeln«, schnauzt sie und geht zurück in die Wohnung. Lautstark schimpfend. Natürlich. Aber Charlie lächelt, setzt seinen Hut wieder auf und geht durch den Flur zu den Treppen zurück. Jeder Schritt scheint ihm schwer zu fallen. Seine alte Hand umklammert so fest den Stock, dass seine Handknöchel weiß hervortreten.

»Schönen Abend, Charlie«, ruft Mabel ihm freundlich nach und er hebt kurz die Hand. Mabel schließt die Tür und lauscht, bis sie seine Schritte im Korridor über sich hört. Sie wartet, bis die Haustür ins Schloss gleitet, und geht erst dann zu Annie ins Wohnzimmer. Doch sie ist nicht da. Mabel klopft an ihre Schlafzimmertür und als sie nichts hört, öffnet sie leise die Tür. Annie liegt friedlich schlafend im dunklen Zimmer. Vorsichtig schließt Mabel die Tür. In dem Moment, in dem sie die Tür schließt, öffnet Annie die Augen und starrt an die dunkle Zimmerdecke.

# 11 Vertraulich

*»Von dem, was unser innerliches Erleben ausmacht,*
*können wir auch unsern Vertrautesten nur Bruchstücke mitteilen.«*
*(Albert Schweitzer)*

»Setz dich, Savannah«, sagt Mr. Peterson freundlich und schenkt ihr ein breites Grinsen. Seine schulterlangen Haare sind bereits ergraut. Er hat lange, schlanke Beine, die in einer verwaschenen Bluejeans stecken. Dazu trägt er ein leichtes Leinenhemd, das aussieht, als wäre es ein paar Nummern zu groß. Die Lachfalten um seinen Mund sind tiefer als die Sorgenfalten auf seiner Stirn. Savannah kommt seiner Aufforderung nach und setzt sich in einen der dunkelblauen Ohrensessel. »Was für ein verrücktes Wetter. Gerade noch scheint die Sonne und ehe man sich versieht, regnet es in Strömen«, setzt er lächelnd fort und sieht zu einem der kleinen Altbaufenster. Savannah folgt seinem Blick nach draußen. An den Straßenrändern haben sich kleine Rinnsale gebildet. Der Regen und die Wärme der vergangenen Tage haben die letzten Spuren des Winters weggespült und Savannah entdeckt die ersten Schneeglöckchen des Jahres, bevor sie wieder zu Mr. Peterson blickt. Langsam lehnt sie sich in den weich gepolsterten, samtenen Ohrensessel zurück und lässt ihren Blick unruhig durch das Zimmer schweifen. Ein Ort, der ihr vertraut ist. An den Wänden hängen Schwarzweißbilder von Musikern. Ein Bild zeigt eine Band mit zwei Gitarristen, einem Schlagzeuger, einem Bassisten, einem Pianisten und zwei Sängerinnen. Ein anderes ist das Porträt eines Saxophonisten. Savannah lässt ihren Blick zu dem kleinen, wackeligen Holztisch vor ihr schweifen, auf dem eine Wasserflasche, eine leere Tasse Kaffee, ein paar Zeitschriften, verschiedene vollgekritzelte Zettel, Notenblätter und ein voller Aschenbecher stehen. Es ist alles wie immer. Savannah blickt auf den kleingefalteten Zettel in ihrer Hand und reicht ihn kommentarlos Mr. Peterson, der ihn interessiert entfaltet.

Stille. Mr. Peterson blickt auf. Seine Miene ist undurchdringlich. Savannah kann seinem Blick nicht standhalten und sieht lieber zu der schmutzigen Raufasertapete hinter ihm.

»Es ist gut geworden, Savannah. Die neue Passage gefällt mir viel besser.«

»Wirklich?«

»Uns wird schon sehr früh beigebracht, wie ein guter Text auszusehen hat und welche unzähligen Regeln es dafür gibt. Regeln, die uns helfen sollen, etwas zu bewerten. Aber wer sagt, dass alles einer Bewertung bedarf?« Mr. Peterson betrachtet sie eingehend. »Ist es schwer gewesen, diese Zeilen zu schreiben?«

»Sehr«, antwortet Savannah knapp.

»Weißt du, was ich mich frage, wenn ich das hier so lese?«, Mr. Peterson tippt auf den zerknitterten Zettel in seiner Hand. »Nehmen wir zum Beispiel einen Sportler, der von einer Klippe springen will. Er stellt sich an die Klippe und springt. Überlegt nicht, gegen welchen Stein er fallen könnte oder wie hart der Aufprall ins Wasser sein wird. Er springt einfach. Lässt los und freut sich auf das Gefühl der Freiheit. Auf das Adrenalin. Du dagegen würdest lange am Klippenrand stehen. Nachdenken und dich von der Klippe entfernen. Und noch während du von ihr wegtrittst, würdest du dich fragen: ›was wäre gewesen, wenn ich doch gesprungen wäre‹. Es fällt dir schwer, über dich selbst zu schreiben, weil du dich immer fragst, was das für eine Konsequenz haben wird. Deswegen frage ich mich, wie ein Text aussehen würde, in dem du der Klippenspringer bist, der wirklich springt.«

Logan geht über den langen, klammen Korridor und kommt vor der silbernen Haustür zum Stehen. Er klingelt bei Kinelly und lauscht auf Geräusche in der Wohnung. Ein Scharren und Schritte sind zu hören, bevor es still wird.

»Ich bin es. Logan.« Der Schlüssel wird im Schloss herumgedreht und Simons mondförmiges Gesicht erscheint in der Tür.

Seine schmalen, länglichen Augen sind noch kleiner als sonst, während er Logan anlächelt. Die dunkelbraunen Haare fallen ihm in die Stirn und seine Nase ist bedeckt von unzähligen Sommersprossen. Seine hellbraune, rechteckige Brille sitzt ein wenig schief auf der Nase und er trägt, wie immer, nur ein T-Shirt und Shorts.

»Hey, komm herein.« Simon tritt beiseite und nach einem kaum merklichen Zögern tritt Logan ein. Die Wohnung sieht genauso aus wie seine eigene. Klein, spärlich eingerichtet und ohne viel Persönliches. Praktisch.

»Geht es dir gut? Gibt es etwas Neues von deiner – «

»Es geht mir gut und dir?«, unterbricht Logan ihn schnell, bevor er fortfährt: »Wie kann ich dir helfen?«

»Auch gut. Bei meinem Fernseheranschluss stimmt etwas nicht. Du hattest doch letzte Woche das gleiche Problem, oder?«

»Ja, genau. Da muss nur eine Änderung in den Einstellungen vorgenommen werden und dann geht alles wieder.« Logan greift nach der Fernbedienung neben dem Fernseher.

»Wie geht es deiner Arbeitskollegin aus der Bar?«, fragt Simon, während Logan sich durch das Menü klickt.

»Hm? Wen meinst du?«

»Die mit den riesigen Glitzerohrringen. Wie heißt sie nochmal?«

»Meinst du Savannah?«

»Ja genau. Zu der du an den Tisch gegangen bist.«

»Wie soll es ihr gehen? Ich denke, gut.«

»Dann hattest du also kein Glück bei ihr?« Bevor Logan etwas erwidern kann, sagt Simon beiläufig: »Sei froh. So eine ist nichts für dich.« Logan starrt unablässig auf den Fernseher und schaltet schnell durch die Menüführung.

»Das hast du schon gesagt«, kommentiert er knapp. »So«, Logan reicht Simon die Fernbedienung, »jetzt müsste es gehen.«

»Super, danke. Möchtest du noch etwas trinken?«

»Heute nicht. Melde dich, falls es nochmal ein Problem damit gibt.«

»Was findest du eigentlich an dieser Savannah? Ich verstehe nicht, warum du sie gut findest.«

»Musst du ja auch nicht.« Simon ist einer seiner engsten und längsten Freunde. Logan zögert kurz bevor er sagt: »Außerdem haben Jen und ich uns gestern geküsst.«

»Jen?« Simon schiebt sich die Brille ungläubig ein Stück höher.

»Jennifer Barn. Wir haben uns während meiner Zeit bei Tradimento kennengelernt.«

»Ah. Die kleine, hübsche Blondine.« Simon macht ein zufriedenes Gesicht. Sie verabschieden sich und Logan ist froh, als er wieder allein auf dem tristen Korridor steht. Er atmet kurz tief ein, schließt für einen kurzen Moment die Augen und geht dann zurück in seine Wohnung.

»Feigheit«, bemerkt Savannah und sieht hinunter zu ihrem Schuh. Die Schleife hat sich gelöst und nun hängen die Schnürsenkel schlaff zu beiden Seiten ihres Schuhs herunter.

»Feigheit gehört zu unseren Eigenschaften wie jede andere auch«, sagt Mr. Peterson leicht. »Sie lässt dich, wenn wir auf das Beispiel von vorhin zurückkommen wollen, vor einem Klippensprung zögern, um dich zu beschützen. Aber sie ist nicht der einzige Faktor, der dich von so vielem abhält.« Mr. Peterson blickt sie aufmerksam an, während sie überlegt, ob sie den offenen Schnürsenkel ignorieren soll.

»Du könntest versuchen dich mitzuteilen. Nicht nur mir.«

»Das tue ich.« Savannah denkt an das Gespräch mit Cherry.

»Fühlst du dich dann nicht befreiter?« Savannah zuckt kurz mit den Achseln.

Mr. Peterson sieht nochmal auf den Zettel in seiner Hand und fasst zusammen: »Dennoch redest du meistens nicht über das, was dich beschäftigt. Du schweigst, obwohl du so viel zu sagen hast. Und ich frage mich noch immer: warum?«

»Wieso von einer Klippe springen, wenn man sieht, dass nicht Wasser, sondern eine Betonfläche einen erwartet?« Savannah beugt sich nach vorne und bindet die Schnürsenkel fest zu einer neuen Schleife.

»Was ist denn heute bloß los?«, murrt Logan und geht an sein Telefon. »Ja?«

»Hey, Logan. Was machst du?«, hört er Jordan fragen.

»Ich koche.« Logan rührt in einem der Töpfe und bereut es, an sein Handy gegangen zu sein.

»Hast du noch eine Portion für deine besten Freunde übrig?«

»Eigentlich ist es heute schlecht. Ich habe noch viel zu tun.« Er schaltet den Herd ein wenig herunter, damit das Wasser für die Nudeln nicht überkocht.

»Und wenn wir für eine Stunde vorbeikommen? Ich verspreche dir, dass wir nicht länger bleiben.« Logan überlegt. Ehrlich gesagt hat er keine Lust. Er wollte sich gemütlich auf sein Sofa setzen, essen und Serien schauen. Nichts mehr denken oder reden müssen. Logan blickt zu den Töpfen auf seinem Herd und überlegt es sich anders. Er hat sowieso viel zu viel gekocht.

»Das Essen ist in einer halben Stunde fertig.«

»Dann bis gleich. Ich gebe den anderen Bescheid.«

»Logan ist ein Träumer. Genauso wie ich«, sagt Savannah weiter, während sie den Regentropfen dabei zusieht, wie sie an der Fensterscheibe hinunterlaufen. »Er hat eben andere Träume. Will weit vorankommen und sich beweisen. Vor den Menschen, die ihn auslachen und belächeln. Ihn nicht ernst nehmen oder wertschätzen als die Person, die er ist. Logan möchte eines Tages sagen können: ›Seht her, was aus mir geworden ist.‹ Er möchte etwas erreichen, um irgendwann auf diejenigen, die ihn vielleicht jetzt nicht ernst nehmen, herabzublicken. Aber ich glaube, dass es keine Rolle spielen wird, was er tut. Die Menschen, die ihn heute nicht akzeptieren, werden ihn niemals akzeptieren. Weil sie es nicht wollen. Und wenn mir eines Tages jemand sagt, dass er einen Doktortitel hat, werde ich nicht überrascht sagen können: ›Oh. Wow! Damit habe ich nicht gerechnet.‹ Ich werde mir denken: ›Schade, dass du nie gesehen hast, dass du, auch ohne einen Titel, ein dickes Bankkonto oder ein tolles Auto, schon so viel mehr gewesen bist als all die anderen. Wenn vielleicht auch nur für mich.‹ Trotzdem möchte ich ihm diesen kurzen Triumph nicht verbauen. Denn ich verstehe seine Beweggründe. Ich sehe ihm seit Jahren dabei zu, wie er um Anerkennung kämpft, und es tut mir weh... das mit ansehen zu müssen.« Ein dicker Regentropfen prallt an die Fensterscheibe und hinterlässt eine breite Spur. Nimmt die kleineren Tropfen auf ihrem Weg an der Scheibe mit hinunter. »Aber wohin soll ihn das alles am Ende führen? Geld wird ihn nachts nicht besser schlafen lassen. Es wird ihn nicht in den Arm nehmen können, wenn er einsam in einem großen Haus mit Tiefgarage sitzt. Der Erfolg wird ihm keinen Trost spenden oder ihn vor den Ungerechtigkeiten dieser Welt schützen. Wer soll seine Hand halten, wenn er seine schwersten Stunden erleben wird? Was ist das am Ende alles wert gewesen? Was ist, wenn er dann nie genug bekommt? Wenn er nicht zufrieden sein kann?« Der Tropfen verschwindet aus Savannahs Blickfeld. »Und dann werde ich ihm auch nie genügen können. Dann werde ich in seinem Leben keinen Platz finden können.«

»Und deswegen zögerst du immer wieder?«, fragt Mr. Peterson. Das Trommeln des Regens wird noch lauter und man hört den Wind draußen peitschen.

»Ja, leider.«

Andy fährt sich mit seiner Serviette über den Mund, bevor er einen Schluck von seinem Bier nimmt. Jordan lehnt sich satt und zufrieden in seinem Stuhl zurück, reibt sich mit der Hand den vollen Bauch und sagt mit Blick auf den vollbeladenen Tisch: »Und du wolltest das alles allein essen?«

Logan steht lachend auf und beginnt die Teller in die Küche zu tragen. Todd erhebt sich ebenfalls und hilft ihm beim Abräumen, während Simon, Andy und Jordan sich zuprosten. Logan blickt zu Todd, der heute einen scheußlichen, karamellfarbenen Rollkragenpullover trägt. Die Akne seiner Jugend hat unzählige Spuren in seinem Gesicht hinterlassen. Seine feinen Haare trägt er im typischen Topfschnitt und mit seinen verwaschenen Cordhosen sieht er mehr wie ein Neandertaler als einer von den Beatles aus. Logan stellt gerade das Geschirr auf die Arbeitsplatte, als er Jennifers Namen aufschnappt.

»Könnt ihr das Getratsche nicht lassen? Ich bin im selben Zimmer«, sagt er laut. Jordan und Andy sehen ihn irritiert an, wohingegen Simon breit grinst.

»Musstest du es ihnen direkt unter die Nase reiben?«, fährt er ihn aufgebracht an.

»Was meinst du?«, fragt Andy und sieht zwischen Simon und Logan hin und her.

»Ja, was meinst du Logan?«, stimmt Simon ein.

»Habt ihr nicht gerade von Jennifer Barn gesprochen?« Logan mustert ihre Gesichter. Versucht herauszulesen, ob sie ihn anlügen.

»Nein. Hier hat niemand über Jen gesprochen«, antwortet Jordan und wirkt dabei aufrichtig.

»Wenn man verliebt ist, hört man vermutlich immer ihren Namen.« Logan versucht, Simons lächerlichen Kommentar zu überhören und lässt Wasser in das Spülbecken ein. Er greift nach einem der benutzen Teller und beginnt ihn abzuspülen. Todd hat sich ein Geschirrtuch genommen und steht neben ihm. Wartet geduldig, bis Logan fertig ist.

»Meint Simon die Frau aus der Bar, die dich so wütend gemacht hat?«, fragt Todd, als Logan ihm den frisch gespülten Teller reicht. Logan greift nach einem der schmutzigen Gläser.

»Nein.«

»Magst du sie denn nicht?«

»Doch, schon.« Logan bemerkt nicht, wie das Gerede im Hintergrund verstummt. »Wir sind Kollegen und Freunde. Mehr ist da nicht.«

»Warum bist du an dem Abend zu ihrem Tisch gegangen?«

»Einfach so. Ich wollte sie nur fragen, wie es ihr geht. Man kann doch mit einer Frau sprechen, ohne gleich Interesse an ihr haben zu müssen. Wir kennen uns schon eine gefühlte Ewigkeit.«

»Dafür hast du aber ziemlich nah bei ihr gestanden. Ich denke, das Glas ist jetzt sauber, Logan«, stellt Todd nüchtern fest.

»Ich bin ja auch betrunken gewesen«, sagt Logan und lacht übertrieben laut, bevor er den nächsten Teller in das Spülbecken gleiten lässt.

»Wenn du meinst.« Logan hört Todds Zweifel aus jeder Silbe seines Satzes herauslachen. Wie ein Schelm, der ihn verspottet. Logan blickt sich um und bemerkt jetzt erst, wie alle ihn anstarren.

»Sonst hätte ich gestern ja nicht Jennifer Barn geküsst«, sagt Logan und grinst Todd selbstgefällig an. Andys Gesicht wird blass, was niemand bemerkt. Niemand außer Todd, während Jordan völlig überrascht ruft:

»Du hast was?«

»Willst du deine Fragen nicht erst einmal zurückstellen?«, fragt Mr. Peterson, während er die Zettel auf dem Tisch hochhebt und nach etwas zu suchen scheint.

»Wie lange? Bis er bemerkt, dass er doch so viel mehr sein möchte? Sich endlich beweisen möchte und mich dafür verlässt?«

»Niemand wird dir diese Sicherheit, die du verlangst, jemals geben können. Niemand kann die Verbindung zweier Menschen in seiner Gänze verstehen. Niemand kann uns sagen, was wirklich in einem anderen Menschen vorgeht. Manchmal täuschen wir uns gewaltig, manchmal haben wir Recht. Aber ohne einen Versuch werden wir es nie wirklich wissen.«

»Ich würde zu gerne wissen, was mich noch erwartet.«

Der Regen trommelt erbarmungslos auf das Fensterbrett. Die einzelnen Tropfen zerplatzen, wenn sie auf das harte Metall treffen. Hinterlassen eine kleine Lache, bevor sie sich zu einem neuen Tropfen formen, der dann wieder in die Tiefe stürzt.

»Vielleicht ist es gut, nicht alles zu wissen.« Mr. Peterson zieht zufrieden einen kleinen schwarzen Kalender unter einem der Notenblätter hervor.

»Wie wäre es, wenn wir nächste Woche über ein anderes Thema sprechen?«, fragt er, während er den Kalender aufklappt. »Ähnlich wie Logan hast du auch eine klare Vorstellung davon, wie dein Leben verlaufen soll. Du hast deine Gründe, warum du Geld und Erfolg nicht so viel Wert beimisst. Deswegen gehen wir zurück zu einer Savannah, die gerade erst achtzehn Jahre alt geworden ist.« Savannahs Miene wird ausdruckslos. »Du hast damals eine prägende Erfahrung gemacht«, stellt Mr. Peterson fest.

»Es ist keine große Sache gewesen.«

»Wenn etwas keine große Sache ist, dann ändert es unsere Ansichten nicht im Geringsten.« Mr. Peterson schaut erneut in seinen Kalender und dann auf seine Armbanduhr. »Ich denke, Martha kommt heute wohl nicht mehr. Geht es bei dir nächste Woche, Savannah?«

»Ja, ich habe Zeit.«

»Gut, dann trage ich dich um neunzehn Uhr ein?«

Als Savannah wenig später die schwere Eingangstür aufstößt, prasselt der Regen unermüdlich vor ihr nieder. Sie überlegt kurz, ob sie wieder hineingehen und darauf warten soll, dass der Regen aufhört. Aber wie lange kann das dauern? Der Himmel ist dunkelgrau, fast schwarz und es wird langsam Abend. Was ist, wenn dieses Unwetter bis morgen anhält? Savannah zieht sich die Kapuze ihrer Jacke tief ins Gesicht.

# 12 Nur so ein Gefühl

***»Schneller als der Blitz erfüllt das Gefühl meine Seele, aber anstatt mir Klarheit zu schaffen, entflammt und blendet es mich. Ich fühle alles und begreife nichts.« (Jean-Jacques Rosseau)***

»Vince? Was machst du denn hier?« Savannah stellt sich zu Vincent Korky unter das Vordach eines großen Mehrfamilienhauses. An der Seite des Vordachs verläuft das Fallrohr einer Regenrinne, aus dem das Wasser auf den Fußweg läuft.

»Hi. Ähm, meine Schwester wohnt hier«, erwidert er nervös. »Und was machst du hier?« Fahrig streicht er sich eine Locke aus der Stirn und vergräbt seine Hände in den Tiefen seiner Hosentaschen. Zur Antwort auf seine Frage deutet Savannah auf das große Backsteingebäude ein paar Meter weiter.

»Ich bin gerade bei meinem Gitarrenlehrer gewesen.«

Vincent reagiert nicht. Er scheint mit seinen Gedanken weit weg zu sein.

»Seit wann hast du eine Schwester?«, fragt Savannah. Sie weiß, dass er einen älteren Bruder hat. Von einer Schwester ist nie die Rede gewesen.

»Naja, genau genommen ist sie meine Cousine. Aber für mich ist sie mehr wie eine Schwester. So habe ich das gemeint.« Sein Lächeln wirkt künstlich.

»Und wie geht es Candis? Ich habe sie schon lange nicht mehr gesehen. Wir sollten mal wieder etwas zusammen unternehmen«, redet Savannah weiter und versucht so zu tun, als wäre alles wie sonst. Auch wenn es sich nicht danach anfühlt.

»Gut.«

»Ist alles in Ordnung bei dir, Vince? Ist etwas mit Candis und dir?«

»Wie kommst du darauf? Es ist alles gut.«

»Es ist nur so ein Gefühl. Du wirkst heute irgendwie anders als sonst. Aber ich kann mich auch irren.«

»Als ob du das beurteilen könntest. Es ist nichts.«

Hat er damit Recht? Schließich haben sie sich bisher nur selten privat getroffen. Immer dabei: seine wunderschöne und liebenswerte Freundin Candis. Candis, deren Lachen ansteckend ist, die alle anderen überstrahlt und der wahrscheinlich noch nie in ihrem Leben auch nur ein böses Wort über die Lippen gekommen ist. Sie scheint seine bessere Hälfte zu sein und vielleicht ist es auch das, was Savannah jetzt ungewohnt vorkommt. Schließlich kennt sie Vincent privat nur zusammen mit ihr. Von dem echten Vincent Korky scheint sie nicht die leiseste Ahnung zu haben.

»Na dann, ich muss jetzt mal weiter. Mach's gut, Vince.«

»Tschüss. Bis morgen.« Sein erleichterter Gesichtsausdruck bestätigt erneut das Gefühl, dass etwas nicht stimmt. »Eines noch. Ich weiß, das klingt jetzt komisch, aber könnte das zwischen uns bleiben?«

»Was meinst du?«

Vincent fährt sich nervös durch die Locken, bevor er erklärt: »Es wäre gut, wenn du nicht rumerzählen würdest, dass du mich hier getroffen hast.« Savannah kneift leicht die Augen zusammen, während in ihrem Kopf ein erschreckender Verdacht Form annimmt. Ihre Mutter würde das jetzt ihrer blühenden Fantasie zuschreiben. Aber Savannah ist sich sicher.

»Ich weiß von nichts.«

Savannah biegt um die nächste Straßenecke und sieht eine Frau mit ihrer Handtasche über dem Kopf zu einem Auto rennen. In den Rillen der Pflastersteine steht bereits das Wasser. Schnell geht Savannah die Hauptstraße entlang. In Gedanken ist sie noch bei dem Gespräch mit Vincent, als ein Auto viel zu schnell an ihr vorbeifährt. Es fährt direkt durch eine große Pfütze am Straßenrand und Savannah zuckt erschrocken zusammen. Wütend und durchnässt, begossen von dem schmutzigen Wasser, blickt sie dem Auto hinterher, das tatsächlich nur ein paar Meter weiter zum Stehen kommt. Sie starrt wutentbrannt zur Fahrerseite, als sie das Auto erkennt.

»Oh nein«, murmelt Savannah leise, als sich die Fahrertür öffnet und Hugh aussteigt. Hastig öffnet er die hintere Autotür und zieht einen großen schwarzen Regenschirm heraus.

»Savannah! Es tut mir so leid«, ruft er, während er mit großen Schritten auf sie zukommt. »Das ist keine Absicht gewesen. Komm und stell dich kurz unter meinen Schirm.« Savannah meint, so etwas wie Schadenfreude in seinem Blick erkennen zu können.

»Nein, danke. Ich denke, dass ein Schirm spätestens jetzt mehr als überflüssig ist.« Sie versucht, es freundlich zu sagen.

»Ich würde dich ja gerne heimfahren, aber ich muss dringend weiter. Ich habe eine Verabredung und will nicht zu spät kommen. Aber das weißt du ja.« Savannah sieht ihn ungerührt an. »Corry hat gesagt, dass es dich nicht stört, deswegen habe ich dich nicht auch noch gefragt. Schließlich hast DU ja vor ein paar Tagen mit MIR Schluss gemacht und nicht ich mit dir. Wir gehen gleich ins Kino – «

»Viel Spaß euch beiden.« Corry also. »Ich muss weiter. Grüß meine Schwester von mir.«

»Du hast kein Recht, sauer zu sein«, ruft Hugh ihr hinterher.

»Ich bin nicht sauer.« Savannah hält inne und wendet sich zu ihm um. Wobei sie findet, dass das mit der Pfütze nicht hätte sein müssen.

»Wieso auch? DU hast mich schließlich nicht mehr gewollt«, wirft er ihr zornig entgegen.

»Gerade sehe ich nur einen, der sauer zu sein scheint.«

»Wieso sollte ich? Als ob du mir die Laune verderben könntest. Du hast wohl gedacht, ich heule dir ewig hinterher.« Es gibt Momente im Leben, in denen es besser wäre, sich umzudrehen und seiner Wege zu gehen. Genau so ein Moment ist jetzt. Eigentlich. »Tut mir leid, Savannah, aber du bist nicht die einzige Frau auf der Welt.« Savannah nickt resigniert, denn sie hat nicht das Gefühl, dass ein Gespräch mit ihm noch sinnvoll ist.

»Da hast du Recht, Hugh«, sagt sie deswegen, was ihn nur

noch mehr in Rage versetzt, sodass er einen Schritt auf sie zukommt.

»Außerdem habe ich nicht gewusst, dass ihr Geschwister seid. Wie auch. Das ist ein Unterschied wie Tag und Nacht. Da käme ja kein Mensch drauf.«

»Der Nachname Goats hätte dir ein Indiz für eine mögliche Verwandtschaft sein können.«

»Hast du ein Problem damit? Sie ist vielleicht die Bessere von euch beiden.«

»Das ist sie ganz sicher, Hugh«, sagt Savannah ruhig.

»Was hat dir an mir nicht gepasst? Ich stehe mit beiden Beinen im Leben, habe eine tolle Familie, komme aus einem guten Haus. Ich bin sparsam, ehrlich und ein wahnsinniger Liebhaber! Hast du eine Checkliste, wie dein Mr. Perfect zu sein hat und ich habe einen Punkt darauf nicht erfüllt? Sind meine Zähne nicht gerade genug? Bin ich nicht aufmerksam genug gewesen? Habe ich die falschen Fragen gestellt?« Savannah verdreht genervt die Augen. »Hör auf so arrogant zu sein, Savannah! Du bist schrecklich.«

»Die Art und Weise, wie du Auto fährst, ist schrecklich! Bist du jetzt zufrieden? Ich möchte keine Todesängste haben, wenn ich mit jemandem im Auto sitze. Ist es das was du hören willst, Hugh?«

»Die Art und Weise, wie du mit mir Schluss gemacht hast, ist arrogant gewesen. Und deine Reaktion ... Was hast du gesagt? Warum hast du das nicht gleich gesagt?«

»Ich dachte, eine verkrampfte Beifahrerin, die sich an jegliche Haltemöglichkeit klammert, ist deutlich genug.«

»Also bin ich dir nicht aufmerksam genug gewesen«, schlussfolgert Hugh und Savannah fragt sich, ob sie nicht lieber die Klappe hätte halten sollen. »Warum hast du mich überhaupt angebaggert?« Und wenn er sie das noch tausendmal fragt, sie wird ihm keine ehrliche Antwort auf diese Frage geben, denn er wird sich dadurch nicht besser fühlen.

»Da habe ich noch nicht gewusst, wie du drauf bist«, platzt

es aus ihr heraus und Savannah bemerkt sofort, dass sie zu weit gegangen ist.

»Wie ICH DRAUF BIN?« Hughs Stimme wird so laut, dass ein Mann auf der gegenüberliegenden Straßenseite tatsächlich kurz stehen bleibt und zu ihnen hinübersieht.

»Hör bitte auf so herumzubrüllen und lass mich die Sache kurz, und ein für allemal, zusammenfassen. Ich bin an allem Schuld und du hast absolut das Recht, sauer auf mich zu sein. Aber ich habe dich zu nichts gezwungen. Wir sind zusammengekommen und es ist eine schöne Zeit gewesen. Du bist, wenn auch nicht im Moment, ein toller Mann, der eine tolle Frau verdient hat, vielleicht sogar Corry, und ich bin die blöde Kuh, die einfach nicht die Gefühle für dich hat, die du ganz bestimmt verdient hast. Deswegen habe ich mit dir Schluss gemacht.«

»Nach nur einem Monat. Du hast mir gar keine richtige Chance gegeben. Hast mich nicht richtig kennengelernt. Schließlich warst du kein einziges Mal beim Tennis dabei.« Savannah schüttelt kaum merklich den Kopf. Er kapiert einfach nicht, dass sie keine Gefühle für ihn hat. Dass da einfach nichts ist. »Ich muss jetzt los«, sagt er zu ihrer Erleichterung. »Ich will Corry nicht warten lassen.« Seine Miene lockert sich ein wenig auf. »Jeder Mann, der dir begegnet, tut mir leid«, wirft er ihr noch entgegen, bevor er sich energisch umdreht und zu seinem Auto zurückgeht.

Der Regen verwandelt sich zu immer größer werdenden Hagelkörnern, weshalb Savannah kurze Zeit später unter das Vordach einer Bushaltestelle flüchten muss. Die Kälte kriecht in nahezu jede Pore ihres Körpers und es gibt kaum einen Teil an ihr, der noch trocken ist. Der Wind bläst erbarmungslos durch jede Ritze ihrer durchnässten Kleidung und Savannah beginnt zu zittern. Mit sich selbst beschäftigt schenkt sie dem Auto, das in die Bucht der Bushaltestelle einbiegt und langsam zum Stehen kommt, keine Beachtung.

»Savannah«, hört sie jemanden sagen und hebt den Blick. Die

Scheibe des Beifahrerfenster eines kleinen grünen VW Polo ist heruntergelassen und Logan sieht von der Fahrerseite zu ihr herüber. »Steig ein!«

»Nein, danke.« Es mag Frauen geben, die in dieser Situation noch immer wie eine Schönheitskönigin aussähen. Doch Savannah gehört nicht zu dieser Sorte Frau. Auch ohne einen Spiegel weiß sie, dass sie wie eine zersetzte Wasserleiche aussehen muss.

»Savannah, ich sag es nicht noch einmal. Steig ein«, sagt Logan entschlossen und sie befürchtet, dass er sie zur Not in sein Auto zerrt, ob sie will oder nicht. Allein schon, um sich durchzusetzen. Langsam geht sie auf sein Auto zu, während er ihr die Tür von innen aufstößt. Bevor sie einsteigt, hält sie kurz inne und sagt unnötigerweise: »Ich bin klatschnass.«

»Das sehe ich«

»Aber dein Auto ...«

»Ist nur ein Auto. Steig endlich ein, verdammt,« sagt Logan scharf und Savannah steigt ein.

»Was ist passiert?«

»Nichts.«

»Ich fahre dich nach Hause.« Logan wendet den Wagen und fährt in die Richtung, aus der er gerade gekommen ist. »Wie lange hast du da schon gesessen?«, fragt er weiter und mustert sie besorgt von der Seite.

»Noch nicht lange. Ich habe mich wegen des Hagels kurz untergestellt. Oh Mist, ich mache hier alles nass. Es tut mir leid, Logan.« Logan antwortet nicht. Stattdessen dreht er die Autoheizung voll auf. »Wie wärst du nach Hause gekommen?«

»Mit dem Zug. Du kannst mich gerne am Bahnhof rauslassen. Der Zug kommt in einer Viertelstunde, dann kannst du dir den Umweg sparen.«

»So, wie du aussiehst, fahre ich dich ganz sicher nicht zum Bahnhof. Du gehörst nach Hause, in eine heiße Wanne und vor allem brauchst du ... trockene Klamotten!« Er biegt plötzlich nach rechts in eine Parklücke an der Straßenseite. »Ok. Du kannst so nicht weiterfahren. Ich brauche bei dem Verkehr mindestens dreißig Minuten bis zu dir und du bist schon viel zu lange in den nassen Klamotten.« Er schnallt sich ab, zieht seine Jacke und den Pullover aus. Nur noch mit einem schlichten weißen T-Shirt bekleidet, greift er nach hinten auf die Rückbank und zieht eine Sporttasche hervor.

»Die Hose ist noch frisch«, erklärt er, als er in der Tasche kramt und eine lange schwarze Jogginghose aus der Tasche zieht. »Das Handtuch genauso. Das kannst du auf den Sitz legen.« Savannah starrt ihn gebannt an, nicht ganz sicher, ob sie ihn richtig verstanden hat. »Worauf wartest du noch. Zieh dich bitte um«, fordert er sie auf und hebt ihr seine Klamotten entgegen. »Ich schaue auch weg, wenn es sein muss.« Ein weiches Grinsen huscht über Logans Gesicht. Savannah löst langsam den Gurt und schält sich aus der nassen, schweren Jacke, die Logan entgegennimmt und in den Fußraum hinter ihrem Sitz verfrachtet.

»Mein Pullover ist so gut wie trocken, du kannst deinen behalten«, sagt Savannah. Lediglich die Ärmel und der untere Bund ihres Pullovers sind ein wenig feucht geworden.

»So gut wie? Ich sehe doch, dass die Ärmel nass sind.«

»Du willst nur, dass ich mich ausziehe.«

»Du hast mich durchschaut.« Kommentarlos zieht sie sich ihren Pullover über den Kopf.

»Kann ich mein Top anlassen oder ist das auch nass?«

»Klatschnass.« Er zögert kurz, bevor er ihr seinen warmen, hellblauen Pullover reicht.

»Danke, Logan«, sagt Savannah und streift sich das zu weite Oberteil über. Savannah blickt zu ihrer triefenden Hose und zögert einen Moment.

»Glaubst du, dass ich noch nie eine Frau gesehen habe, die sich die Hose auszieht?«

»Dreh dich bitte weg«, sagt Savannah leise.

»Kein Problem.« Grinsend wendet er sich zum Fenster und tut so, als würde er draußen etwas Spannendes beobachten. Savannah streift ihre weißen Sneaker ab und zieht den nassen, unnachgiebigen Jeansstoff hinunter. Es ist fast ein Ding der Unmöglichkeit. Die Hose ist viel zu eng.

»Du sollst nur deine Hose ausziehen, Sav.« Logan trommelt unruhig mit seinem Finger auf das Lenkrad.

»Ich versuche es doch«, keucht Savannah angestrengt und bekommt mit einem Ruck das erste Bein aus der nassen Hose. Von der Wucht trifft ihre Hand laut auf das Armaturenbrett.

»Was machst du da?«, fragt Logan erschrocken und wendet sich ihr zu, während sie bereits mit dem anderen Hosenbein ringt. Er grinst, während er sie dabei beobachtet.

»Macht es Spaß?«, fragt sie und hält kurz inne, um ihn anzusehen.

»Ja, dafür sorgst du schon.« Es dauert nicht lange und sie streckt ihm ihre Jeanshose entgegen, damit er sie zu ihren anderen Sachen legen kann. Logan reicht ihr seine Jogginghose, die ihr mindestens zwei Nummern zu groß, aber wenigstens schnell angezogen ist. Sie schlüpft wieder in ihre Sneaker und nimmt das Handtuch entgegen, das sie auf den Sitz legt, der etwas feucht geworden ist. Savannah schnallt sich wieder an und wartet darauf, dass Logan weiterfährt.

»Möchtest du mir erzählen, was passiert ist?«, fragt er und klingt erstaunlich einfühlsam, während er sie weiter anblickt. »Du siehst aus, als hättest du geweint.« Ihr Make-up! Schnell klappt Savannah die Sonnenblende vor sich herunter und blickt in den kleinen Spiegel. Es ist ... eine Katastrophe.

»Hast du nicht auch zufällig Abschminktücher in deiner Zaubertasche?«

»Damit kann ich leider nicht dienen«, erwidert Logan lachend, während er das Auto startet und aus der Parklücke fährt. Savannah versucht mit den Fingern den Schaden so gut es geht zu beseitigen. Doch schon wenig später muss sie feststellen, dass dieser Kampf verloren ist, und klappt die Abblende wieder nach oben, um ihren eigenen Anblick nicht länger ertragen zu müssen.

»Du kannst mich jetzt auch gerne zum Bahnhof bringen.«

»Lass mich bitte mit deinem Bahnhof in Ruhe. Ich fahre dich nach Hause und Punkt. Außerdem mache ich das gerne.« Wirklich?

»Ich habe vorhin Hugh getroffen. Er ist durch eine Pfütze gefahren und ... ich habe die volle Ladung abbekommen.«

»Was? Warum hat er dich dann nicht nach Hause gefahren? Schließlich ist er dein Freund«, hakt Logan nach, nicht ohne das Wort ›Freund‹ abfällig zu betonen.

»Er ist nicht mehr mein Freund.«

»Oh ... das wusste ich nicht. Hat er sich von dir oder du dich von ihm getrennt?«, fragt Logan und blickt dabei konzentriert auf die Straße.

»Ich habe mich getrennt.«

»Wie hat er darauf reagiert? Ist er etwa absichtlich durch die Pfütze gefahren?«

»Auf die Trennung hat er nicht gut reagiert. Wobei das noch eine Untertreibung ist.«

»Darf ich fragen, warum du dich von ihm getrennt hast?« Savannah beginnt unruhig auf dem Beifahrersitz herumzurutschen.

»Es hat nicht gepasst.« Savannah denkt an das Gespräch mit Mr. Peterson.

»Wenn das alles ist, was du ihm dazu gesagt hast, dann kann ich verstehen, wenn er sauer ist.« Logan klingt beiläufig, doch sein Kieferknochen tritt hervor, als würde er die Zähne aufeinanderbeißen. Ist das nur Zufall?

»Du hast doch auch gesagt, dass wir nicht zueinander passen.«

»Dann hast du dich getrennt, weil ich gesagt habe, dass ihr nicht zueinander passt?«

»Ich habe mich getrennt, weil ich keine Gefühle für ihn habe. Nie Gefühle für ihn hatte. Ich habe ... Gefühle für jemand anderen.« Savannah stockt der Atem. Hat sie das gerade wirklich laut gesagt?

»Kenne ich dein neues Herzblatt?« Logans Stimme klingt

belanglos, doch ihr Gefühl sagt ihr, dass es ihm nicht egal zu sein scheint.

»Ich will dich nicht mit meinem Kram langweilen.«

»Ich würde nicht fragen, wenn es mich langweilen würde. Meinst du nicht?« Ihr Herz beginnt deutlich schneller zu schlagen.

»Es kann gut sein, dass du ihn kennst.« Nervös beobachtet sie seine Reaktion.

»Ist es Kash?«, fragt er wie aus der Pistole geschossen.

»Nein. Wie kommst du auf ihn?«

»Er soll wohl ein Schönling und Frauenmagnet sein. Zumindest habe ich das gehört.« Savannah kommentiert es nicht weiter. »Es kann ja nur jemand aus dem Büro sein, wenn ich ihn auch kenne. Ist es jemand aus unserer Abteilung?«

»Können wir nicht das Thema wechseln? So langsam wird es mir dann doch unangenehm.«

»Wieso denn? Ich werde es auch nicht verraten und vielleicht kann ich euch auch miteinander verkuppeln.« Wenn er wüsste. »Es ist jemand aus unserer Abteilung.« Noch während Savannah das sagt, ist sie sich nicht sicher, wie weit sie wirklich gehen möchte.

»Michael?«

»Nein.«

Logan hält an der Seite der Straße, gegenüber dem Mehrfamilienhaus, in dem Savannah lebt.

»Danke. Ich schulde dir etwas. Wir sehen uns morgen im Büro. Da gebe ich dir dann deine Sachen wieder zurück«, sagt Savannah und will sich gerade abschnallen, als er sagt: »Stopp. Nicht so schnell!« Und nach ihrem Handgelenk greift. Seine weichen, schlanken Finger können es vollständig umschließen. Savannah ist wie gelähmt. Ihre Gefühle wechseln in rasender Geschwindigkeit zwischen nackter Panik und purer Glückseligkeit. Kurz gesagt, es ist ein Gefühlschaos der schlimmsten Sorte.

»Wenn du deine Sachen gleich möchtest, kann ich auch kurz – «

» – vergiss die Klamotten mal für einen Moment. Willst du

mir nicht noch verraten, wer es ist?«

»Nein, ich glaube nicht. Sei nicht so neugierig.« Seine Hand umschließt noch immer ihr Handgelenk und sie kann kaum mehr klar denken. Ihr Herz klopft ihr bis zum Hals.

»Wen gibt es denn sonst noch? Daniel und Vincent sind beide vergeben. Michael und Kash sind es nicht. Alfred ist viel zu alt, das kann ich mir beim besten Willen nicht vorstellen ...« Logan macht ein nachdenkliches Gesicht.

»Alfred ist ziemlich sexy, musst du wissen.« Savannah muss kichern und das nicht nur, weil sie sich sich zusammen mit Alfred vorstellt, sondern vor allem, weil sie die Kontrolle zu verlieren scheint. Es ist, als wäre sie gesprungen und stellte jetzt fest, dass sie doch lieber wieder den Boden unter den Füßen hätte. Auch Logan scheint sich seine Gedanken zu machen, bevor sein Blick plötzlich ernst wird.

»Bitte versteh mich jetzt nicht falsch, Savannah. Ich will wirklich nicht eingebildet klingen. Aber außer mir scheint niemand mehr übrig zu sein. Zumindest nicht aus unserer Abteilung.« Sein Blick ist starr auf sie gerichtet, während sich ihre Wangen rot färben und sie hastig sagt: »Ich muss jetzt echt los.«

»Savannah?« Er lässt ihr Handgelenk immer noch nicht los.

»Was willst du denn jetzt von mir hören, Logan?«, fragt sie leise.

»Also wenn es nach mir geht, hätte ich gerne eine klare Aussage. Gerne auch schriftlich«, sagt Logan sanft.

»Ja, du bist es. Du bist der Grund, aus dem mit Hugh Schluss ist und mir wäre es sehr recht, wenn du es erst einmal nicht weiter kommentierst.« Savannah starrt in ihren Schoß, bevor sie fragt: »Kann ich jetzt aussteigen?« Ihre Kehle ist wie zugeschnürt. Vor Angst.

»Ich muss zugeben, du hast mich damit jetzt überrascht.«

»Wirst du mich heute noch aus diesem Auto aussteigen lassen?«, fragt Savannah und wagt einen unsicheren Seitenblick zu Logan. Er wirkt unbefangen, entspannt und macht einen erstaunlich zufriedenen Eindruck. Sein Daumen streicht ihr leicht über das Handgelenk, bevor er sie loslässt.

»Du bist entlassen.«

Sie greift nach dem Türgriff, als Savannah noch etwas einfällt: »Woher weißt du eigentlich, wo ich wohne?«

»Warte, ich öffne dir noch ganz vornehm die Tür«, übergeht er ihre Frage. »Es sei denn, du überfällst mich dann.«

»Ist das jetzt dein Ernst? Du ziehst mich damit auf?« Savannah kann sich ein erleichtertes Grinsen nicht verkneifen.

»Anders kann ich momentan noch nicht damit umgehen.«

Erst als Savannah aussteigt, stellt sie fest, dass es nicht mehr regnet. Logan gibt ihr ihre nassen Klamotten. Es dämmert.

»Dann bis morgen«, sagt Savannah.

»Bis morgen. Der Pullover steht dir übrigens gut. Du solltest öfter blau tragen.«

»Ich werde es mir merken.« Sie dreht sich um, als er noch hinzufügt: »Savannah? So ganz ergibt die Geschichte für mich noch keinen Sinn«, er geht einen Schritt auf sie zu. »Warum hast du Cherry meine Nummer gegeben? Wieso bist du mit Hugh zusammengekommen?«

»Das ist eine lange Geschichte. Ich erzähle sie dir ein anderes Mal.«

»Damit du mich wiedersehen kannst?«

»Du hast mich durchschaut. Ich sehe dich ja auch so gut wie nie. Und wenn du so weitermachst, siehst du deine Sachen nie wieder.«

»Als ob ich nach deinem Liebesgeständnis noch davon ausgehe, meine Sachen jemals wiederzusehen.« Er sieht sie herausfordernd an.

»Du kennst mich einfach zu gut.«

»Wahrscheinlich stalkst du mich schon seit Monaten«, witzelt er weiter.

»Erwischt. Und du hast es nicht einmal bemerkt. Du weißt, dass du manchmal ein richtiger Arsch sein kannst?« Logan wirft den Kopf in den Nacken und beginnt lautstark zu lachen.

»Ich habe das Gefühl, dass es dich nicht allzu sehr stört. Du hast ja meine Nummer. Kannst mir gerne schreiben.«

»Die Nummer verwahrt Cherry. Du bist also sicher vor mir.«

»Gib mir dein Handy.« Savannah reicht es ihm und zu ihrer Freude speichert er seine Nummer darin ein. »Dann bis morgen, Sav«, sagt er und reicht es ihr zurück.

Savannah überquert die Straße und im selben Moment schalten sich die Straßenlaternen ein und tauchen alles in ein gelbgoldenes Licht. Sie blickt sich noch einmal zu ihm um und sieht, wie er sie beobachtet. Logan lehnt an seinem Auto, seine Haare sind vom Wind etwas zerzaust, sein Mund ist zu einem weichen Lächeln geschwungen und seine eisblauen Augen blitzen ihr entgegen. Und wie ihn das Laternenlicht so umgibt, scheint es, als wäre er nicht von dieser Welt. Er lässt Savannah einen Augenblick alles andere vergessen. Nichts scheint mehr eine Rolle zu spielen, nichts ist mehr von Bedeutung. Es gibt nur noch ihn. Könnten sie vielleicht doch eine Chance haben? Sie hat ein gutes Gefühl. Er ist es ihr wert. So wie er sie gerade ansieht. Bestimmt nicht perfekt, aber doch perfekt für sie.

Logan steigt in sein Auto und hält einen kurzen Moment inne. Ist das gerade wirklich passiert? Savannah ist ... in ihn verliebt?! Er kann es nicht glauben. Noch vor einer Stunde hat er vor seinen Freunden herumposaunt, dass er Jennifer Barn geküsst hat. Er hat dann behauptet, dass er kurz noch etwas besorgen muss und seine Freunde einfach in seinem Apartment zurückgelassen. Sie haben nicht aufgehört, ihn wegen Jennifer auszufragen. Als er so durch die Gegend gefahren ist, hat er plötzlich Savannah an der Bushaltestelle entdeckt. Er musste zweimal hinsehen, denn er hat sie so fast nicht erkannt. Die Schminke verlaufen, zitternd und so zerbrechlich aussehend hat sie dort gesessen, dass er nicht an ihr vorbeifahren konnte. Und jetzt hat sie ihm gesagt, dass sie Gefühle für ihn hat. Was soll er darauf erwidern? Wie viel ist er bereit zu geben? In seinem Kopf überschlagen sich die Gedanken, während ein Gefühl in ihm immer lauter wird. Was soll er tun? Worauf soll er hören? Es ist doch nur so ein Gefühl. Gefühle kommen und gehen.

# 13 Über Freud und Leid

*»Freud' und Leid sind Reiseleute, ziehen immer aus und ein;*
*doch will dieses immer länger, jenes kürzer bei uns sein.«*
*(Friedrich von Logau)*

Mabel sitzt allein im Wartezimmer einer Privatpraxis und versucht sich zu beruhigen. Irgendwie. Ihr Herz klopft bis zum Hals und das, obwohl es heute nicht um sie geht. Die Tür zu einem der Behandlungsräume öffnet sich und eine freundlich aussehende Frau sieht zu Mabel herüber: »Ms. Appleby? Ihre Tante möchte gerne, dass Sie an dem Gespräch mit dem Arzt nun teilnehmen.« Mabel erhebt sich schnell und folgt der Frau ins Zimmer.

»Alles in Ordnung?«, fragt Mabel Annie besorgt.

»Natürlich. Setz dich. Was hast du da draußen gemacht?«

»Nichts. Ich habe auf dich gewartet. Warum?«

»Du schnaufst wie eine alte Dampflok.« Die Nervosität.

»Hallo, Ms. Buzz, Ms. Appleby.« Der Arzt kommt herein und reicht zuerst Annie und dann Mabel die Hand. »Wir sind heute hier, um über Ihren Wunsch zu sprechen, Ms. Buzz.« Mabel ist sich nicht sicher, ob sie den Arzt richtig verstanden hat. Vielleicht hat Annie ja einen besonderen Behandlungswunsch? »Ich habe mit Ihnen, Ms. Buzz, jetzt schon des Öfteren darüber gesprochen.« Mabel sieht irritiert zu Annie. »Und heute werden wir die Details besprechen. Die aktive Sterbehilfe ...«

»Entschuldigung? Was haben Sie da gerade gesagt?«, fragt Mabel entsetzt.

»Wir haben diesen Termin heute, weil ich Sie, als Angehörige, über den Wunsch Ihrer Tante, die aktive Sterbehilfe, informieren und aufklären möchte.«

»Nein! Ganz sicher nicht. Ich dachte, wir reden heute über eine Therapie oder Medikamente oder ... was man eben bei einem Arzt macht. Über Heilung!«

»Ihre Tante hat eine schwere neurodegenerative Erkrankung.

Man kann dagegen nichts mehr tun, Ms. Appleby. Ihr Zustand wird sich immer stärker verschlechtern. Dazu kommen noch das hohe Alter ihrer Tante und nicht zu vergessen: ihr eigener und freier Wille.«

»Wie bitte? Ich möchte, dass wir uns eine Zweitmeinung einholen. Wie bist du auf diesen Arzt gekommen?«, wendet sich Mabel an Annie.

»Über Daisy. Sie hat ihn mir empfohlen.«

»Was?«, Mabel kostet es alle Mühe nicht laut zu schreien. »Wieso hat sie dir diesen Arzt empfohlen?«

»Du warst doch beim Tee dabei. Du hast Daisy gesehen. Sie stirbt. So oder so. Daher hat sie sich für die aktive Sterbehilfe entschieden. Morgen ist es so weit. Deswegen haben wir sie noch ein letztes Mal besucht. Wusstest du das nicht?« Es läuft Mabel eiskalt über den Rücken.

»Sie stirbt morgen?«, flüstert sie betroffen.

»Ja. Und sie ist froh«, antwortet Annie schulterzuckend. Als wäre es selbstverständlich.

»Ihr beide habt sie doch nicht mehr alle!«, ruft Mabel laut aus. »Des einen Freud, des anderen Leid«, erwidert Annie trocken.

»Annie!«, sagt Mabel stockend und beginnt zu weinen. »Ich werde dich für unmündig erklären lassen«, schluchzt sie.

»Du kannst dich darüber gerne bei Clementine informieren. Vielleicht seid ihr beide euch doch ähnlicher, als ich immer dachte.« Der Seitenhieb sitzt.

»Ich denke es ist besser, wenn Sie das Thema zu Hause noch einmal in Ruhe besprechen. Vielleicht ist heute nicht der richtige Tag für ein so komplexes und bestimmt nicht einfaches Thema«, schaltet sich der Arzt sachlich dazwischen.

»Für meine Nichte wird es bei diesem Thema nie den richtigen Tag geben«, sagt Annie harsch. »Bitte erläutern Sie ihr die Vorgehensweise.«

»Nein«, wispert Mabel leise. Aber niemand scheint sie zu hören.

»Bei der aktiven Sterbehilfe wird durch einen Dritten, zum

Beispiel einen Arzt, eine tödliche Injektion verabreicht. Hierzu müssen verschiedene Voraussetzungen vorliegen, die Ihre Tante aktuell alle erfüllt. Ihre Krankheit ist unter anderem nicht heilbar. Dies wurde von zwei unabhängigen Ärzten bestätigt. Sie können selbstverständlich noch eine dritte Meinung einholen«, sagt er mit Blick auf Mabel, die weiter unaufhaltsam weint. »Faktisch wird Ms. Buzz dieses Jahr nicht mehr überleben. Die Krankheit schreitet schnell voran und hat bereits starke Schäden hinterlassen. Zwei Finger der linken Hand sind bereits gelähmt und das, obwohl die Krankheit erst vor ein paar Monaten diagnostiziert worden ist. Es kann sein, dass irgendwann die Atmung betroffen ist, was in der Folge zum Tod führen wird. Kein schöner Tod. Vielleicht dann auch allein. Die aktive Sterbehilfe ermöglicht ein Sterben im Kreise unserer Liebsten. Daher möchte Ms. Buzz auch, dass Sie dabei sind, Ms. Appleby. Bitte denken Sie in Ruhe darüber nach. Sie haben ja noch ein bisschen Zeit.«

»Wie lange?«

»126 Tage«, antwortet Annie gelassen. »Ich wünsche mir einen letzten Sommer.« Mabel betrachtet ihre Tante. Sie sieht zufrieden aus. Erleichtert. Sie hat kein Recht, sie zu verurteilen, weil sie diese Entscheidung für sich getroffen hat. Annie hat Gründe, die man verstehen kann, wenn man es nur will. Sie hat ihr Leben gelebt. Ein gutes Leben und jetzt ist ihre Reise bald zu Ende. Genau genommen in 126 Tagen und bis dahin wird Mabel alles tun, um diese Krankheit aufzuhalten.

***»Kein Leugnen hilft, kein Widerstreben, wir müssen sterben, weil wir leben.« (Wilhelm Busch)***

Savannah steht in dem kleinen Flur und starrt in einen schmalen länglichen Spiegel, der an der Innenseite ihrer Haustür klebt. Obwohl ihre Haare nass, ihre Augen dunkelgrau umrandet sind und ihre Kleidung ein paar Nummern zu groß ist, strahlt sie. Wie schon lange nicht mehr. Und es kommt ihr vor, als würde sie nie wieder damit aufhören können. Sie nimmt ihr Handy und scrollt durch die Kontaktliste. Savannah muss nicht lange suchen. Er hat seine Nummer unter seinem Namen eingespeichert und dahinter steht ein kleines Herz. Hat er sich damit einen Scherz erlaubt oder steckt doch ein wenig mehr dahinter? Besser, sie denkt nicht weiter darüber nach. Vielmehr will sie wie ein frischverliebter Teenager in ihr kleines Zimmer rennen, die Musik voll aufdrehen und wie eine Verrückte tanzen, hüpfen und so laut singen, bis ihr nach einer halben Stunde die Puste ausgeht. Völlig außer Atem liegt sie auf ihrem Schlafsofa. Noch immer bis über beide Ohren grinsend. An dieses Gefühl kann sie sich gewöhnen. Oder ist das Ganze zu schön, um wirklich wahr zu sein?

Das Klingeln ihres Handys reißt Savannah aus dem Schlaf. Mit einem Blick auf das Display stellt sie fest, dass es ihre Schwester Corry ist, die anruft.

»Hi, Corry?!«, nuschelt Savannah schlaftrunken.

»Savannah, zum Glück gehst du ran. Bist du zu Hause?«

»Ja, bin ich.«

Wie spät ist es? Wie lange hat sie geschlafen?

»Ist es ok, wenn ich in etwa fünf Minuten bei dir bin?«

»Na, klar«, sagt Savannah noch immer nicht ganz wach und keine zwei Minuten später klingelt es bereits an ihrer Haustür.

Corry Goats ist ihrer Mutter wie aus dem Gesicht geschnitten. Sie hat markante grüne Augen und kastanienrote, lange Naturlocken, die ihr fast bis zur Hüfte reichen. Sie ist wie ein Tornado, rast auf einen zu und man weiß nie, ob man heil aus der Sache herauskommt oder nicht. Corry vertritt ihre Ansichten gerne mit aufbrausendem Elan und macht keinen Hehl daraus, was sie von ihrem Gegenüber hält. Hinter Corrys forschen Sprüchen steckt aber immer noch die Schwester, mit der Savannah aufgewachsen ist. Die zu ihr hält, sie unterstützt und für sie da ist, wann immer Savannah sie braucht. Es hat aber auch schon andere Zeiten gegeben. Es ist normal, dass man sich mal aus den Augen verliert. Man entfremdet sich und findet einander wieder.

Auf Nähe folgt Distanz und umgekehrt.

»Entschuldige die späte Störung. Ich musste dich jetzt einfach sehen«, sagt Corry herzlich und schließt Savannah fest in die Arme. »Hast du geschlafen?«

»Ja. Komm rein. Hattest du heute nicht dein Date?«

»Hör mir auf«, Corry reißt ihre Augen weit auf und marschiert an Savannah vorbei in die kleine Wohnung.

»Willst du auch einen Tee?«, fragt Savannah, als sie ihr in die Wohnung folgt.

»Nein, danke. Gerade nicht. Aber hast du vielleicht etwas zu essen?«

»Ich kann dir entweder Tiefkühlpizza oder Toast anbieten.«

»Dann nehme ich eine Pizza. Ich stehe kurz vor dem Hungertod. Eigentlich habe ich gedacht, dass wir noch etwas essen gehen.«

»Setz dich. Ich schiebe kurz die Pizza in den Ofen und dann erzählst du mir alles in Ruhe.«

»Ok, aber nur wenn du mir danach erzählst, was es mit deinem Look heute auf sich hat.« Corry sieht sie fragend an und wartet, bis Savannah sich einen Tee gemacht und sich zu ihr gesetzt hat, bevor sie mit ihrer Geschichte beginnt: »Also: zuerst ist Hugh sage und schreibe zehn Minuten zu spät gekommen. Als er endlich aufgetaucht ist – er hat Glück gehabt, dass ich überhaupt noch auf ihn gewartet habe – hat er sich sofort entschuldigt und mir erzählt, dass er dich kurz zuvor getroffen hat und du ihn aufgehalten hast.« Savannah nickt zur Bestätigung und wartet darauf, dass ihre Schwester fortfährt.

»Ich muss gestehen, dass ich etwas genervt gewesen bin. Man kann doch eine kurze Textnachricht schreiben, anrufen und Bescheid geben, dass man sich verspätet. Aber ok. Wir sind also ins Kinogebäude gelaufen, wo sich an der Kasse herausgestellt hat, dass er die Karten für nächste Woche Montag reserviert hat. Was ist denn so schwierig daran, Karten für den richtigen Tag zu reservieren? Das habe ich natürlich nicht laut ausgesprochen und bin ganz gelassen und verständnisvoll geblieben. Weil der

Kinosaal schon so gut wie voll gewesen ist und wir nur noch Einzelplätze bekommen hätten, habe ich vorgeschlagen, dass wir einfach in einen anderen Film gehen. Das hat er abgelehnt, weil er unbedingt in DIESEN einen Film mit mir gehen will. Na gut. Also haben wir uns in dieses kleine Lokal neben dem Kino gesetzt und ich dachte: ›Yeah, wenigstens gibt es jetzt etwas zu essen!‹ Und was macht er? Er bestellt sich eine Cola und sagt, dass er keinen Hunger hat. Das tolle an einem gemeinsamen Essen ist doch, dass man nicht alleine isst. Ich habe mir dann einen Cocktail bestellt«, endet Corry ihre Erzählung.

»Wieso hast du dir einen Cocktail bestellt?«, Savannah wirft einen Blick auf ihre Wanduhr. »Ist es nicht ein bisschen früh gewesen?«, fragt sie schmunzelnd.

»Mit dieser Aussage bist du nicht allein, denn ich glaube, Hugh hält mich jetzt für eine Alkoholikerin, weil ich mir um halb sechs schon einen Drink bestellt habe. Es ist mir allerdings nicht um den Cocktail gegangen«, erklärt Corry.

»Um was denn dann?«

»Die Nüsse. Zum Cocktail gibt es dort immer eine Mischung verschiedener Nüsse und auf die hatte ich plötzlich Appetit.«

»Und haben die Nüsse geschmeckt?«, fragt Savannah lachend.

»Frag nicht. Der Kellner ist kurz darauf zu unserem Tisch zurückgekehrt, hat mir den Cocktail auf den Tisch gestellt und mir gesagt, dass die Nüsse heute aus sind. Kannst du dir das vorstellen?« Savannah prustet in ihren Teebecher.

»Da kommt also dieser echt hinreißende Kellner, Stefano, und eröffnet mir, dass es keine Nüsse mehr gibt. Und das um halb sechs auf leeren Magen. Ich habe es nicht glauben können und noch zweimal nachgefragt, um sicher zu gehen, dass ich ihn auch richtig verstanden habe. Außerdem habe ich, ab diesem Zeitpunkt, ganz genau beobachtet, ob vielleicht ein anderer Tisch Nüsse bekommt. Aber natürlich hat sich kein anderer Gast einen Cocktail bestellt. Alle haben sich mit Burgern und Pommes den Bauch vollgeschlagen, während ich mich meiner paar Reserven bedient habe.« Corry klopft sich auf den flachen Bauch. »Auf jeden Fall hat Hugh mir dann von seinem Sport erzählt. Dem Tennis. Wenn du mir eines Tages einen Schläger gibst, dann kann ich ihn dir jetzt komplett bespannen. Jede einzelne Saite. Ich habe das Gerät dazu nicht gesehen, aber ich schwöre dir, ich kann es trotzdem. Und das, obwohl ich mich nur schlecht konzentrieren kann, wenn ich Hunger habe.«

»Wie kommt es, dass euer Date schon vorbei ist?«

»Seine Mutter. Sie ist mit ihrem Auto irgendwo liegen geblieben. Hugh ist sofort aufgestanden und hat unsere Jacken geholt, als ich gesehen habe, wie der Kellner eine kleine Schüssel zu einem der Nachbartische trägt. Ich habe die Nüsse förmlich gerochen, musst du wissen. Ich bin also aufgesprungen, zu dem Tisch gestürmt und habe ihn zur Rede gestellt.«

»Und?«

»Wie lange dauert denn die Pizza noch?«, fragt Corry mit leidender Miene. Savannah steht auf und sieht in den Ofen.

»Magst du die Pizza durch oder kann sie in der Mitte noch gefroren sein, denn dann könntest du sie jetzt direkt essen?«

»Ich halte noch durch«, beschließt Corry. »Auf jeden Fall sind Oliven in der Schüssel gewesen. Also keine Nüsse. Aber er hat mir daraufhin versprochen, dass ich, wenn ich das nächste Mal komme, eine besonders große Portion Nüsse bekomme. Ich bin dann wieder zu unserem Tisch zurückgegangen, wo Hugh schon mit unseren Jacken gewartet hat. Freundlicherweise hat er mir noch angeboten, mich nach Hause zu fahren und das ist der Moment, in dem das Drama beginnt. Ich steige in seinen Wagen und wir fahren in Schrittgeschwindigkeit über den Parkplatz. Ach, was sage ich da. Von wegen Schrittgeschwindigkeit. Ich bin mir sicher, eine Oma gesehen zu haben, die uns noch überholt hat. Also wir zuckeln über diesen scheinbar endlosen Parkplatz und kommen nach einer halben Ewigkeit zu dem Kreisverkehr. Während ich mich neben ihm sekündlich in ein Klapperskelett verwandle, zuckelt er mit zwanzig km/h, lass dir das mal auf der Zunge zergehen, durch den Kreisverkehr. Als wir Jahre später aus dem Kreisverkehr herausfahren, steigert sich meine Hoffnung, dass er das Gaspedal finden wird, aber nein, wir zuckeln weiter mit maximal vierzig km/h in einer Fünfzigerzone und werden tatsächlich überholt. Nach sage und schreibe dreißig Minuten für eine Strecke, die ich zu Fuß schneller schaffe, erreichen wir ein kleines Kaff, in dem glücklicherweise meine allerliebste Schwester wohnt und ich bitte ihn, mich aussteigen zu lassen. Bevor ich die Autotür mit letzter Kraft zuschlagen kann, fragt er mich noch, ob ich mich bei der Autofahrt wohl gefühlt habe oder Angst hatte. Mit der Angst hat er ins Schwarze getroffen, denn ich hatte tatsächlich Angst. Davor, nie wieder nach Hause zurückzukommen und während dieser Reise qualvoll zu verhungern.«

»Du bist meine Rettung«, sagt Corry wenig später schmatzend. »Fazit meiner Geschichte: Am Montag gehen wir nochmal gemeinsam in diesen einen Film und dann sage ich höflich ›adieu‹.«

»Du solltest noch wissen, dass Hugh eigentlich ein absoluter Raser ist. Er hat *The Fast and the Furious* wahrscheinlich zu oft gesehen. Das habe ich ihm kurz vor eurem Date gesagt und ich vermute, dass er deswegen so langsam gefahren ist.«

»Ja, das ergibt Sinn«, kommt es von der mampfenden Corry. »Aber das ist kein Date gewesen.«

»Ist doch egal, wie man es nennt«, erwidert Savannah achselzuckend.

»Nein, mir nicht. Mit jemandem wie diesem scharfen Stefano hat man Dates. Das mit Hugh ist so ein Freundschaftsding und mehr nicht. Das habe ich ihm auch ganz deutlich gesagt.«

»Ich glaube schon, dass er sich mehr erhofft hat, zumindest hat es danach geklungen.«

»Dann hat er es falsch verstanden. Als ob ich etwas mit einem Exfreund von dir anfange. Also ich bitte dich. Das ist ja schon fast pervers. Nein, danke. Deine Secondhand-Männer kannst du schön für dich behalten.«

»Meinen Segen habt ihr. Ihr wärt so ein schönes Paar. Du

könntest sein Tennis-Girl werden«, zieht Savannah sie auf.

»Ugh. Nein. So, jetzt bist du dran. Was ist mit dir los? Hast du wieder eine buddhistische Lebenskrise und trägst deswegen Männerkleidung?«

»Das ist eine lange Geschichte.«

»Erzähl! Jetzt, wo sich mein Magen so langsam füllt, werde ich wieder eine richtig gute Zuhörerin«, schmatzt sie weiter und steckt noch ein weiteres Stück Pizza in ihren bereits vollen Mund.

»Die Klamotten gehören Logan Adams.«

»Der kleine Bruder von Darren Adams?«

»Woher kennst du seinen Bruder?« Savannah sieht gebannt zu ihrer Schwester, die nur fragt:

»Hast du vielleicht ein Glas Wasser für mich?« Savannah steht auf und während sie in die Küche geht, hört sie Corry hinter sich sagen: »Ich habe mal bei einem Kurs mitgemacht, um meine Aggressionen in den Griff zu bekommen, und da hat Darren Adams auch teilgenommen. Ok. Also was machst du mit den Sachen von Logan Adams?«, fragt Corry sie gespannt und lässt einen Moment von der Pizza ab.

»Die Kurzfassung: Ich hatte meine Stunde bei Mr. Peterson und als ich von dort zum Bahnhof gelaufen bin, hat es geschüttet wie aus Eimern. Hier kommt jetzt Hugh ins Spiel.«

»Ich suche nach der angekündigten Kurzfassung?«, erkundigt sich Corry belustigt.

»Iss! Dann kannst du mich auch nicht unterbrechen. Hugh und ich haben uns gestritten. Auf dem Weg zu dir ist er durch eine Pfütze gefahren und hat mich voll erwischt. Aus Versehen, versteht sich. Voll von abgestandenem und gammeligem Wasser habe ich mich also auf offener Straße mit ihm gezofft.«

»Wegen der Pfütze?«, hakt Corry nach.

»Wieder wegen der Trennung.«

»Kann ich verstehen. Kam ja auch aus heiterem Himmel.«

»Hugh ist davongerauscht und es hat angefangen zu hageln«, setzt Savannah fort und ignoriert die Worte ihrer Schwester. »Deswegen habe ich mich unter das Dach einer Bushaltestelle gestellt, wo mich Logan beim Vorbeifahren gesehen, mir Wechselkleidung gegeben und mich nach Hause gefahren hat.«

»Hast du nicht noch etwas vergessen oder warum grinst du wie ein Honigkuchenpferd?«, fragt Corry und nimmt einen großen Schluck Wasser.

»Ich habe ihm gesagt, dass ich ... Gefühle für ihn habe.«

»Du hast was? Hast du es genauso gesagt wie damals zu Pascal in der achten Klasse?«, fragt Corry sie belustigt.

»Bist du verrückt? Ich habe mir danach geschworen, nie wieder auf unseren Vater zu hören.«

»Also ich habe das unheimlich bewundernswert gefunden. Nicht jeder sagt zu seinem Nachhilfelehrer ›Hey, ich finde dich geil, gehst du mit mir ins Kino?‹.«

»Naja, es ist allemal besser gewesen als sein anderer Vorschlag.« Und wie aus einem Munde sagen die beiden Schwestern: »Nimm mich oder stirb«, und beginnen zu lachen.

Nachdem sie sich wieder beruhigt haben, fragt Corry: »Wie hat Logan darauf reagiert? Also auf diesen Gefühlsstriptease?«

»Er meinte, dass es ihn überrascht hat.«

»Kann ich verstehen. Er hat das wahrscheinlich nicht kommen sehen. Wie geht es jetzt weiter?«

»Keine Ahnung. Ich werde es auf mich zukommen lassen. Er hat mir seine Handynummer gegeben. Glaubst du, ich sollte ihm noch schreiben?«

»Ich weiß nicht. Zu sehr solltest du dich jetzt auch nicht anbieten. Ich würde es, wenn überhaupt, ganz neutral halten. Mich kurz nochmal bedanken und erledigt.«

»Besser, ich lasse es, sonst denkt er noch ich bin eine besessene Irre.«

»Apropos irre.« Corry sieht auf ihr Handy. »Hugh hat mir doch tatsächlich schon sechs Nachrichten geschrieben und eine Nachricht auf der Mailbox hinterlassen.«

# 14 Hier und jetzt

*»Wie sehr ich warte weißt du doch. Wann kommst du, kommst du bald?
Komm nicht zu spät, komm heute noch, denn morgen bin ich alt.«
(Frantz Wittkamp)*

Aufgeregt sitzt Savannah an ihrem Schreibtisch und starrt im Sekundentakt zur Tür. Sie hat kaum geschlafen und trotzdem fühlt sie sich energiegeladen. Savannah ist heute schon sehr früh aufgestanden. Nachdem sie eine halbe Stunde lang vor ihrem Kleiderschrank gestanden und überlegt hat, was sie anziehen soll, ist sie ins Bad geeilt, um sich fertig zu machen. Sorgfältiger als sonst. Sie blickt an sich herunter. Der schwarze, enganliegende Pullover mit V-Ausschnitt sitzt perfekt. Die Leggings in Lederoptik und ihre blauen Chucks sind schlicht und bequem. Sie tastet nach ihren Haaren, die sie zu einem wilden, lockigen Dutt oberhalb ihres Nackens zusammengesteckt hat, und stellt fest, dass sich bereits ein paar Strähnen gelöst haben. Da geht die Tür auf. Savannahs Herz setzt für eine Sekunde aus. Doch es ist nur Cherry. Savannah atmet tief durch.

»Savannah? Was machst du hier?«, ruft Cherry empört und stürmt auf sie zu.

»Arbeiten?«, antwortet Savannah zaghaft. Was soll sie sonst hier tun?

»Hast du vielleicht etwas vergessen?« Cherry kneift verärgert die Augen zusammen und Savannah wiederholt grübelnd:

»Ob ich etwas vergessen habe?«

»Ich habe gerade fünfzehn Minuten vor deiner Haustür gestanden und habe gewartet. Und gewartet. Dann ist zum Glück deine Nachbarin Ms. Shining aus dem Haus gekommen und hat mir gesagt, dass du schon lange weg bist. Hast du mal einen Blick auf dein Handy geworfen? Ich habe dich bestimmt tausendmal angerufen, nachdem ich mir die Finger wundgeklingelt habe.«

»Oh ... Cherry ... ich habe es total vergessen. Entschuldige.«

»So schnell hole ich dich nicht mehr ab.«

»Machen wir nachher gemeinsam Mittag?«, fragt Cherry, als sie sich wieder beruhigt hat.

»Würde ich gerne, aber heute will ich ein bisschen früher gehen und streiche deswegen die Mittagspause.«

»Du machst Witze? Heute ist nicht mein Tag. Ich muss dir wirklich dringend etwas erzählen. Sonst platze ich.«

»Kannst du es nicht jetzt erzählen?«, fragt Savannah neugierig. »Worum geht es?«

»Ich will nicht, dass es jemand mitbekommt.« Cherry sieht sich im Büro um.

»Außer Alfred ist noch niemand da. Ich glaube, dass er auch nicht mehr so gut hört. Als ich ihn am Mittwoch gefragt habe, ob er ein Papier aus dem Drucker genommen hat, das zu meinen Unterlagen gehört, hat er mich gefragt, wen ich auf Unterhalt verklagen will. Nachdem ich den Satz zweimal laut wiederholt habe, hat er gelacht und gesagt ich sei ein Spaßvogel.«

»Na gut. Ich habe Marc getroffen. Ich möchte es dir wirklich erzählen, aber wenn das rauskommt ...«

»Dann nenn ihn doch einfach anders. Nenn ihn ... Prinz Charles«, schlägt Savannah grinsend vor.

»Du bist eine blöde Kuh, weißt du das?«, fährt Cherry sie verärgert an.

»Kommt darauf an, ob du Camilla oder Diana bist.«

»Wie du willst. Also Prinz Charles und ich haben uns auf dem Flur getroffen«, obwohl es nicht nötig ist, senkt Cherry die Stimme. »Ich habe so getan, als würde ich ihn nicht bemerken.«

»Wie macht man das bei einem menschenleeren Flur?«

»Er ist nicht menschenleer gewesen. Naomi ist neben mir gelaufen. Ich habe auf jeden Fall sehr beschäftigt eine Broschüre durchgeblättert, als er mich angesprochen hat. Naomi hat es leider eilig gehabt und ist weiter. Also waren wir dann allein.«

»Das ist ja sehr spannend, Cherry«, bemerkt Savannah ironisch.

»Jetzt warte doch! Er hat mich gefragt, wie es mir geht. Ich habe ihn gefragt, wie es mir denn gehen soll. Dann habe ich ihm gesagt, dass es mir schlecht geht, weil mich die ganze Situation unglücklich macht. Er hat das nicht weiter kommentiert und mich auf die Broschüre angesprochen. Ich plane einen eintägigen Betriebsausflug zu einem Musical, kann mich aber noch nicht entscheiden, in welches – «

»Cherry, Schatz. Versuch die Sache ein wenig zu beschleunigen. Komm zur Pointe.«

»Ein bisschen mehr Geduld würde dir nicht schaden«, Cherry schließt kurz die Augen. »Nachdem wir über die Musicals geredet hatten, habe ich ihn gefragt, was mit seiner Freundin ist. Und er meinte, dass er noch mit Hannah zusammen ist.«

»Ist das eine Überraschung?«

»Ich dachte, sie sind getrennt.« Noch ergibt die ganze Geschichte für Savannah keinen Sinn. Wieso hat sie das gedacht? Die Tür öffnet sich erneut und Michael läuft herein.

»Ah, Savannah, gut, dass du schon da bist. Kannst du ein spontanes Meeting in den Kalender buchen?«, fragt er, während er direkt auf sie zusteuert. »Guten Morgen, Ms. Emanueli.«

»Guten Morgen, Mr. Flynn«, erwidert Cherry mit gesenktem Kopf.

»Natürlich. Wann denn?«, erkundigt sich Savannah.

»Nachher um eins. Ich weiß noch nicht, wie lange es dauern wird.« Savannah sieht ihren frühen Feierabend vor ihrem geistigen Auge davonziehen.

»Wen brauchen wir alles für das Meeting?«, fragt Savannah weiter.

»Die üblichen Verdächtigen. Dazu noch Ms. Emanueli, denn es geht auch um eine kleine Eventplanung.«

»Alles klar. Ich mache es gleich.« Michael nickt den beiden zu und geht zu seinem Arbeitsplatz.

»Ich habe die Sache jetzt beendet«, flüstert Cherry, ungerührt von der kurzen Unterbrechung, weiter.

»Was hast du beendet?«

»Ich habe Ma ... Charles gesagt, dass ich, solange er mit Hannah zusammen ist, nichts mehr mit ihm zu tun haben will. Daraufhin meinte er, dass er mich mag und die Sache für ihn nicht so einfach ist. Aber so sehr kann er mich doch nicht mögen, wenn er bei ihr bleibt. Egal, wie oft er noch versuchen wird, mich zu küssen.« Ihre Stimme ist kaum mehr als ein Flüstern.

»Was? Wann? Auf dem Flur?«

»Nein. Letzte Woche Freitag. Am Snackautomaten.« Savannah verkneift sich ein Lachen. »Ich habe mir gerade ein paar Erdnüsse geholt, weil ich irgendwie Lust darauf gehabt habe, als er aus dem Nichts aufgetaucht ist und sich geradezu an mich rangeschmissen hat. Er hat sich an den Automaten gelehnt und mich pausenlos angestarrt. Plötzlich hat er mir dann eine Strähne hinters Ohr gestrichen und mir gesagt, wie schön ich heute aussehe.«

»Da fehlen selbst mir einmal die Worte.«

»Er hat gesagt: ›Wie gerne würde ich dich jetzt küssen‹ und hat sich zu mir vorgebeugt.«

»Und was ist dann passiert?«, fragt Savannah gespannt.

»Jemand ist gekommen und wir sind wie zwei aufgescheuchte Hühner auseinandergeschreckt.«

»Ich möchte diesen Plausch ja nur ungern stören, aber dieser Termin nachher ist wirklich wichtig, Savannah«, kommt es von Michael, der sich, mit mürrischer Miene, von seinem Platz erhebt.

»Ich mache es sofort, Michael«, sagt Savannah laut in seine Richtung, bevor sie sich leise an Cherry wendet. »Es tut mir leid, aber wir müssen später weiterreden. Ich muss das jetzt machen.«

»Klar. An meinem Herzschmerz kannst du sowieso nichts ändern.«

Savannah ist gerade fertig mit der Terminfestsetzung, als Logan das Großraumbüro betritt. Sie beobachtet, wie er mit langen Schritten zielstrebig durch den Raum geht und sie dabei keines Blickes würdigt. Warum? Hat sie etwas anderes erwartet? Ist er sauer auf sie, weil sie ihm keine Nachricht geschickt hat? Oder hat er sich Gedanken gemacht und eine Entscheidung getroffen? Eine Entscheidung gegen sie und will ihr jetzt keine weiteren Hoffnungen machen? Während sich Savannahs Gedanken in diesem Fragenkarussell drehen, hört sie ein leises PING und auf ihrem Computer öffnet sich ein Chatfenster. Logan.

`Hi.`

Mehr steht da nicht. Nervös schickt sie ihm einen kurzen Gruß zurück. Augenblicklich kommt die nächste Nachricht von ihm an.

`Du lebst ja noch!? Ich bin mir sicher gewesen, dass du heute todkrank im Bett liegst.`

`Wie du siehst, lebe ich noch. Du und deine Klamotten habt mich gerettet,`

antwortet Savannah. Sie kann sich ein Lächeln nicht verkneifen.

`Dann hat es sich ja gelohnt. Schon allein deswegen. Apropos Klamotten. Es ist vielleicht besser, wenn du sie mir nicht hier zurückgibst. Das könnte doch irgendwie komisch wirken.`

Savannah kann es nicht verhindern. Sie beginnt zu zweifeln, abzuwägen und zu analysieren, was das jetzt zu bedeuten hat. Ist es ihm peinlich, wenn jemand sie zusammen sieht? Möchte er Gerede vermeiden? Privates und Berufliches trennen? Oder liegt es an ihr? Will er damit schon eine Andeutung machen? Verhindern, dass sie sich weiter falsche Hoffnungen macht? Savannah ermahnt sich, durchzuatmen und überlegt, was Mr. Peterson ihr jetzt wohl sagen würde. Wahrscheinlich würde er ihr raten ... ja was? Ruhig zu bleiben? Keine weiteren Gedanken daran zu verschwenden und einfach abzuwarten? Würde die Zeit wirklich alles regeln?

`Das verstehe ich. Kein Problem,`

schreibt sie deswegen nur zurück und schließt das Chatfenster. Es ist alles gesagt.

`Was machst du gerade?`,

schreibt Logan ein paar Minuten später.

`Ich arbeite. Wie wäre es, wenn du es auch einmal damit versuchst?`

`Es kann ja nicht jeder so korrekt sein wie du und bis zur letzten Sekunde arbeiten. Außerdem habe ich nur noch größere Dinge vor mir liegen und es ergibt für mich irgendwie keinen Sinn, das noch vor dem Meeting anzufangen. Sieh mal nach vorne zu Daniel und Cora.`

Savannah lehnt sich nach rechts und schielt unauffällig zu den beiden. Daniel streichelt Coras Rücken, während sie sich hin und wieder schmachtende Blicke zuwerfen.

`Was hast du denn? Die zwei sind doch süß.`

`Ist das dein Ernst? Das ist definitiv zu viel. Ich muss mir das jetzt schon seit Tagen ansehen.`

`Eifersüchtig?`,

schreibt Savannah nur und nachdem sie auf ›Senden‹ klickt, dreht sie sich in ihrem Stuhl um, um Logans Reaktion zu erhaschen. Doch vielmehr blickt sie geradewegs in Michaels verstimmtes Gesicht.

»Wie weit bist du mit dem Protokoll von letzter Woche?«, fragt er Savannah schroff.

»Fertig«, antwortet sie angespannt. Wie lange steht er schon hinter ihr?

»Ist dir langweilig?«, hört sie ihn zischen.

»Nein, Michael«, sagt Savannah und ihre Wangen brennen vor Scham.

»Also meldest du dich freiwillig?«, stimmt er mit erhobener

Stimme an, damit alle Anwesenden ihn hören können. Savannah blickt in fragend an. »Ich danke dir, dass du mich vertrittst, denn leider habe ich nächsten Samstag einen wichtigen privaten Termin und kann nicht an der Ausbildungsmesse teilnehmen. Umso mehr freue ich mich, dass du mich bei diesem wichtigen Termin vertreten wirst. So viel Engagement wie du sollte hier wirklich jeder haben«, endet er laut und grinst breit in die Runde.

Mabel liegt auf ihrem Bett und starrt mit geschwollenen, rot umrandeten Augen an die kahle, weiße Wand vor sich. Sie hat sich für die restliche Woche krankgemeldet und versucht sich daran zu erinnern, wann sie überhaupt jemals krank gewesen ist. Einmal? Als sie mit Fieber ins Büro gekommen und direkt wieder nach Hause geschickt worden ist. Aber selbst an diesem Tag ist sie zur Arbeit gegangen.

Mabel starrt auf ihr Handy. Sie hat Paul gestern Abend direkt nach dem Arzttermin geschrieben. Aber er hat immer noch nicht reagiert. Arbeitet er gerade? Schaut er nie auf sein Handy? Was soll sie nur tun? Mit wem soll sie darüber reden? Soll sie jemanden aus der Familie anrufen? Nur: wen? Es klopft an ihrer Zimmertür.

»Geh weg!«, ruft Mabel wütend und wieder beginnt sie zu weinen.

»Mabel?« Das ist definitiv nicht Annies Stimme. Mabel steht schnell vom Bett auf, stürmt zu ihrer Zimmertür und reißt sie auf. Es ist Paul, der sie sanftmütig und verwirrt anblickt. Bevor er etwas sagen kann, hat sie die Arme um seinen Bauch geschlungen und weint. Schluchzt in sein warmes T-Shirt. Zärtlich umschlingt er sie ebenfalls mit seinen Armen und drückt ihren bebenden Körper fest an sich. Mabel ist es egal, was Paul denkt oder ob Annie sie sieht.

»Kann ich irgendetwas für dich tun?«, fragt Paul leise. Verzweifelt schüttelt Mabel den Kopf.

»Wie kann sie mir das nur antun? Nach allem, was ich für sie getan habe!«, weint Mabel.

»Lass uns das doch woanders besprechen«, flüstert Paul. Ihm scheint es nicht egal zu sein, ob Annie sie hören kann.

»Hast du davon gewusst?« Mabel hebt den Blick und sieht Paul an. Annie soll ruhig wissen, wie es ihr geht und was sie ihr damit antut.

»Nein. Ich schwöre es dir. Sie hat mir nichts gesagt.« Sachte schiebt Paul Mabel in ihr Zimmer und schließt die Tür. Sie lässt es über sich ergehen, weil es ihr egal ist. Es spielt keine Rolle. Hauptsache, er ist jetzt da und sie ist nicht mehr allein.

»Mabel, ich verstehe, wie schwierig das Ganze für dich sein muss, aber versuch auch Annie zu verstehen.« Mabel löst sich aus der Umarmung.

»Sonst noch irgendwelche Wünsche? Sie hat mich zu diesem Termin mitgenommen ohne auch nur ... ein Wort ... zu sagen. Ich habe das gestern zum ersten Mal gehört. Und ihr ...« Mabel kann nicht mehr sprechen. Ihre Worte werden von tiefen Schluchzern verschlungen. Wie sie selbst von dem Schmerz, der sie fast zerreißt.

»Komm her«, hört sie Paul einfühlsam sagen, bevor er sie wieder in seine Arme zieht. »Es tut mir leid. Du hättest das nicht so erfahren sollen.«

»Ich bin froh, dass du da bist«, sagt Mabel wenig später mit leiser, zerbrechlicher Stimme.

»Ich habe es leider vorhin erst gelesen, sonst wäre ich schon früher da gewesen.« Mabel sieht wieder zu ihm auf. Sie blickt in seine Augen und wünscht sich nichts sehnlicher, als einen kurzen Moment vergessen zu dürfen. Daisy, die heute sterben wird oder bereits tot ist. Clementine, die ihre Mutter nicht mehr überzeugen konnte. Wie muss sie sich jetzt fühlen? Annie, die ihr nicht sagt, dass sie seit Wochen darüber nachdenkt ... Die sich nur noch einen letzten Sommer wünscht, bevor sie ... Paul blickt ihr immer noch in die Augen und Mabel geht auf Zehenspitzen. Einen kurzen Moment wirkt er überrascht, bevor er sich zu ihr hinunterbeugt und sie küsst. Sie noch näher an sich heranzieht. Mabels Kopf ist wie leergefegt. Über ihre Traurigkeit legt sich die Euphorie. Er küsst sie. Paul. Endlich. Seine Lippen sind weich und der Kuss ist zärtlich. Liebevoll und intensiv. Er lässt sie alles vergessen.

»Was macht ihr da?« Annie steht im Zimmer und die beiden schrecken auseinander.

»Kannst du nicht anklopfen?«, fährt Mabel sie an.

»Habe ich. Und jetzt weiß ich auch, warum ich auf mein Hämmern keine Antwort bekommen habe. Ich wollte nachsehen, wie es dir geht, Mabel. Und ich bin froh, dass es dir gut geht.«

»GUT? Sehe ich aus, als würde es mir gut gehen?«, ruft Mabel ihr entgegen, als Annie ihr bereits den Rücken zum Gehen zugewandt hat.

Paul fragt leise etwas, doch Mabel ignoriert ihn. Der Schmerz ist wieder zurück. Und eine Flut an Tränen und Vorwürfen bricht aus ihr heraus: »Wie kannst du nur so undankbar sein? Ist es dir egal, was aus mir wird? Bin ich dir so egal? Weißt du eigentlich, was du mir damit antust? Sag mir, was du dir dabei gedacht hast! Du zitierst mich zu einem Arzt, der mir sagt, dass du sterben möchtest. Du sogar schon einen TERMIN hast. Hast du dich mal gefragt, wie das für mich ist? Wie sich das anfühlt? Du schließt mich einfach aus dieser Entscheidung aus. Du nimmst mir das Recht, etwas dazu sagen zu dürfen, bevor du alles für dich selbst beschlossen hast. Wie egoistisch muss man sein! Wie kannst du nur?«

»Genau das gleiche könnte ich dich fragen«, erwidert Annie ruhig. »Was glaubst du, wie ich mich fühle? Wenn ich hier sitze, zitternd und zuckend, bis ein Teil meines Körpers taub wird. Allein. Kannst du nicht verstehen, was du da von mir verlangst? Ich habe mich durch ein scheinbar endlos langes Leben gequält. Ich habe nie aufgegeben, auf bessere Zeiten gewartet und immer gehofft. Du hast keine Ahnung, was ich durchmachen musste. Und jetzt verlangst du von mir, dass ich für dich durchhalte. Es tut mir leid, Mabel, aber das werde ich nicht tun. Für niemanden mehr. Einmal in meinem Leben geht es nur um mich. Dieser Termin steht und es ist genug Zeit, alles zu regeln. Ich habe mein ganzes Leben lang Rücksicht genommen. Auf euch alle. Und was ist mit mir gewesen? Warum bin ich und ist das, was ich mir wünsche, immer egal? Wieso darf ich, am Ende meiner Kräfte, nicht um Erlösung bitten?«

»Annie ...«, schluchzt Mabel voller Verzweiflung.

»Du darfst weinen, wütend sein und dich traurig fühlen. Aber für mich wird sich dadurch nichts ändern.«

»Bitte ...«

***»Das Leben besteht aus Wandel: Wunsch oder nicht Wunsch, danach fragt der Wandel nicht.« (Timm Bächle)***

# 15 Eine kleine Haselnuss

»Nein, ich will es nicht«, hört Savannah Logan distanziert sagen.

»Bitte. Nimm es.« Sie versucht ihm ein Päckchen in die Hand zu drücken, während Logan einen Schritt zurücktritt. Das Päckchen ist nicht größer als ein Buch und von einem weichen, hellbraunen Papier umgeben. Es knistert leise in ihren Händen, während sie es fest umklammert hält und verzweifelt, fast flehentlich, in Logans eisblaue Augen blickt.

»Lass es sein, Savannah. Bitte lass mich in Ruhe«, hört sie ihn sagen. Tränen treten in ihre Augen und lassen sein Gesicht vor ihr verschwimmen. Es ist, als würde er sich immer weiter von ihr entfernen. Ungreifbar weit weg. Als ob er ihr entrinnt.

»Warum?«, stößt sie mit zittriger Stimme hervor und versucht, die Tränen zu unterdrücken, die mit geballter Kraft aus ihr herausbrechen wollen.

»Es geht einfach nicht. Ich will es nicht. Behalte es einfach«, antwortet er nur.

»Aber es ist für dich«, versucht sie es wieder, obwohl sie längst erkannt hat, dass es nichts nützt. Sie kann die Distanz zu ihm nicht verringern. Das Eis um ihn herum nicht brechen. Schafft es nicht, seine Schutzmauer einzureißen. Er entfernt sich, obwohl sie ihn festhalten möchte, entfernt sich, weil sie ihn so sehr festhalten will. So sehr, als würde ihr Leben davon abhängen.

»Bitte geh nicht. Lass mich nicht so stehen, Logan.«

»Ich muss«, erwidert er nur. »Irgendwann wirst du es verstehen. Ich habe keine Wahl.« Als sie aufblickt, ist er verschwunden. Auch das Päckchen ist nicht mehr da. Savannah ist allein. Mit einem Gefühl, das sie kaum beschreiben kann. Ein Gefühl, das sie noch nie gespürt hat. Nicht in dieser Intensität. Sie spürt den Verlust eines geliebten Menschen. Eines Menschen, der sie verlassen hat. Freiwillig und auf eigenen Wunsch. Warum? Weil sie nicht alles gegeben hat?

»Was glaubst du? Warum hast du das geträumt, Savannah?« Mr. Peterson sieht sie fragend an.

»Ich weiß es nicht. Es ist ja auch nur ein Traum gewesen.«

»Du hast jetzt zwei Wochen in Folge den Termin abgesagt. Dann rufst du mich am Samstagvormittag an, um für diese Woche wieder einen Termin auszumachen. Und das alles, weil es ›NUR‹ ein Traum gewesen ist?«

»Der Traum an sich ist nicht das Problem, Mr. Peterson. Es ist das Gefühl, das dieser Traum in mir hinterlassen hat.«

»Kannst du mir das Gefühl genauer beschreiben?«

»Ich bin aufgewacht und fühlte mich erschöpft. Schweißgebadet«, beschreibt Savannah, »und voller Angst. Angst vor den Konsequenzen, wenn es nicht funktioniert. Ich habe Angst, dass es mehr zu verlieren gibt und ich etwas Wichtiges übersehe.«

»Wenn er deine Liebe nicht erwidert, was, glaubst du, wirst du verlieren?« Die Frühlingssonne schiebt sich hinter einer grauen Wolke hervor und erhellt das Zimmer, während Mr. Peterson Savannah eingehend mustert.

»Einen Freund. Einen festen Bestandteil meines Lebens. Ich verliere ihn.«

»Bist du bereit dieses Risiko einzugehen?«

»Ich denke schon.« Der Raum verdunkelt sich, als sich eine andere, dickere und dunklere Wolke vor die Sonne schiebt.

»Was wird passieren, wenn er dir sagt, dass er dich nicht liebt?«

»Ich werde es akzeptieren müssen, wenn er meine Liebe nicht erwidern kann. Aber ich befürchte, dass meine Gefühle für ihn trotzdem nicht enden könnten und er immer wieder eine Rolle in meinem Leben spielen würde. Auch wenn er schon längst kein Teil mehr davon wäre. Ein Teil von mir wird immer wieder an ihn denken, wird sich fragen, was er gerade tut, wohin er gerade geht und ob er glücklich ist. Ich weiß, das klingt verrückt.«

»Nicht umsonst heißt es, dass die einzige Liebe, die niemals vergeht, die unerfüllte Liebe ist, Savannah. Wenn er deine Liebe nicht erwidert, dann wirst du das genauso überstehen wie jeder andere vor und nach dir. Der Schmerz wird in der Liebe immer dazugehören. Versuch, dich von dem Traum nicht zu sehr aus der Bahn werfen zu lassen. Es ist keine Prophezeiung, keine Vorhersage, es ist ein Traum, der dir bewusst gemacht hat, was es dir bedeutet, solltest du in diesem Spiel um die Liebe als Verliererin herausgehen. Und ja, jeder hat in seinem Leben eine Liebe erlebt, an die er zurückdenkt, sich fragt, was schief gegangen ist, was es hat zerbrechen lassen und wie es so weit hat kommen können. Aber, Savannah, auch hier hat das Blatt immer zwei Seiten. Und deswegen wäre es vielleicht eine gute Idee, wenn du ihm einen Brief schreibst. Stell dir vor, dass diese Geschichte mehrere Jahre zurückliegt. Ob nun fünf, zehn oder noch mehr Jahre liegt ganz bei dir. Logan hat sich nicht für dich entschieden. Was glaubst du, willst du ihm dann sagen? Denk darüber nach und schreib es auf. Ich glaube, es hilft dir, den Blick nicht zu verlieren, dir nicht selbst im Weg zu stehen und deine Gedanken zu ordnen. Lass dir dafür Zeit. So viel es braucht.« Die Sonne kämpft sich wieder zurück und strahlt kraftvoll durch die kleinen Altbaufenster.

»Möchtest du noch über das andere Thema sprechen? Wenn du schon da bist, würde ich gerne wissen, ob du dir dazu vielleicht ein paar Sätze aufgeschrieben hast?« Kommentarlos zieht Savannah einen sehr mitgenommenen Zettel aus ihrer Hosentasche und reicht ihn Mr. Peterson.

»Schön. Nicht so stark wie dein letzter Text und dennoch passt es sehr gut. Es ist, als hätte ihn dein achtzehnjähriges Ich geschrieben. Es ist der erste Text, indem du von deiner Mutter schreibst. ›On Tuesday Mom cried like never before. Although you didn't say a word to her, she wanted to rescue me from you, knowing that she was not able to.‹ Erzähl mir, was du dir dabei gedacht hast.«

»Wenn ich an diese Zeit zurückdenke, dann ist es, als wäre es gestern gewesen. Ich bin gerade aus der Schule gekommen und habe mich zu ihr an den Mittagstisch gesetzt. Meine Mutter hat das Essen auf den Tisch gestellt und wir haben angefangen zu essen. Alles ist genauso abgelaufen wie immer. Ich habe gerade angefangen, von meinem Tag zu erzählen, als sie mich auf einmal merkwürdig angesehen hat, aufgestanden ist und angefangen hat zu weinen. Sie hat für ein paar Minuten den Raum verlassen, doch es hat sich wie Stunden angefühlt. Als sie zurückgekommen ist, hat sie getan, als wäre nichts gewesen. Und es passierte wieder und wieder.«

»Wie ist das für dich gewesen?«, fragt er behutsam, während Savannah Tränen in die Augen treten.

»Es ist der Moment gewesen, der mir ganz klar gezeigt hat, worum es bei der ganzen Sache geht.«

»Was hast du dann getan?«

»Ich habe sie angelächelt und ihr gesagt, dass alles gut wird«, flüstert Savannah.

»Dann bist du für deine Mutter stark gewesen? Hättest du es dir anders gewünscht?«

»Nein. Da sie so traurig gewesen ist, habe ich mich zusammengerissen.«

»Glaubst du nicht, es wäre besser gewesen, deine Gefühle ausleben zu können?«

»Vielleicht. Aber zu dieser Zeit bin ich froh gewesen, dass ich einen Grund hatte, die Gefühle verdrängen zu können. Das hat es mir sogar leichter gemacht. Erträglicher. Wenn auch nur für diesen Moment.«

»Lass uns zu dem Beginn deines Textes gehen. ›On Monday I stayed there all alone, although you were holding me tight. So close I felt caught in your arms. A prisoner for a lifetime.‹ Du beschreibst hier, dass du dich allein gefühlt hast.«

»Ich habe mich nicht nur allein gefühlt, ich bin allein gewesen.«

»Gleichzeitig sprichst du in dem Text davon, dass du dich gefangen gefühlt hast? Vielleicht sogar gefangen im eigenen Körper? Gefangen in der Situation, der du hilflos ausgeliefert warst?«

»Ich konnte jeden Tag spüren, wie es in mir heranwächst. Ich habe gespürt, wie es sich in mir verändert hat. Konnte ertasten, wie es in mir wächst. Ein Zwicken hier und ein Zwacken da. Ich bin stets daran erinnert worden. Selbst wenn ich es hätte vergessen wollen, ich hätte es nicht können. Es tut mir leid.« Savannah läuft eine Träne über die Wange, die sie schnell beiseite wischt.

»Das ist in Ordnung, Savannah«, tröstet Mr. Peterson sie und reicht ihr ein Taschentuch. »Rede weiter. Du wirst merken, dass es guttut, darüber zu sprechen.«

»Die Ungewissheit ist das schlimmste gewesen. Auf einmal habe ich dagestanden und nicht mehr gewusst, wie mein Leben weitergehen würde. Mein Umfeld hat darauf ganz unterschiedlich reagiert. Der Eine hat es nicht ernst genommen, während andere es ernster genommen haben als ich selbst. Meine Freunde haben mich am wenigsten verstanden oder es ist ihnen einfach egal gewesen. Vielleicht haben sie auch gedacht, dass ich mich aufspielen oder mich wichtigmachen will. Und das, obwohl ich mir gewünscht hätte, mit ihnen darüber reden zu können. Meine Schwester Corry ist realistisch an die Sache herangegangen. Für sie zählen Fakten und sie weiß gerne, was sie erwartet. Mit ihr ist es leicht gewesen. Sie hat mir einfach gesagt, wie meine Chancen stehen und welche Therapien es gibt, wenn es bösartig ist. Deswegen ist sie auch meine erste Vertraute gewesen. Ich habe den Knoten ganz zufällig ertastet, als er noch klein gewesen ist. Gerade einmal so groß wie eine kleine Haselnuss. Drei Wochen später hat mich meine Mutter bei der Arztpraxis rausgelassen. Sie ist weiter, um noch etwas zu besorgen, und wollte mich dann später wieder abholen. Allerdings hat sie schon im Wartezimmer gesessen, als ich mit dem Überweisungszettel für den Facharzt aus dem Behandlungsraum gekommen bin, weshalb ich mich gezwungen gesehen habe, ihr zu sagen, dass ich einen Knoten in der Brust habe.«

»Wieso hast du es ihr nicht vorher erzählt?«

»Weil ich sie nicht unnötig aufregen wollte.«

»Wie hat sie darauf reagiert?«, will Mr. Peterson wissen.

»Sie ist in Ohnmacht gefallen.«

»Erzähl weiter, Savannah. Du machst das wirklich toll.«

»Noch am selben Tag hat meine Mutter einen Termin in der nächsten Klinik für mich ausgemacht. Und ja, ich hätte den Termin auch selbst ausmachen können. Allerdings hätte ich niemals so schnell einen Termin bekommen wie eine Mutter, die mit Grabesstimme verkündet, dass ihre achtzehnjährige Tochter einen Knoten in der Brust hat. Ich bin also eine Woche später untersucht worden und es ist festgestellt worden, dass es ein Tumor ist, bei dem es noch keine Anzeichen gegeben hat, die gegen eine Gutartigkeit sprechen könnten. Also sollte der Knoten erst einmal nur weiter beobachtet werden.«

»›On Wednesday I stared at the stars, and when I close my eyes I see you, the poison inside of me. I thought you changed nothing, but you changed it all‹«, liest Mr. Peterson nach einer längeren Pause vor. »Was verbirgt sich dahinter?«

»Am Mittwoch, den zehnten November, bin ich neunzehn Jahre alt geworden. Es ist der erste Geburtstag gewesen, bei dem sich meine Mutter überlegt hat, ob wir ihn feiern sollen oder nicht. Am nächsten Tag sollte die Biopsie vorgenommen werden und sie hat schon den ganzen Tag geweint. Am Ende haben wir den Geburtstag gefeiert und das Einzige, an das ich mich noch erinnern kann, ist, dass ich in das frühere Kinderzimmer meiner Schwester Corry gegangen bin, um meine Mutter zu suchen. Dort habe ich sie dann gefunden. Wieder weinend.« Savannah bricht ab.

»Wie ist es für dich gewesen, sie so zu sehen?«, versucht Mr. Peterson Savannah zum Weitersprechen zu animieren.

»Ich habe verstanden, warum sie sich so fühlt, obwohl es mir dadurch schwerer gefallen ist, meinen Mut nicht zu verlieren. Mich nicht herunterziehen zu lassen und weiter hoffen zu können, keinen Brustkrebs zu haben. Nochmal mit einem blauen Auge davon zu kommen. Den kommenden Donnerstag einfach zu überstehen.«

»›On Thursday you left me in the dark and no one could stand between us two. There was only you and me, while I was praying to get free.‹ Ich vermute, dass es genau dieser Donnerstag nach deinem Geburtstag gewesen ist. Erzähl mir, wie dieser Tag für dich gewesen ist?«

Savannah tupft sich eine weitere Träne ab und spricht mit wackliger Stimme weiter: »Meine Mutter hat mich in die Frauenklinik gefahren, weil sie mich nicht alleine hat gehen lassen wollen. Allerdings sind wir uns nicht sicher gewesen, ob sie es schaffen würde, mich wieder nach Hause zu fahren. Als unser Arzt mir gesagt hat, dass sich das Gewebe des Knotens verändert hat und nun nicht mehr ausgeschlossen werden kann, dass es sich um einen bösartigen Tumor handelt, hat sie die ganze Autofahrt geschluchzt. Ich dachte, sie fährt uns an dem Tag noch in den sicheren Tod.«

»Ich erinnere mich daran, dass ich dreimal gestanzt worden bin und es sich angefühlt hat, als würde man auf mich schießen. Der Tag ist danach genauso verlaufen wie jeder andere auch. Ich bin zum Sport gegangen und habe einfach weitergemacht wie davor. Mit dem Wissen, bald endlich Gewissheit zu haben.«

»Wann hat man dir dann das Ergebnis mitgeteilt?«, will Mr. Peterson wissen.

»Eine Woche später. Am Freitag.«

»›On Friday I thought about all I can't be, wanted to know how long it will take, till you will come back to me and I won't have this luck again‹«, liest Mr. Peterson leise vor.

»Ich habe im Wartezimmer gesessen und mich gefragt, was ich in meinem Leben bisher erreicht habe. Ich bin zur Schule gegangen und sehr viel mehr habe ich nicht getan. Wenn ich sterben würde, gäbe es nichts, das noch an mich erinnerte. Ich habe nichts geschaffen, das zurückbleibt, wenn ich fort bin. Als der Arzt dann Entwarnung gegeben hat, ist meine Mutter neben mir vor Erleichterung zusammengesackt. Ich habe sie dann wohl ziemlich irritiert angesehen, weshalb der Arzt mir gesagt hat, dass ich Glück gehabt habe. Er hat von einer Patientin erzählt, die mit zweiundzwanzig Jahren an Brustkrebs erkrankt ist und er meinte, dass achtzehn nicht so weit davon entfernt ist.«

»›On Saturday I asked myself: Why me? Were you a warning or a second chance? I would like to go on and, because of that, I thought you changed nothing, but you changed it all.‹ Wie ist es dann weitergegangen?«

»Am nächsten Tag habe ich mich gefragt, ob all das eine Warnung gewesen ist, eine Ermahnung, wie kurz das Leben ist und wie schnell es vorbei sein kann. Dass manches nicht aufzuhalten ist und das Alter dabei keine Rolle spielt.«

»Du schreibst hier, dass du dich fragst ›Warum ich?‹ Wie ist es zu dieser Frage gekommen?«

»Warum ist mir das passiert? Warum habe ausgerechnet ich diese Erfahrung machen müssen? Würde ich nochmal einen Knoten bekommen und beim nächsten Mal vielleicht einen, der nicht gutartig ist? Ich habe bis achtzehn nie getrunken, nie geraucht, viel Sport gemacht und mich immer an die Regeln gehalten. Also habe ich genau das geändert. Ich habe geraucht und getrunken. Noch genau an dem Tag, an dem ich erfahren habe, dass es kein Krebs ist. Aber besser habe ich mich nicht gefühlt. Vielmehr habe ich mich gefragt, was ich mir für mein Leben wünsche. Ich möchte heiraten, ich will Kinder, ich will eine Liebe finden, die mich festhält, wenn doch einmal der Tag kommen mag, an dem ich kein Glück habe. Ich will zurückblicken und sagen: Ich habe gelebt und ich habe es genossen. Ich will sagen können: Ich kann jetzt gehen. Es ist okay.«

»Wenn du es deinen Mitmenschen genauso erklären würdest, glaubst du nicht, sie würden dich besser verstehen?« Mr. Peterson sieht sie aufmunternd an.

»Ich habe Angst, dass sie es abtun, so, wie Viele es getan haben. Sagen ›Ach, das ist doch nichts‹, ›Ist doch alles gut gewesen‹ und sie hätten damit Recht. Aber obwohl sich eigentlich nichts für mich geändert hat, ist doch alles ganz anders geworden und nichts ist mehr wie zuvor gewesen. Ich bin nicht mehr der gleiche Mensch. Mein Verhältnis zum Thema Zeit hat sich verändert. Nichts hat mehr Zeit. Zum ersten Mal habe ich gespürt, dass auch ich sterblich bin und meine Jugend mich nicht vor dem Tod schützen wird. Ich bin auch erst achtzehn Jahre alt gewesen.«

»Sagst du das, weil du dich für all diese Gefühle schämst und dich dafür rechtfertigen willst? Das musst du nicht, Savannah. Man darf Angst haben. Du hast um dein Leben gefürchtet, hast dich monatelang in dieser Ungewissheit befunden. Hast viele Untersuchungen erdulden müssen und das in einem sehr jungen Alter. Ja, du bist jung gewesen, aber auch eine Frau mit vierzig darf Angst haben. Auch die mit sechzig und auch alle die, die über neunzig sind. Man muss nicht immer stark sein. Es sind die schwachen Momente, die uns am stärksten prägen. Du kannst wirklich stolz auf dich sein. Wie denkst du heute darüber?«

»Ein paar Jahre später habe ich den Knoten nicht mehr gespürt. Die Untersuchungen haben nachgelassen und es ist kein präsentes Thema mehr gewesen. Heute bin ich optimistischer. Aber fühle mich gleichzeitig auch gewappnet. Sollte es ein nächstes Mal geben, werde ich besser damit umgehen können. Vor allem in emotionaler Hinsicht. Tief in meinem Herzen ist von der Angst nichts mehr zurückgeblieben und ich glaube fest daran, weiterhin gesund zu sein. Aber selbstverständlich ist es nicht mehr«, gibt Savannah nachdenklich von sich und putzt sich leise die Nase.

»›On Sunday I fight against this wall, this one feeling stayed since you'd left. This one point made me remember that I thought you changed nothing, although you changed it all.‹«

»Eine kleine Narbe, nur so groß wie ein Punkt, erinnert mich daran, was das für eine Zeit gewesen ist. Es hat mich gelehrt, mich darauf zu besinnen, worauf es mir wirklich ankommt. Kein Geld der Welt, kein Beruf, kein Erfolg, nichts hätte das ändern können. All meine guten Noten haben für einen Augenblick keinen Wert mehr gehabt. Aber es hat meine Familie gegeben. Die mich begleitet und meine Ängste, wenn auch auf unterschiedliche Art, mit mir geteilt hat. Diese eine Woche steht für unzählige Monate des Wartens auf ein Urteil, das entscheiden sollte, wie mein Leben verlaufen würde.«

Savannahs Tränen sind getrocknet, während die Sonne wieder mit voller Kraft in das Zimmer scheint. Mr. Peterson hat ihr einen Weg gezeigt, ihre Gefühle und ihre Gedanken in Lieder zu verwandeln, in Gedichten festzuhalten oder in Geschichten zu verankern, um ihnen eine Stimme zu geben. Damit sie Savannah nicht eines Tages beherrschen oder Gewicht genug bekommen, um sie zu erdrücken. Vielmehr soll sie daran wachsen können und ihnen nicht die Gewalt über ihren Geist und ihre Handlungen geben.

*»I thought you changed nothing. But you changed it all.«*
*(Sandra Gottwaldt)*

# 16 Aufgeflogen

*»Es gibt Situationen, in denen man ein Geheimnis halb preisgeben muss, um den Rest zu bewahren.«*
*(Philip Stanhope, 4. Earl of Chesterfield)*

»Hast du einen Moment?« Savannah steht vor Michaels Schreibtisch, während er den Blick nicht von seinem Bildschirm nimmt. »Wie meintest du das mit dieser Ausbildungsmesse?«

»Genau so, wie ich es gesagt habe. Du gehst mit drei Auszubildenden zu dieser Messe und wirst mit ihnen zusammen unser Unternehmen repräsentieren. Das Ziel einer Ausbildungsmesse ist es, dass zukünftige Auszubildende unser Unternehmen kennenlernen und gerne bei uns eine Lehre machen wollen.«

»Ich weiß, was eine Ausbildungsmesse ist. Wie komme ich zu diesen drei Auszubildenden?«

»Indem du allen eine Mail schreibst und fragst, wer von ihnen Zeit hat?«, erwidert Michael missgestimmt und sieht endlich von seinem Bildschirm auf.

»Und das nennst du Vertretung? Ich gehe gerne für dich dort hin, aber ich werde nichts organisieren.«

»Die Flyer sind gedruckt, die Plakatierung ist gemacht, alles steht und du sollst lediglich den Auszubildenden schreiben. Frag doch Tiffany.«

»Tiffany ist so motiviert wie ein Regenwurm bei Sonnenschein.«

»Was ist mit Dusty?«

»Dusty Mitchell hängt ohne Unterbrechung an seinem Handy und macht alles, außer fleißig für seine Ausbildung zu lernen. Was soll er denn repräsentieren?«

»Du schaffst das schon. Sorry, Savannah, aber ich kann dir da gerade nicht helfen. Mir steht die Arbeit bis zum Hals.« Savannah fällt es schwer, ihren aufkeimenden Unmut zu unterdrücken. Sie hat keine Lust, auf diese Ausbildungsmesse zu gehen und soll jetzt noch irgendwelche Teenager dazu animieren. Sie will gerade etwas sagen, als Michael die Hand hebt und sagt: »Wie gesagt, ich habe keine Zeit. Deswegen wäre es schön, wenn du mich nicht weiter störst. Viel Erfolg.«

Savannah dreht sich um und geht zu ihrem Schreibtisch, wo sie sich verstimmt auf ihren Stuhl plumpsen lässt. Savannah lässt ihren Blick durch das halbleere Büro schweifen. Cherry ist schon vor über einer Stunde gegangen und jetzt sind nur noch Michael, Logan und Vincent da. Savannah starrt auf Vincents lockigen Hinterkopf, als ihr eine Idee kommt.

»Vince?« Savannah lehnt sich nach vorne und beobachtet, wie er sich auf seinem Stuhl zu ihr herumdreht.

»Was ist?«

»Kannst du mir bei einer E-Mail an die Auszubildenden helfen?«

»Wie kommst du auf mich?«

»Du bist doch ab und an in einem Jugendzentrum und hast auch sonst regen Kontakt zur Jugend. Anders als bei mir. Ich habe das Gefühl, dass ich vielleicht nicht den richtigen Ton treffe. Nicht modisch genug klinge, sondern nur alt und bieder.«

»Als ob, Savannah. Du hast einfach keine Lust darauf. Aber du hast Glück, ich bin für heute fertig. So schwer kann es ja nicht sein«, erwidert er und schiebt seinen Bürostuhl zu ihr nach hinten. »Worum geht es denn genau?«

»Ich brauche drei Freiwillige, die mich zu der Ausbildungsmesse begleiten und im Optimalfall motivierter sind als Tiffany und Dusty«, fasst Savannah kurz zusammen.

»Dann brauchen wir definitiv eine gute Vorlage, die wir zuerst nur an die besten Drei schicken, die uns einfallen. Wir schreiben es vielleicht gleich so, dass sie gar keine andere Wahl haben, als daran teilzunehmen«, überlegt Vincent laut.

»Habe ich schon erwähnt, dass die Ausbildungsmesse an einem Samstag ist?«

Aus den Augenwinkeln beobachtet Logan, wie sich Vincent zu Savannah an den Schreibtisch setzt. Es ist schon spät und er will kein neues Projekt mehr anfangen. Was machen die beiden da? Savannah beginnt zu lachen. Vincent sieht in seine Richtung und macht eine kurze Kopfbewegung. Es gleicht einer stummen Einladung. Soll er wirklich zu ihnen gehen? Vincent wiederholt die Geste und Logan erhebt sich.

»Was macht ihr?«, fragt er, als er zu ihnen an den Schreibtisch tritt.

»Wir machen einen Lockversuch an die faulen Azubis«, erklärt Vincent knapp.

»Wegen der Ausbildungsmesse?«, fragt Logan und bekommt ein schlechtes Gewissen. Hätte er ihr nicht geschrieben, hätte Michael sie bestimmt nicht dazu verdonnert. Savannah nickt unbeschwert und fragt:

»Willst du auch mithelfen?« Sie scheint es ihm nicht übel zu nehmen.

»Savannah! Du wirst doch alleine eine E-Mail schreiben können«, stöhnt Michael genervt und sieht sie verärgert über seinen Computerbildschirm hinweg an. Während Michael mit angestrengter Miene weitertippt, zieht Logan sich einen Stuhl heran. »Setz dich doch auch dazu. Es ist nach sechs«, schlägt Logan vor und als Michael nicht reagiert, fügt er noch hinzu: »Komm schon Michael. Du brauchst eine Pause.«

Michael fährt sich erschöpft und frustriert durch die Haare.

»Vielleicht hast du Recht«, gibt er zu. »Aber wartet. Ich glaube, ich habe da noch irgendwo ...« Sein Kopf verschwindet hinter seinem Schreibtisch. »Wo ist denn nur ...?«, hören sie ihn sagen, bevor er kurz darauf ruft: »Da ist es.« Als er aufsteht, hebt er triumphierend eine angebrochene Flasche Schnaps in die Höhe. Vincent rutscht ein wenig zur Seite, damit Michael sich dazusetzen kann. Savannah greift nach dem Block, der neben ihrer Tastatur liegt, und Logan beobachtet, wie sie den Blick über den Schreibtisch schweifen lässt, als würde sie etwas suchen. Ein Klatschblatt liegt auf ihrem Tisch, ganz in seiner Nähe. Es wölbt sich und als er es aufklappt, entdeckt er einen Kugelschreiber, der die Form eines Lippenstifts hat und dessen Griff mit unzähligen Strasssteinen besetzt ist.

»Hier.« Logan reicht ihr den Stift und sie sieht ihn mit ihren rehbraunen Augen an. Irgendetwas ist anders. Oder bildet er sich da nur etwas ein?

»Was für ein scheußlicher Fusel! Wieso hast du so etwas Ekelhaftes in deiner Schreibtischschublade?«, hört er Vincent angewidert sagen, der die Flasche an Michael zurückgibt. Dieser zuckt nur kurz mit den Achseln, bevor er auch einen Schluck daraus trinkt. Logan ist als Nächster dran und greift nach der Flasche. Es fällt ihm wirklich schwer, nicht das Gesicht zu verziehen. Vincent hat Recht, es schmeckt wirklich widerlich. Logan sieht zu Savannah. Er weiß, dass sie fast nie etwas trinkt und wenn doch, dann ganz sicher nicht so etwas. Kommentarlos und ohne den Blick von ihr abzuwenden, reicht er daher die Flasche an Vincent weiter und übergeht Savannah, unbemerkt von den anderen, in der Runde.

Eine Stunde später liegt der Block vergessen auf dem Tisch. Ausgelassen lachen und reden sie über alles, was ihnen in den Sinn kommt.

»Was ist das denn für ein Bild?« Vincent sieht stirnrunzelnd auf das Faschingsbild an Savannahs Pinnwand, das Savannah und Cherry zeigt.

»Das ist Savannah Goats als *Julia Roberts* in *Pretty Woman*. Das sieht man doch«, erklärt Logan lachend. Savannah beobachtet, wie er seinen Kopf in den Nacken legt, wenn er besonders stark lachen muss. Wie er mit seiner Hand das längere Haar aus der Stirn streicht und seine Augen vor Freude aufblitzen. Sein Lachen ist laut und kehlig. Seine Augen sind blauer als sonst.

»Ähm, Sav. Was ist das?«, kommt es plötzlich von Vincent und wie erstarrt sieht sie dabei zu, wie er Logans Pullover aus der untersten Schublade ihres Schreibtisches zieht.

»Das sind meine Sportklamotten«, stammelt Savannah. Ihr

Gesicht wird knallrot und sie sieht peinlich berührt auf den Boden.

»Das ist doch dein Pullover, Logan«, hört sie Michael sagen. Savannah schließt die Augen und hofft auf höhere Mächte, die das nun irgendwie für sie regeln würden.

»Und seine Hose«, fügt Vincent hinzu, der noch die Jogginghose aus der Schublade hervorzieht.

»Ich ... ähm ... nein«, stottert sie und noch bevor sie einen klaren Gedanken fassen kann, greift Logan schon nach den Sachen und sagt:

»Ja, die Sachen gehören mir. Ich habe sie Savannah geliehen, als sie in einer misslichen Lage gewesen ist.«

»Was ist denn eine missliche Lage? Hat sie zufällig ihre eigenen Klamotten verloren?«, fragt Vincent belustigt und stimmt mit Michael in ein lautes Gelächter ein. Sie benehmen sich wie zwei Teenager und kichern hinter vorgehaltenen Händen.

»Sie saß frierend und durchnässt an einer Bushaltestelle, als ich sie zufällig getroffen habe. Ich habe sie dann nach Hause gefahren und ihr für die Fahrt meine Klamotten geliehen«, erklärt Logan ruhig, nachdem Michael und Vincent sich wieder einigermaßen beruhigt haben.

»Und warum liegen die Klamotten in deiner Schublade?« Vincent sieht sie grinsend an, während Logan angespannt zu Savannah blickt. Was wird sie sagen? Vielleicht, dass er sie gebeten hat? Und dann werden sie erst recht Fragen haben ...

»Ich habe sie hineingelegt und vergessen«, hört er sie sagen.

»Und seit wann geht das mit euch beiden?«, fragt Michael.

»Wie bitte? Ich habe dir doch schon gesagt, warum ich ihr die Klamotten gegeben habe.« Logan sieht ihn verwundert an.

»Und vor ein paar Wochen hat Savannah mich also ganz zufällig nach deiner Nummer gefragt?«, kontert Michael siegesgewiss.

»Das ist ein blöder Zufall gewesen. Das eine hat nichts mit dem andern zu tun.«

»Ich hatte den Eindruck, dass du dich gefreut hast, als sie nach deiner Nummer gefragt hat«, stichelt Michael weiter. »Warum hast du es mir nicht gesagt?«

»Ich glaube, du hast ein bisschen zu viel getrunken. Was hätte ich dir denn sagen sollen?«

»Vielleicht, dass du mit Savannah zusammen bist? Und das, obwohl sie gar nicht dein Typ ist.« Hat er das gerade wirklich laut gesagt? Logan traut sich nicht Savannah anzusehen. Wie muss sich dieser Satz in ihren Ohren anhören, wenn er ihn schon bis ins Mark trifft. »Wobei ich mich auch frage«, Michael wendet sich an Savannah, »was du mit Einem wie dem hier willst?" Er schlägt Logan seine flache Hand gegen die Brust und lacht laut auf.

»Gute Frage«, antwortet Logan leise auf die eigentlich spaßig gemeinte Frage.

»Savannah und Logan. Wenn ich das jemandem erzähle ...«, murmelt Vincent kopfschüttelnd und Logans Kopf geht ruckartig nach oben.

»Wir sind nicht zusammen«, stellt Savannah knapp fest und lächelt Logan kurz zu. Er sieht blass aus. Michael sieht verständnislos zwischen den beiden hin und her. »Du hast mich schon richtig verstanden«, antwortet Savannah.

»Warum nicht?«, fragt Michael. Unsicher sieht sie zu Logan.

»Weil ... ich nicht sein Typ bin«, wiederholt Savannah langsam und Logan sieht sie traurig an. Sie lächelt ihm kurz aufmunternd zu. Es ist einfacher, Michaels Worte zu wiederholen. »Ich kenne ihn ja auch nicht erst seit gestern«, fügt sie für Logan noch hinzu und hofft, dass er sie versteht. Versteht, was sie meint. Vincent hat vielleicht seine Klamotten in ihrer Schublade gefunden, aber das bedeutet nicht, dass sie alles von sich preisgeben müssen.

»Ich hoffe, du weißt, dass du ein Idiot bist«, sagt Michael ernst und mustert Logan.

»Ist er nicht«, verteidigt Savannah ihn sofort. Trotzdem sieht Logan verletzt aus. Noch immer sieht er sie nicht an. Was wohl in ihm vorgeht?

»Aber ...«, setzt Michael an.

»Es gibt kein Aber. Er ist richtig, genau so wie er ist«, ihre Stimme wird leiser, »ohne Ausnahme.« Stille. Ihr Herz klopft schon fast schmerzhaft gegen ihre Brust. Was redet sie hier eigentlich? Von einer Klippe zu springen ist das eine, aber muss sie es ausgerechnet auch noch vor Publikum tun? Verzweifelt überlegt sie, wie sie schnellstmöglich das Thema wechseln kann.

»Was gibt es bei dir Neues, Vince?«, fragt sie daher und erblickt die leere Schnapsflasche. Vielleicht hat sie Glück und morgen kann sich schon niemand mehr an ihre Worte erinnern.

»Ich habe Candis betrogen«, hört sie Vincent antworten und sieht ihn überrascht an.

»Du hast was?«, ruft Micheal, der als Erster seine Stimme wiedergefunden zu haben scheint, fassungslos. »Bist du bescheuert? Sie ist viel zu gut für dich und du baust so einen Mist!« Vincent betrachtet traurig seine Hände.

»Ich weiß.« Bedrückt blickt er an die Decke und blinzelt. »Und ich weiß auch nicht, wieso ich das getan habe. Vielleicht, weil alles zu schön ist, um wirklich wahr zu sein?«

»Weiß Candis davon?«

»Ich habe es ihr noch nicht gesagt. Aber ich glaube, sie weiß es längst und sie wird mich verlassen.«

»Oh, Vince ...«, murmelt Savannah.

»Ich weiß, dass ich es ihr sagen muss.«

»Vielleicht kann sie dir verzeihen«, versucht Savannah ihn zu trösten.

»Nein, das glaube nicht.« Vincent lässt den Kopf hängen.

»Das würde ich auch nicht. Keiner hier in diesem Zimmer würde das, wenn jeder ehrlich wäre«, stellt Michael fest.

»Aber es tut ihm doch leid«, sagt Savannah und sieht mitfühlend zu Vincent, der wie ein Häufchen Elend auf seinem Stuhl sitzt. Wie schnell es gehen kann. Gerade wurde noch gelacht, gescherzt und getrunken. Jetzt ist die Stimmung gedrückt und keiner weiß so recht, was er sagen soll.

»Was hat Candis davon? Es ändert nichts. Er kann es nicht

mehr ungeschehen machen. Eine Frau wie Candis verzeiht so einen Fehler nicht«, bemerkt Michael.

»Ich würde es trotzdem versuchen und um sie kämpfen. Offen und ehrlich zu ihr sein. Selbst wenn sie dir keine Chance mehr gibt, hast du ...«

»... dich auf jeden Fall blamiert«, beendet Logan ihren Satz. »Sei bitte realistisch, Vince. Sag es ihr und pack deine Sachen.«

»Savannah? Warte!« ruft Logan ihr nach. Er sieht, wie sie stehen bleibt und sich zu ihm umdreht. Draußen ist es bereits dunkel geworden.

»Wie kommst du nach Hause?«, fragt er und zusammen treten sie hinaus in die Nacht.

»Wie immer. Ich laufe. Was kommt als nächstes? Willst du noch über das Wetter reden?« Savannah blickt hoch in den mit Sternen übersäten Himmel. Es ist die erste klare Nacht seit langem.

»Das ist tatsächlich eines meiner Lieblingsthemen. Zusammen mit meinen Klamotten in deiner Schreibtischschublade.« Gemeinsam laufen sie die Stufen hinunter. »Wieso hast du sie in deine Schublade getan?«

»Arnolds Schubladen waren schon voll.« Sie zuckt kurz mit den Schultern.

»Sav.«

»Was willst du von mir hören? Ich habe sie mit ins Büro genommen, du hast mir gesagt, dass ich sie dir nicht vor allen geben soll, also habe ich sie in die Schublade getan. Ende der Geschichte.«

»Toll«, antwortet er tonlos und betrachtet sie von der Seite. Von der feuchten Frühlingsluft sind Savannahs Locken heute besonders kraus.

»Ich verstehe nicht, warum du dich aufregst«, hört er sie neben sich sagen. Durch die spärliche Außenbeleuchtung kann er ihren Gesichtsausdruck nicht richtig deuten.

»Du denkst, ich rege mich auf? Das tue ich nicht. Ich möchte nur nicht zum Gesprächsthema werden. Wobei das jetzt schwierig werden könnte. Bleib bitte kurz stehen.«

»Was ist daran so schlimm, wenn sie über dich reden?« Savannah bleibt stehen und verschränkt die Arme vor der Brust. Sie steht eine Stufe unter ihm und wirkt dadurch kleiner und verletzlicher denn je.

»Es ist nicht schlimm, wenn sie über mich reden«, sagt er leise. »Könntest du mich bitte ansehen?« Sie blickt zu ihm auf und beißt sich auf die Unterlippe. »Über mich wird doch auch so ständig geredet. Mich mag nicht jeder. Es geht mir mehr um dich. Ich will nicht, dass sie über dich reden.« Er kann sich nicht zurückhalten und streicht ihr eine Locke hinters Ohr. »Dich sollen sie in Ruhe lassen. Ich will nicht, dass du in irgendwas reingezogen wirst, nur weil mich keiner leiden kann. Das hast du nicht verdient.« Ihre Augen werden größer und vor Erstaunen öffnet sich ihr Mund. Wie gerne würde er sie jetzt küssen. Sie an sich heranziehen und nie mehr loslassen. Er hört, wie die Eingangstür ins Schloss fällt und steckt die Hände in seine Jackentaschen.

# 17 Erreichbarkeit

»Es gibt Chancen im Leben, die bekommt man zweimal. Aber meistens bleibt es bei einer einmaligen Gelegenheit und dann liegt es an uns, sie zu ergreifen«, erklärt Savannah und klatscht motivierend, wie sie findet, in die Hände. Ihre Zuhörer zucken ein wenig zusammen, doch sie lässt sich davon nicht beirren. »Die Stunden bekommt ihr natürlich angerechnet und es wird sich positiv auf eure praktischen Noten auswirken. Es wird bestimmt eine tolle Erfahrung.« Savannah blickt in die Gesichter von Titus, Mira und Jannis. Keiner der Drei sieht sonderlich begeistert aus. Dennoch nicken sie einstimmig und nehmen kommentarlos den Zettel, den Savannah ihnen hinstreckt, entgegen. »So, das war schon alles. Dann sehen wir uns am Samstag«, endet Savannah und entlässt sie mit diesen Worten. Während sie ihre Sachen zusammenpackt, blickt sie aus dem Fenster. An den Büschen und Bäumen sind kleine Knospen, die Sonne scheint und leise vernimmt sie das Zwitschern der Vögel. Savannah geht zum Fenster und öffnet es. Sie reckt das Gesicht in die Sonne und atmet die milde Frühlingsluft ein. Der Frühling. Eine wunderschöne Jahreszeit. Alles beginnt von vorne. Das Leben erwacht aus der Winterstarre.

»Savannah«, hört sie jemanden sagen und zuckt erschrocken zusammen. »Hast du kurz einen Moment für mich?« Es ist Marc Spinner, der da hinter ihr in der Tür steht. Savannah schließt das Fenster wieder.

»Was gibt's?« Sie kann sich nicht daran erinnern, dass er jemals unter vier Augen mit ihr gesprochen hat.

»Ich komme am besten gleich zum Punkt. Ich habe da eine Bitte an dich.«

»Worum geht es?«

»Um Cherry«, sagt er so leise, dass Savannah sich nicht ganz sicher ist, ob sie ihn richtig verstanden hat. »Ihr seid doch eng miteinander befreundet.« Savannah nickt zur Bestätigung. »Sie meldet sich nicht mehr bei mir. Und natürlich ist das ihr gutes Recht. Aber ich vermisse sie. Ich vermisse sie sehr. Ich weiß nicht, ob sie meine Nachrichten überhaupt liest und ich weiß, dass es wirklich viel verlangt ist, aber kannst du nicht mit ihr reden?« Marcs Augen sind noch eine Nuance blauer als die von Logan und obwohl Marc sonst ziemlich arrogant wirkt, scheint er gerade ehrlich berührt zu sein. Nahbar.

»Es tut mir leid, Marc. Wenn sie dir nicht antworten oder deine Nachrichten erst gar nicht lesen will, dann ist das ihre Sache.«

»Aber ich muss ihr etwas sagen. Es ist wirklich wichtig und ich dringe nicht zu ihr durch. Deswegen bin ich auf die Idee gekommen, dass du es ihr sagen könntest.«

»Was soll ich ihr sagen?«

»Sag ihr, dass ich sie mag. Ich mag sie wirklich sehr.«

»Das sage ich ihr ganz bestimmt nicht. Sag ihr das selbst.«

»Wie denn, wenn sie mir aus dem Weg geht? Ich habe gestern eine Stunde vor eurer Bürotür gestanden aber von ihr ist weit und breit keine Spur gewesen«, erklärt er verzweifelt. »Meine Nachrichten ignoriert sie, an ihr Telefon geht sie nicht und ich weiß nicht mehr, was ich tun soll. Rauchzeichen geben? Einen Brief schreiben, den sie nie öffnen wird? Sie will mir einfach nicht zuhören. Savannah, bitte. Ich bin wirklich verzweifelt.«

»Es tut mir leid. Aber sie wird ihre Gründe haben und ich will mich da eigentlich nicht einmischen.«

»Bitte, ich würde dich doch nicht fragen, wenn ich noch eine andere Idee hätte«, fleht er sie an.

»Was ist mit deiner Freundin?«

»Es ist aus. Cherry ist die ganze Zeit in meinem Kopf. Was muss ich tun, dass du ihr das von mir ausrichtest?« Savannah denkt tatsächlich kurz darüber nach, ihn an ihrer Stelle auf diese öde Ausbildungsmesse zu schicken, verwirft diesen Gedanken aber schnell. Sollte sie Cherry die Sache nicht besser allein regeln lassen? Aber wenn sie wirklich keine Nachrichten mehr von ihm liest, wie soll sie dann erfahren, was er wirklich für sie fühlt? Vielleicht gibt es ja doch noch ein Happy End mit den beiden und dem will Savannah ganz sicher nicht im Wege stehen.

»Ich richte es ihr aus.«

»Danke. Ich danke dir wirklich. Gibst du mir dann Bescheid?« Marc blickt sie hoffnungsvoll und erleichtert an.

»Nein«, sagt Savannah knapp und Marc reißt erstaunt die Augen auf. »Wenn sie dir etwas zu sagen hat, dann wird sie sich ganz bestimmt bei dir melden.«

»Ja, klar. Du hast Recht. Nochmal vielen Dank, Savannah. Ich schulde dir etwas.«

»Cherry, ich muss dir noch etwas erzählen«, beginnt Savannah das Gespräch, noch bevor Cherry sie begrüßen, geschweige denn sich zu ihr an den Tisch setzen kann. Cherrys Miene ist wie versteinert und ohne sich die Jacke auszuziehen, lässt sie sich gegenüber von Savannah auf den Stuhl fallen.

»Wie immer?«, fragt Stacy und Cherry nickt nur stumm. Vor Savannah steht bereits eine heiße Tasse Pfefferminztee mit Zitrone.

»Ich habe heute Marc getroffen«, setzt Savannah an und beobachtet, wie Stacy Richtung Tresen watschelt.

»Was?« Ungläubig sieht Cherry sie an. »Ich habe zu Marc keinerlei Kontakt mehr und will auch keinen mehr haben. Das habe ich ihm ganz deutlich gesagt und da kann er noch tausendmal anrufen, texten oder was auch immer ihm sonst noch einfällt.« Aufgebracht reißt sie am Reißverschluss ihrer Jacke. Sieht so jemand aus, der die ganze Sache bereits abgehakt hat?

»Er hat letztens eine Stunde vor unserem Büro gestanden und auf dich gewartet«, tastet sich Savannah vorsichtig an das eigentliche Thema heran.

»Ach, hat er das erzählt oder hast du das wirklich gesehen? Vielleicht hat er fünf Minuten vor der Tür gestanden und es ist ihm wie eine Stunde vorgekommen. Du kannst mir eines glauben, zwischen dem was er sagt und dem was er wirklich tut, da liegen ganze Kontinente.«

»Er hat mich gebeten dir etwas auszurichten.« Stacy kommt

zu ihrem Tisch und stellt Cherry ihren Cappuccino hin. »Außerdem hat er mir erzählt, dass er nicht mehr mit seiner Freundin zusammen ist«, setzt Savannah fort und lässt Cherry nicht aus den Augen. Cherrys Schultern sinken ein paar Zentimeter herab. Ihre Wut scheint verraucht zu sein und zurück bleibt ein zartes Häufchen Elend.

»Glaubst du, dass er dich angelogen hat?«, fragt sie schwach.

»Er hat einen glaubwürdigen Eindruck auf mich gemacht. Ihm ist es ziemlich wichtig gewesen, dir etwas auszurichten, sonst hätte er mich nicht darum gebeten. Wir haben eigentlich kaum etwas miteinander zu tun. Das ist sicher nicht leicht für ihn gewesen.«

»Man kann ihm nicht glauben. Marc ist ein Heuchler«, erwidert Cherry und starrt aus dem Fenster, direkt in ihr eigenes Spiegelbild.

»Möchtest du die Nachricht von ihm hören?«

»Ich weiß es nicht, Sav. In Sachen Versprechen zu machen und sie nicht zu halten ist er ganz groß. Über Dinge zu reden, die er nie einhalten wird, genauso. Er versteht sich echt gut darin, einen an der Nase herumzuführen. Ich habe das Kapitel Marc abgeschlossen.«

»Dann tut es mir leid, dass ich wieder damit angefangen habe. Lass es uns einfach vergessen.« Überrascht stellt Savannah fest, wie Zorn in Cherrys Augen aufflammt.

»Sagt die Meisterin des Vergessens. Du vergisst doch nie irgendetwas. Geschweige denn kannst du jemandem vergeben.«

»Beides sind tatsächlich nicht gerade meine Stärken. Aber wenigstens bin ich noch fähig, mein Verhalten zu reflektieren«, sagt Savannah gelassen, bevor sie einen Schluck Tee trinkt.

»Ach, wirklich? Wieso hast du mir dann Logans Nummer gegeben? Ich hätte dich nie danach gefragt, wenn ich gewusst hätte, dass du auf ihn stehst.«

»Weil ich gedacht habe, dass es besser ist, die Finger von ihm zu lassen.«

»Und woher kommt dein Sinneswandel?«, fragt Cherry aufgebracht.

»Vielleicht bin ich einfach müde geworden, mich permanent gegen meine zunehmenden Gefühle zu wehren. Vielleicht bin ich auch nur ein Mensch, der zu schwach geworden ist, auf seinen Verstand zu hören.«

»Aber so ein Mensch bin ich nicht. Ich höre auf meinen Kopf. Und in Sachen Marc ruft er ganz laut: STOP«, ruft Cherry leidenschaftlich aus.

»Das scheint wohl das eigentliche Problem zu sein«, meint Savannah ruhig. Tränen steigen in Cherrys Augen und Savannah greift über den Tisch »Cherry«, sagt sie sanft und drückt leicht ihre Hand.

»Was soll ich nur machen?«, wispert sie und eine Träne bahnt sich ihren Weg an ihrer Wange hinab. Savannah reicht ihr ihre Serviette.

»Ganz ehrlich? Ich habe keine Ahnung. Aber ich bin für dich da. Egal, was passiert!«

Es klingelt an der Haustür. Mabel hört, wie Annie an die Haustür schlürft und laut ächzt.

»Muss das denn sein«, hört Mabel sie murren, ehe die Haustür wieder ins Schloss fällt. Mabel wartet, bis Annies Schritte wieder verstummt sind und streckt dann den Kopf aus ihrem Zimmer.

»Es lag ein Paket vor der Haustür. Gehört es dir?« Mabel macht einen Hechtsprung zur Seite.

»Musst du mich so erschrecken?« Annie steht im Flur und hält etwas in der Hand. Mabel atmet tief durch und versucht ihren Herzschlag wieder zu beruhigen.

»Was ist jetzt damit?« Annie streckt ihr das Paket entgegen. Es steht kein Adressat oder Absender darauf.

»Keine Ahnung. Mach es doch auf«, antwortet Mabel, gibt ihr das Paket zurück und will gerade ihren gelben Mantel von dem Kleiderhaken nehmen, als sie Annie sagen hört: »Ich kann nicht.«

»Warum nicht?« Mabel wendet sich Annie wieder zu und da

bemerkt sie erst, dass Annies linker Arm lasch herunterhängt. »Was ist mit deinem Arm passiert?«, fragt Mabel schockiert.

»Er ist taub. Kannst du mir das Paket bitte aufmachen?«

»Seit wann ist der Arm taub?« Mabel nimmt ihr das Paket ab und öffnet es.

»Ein paar Tage schon. Ich weiß es nicht mehr genau.«

»Warum hast du mir denn nichts gesagt?« Sie nimmt ein Buch aus dem Paket. Eine Karte liegt nicht dabei. Die Seiten sind gewellt und vergilbt und der Umschlag sieht schon sehr zerschlissen aus. Angewidert rümpft Mabel die Nase. »Was ist das denn für ein altes Teil?« Mabel sieht zu Annie auf und bemerkt jetzt erst, dass ihre Augen in Tränen schwimmen. Annie greift nach dem Buch und drückt es sich an ihr Herz. Schließt für einen kurzen Moment die Augen.

»Annie?«, fragt Mabel vorsichtig.

»Es ist mein Buch«, flüstert sie. »Ich habe es zurück. Nach all den Jahren.« Vor Glück läuft ihr eine Träne über die Wange.

»Was ist das für ein Buch?«, fragt Mabel verwirrt.

»*Sense and Sensibility* von *Jane Austen.*«

Sie presst das Buch fest an sich und will gerade zurück ins Wohnzimmer gehen, als Mabel sie zurückhält.

»Annie, was ist mit deinem Arm?«

»Das ist doch jetzt egal, Mabel. Er hat mir mein Buch zurückgegeben. Endlich.« Ihre Augen blitzen vor Freude. »Ich wünsche dir einen schönen Tag«, sagt sie glücklich und setzt ihren Weg fort.

***»Dass uns eine Sache fehlt, sollte uns nicht davon abhalten, alles andere zu genießen.« (Jane Austen)***

Mabel steckt in der überfüllten S-Bahn, die seit fünfzehn Minuten kurz vor dem Hauptbahnhof steht und sich seitdem keinen Meter mehr bewegt. Grund dafür scheint eine Störung an irgendwelchen Stellwerken zu sein. Neben ihr steht eine Frau, die genervt in ihr Telefon tönt, dass sie zu spät zur Arbeit kommt.

Ein dicklicher Mann, der vor Mabel steht, betupft sich die mit Schweißperlen übersäte Stirn, als wieder eine Durchsage kommt: »Sehr geehrte Fahrgäste, unsere Weiterfahrt verzögert sich um wenige Minuten. Grund dafür ...« Mabel hört nicht wie es weitergeht, da die Frau neben ihr laut aufheult: »Das darf doch nicht wahr sein. Ich verbringe meine ganzen Überstunden in dieser verdammten Bahn!«

»... wir bedanken uns für Ihr Verständnis«, endet die Durchsage.

»Mabel?«, hört sie jemanden weiter hinten rufen und blickt sich um. Sie sieht eine winkende Hand, aber kann sonst niemanden erkennen. Die Hand kommt näher und dann erkennt sie ihren alten Schulkameraden.

»Metin?«

»Leibhaftig«, strahlt er und zieht Mabel in eine herzliche Umarmung. »Wie lange haben wir uns jetzt schon nicht mehr gesehen?«

»Eine halbe Ewigkeit?«, schlägt Mabel vor.

»Das könnte passen. Du lässt dich ja auch auf keinem Klassentreffen blicken.«

»Da hast du Recht. Wie geht es dir?«

»Ich schlage mich so durch. Und dir?« Was soll sie darauf antworten? Sie denkt an Annies Arm, ihre Pläne, Paul, den sie geküsst hat und ihm seitdem aus dem Weg geht, an Daisys Beerdigung und ...

»Es geht mir gut«, antwortet Mabel. Es ist leichter so.

»Das ist doch schön«, bemerkt Metin strahlend. »Du bist auch nicht so fett geworden wie ich«, lacht er und klopft sich auf den dicken Bauch. »Willst du trotzdem mal ein Eis mit mir essen gehen?«

»Klar«, sagt Mabel aus dem Bauch heraus und freut sich ehrlich über die Einladung. Die Bahn ruckelt und fährt endlich weiter.

»Na, endlich«, stöhnt die Frau neben ihnen laut auf.

Als Mabel am Abend nach Hause kommt, findet sie Annie

im Wohnzimmer. Sie sitzt in ihrem geblümten Ohrensessel, die Haare sind zu einem ordentlichen Dutt frisiert, und liest in dem alten Buch. Sie sieht nicht auf, als Mabel hereinkommt.

»Wie geht es dir?«, fragt Mabel und setzt sich auf das kleine Sofa. Ihren Stammplatz.

Annie blickt nicht auf und sagt nur: »Redest du jetzt etwa wieder mit mir?«

»Wie war dein Tag?«

»Schön«, antwortet Annie kurz angebunden, ohne aufzusehen.

»Brauchst du etwas?«

»Nein, danke. Ich habe jetzt eine Pflegerin, die sich tagsüber um mich kümmert.«

»Warum?« Mabels Magen zieht sich krampfhaft zusammen.

»Weil ich auf Hilfe angewiesen bin.« Annie deutet auf den herunterhängenden Arm.

»Aber du hast doch mich.« Mabel schluckt einen dicken Kloß herunter.

»Mabel.« Annie hebt den Blick und sieht sie sanft an. »Du hast dein eigenes Leben und arbeitest so viel wie kein anderer Mensch, den ich kenne. Ich kann nicht mehr den ganzen Tag allein sein.«

»Du brauchst keine Pflegerin«, sagt Mabel fest entschlossen. »Ich arbeite ab morgen von hier und kümmere mich um dich.«

»Das kannst du nicht ernst meinen.«

»Doch. Kündige der Pflegerin und lass uns endlich wieder miteinander reden!« Mabel wird nicht zulassen, dass Annie ihre letzten Wochen mit einer Pflegerin verbringt. Sie wird sich selbst um sie kümmern. Ohne Ausnahme. Das ist das Mindeste, was sie noch für Annie tun kann und für sich selbst. Sie weiß, dass sie nie wieder in den Spiegel sehen kann, wenn sie Annie jetzt allein lässt.

»Sehr gerne«, sagt Annie lächelnd und klappt das zerschlissene Buch auf ihrem Schoß zu.

# 18 Eindrücke

*»Zirkusreife Vorstellungen erzeugen nicht immer Jubel, in der Manege des Lebens.« (Martin Gerhard Reisenberg)*

»Es ist kalt«, nörgelt Annie.

»Es ist nicht kalt«, antwortet Mabel und geht hinein, um Annie noch eine Decke zu holen. »Du musst auch mal an die frische Luft«, ruft sie von drinnen.

»Von wem hast du diese Weisheit?«

»Annie?«, krächzt eine Stimme über ihnen. Mabel kommt zurück und legt noch eine Decke um Annies Schultern.

»Hallo, Charlie«, ruft Mabel freundlich zurück. »Wunderbares Wetter, oder?«

»Es gibt keinen schöneren Monat als den April«, antwortet Charlie von oben. Annies Mund wird zu einem dünnen Strich.

»Ich möchte wieder rein«, sagt Annie und sieht aufgebracht zu Mabel.

»Warum denn? Lass uns doch ein bisschen in der Sonne sitzen.«

»Mir ist kalt.«

»Ach Annie, komm schon. Du hast zwei Decken und in der Sonne ist es heute alles andere als kalt.« Wütend beißt Annie die Zähne aufeinander und starrt trotzig ins Leere. Als es an der Tür klingelt, springt Mabel auf und ruft laut: »Ich komme.«

»Wer ist es gewesen?«, fragt Annie als Mabel kurze Zeit später schon wieder auf den Balkon zurückkehrt.

»Maurice vom Büro. Er hat mir ein paar Unterlagen vorbeigebracht.« Annie nickt und sieht hinauf in den blauen Himmel. Plötzlich sind Tränen in ihren Augen. Charlie hat die Musik oben aufgedreht, weshalb Mabel kurz davon abgelenkt ist.

»Annie? Ist alles in Ordnung?«, fragt Mabel fürsorglich und greift nach ihrer Hand.

»Ich möchte rein. Bitte«, wispert Annie verzweifelt.

»Natürlich.« Mabel wendet den Rollstuhl und fährt Annie ins Innere der Wohnung. Was ist nur los mit ihr? Was ist Mabel entgangen? »Annie ...«

»Ich möchte nicht darüber reden.«

»In Ordnung. Du weißt, dass ich heute auf ein Eis eingeladen bin«, erinnert Mabel sie vorsichtig. Kann sie Annie so lange allein lassen? Sollte sie Metin besser absagen?

»Das vergesse ich sicher nicht. Ich vermisse die tägliche Ruhe. Ständig schwirrst du um mich herum und treibst mich in den Wahnsinn. Bestell Paul liebe Grüße von mir.«

»Paul?«

»Ich freue mich, dass es so schnell geklappt hat«, sagt Metin und reicht ihr einen kleinen Eisbecher.

»Danke. Wollen wir uns in den Park setzen?«, schlägt Mabel vor.

»Gerne«, sagt Metin und gemeinsam schlendern sie gemütlich über den Marktplatz zum Park. Dabei macht Metin einen Scherz nach dem anderen. Mabel lacht und fühlt sich so losgelöst wie schon lange nicht mehr.

»Und was machst du beruflich?«, fragt sie Metin, als sie sich auf eine Parkbank setzen.

»Ich sitze im Vorstand eines großen Konzerns und tue eigentlich den ganzen Tag über nichts anderes, als meine Zeit in irgendwelchen Meetings zu verbringen und zu nicken. Und du?«

»Ich arbeite in einem Verlag.«

»Hast du Familie?«, fragt er weiter. »Bist du verheiratet?«

»Weder noch. Und du?«

»Ich bin verheiratet und wir erwarten ein Kind.«

»Oh, wow. Herzlichen Glückwunsch.« Es ist nicht fair. Doch Mabel ist erstaunt. Metin ist nicht der große Überflieger gewesen und jetzt sitzt er in einem Vorstand, hat eine Frau und bald ein Kind. Außerdem sieht er zufrieden aus. »Du bist zu beneiden.«

»Ach, Quatsch. Du hast es doch auch gut.«

»Naja«, antwortet Mabel traurig und schaut auf ihr Eis. Ihr ist der Appetit vergangen. Metin sieht sie aufmerksam an, während er gierig schon die dritte Kugel Schokoladeneis löffelt. »Annie, meine Tante, ist sehr krank und ich pflege sie.« Metin hält mitten in der Bewegung inne und reißt die schwarzen, buschigen Augenbrauen in die Höhe. »Sie wird es nicht schaffen. Und sie möchte es auch nicht.« Das Eis tropft von Metins Plastiklöffel auf seinen dunkelblauen Mantel. »Vergiss dein Eis nicht, Metin«, bemerkt Mabel, woraufhin Metin ihrem Blick folgt.

»Nicht schon wieder! Der Mantel ist mehr in der Reinigung, als dass ich ihn trage.« Metin wischt mit einem Taschentuch den Fleck ab und stellt seinen Eisbecher zur Seite. »Was meinst du damit, dass deine Tante es nicht schaffen möchte?«, fragt er nach und sieht Mabel konzentriert an.

»Ihre Freundin hat sich für die aktive Sterbehilfe entschieden und ihrem Beispiel möchte Annie jetzt folgen.«

»Und wie geht es dir damit?«

»Nicht gut. Aber das ist ihr egal. Gerade fühlt es sich so an, als würde einfach alles nur schief gehen.«

»Was denn noch?«

»Ich habe einen Mann geküsst, von dem ich weiß, dass er eigentlich in einer glücklichen Beziehung steckt. Seitdem gehe ich ihm aus dem Weg, weil ich mich dafür schäme.«

»Aber du bist doch nicht in einer Beziehung«, sagt Metin sanft und legt tröstend einen Arm um Mabels Schulter.

»Das nicht. Aber ich bin die andere Frau und die wollte ich nie sein.«

»Schön, dass ihr alle so spontan Zeit gefunden habt«, sagt Michael in die Runde. Sie stehen beieinander und lauschen ihm gespannt, denn keiner weiß, worum es geht. »Ich möchte euch nicht länger auf die Folter spannen. Es gibt seit mehreren Wochen, oder besser gesagt Monaten, ein paar Probleme zwischen der Geschäftsleitung und Mitgliedern dieser Abteilung. Ich weiß nicht, ob es alle von euch mitbekommen haben, aber es gibt diverse Beschwerdebriefe, die der Geschäftsleitung zugestellt worden sind, die unter anderem auch mich betreffen. Ich habe lange darüber nachgedacht, wie ich damit umgehen soll. Zuerst habe ich versucht, mich davon nicht unterkriegen zu lassen, doch mit der Zeit ist der Druck einfach zu groß geworden und ich habe mich selbst irgendwann verloren. Mich nicht mehr wiedererkannt. Also habe ich mich entschieden, mich beruflich umzuorientieren und in zwei Wochen eine neue Stelle anzutreten. Die Geschäftsleitung und ich haben uns heute einvernehmlich einigen können. Ich gehe mit einem lachenden und einem weinenden Auge, denn ich habe hier nicht nur Arbeitskollegen, sondern auch Freunde gefunden. Ich hoffe, dass mit meinem Abgang wieder Ruhe in diese Abteilung einkehren kann.« Keiner sagt ein Wort. Alle versuchen diese Überraschung zu verdauen. In Savannah breitet sich ein bekanntes und beklemmendes Gefühl aus. »Wollen wir heute Abend nach Feierabend noch einen kleinen Absacker trinken gehen? Dann reserviere ich uns zur Feier des Tages einen Tisch im La Faim?« Michael sieht fragend in die Runde.

Savannah lässt sich auf ihren Schreibtischstuhl sinken und weiß nicht, wie sie sich jetzt fühlen soll. Hätte sie es kommen sehen können? Vielleicht sogar müssen? Sie fühlt sich wie benommen. Sie mag das Gefühl des Anderswerdens nicht. Wieso muss sich ständig etwas verändern? Wieso müssen sich Wege trennen? Sie spürt, wie die Gefühle beginnen, in ihr hochzukochen und atmet zur Beruhigung tief durch. Da macht es P I N G und ein Chatfenster öffnet sich auf ihrem Bildschirm.

`Ist alles ok bei dir?`, schreibt Logan ihr.

`Nicht wirklich. Ich habe damit nicht gerechnet. Wie geht es dir damit?`, schreibt Savannah zurück.

`Lass uns kurz reden. Komm in zwei Minuten nach. Wir treffen uns unten an den Parkplätzen.`

Sie will gerade antworten, als Logan sich schon erhebt und hinausgeht.

Der Himmel ist klar und die Luft ist angenehm mild. Savannah geht zu den Parkplätzen und entdeckt Logan neben der von Efeu umrankten Mauer.

»Du sieht nicht gut aus, Sav«, bemerkt er aufmerksam, als sie vor ihm stehen bleibt.

»Das ist ein Schock gewesen«, gesteht sie und steckt die Hände in ihre Westentaschen. »Bestimmt nicht nur für mich.«

»Michael hat schon vor einigen Wochen mit mir darüber gesprochen. Du erinnerst dich doch noch an die Mails, die ich dir gezeigt habe?« Savannah nickt. »Michael hat das auch sehr zugesetzt. Die neue Stelle ist das Beste, was ihm passieren konnte."

»Aber warum schreibt überhaupt jemand so über andere? Ich verstehe das nicht.«

»Sav, das spielt doch keine Rolle mehr.«

»Für mich schon«, sagt Savannah noch immer wie benommen.

»Komm her«, hört sie Logan sagen. Er zieht sie an sich heran und nimmt sie in den Arm. Er umschließt sie fest und sie schmiegt ihr Gesicht an seine Halsbeuge. Geborgen in seinen Armen, die sie zusammenzuhalten. Sie nimmt ihre Hände aus den Taschen und umklammert ihn. Sucht nach Halt und ist dankbar für die Stütze, die er ihr gerade bietet.

»Geht es dir ein bisschen besser?«, fragt er vorsichtig, nachdem sie sich wieder voneinander gelöst haben.

»Ja. Danke«, sagt Savannah und starrt auf ihre Schuhspitzen.

»Sav, Michael ist nicht aus der Welt«, fängt Logan an.

»Ich weiß«, sagt sie zu ihren Füßen.

»Versuch, es ihm nicht noch schwerer zu machen. Schließlich geht er nicht freiwillig. Manchmal müssen wir die Dinge so nehmen, wie sie kommen, und dann bleibt uns nichts anderes übrig, als das Beste aus der Sache machen.«

»Wirst du auch irgendwann einfach gehen?«, platzt es aus ihr heraus. Er geht wieder einen Schritt auf sie zu, bevor er sagt:

»Du sollst wissen, dass ich ein Stipendium bekommen habe. Es beginnt nächstes Jahr«, sagt Logan leise.

»Das ist eine großartige Chance und ich freue mich für dich.« Was soll sie auch anderes sagen?

»Und wenn du mit mir kommst?«, fragt er leise.

»Was hast du gesagt?« Sie muss sich verhört haben.

»Ich möchte nicht ohne dich gehen, Sav.«

»Kannst du das nochmal sagen?«, flüstert Savannah ungläubig.

»Ich kann dir das noch tausendmal sagen, wenn du es nur so kapierst: Wenn ich gehe, dann nur mit dir, Savannah.« Er beugt sich zu ihr vor und umfasst ihre Taille. Savannah stockt der Atem, das Herz klopft ihr bis zum Hals. Doch kurz bevor sich ihre Lippen berühren, klingelt sein Handy und sie schrecken auseinander. Als würde es sie daran erinnern, dass es noch eine Welt gibt, in der es nicht nur um sie beide geht.

Sie sitzen in einer heruntergekommenen, fast ausgestorbenen Kneipe mit dem Namen Spoony's. Lediglich ein paar Dauergäste sitzen am Tresen und haben scheinbar schon einen ordentlichen Vorsprung. Ein Mann mit langem, dunkelbraunen Haar prostet einer Frau zu, die daraufhin fast von ihrem Stuhl fällt. Michael hat es nicht mehr geschafft, einen Tisch im La Faim zu reservieren.

»Hi, Leute«, sagt Michael zur Begrüßung und hängt seine Jacke über den Stuhl. »Heute geht alles auf mich. Also lasst es ordentlich krachen.« Die Bedienung tritt an den Tisch und Michael bestellt sich ein Bier, während Logan sich für eine Cola entscheidet.

»Was ist denn mit dir los?«, will Vincent von Logan wissen.

»Ich bin heute zum persönlichen Chauffeur auserkoren worden.« Logan zeigt auf Michael und setzt sich neben ihn. »Deswegen betrinke ich mich heute mit Cola und allem, was nicht alkoholisch ist. Toll, oder?«

»Auf dich, Logan«, prostet Kash ihm zu.

»Seid ihr schon lange da?«, fragt Michael in die Runde.

»Wir sind eben erst gekommen. Cherry und Savannah sind schon da gewesen«, antwortet Naomi und betrachtet angewidert einen riesigen Fleck auf der Tischplatte. Cherry beginnt zu kichern und sagt:

»Wir sind schon eine ganze Weile da. Ist es nicht so, Sav?« Savannah lässt sich von ihrem Lachen anstecken. Da das Wetter so gut gewesen ist, sind sie mit dem Fahrrad gefahren. Es hat über eine Stunde gedauert, weil sie die Strecke genauso unterschätzt haben, wie ihren Mangel an Kondition. Und obwohl Savannahs Schenkel brennen, hat es sich gelohnt. Die Fahrradfahrt hat Spaß gemacht. Die Bedienung kommt zurück und Michael hebt sein Bier in die Luft: »Ich danke euch allen dafür, dass ihr heute gekommen seid und wir einen schönen Abend miteinander verbringen können. Auf uns.«

»Auf dich, Michael«, antworten sie im Chor und prosten sich gegenseitig zu. Die Stimmung ist ausgelassen und gelöst.

»Wie machst du es, dass du so dünn bist?«, fragt Kash Savannah. Gerade noch hat sie über einen Witz von Naomi gelacht und fällt bei dieser Frage fast aus allen Wolken.

»Warum fragst du mich das?«

»Naja, ich habe dich noch nie einen Apfel essen sehen«, erklärt Kash.

»Äpfel gehören auch nicht auf meine tägliche Speisekarte«, antwortet sie freundlich.

»Jetzt sag schon?« Kash lässt nicht locker.

»Wieso reden wir über mein Gewicht?« Bereits als junges Mädchen ist sie ständig gefragt worden, ob sie nicht genug zu essen bekäme. Oder ob sie keine Angst davor habe, irgendwann auseinanderzufallen. Savannah befürchtet, dass ihr etwas Ähnliches nun mit Kash bevorsteht, und ihr Lächeln erstirbt.

»Es ist mir einfach aufgefallen, dass ich dich ständig mit einer Cola, Pizza oder Pommes rumlaufen sehe, und ich frage mich: Wo kommt das alles hin?« Savannah bemerkt, dass Naomi sie mustert.

»Vielleicht in ihren Magen?«, springt Naomi für sie ein.

»Ich frage wirklich aus Neugier und vielleicht hat Savannah einen Tipp für mich«, erklärt Kash rasch.

»Versetz dich doch einmal in Savannahs Lage. Sie möchte vielleicht nicht, dass sie nur auf ihre Körperform oder ihr Essverhalten reduziert wird. Ich hätte wirklich ein bisschen mehr Feingefühl von dir erwartet. Du hättest sie unter vier Augen ansprechen können. Was ist, wenn sie eine Krankheit hat? Das will sie sicher nicht vor allen besprechen.«

»Danke, Naomi, aber ich habe keine Krankheit. Du hast Recht, Kash, ich ernähre mich tatsächlich nicht sehr gesund und habe einen sehr guten Stoffwechsel. Mehr steckt nicht dahinter. Es ist einfach Glück, wenn du es so nennen willst.« Kash scheint zufrieden mit ihrer Antwort zu sein, denn er lässt von ihr ab und Savannah erhascht einen Blick auf Logan, der schnell wegschaut.

Es ist bereits nach ein Uhr, als Naomi und Kash aufbrechen. Cherry steht vor der Bar und telefoniert seit einer guten halben Stunde mit Marc. Gott weiß, was die zwei sich um diese Uhrzeit noch zu sagen haben.

»Was ist jetzt eigentlich mit Candis und dir?«, hört Savannah Michael fragen und sieht wie gebannt zu Vincent. Ob er es ihr schon gesagt hat?

»Wir sind immer noch zusammen«, sagt Vincent leicht.

»Sie hat dir verziehen?«, fragt Logan überrascht. »Warum?«

»Tja, ich bin halt ein ziemlich toller Kerl«, witzelt Vincent. »Spaß beiseite. Sagen wir so viel, nicht nur ich habe in unserer Beziehung gewisse Fehler gemacht. Natürlich ist sie sauer und enttäuscht gewesen. Aber gleichzeitig hat sie mich auch für meinen Mut, ihr die Sache offen zu gestehen, bewundert. Ich habe auch auf Sav gehört und um sie gekämpft. Wir haben also einen Strich unter die Sache gemacht und fangen ganz von vorne an.« Vincent sieht sie glücklich an. »Mir passiert sowas ganz sicher kein zweites Mal.«

»Das sagen sie alle«, kommt es von Logan.

»Logan«, sagt Savannah nur und verdreht die Augen.

»Es tut mir leid, Savannah. Aber ich sage meine Meinung, ob es dir passt oder nicht«, fährt er sie plötzlich ruppig an. »Ich denke, wir gehen jetzt auch«, richtet Logan sich an Michael und fragt Vincent: »Willst du mitfahren?«

»Gerne«, antwortet Vincent dankbar.

»Und wie kommst du nach Hause?«, richtet Logan sich nun wieder an Savannah.

»Das kann dir doch egal sein«, antwortet Savannah ihm kühl.

»Ist es mir aber nicht und ich stehe nicht auf, bevor ich weiß, wie du nach Hause kommst«, sagt er unerbittlich.

»Mit Cherry. Zufrieden?«

»Cherry hat schon einiges getrunken. Bist du sicher, dass sie noch fahren kann, geschweige denn noch da ist?«

»Sie geht nicht ohne mich. Keine Sorge. Du kannst also gehen.«

»Komm mit. Ich fahre dich nach Hause«, sagt er in einem befehlerischen Ton.

»Du hast doch schon genug Mitfahrer. Danke für das Angebot, aber ich passe.« Savannah beobachtet, wie sich sein Gesicht verdüstert.

»Dann wünsche ich dir eine gute Nacht und eine gute Heimfahrt«, knurrt er ihr entgegen.

»Das wünsche ich dir auch«, sagt Savannah ebenso mürrisch wie er und die Stimmung kippt wieder. Beide müssen grinsen und bevor er geht, beugt er sich noch zu ihr herab und flüstert ihr ins Ohr:

»Schreib mir bitte, wenn du gut zu Hause angekommen bist.«

»Mache ich«, erwidert Savannah leise und bleibt allein am Tisch zurück.

»Was machen wir denn jetzt?«, fragt Cherry verzweifelt. Sie stehen vor der halbdunklen Bar und starren auf die Fahrräder. Von Cherrys Fahrrad haben sie nur noch das Vorderrad übriggelassen, das nun verloren an dem Fahrradschloss hängt. Savannahs uraltes Fahrrad ist unangetastet geblieben. Es ist den Dieben wohl der Mühe nicht wert gewesen.

»Sollen wir jemanden anrufen?« Cherry sieht zu Savannah.

»Nein. Am besten du steigst hinten auf und wir fahren zusammen auf meinem Rad nach Hause.«

»Und was mache ich mit meinem Fahrrad?«

»Welches Fahrrad?«, prustet Savannah und sieht zu dem einzigen Überbleibsel von Cherrys Rad.

Und so fahren die zwei Frauen in die Nacht hinein. Savannah vorne und Cherry hinten auf dem Gepäckträger. Zu Beginn macht es ihnen noch Spaß. Doch mit der Zeit wird es immer anstrengender, weshalb Cherry eine kurze Pause vorschlägt.

»Lass mich doch mal fahren, Sav«, bietet Cherry an. »Ich will nicht die ganze Nacht mit dem Fahrrad unterwegs sein. Ich will nach Hause.«

»Na gut«, sagt Savannah zögerlich und steigt stöhnend vom Fahrrad. »Ich hoffe, dass ich morgen überhaupt noch laufen kann. Meine Oberschenkel fühlen sich wie zwei dünne Strohhalme aus Wackelpudding an.«

»Steig auf, Sav. Du kannst dich ab jetzt erholen«, drängelt Cherry, die sich schnell auf den Sattel setzt. Savannah setzt sich auf den Gepäckträger und stellt ihre Füße rechts und links auf dem Gestell ab. Cherry tritt in die Pedale und findet erstaunlich schnell ihr Gleichgewicht. Sie fahren durch eine ausgestorbene Allee. Rechts steht ein altes Fabrikgebäude und erst nach einer ganzen Weile tauchen vereinzelte Wohnhäuser am Straßenrand auf. Savannah spürt, wie ihr Handy in der Jackentasche vibriert und zieht es hervor. Ihre Bewegung führt zu einem Ungleichgewicht, weshalb Cherry ins Schlingern gerät.

»Sorry, Cherry. Kommt nicht mehr vor«, entschuldigt sich Savannah, während sie auf ihr Display sieht. Logan hat ihr geschrieben:

`Bist du schon zu Hause?`

»Wenn du nochmal den Hampelmann spielst, dann kannst

du nach Hause laufen«, kommt es von Cherry, die noch ein bisschen schneller fährt. Savannah steckt das Handy zurück in ihre Jackentasche. Diesmal vorsichtiger.

»Cherry? Musst du so schnell fahren?« Savannah lässt ihre Beine zu Boden baumeln. Ihre Schuhe schleifen über den Asphalt.

»Sag mal, spinnst du? Hör auf zu bremsen! Ich fahre sicher nicht schneller als du eben.« Schnell stellt Savannah ihre Füße wieder auf das Fahrradgestell und da passiert es: Ihr linker Sneaker gerät in die Speiche des Rades und sie spürt, wie ihr erst der Schuh und dann die Socke vom Fuß gerissen werden, bevor die Speiche in das weiche Fleisch ihrer Ferse einschneidet. Sie verlieren das Gleichgewicht und stürzen auf den harten Boden.

# 19 Unglücksfall

*»Was nicht zusammen kann bestehen, tut am besten sich zu lösen.«*
*(Friedrich Schiller)*

»Logan, wir müssen reden.« Michael sieht ihn ernst an. Kann er nicht einfach aussteigen?

»Was ist?«, stöhnt Logan und sieht müde zu seinem Cousin.

»Man will dir meine Stelle anbieten.« Logan sieht ihn irritiert an. »Da staunst du.« Michael lacht zufrieden. »Ich habe mich für dich stark gemacht.«

»Wow. Danke«, sagt Logan verblüfft. »Trotz der E-Mails?«

»Gerade deswegen. Aber man wird dich genau im Auge behalten. Ein Fehltritt und du bist raus. Du hast die Korrektur deines Arbeitszeugnisses noch nicht vorgelegt und bisher hat auch noch niemand weiter danach gefragt. Aber lange wirst du Ms. Sticks nicht hinhalten können. Deswegen rate ich dir die Finger von Savannah zu lassen.«

»Wie bitte?« Fassungslos starrt Logan Michael an.

»Sie ist doch sowieso nicht dein Typ. Also wozu das Ganze? Ist es der Nervenkitzel?«

»Nein.«

»Na also. Dann nimm doch eine andere. Jennifer Barn oder ... egal wen. Aber nicht Savannah. Du bist bald ihr Boss und dann werden sie sich über euch die Mäuler zerreißen.«

»Vielleicht ist mir das egal.«

»Das kann es ja auch, denn sie werden viel mehr über sie reden als über dich. Sie wird es zu spüren bekommen. Mach dir nichts vor. Das wissen wir beide. Und glaubst du, sie hält das aus?«

»Das muss sie selbst entscheiden.« Logan sieht auf das Lenkrad und wünscht sich nichts sehnlicher, als allein zu sein. Sofort.

»Du kannst ihr das alles ersparen«, hört er Michael sagen.

»Du meinst, dass ich die Stelle nicht annehmen soll?« Hoffnungsvoll blickt Logan zu Michael.

»Sei kein Idiot. Du sollst sie dir aus dem Kopf schlagen und den Job annehmen!«

»Was hast du an: ›Hör auf zu bremsen!‹ nicht verstanden? Ist es zu viel verlangt, dass du kurz stillsitzt?«, wütend rappelt sich Cherry auf und klopft sich den Dreck von der Hose. »Sav? Was ist das?« Das Licht der Straßenlaterne taucht die Straße in ein trübes Licht und Cherry starrt erschrocken auf Savannahs Fuß. »Mir geht es gut«, sagt Savannah gefasst und steht ebenfalls auf. Sie zieht den Schuh aus der Fahrradspeiche und schenkt der blutenden Ferse keine weitere Beachtung. Vorsichtig stellt sie den Fuß auf den kalten Straßenboden.

»Du blutest«, keucht Cherry. »Was machen wir jetzt? Wir sind hier in der absoluten Einöde und – oh Gott, setz dich doch hin. Ich glaube, mir wird schlecht.«

Savannah atmet erleichtert auf, sie kann den Fuß abstellen und bewegen. Sie humpelt zum Bordstein und lässt sich langsam nieder. Ihre zuvor weiße Socke ist bereits zur Hälfte mit Blut getränkt.

»Ich rufe einen Krankenwagen«, kreischt Cherry außer sich.

»Cherry, bitte beruhige dich. Es geht mir gut.«

»Und ich habe dich auch noch angemeckert. Dabei ist das sicher nicht mit Absicht passiert. Ich rufe deine Eltern an. Gib mir dein Handy.« Sie streckt ihr ihre zittrige Hand entgegen.

»Vergiss es. Du rufst sicher nicht mitten in der Nacht bei meinen Eltern an«, erwidert Savannah entschlossen. »Außerdem kann ich noch sehr gut selbst telefonieren.«

»Dann TELEFONIER endlich«, schreit Cherry völlig aufgelöst. »Was mache ich, wenn du das Bewusstsein verlierst? Dann sitze ich hier allein und weiß nicht, was ich tun soll.«

»Aber wen soll ich anrufen?«, überlegt Savannah laut. Noch kann sie keinen Schmerz in ihrem Fuß spüren. Aber sie weiß, dass sich das bald ändern kann. Spätestens wenn der Schock nachlässt.

»Es ist mir scheißegal. Aber ruf irgendjemanden an. Deine

Eltern? Deine Schwester? Tu irgendetwas! Und zwar jetzt.« Cherry geht auf der Straße auf und ab. Weit und breit ist keine Menschenseele zu sehen.

Savannah zieht ihr Handy aus der Hosentasche und sieht eine weitere Nachricht von Logan aufblinken.

`Savannah? Muss ich mir Sorgen machen? Warum schreibst du mir nicht?`

Logan geht unruhig in seiner dunklen Wohnung auf und ab. Endlich läuft es gut zwischen ihnen beiden und jetzt das. Warum geht bei ihm immer alles so verdammt schief? Ein zuckender Schmerz fährt ihm in sein Knie und zwingt ihn, kurz innezuhalten. Er blickt an sich hinab. Was kann er Savannah schon groß bieten? Was will sie eigentlich mit jemandem wie ihm? Was findet sie an ihm? Verzweifelt blickt er auf sein Handy. Noch immer keine Antwort von ihr. Ist das ein Zeichen?

Sie wählt seinen Kontakt aus und noch bevor sie ein Freizeichen hört, schallt ihr schon seine Stimme entgegen.

»Savannah?«

»Hi, Logan«, sagt Savannah langsam und Cherry sieht sie entgeistert an.

»Sag mal spinnst du, du sollst jetzt nicht eine Runde mit Logan plaudern!«, fährt sie sie laut an.

»Was ist los bei euch?«, fragt Logan am anderen Ende der Leitung.

»Du musst mir einen Gefallen tun und uns abholen«, presst Savannah schnell hervor.

»Was ist passiert? Wo seid ihr?«

»Wir sind in dieser alten Allee im Industriegebiet. Da ist doch diese eine Fabrik, die schon seit einiger Zeit leer steht. Weißt du, wo?«

»Ja.«

»Wir sitzen am Straßenrand und warten auf dich, ok?«

»Ihr sitzt am Straßenrand?«, wiederholt Logan argwöhnisch.

»Ja, wir hatten einen kleinen Fahrradunfall«, erklärt Savannah leise.

»Sag mir bitte nicht, dass ihr heute Abend mit dem Fahrrad unterwegs gewesen seid!« Seine Stimme bebt vor unterdrücktem Zorn.

»Doch«, sagt Savannah schnell, bevor sie der Mut verlässt. Am anderen Ende der Leitung ist es still. »Logan?«

»Ich bin sofort da. Wie schlimm ist es?« Seine Stimme klingt erstaunlich fremd.

»Es ist nicht schlimm. Nur eine kleine Schnittverletzung am Fuß.«

»Rührt euch nicht vom Fleck.«

»Danke. Es tut mir leid, dass du nochmal losmusst.«

»Wenn ich gleich da bin, wird dir etwas ganz anderes leidtun«, knurrt er ins Telefon, bevor er auflegt. Savannah sieht zu Cherry, die sie fragend ansieht.

»Er ist auf dem Weg.« Savannah blickt auf ihr pochende Ferse. »Und er ist nicht sehr begeistert.«

Logan legt auf. Sein Puls geht schnell und seine Atmung ist flach. Sein Kopf ist wie leergefegt. Sie ist verletzt. ›Nicht so schlimm, dass sie gleich einen Krankenwagen rufen mussten‹, versucht er sich selbst zu beruhigen. Wahrscheinlich sind es nur ein paar kleine Schürfwunden. Aber hätte sie ihn dann angerufen? Nein. Sie wäre nach einem normalen Fahrradsturz einfach weitergefahren und hätte sich ganz sicher nicht bei ihm gemeldet. Es muss schlimmer sein. Er muss los! Sofort!

Savannah kommt es vor, als wäre keine Zeit vergangen, als am Ende der Straße zwei Scheinwerfer auftauchen. Sie sitzt immer noch unverändert auf dem Bordstein und versucht den zunehmenden Schmerz zu ignorieren. Cherry sitzt neben ihr und redet permanent auf sie ein. Doch Savannah kann sich nicht auf ihre Worte konzentrieren. Die Scheinwerfer kommen näher. Das Auto wird langsamer und kommt ein paar Meter vor ihnen zum Stehen. Logan steigt flink aus dem Auto, in seiner Hand hält er ein kleines quadratisches Päckchen. Savannah folgt ihm gespannt mit den Augen. Er kniet sich vor ihr nieder und sieht besorgt auf die Wunde.

»Zum Glück bist du da«, ruft Cherry zittrig. Logan sieht sie nicht an. Wortlos legt er das Päckchen neben sich und öffnet den Reißverschluss. Zum Vorschein kommen mehrere Kompressen, Pflaster und Binden in allen erdenklichen Größen.

»Komm bitte kurz zu mir her, Cherry, und stütz Savannahs Bein ab«, richtet er seine ersten Worte an Cherry. Seine Stirn ist gerunzelt und seine Lippen sind aufeinandergepresst. Er ist nicht so verärgert wie sonst immer. Er sieht richtig sauer aus. Aber warum? Weil sie ihn so spät noch angerufen hat und er nochmal hat zurückfahren müssen? Obwohl er ihr zuvor angeboten hatte, sie mitzunehmen?

»Es tut mir leid«, flüstert Savannah und starrt Logan an, um irgendwie aus ihm schlau zu werden.

»Komm bitte her, Cherry«, ignoriert er sie und sieht zu Cherry, die sich noch keinen Meter bewegt hat.

»Ich versuche es. Aber du musst wissen, dass ich kein Blut sehen kann«, antwortet Cherry und geht zaghaft zu ihm.

»Dann dreh dich weg. Du musst das Bein nur ein wenig stützen. Es geht ganz schnell. Der Schnitt sieht recht tief aus, deswegen möchte ich einen Druckverband machen, bevor wir ins Krankenhaus fahren, wo es dann sicher genäht werden muss.«

»Du meinst, es muss genäht werden? Aber es blutet doch nur ein bisschen.« Savannah sieht mit vor Angst geweiteten Augen zu Cherry, die sie genauso entsetzt anschaut. Cherry stützt Savannahs Bein ab, während Logan mit einer Bewegung mehrere Kompressen öffnet und sanft auf die pulsierende Wunde drückt.

»Kannst du das kurz halten?«, fragt er Cherry, die hörbar schluckt.

»Da ist so viel Blut«, sagt sie verzweifelt.

»Ich mache das schon«, kommt Savannah ihr schnell zur Hilfe. Logan packt die Binden aus und beginnt mit dem Verband.

»Du kannst loslassen«, sagt Logan. Wieder ohne Savannah auch nur einen Blick zu schenken.

Logan schluckt den dicken Kloß in seinem Hals herunter. Die Wunde ist tief. Die Haut ist an mehreren Stellen von der Speiche zerteilt. Aber noch viel schlimmer ist die Sorge, die wie ein Monster von ihm Besitz ergriffen hat. Sie brüllt und tobt in seinem Innern. Lässt die schrecklichsten Szenarien vor seinem geistigen Auge abspielen, obwohl sie vor ihm sitzt. Ein bisschen blass um die Nase, aber das ist sie doch immer. Wäre sie doch nur mit ihm gefahren. Dann wäre ihr nichts passiert. Wut gesellt sich zu dem Monster. Wäre sie nicht so stur gewesen ... doch da ist auch eine andere Stimme in seinem Kopf. Diese Stimme ist leise, aber hat dennoch das größte Gewicht. Sie jagt ihm einen eiskalten Schauer über den Rücken.

»Pack eure Sachen ins Auto! Das Fahrrad musst du anschließen. Das passt nicht rein und ich trage sie jetzt zum Auto«, erklärt er Cherry, die nickt und sofort tut, was er ihr aufgetragen hat.

»Ich kann auch laufen«, sagt Savannah vorsichtig. Er beachtet sie noch immer nicht und hebt sie hoch. Endlich sieht er sie an. Angst und Sorge liegen in seinem Blick und nicht die unbändige Wut, die sie erwartet hat.

»Kannst du bitte den Autoschlüssel aus meiner Hosentasche ziehen und aufschließen?«, fragt er sie leise, während seine Miene verschlossen, kühl und distanziert ist.

»Wo ist der Schlüssel?«

»In meiner hinteren Hosentasche. Rechts«, erklärt er ihr. »Das ist nicht rechts, Sav, das ist links. Aber guter Versuch.«

Er hält sie in seinen Armen. Sein Herz klopft fest gegen seinen Brustkorb. Ob sie es spüren kann, so stark wie es schlägt? Er ermahnt sich selbst zur Ruhe.

»Sicher, dass du stehen kannst?«, fragt Logan unsicher. »Wenn ein Band beschädigt ist, kann es bei der kleinsten Bewegung reißen. Versuch dein Bein also, wenn möglich, nicht zu belasten. Cherry, klapp bitte den Beifahrersitz nach vorne, damit Savannah nach hinten kann. Das kann jetzt kurz sehr unangenehm werden, Sav. Versuch das Bein so schnell wie möglich wieder hochzulegen. Bist du bereit?« Savannah nickt und er lässt sie sanft herab. Die Wunde beginnt zu pochen. »Ist alles in Ordnung?«, fragt Logan besorgt und reicht ihr seine weiche, warme Hand. Als er den Schlüssel ins Zündschloss steckt, bemerkt Savannah, dass seine Hand ein wenig zittert. Die angespannte Stimmung im Auto ist unerträglich. Viel schlimmer als einer seiner Wutanfälle. Deswegen durchbricht Savannah die Stille:

»Logan, es tut mir ehrlich leid. Vor allem, dass ich vorhin dein Angebot abgelehnt habe und wir nicht einfach mit dir mitgefahren sind. Dann wäre das alles nicht passiert.«

»Kein Problem«, antwortet Logan. Sie beobachtet ihn im Rückspiegel.

»Ich finde nicht, dass wir schuld sind. Sondern derjenige, der mein Fahrrad gestohlen hat«, meint Cherry aufgebracht. »Sonst wären wir ja nie auf die blöde Idee gekommen, auf einem Fahrrad zu fahren.« Savannah sieht, wie Logan in den Rückspiegel blickt. Ein Blick genügt und sie verstehen einander. Zögerlich lächelt Savannah ihm zu und sofort versteinert sich seine Miene. Er blickt wieder auf die Straße.

»Warum hast du nichts gesagt? Das muss doch wehgetan haben«, wendet sich Cherry an Savannah.

»Was meinst du?«, fragt sie und behält den Rückspiegel im Blick.

»Ich hätte mir die Seele aus dem Leib gebrüllt«, bemerkt Cherry und starrt mitleidig auf Savannahs Verband.

»Das habe ich doch.« Savannah blickt zu Cherry, die nur mit dem Kopf schüttelt.

»Aus deinem Mund ist kein Ton gekommen.« Savannah sieht Cherry verwirrt an.

»Wirklich?«

Logan biegt auf den Parkplatz der Notaufnahme und findet zum Glück schnell einen Parkplatz. Er steigt aus und klappt den Vordersitz nach vorne. Er reicht Savannah die Hand und da sieht er, dass sich auf ihrem Verband ein kleiner roter Fleck abzeichnet. Das kann nicht sein. Sein Puls beschleunigt sich sofort und jegliche Farbe weicht aus seinem Gesicht.

***»Die Gelassenheit spendet das Licht im Dunkel der Panik.«***
***(Justus Vogt)***

# 20 Fügung

*»Sein Schicksal empfindet man oftmals als ungerecht, selten als Fügung.« (Hubert Joost)*

Mabel läuft barfuß durch das feuchte Gras. Die Sonne steht hoch am Himmel. Das Gras kitzelt unter ihren Füßen, während sie schnell einen kleinen Hügel hinunterläuft. Sie trägt ein leichtes, geblümtes Sommerkleid, das sie an den Ohrensessel von Annie erinnert. Vor ihr sieht sie den Gartenzaun. Sie hat das Ende ihres Weges erreicht. Doch enttäuscht muss sie feststellen, dass niemand dort steht und auf sie wartet. »Mabel«, hört sie Annie in der Ferne rufen. Mabel dreht sich auf der Stelle, kann Annie aber nirgendwo entdecken. »Maaaaabel«, ruft Annie erneut.

Mabel schreckt auf und hechtet aus dem Bett. Sie reißt hastig ihre Zimmertür auf und sieht Annie auf dem Flurfußboden liegen.

»Annie! Was ist passiert? Geht es dir gut? Bist du verletzt?«

»Beruhig dich doch! Es geht mir gut. Ich bin gestürzt und komme nicht mehr allein hoch. Hilf mir, bitte!«, antwortet Annie nüchtern. Mabel greift ihr unter die Arme, doch Annie ist schwer. Viel schwerer, als sie gedacht hat.

»So geht es nicht. Warte.« Mabel geht in die Hocke. »Auf drei. Eins, zwei, ...« Mit aller Kraft schafft es Annie auf die Beine. Doch im selben Moment zuckt ihr rechtes Bein so stark, dass sie das Gleichgewicht verlieren. Mabel fällt gegen den Garderobenschrank und wird unter Annies Gewicht begraben.

»So ein Mist«, murrt Annie. »Lebst du noch?«

»Ja«, keucht Mabel. Ihr Ohr schmerzt.

»Dann ist es ja gut. Was machen wir denn jetzt?«

»Wir versuchen es einfach nochmal. Was bleibt uns denn anderes übrig?«

Die Notaufnahme ist voll. Savannah sitzt auf einem dunkelgrauen Plastikstuhl, während sie darauf wartet, sich anmelden zu können. In der Luft liegt der bissige Duft von Desinfektionsmittel und die grellen Neonlampen sirren leise vor sich hin, während sie den tristen Raum tageslichtartig erhellen. Logan blickt durch die Flure, während Cherry unruhig auf der Stelle tritt. Sobald irgendwo ein Geräusch zu hören ist, halten sie Ausschau, ob jemand kommt. Cherry unterdrückt ein Gähnen.

»Ihr müsst nicht auf mich warten. Ich rufe mir nachher einfach ein Taxi«, sagt Savannah überzeugend und sieht zu der großen, betonfarbenen Wanduhr. Es ist kein Geheimnis, dass in Krankenhäusern die Uhren etwas anders ticken. Wer weiß, wie lange das heute noch dauern wird.

Sie haben es geschafft. Annie sitzt auf der Bettkante, während Mabel sich keuchend das blutende Ohr hält.

»Verdammt«, sagt Mabel und betrachtet das Taschentuch in ihrer Hand.

»Ich denke, du musst ins Krankenhaus«, stellt Annie sachlich fest.

»Das sollten wir beide. Vielleicht hast du dich bei dem Sturz verletzt. Was hast du eigentlich im Flur gemacht? Musstest du nochmal ins Bad?«, fragt Mabel und mustert Annie, deren Wangen sich röten.

»Genau. Und auf dem Rückweg bin ich dann hingefallen.«

»Spürst du das Bein noch?«

»Ja. Aber die Zehen ... sind jetzt taub.«

»Mist.«

»Ich bleibe. Dann können wir uns das Taxi teilen und Logan kann nach Hause«, schlägt Cherry vor. Savannah und Cherry sehen beide zu Logan, der ungerührt den graugepunkteten PVC-Boden betrachtet und so tut, als hätte er nichts gehört. Die Flügeltüren zu den Behandlungsräumen öffnen sich und ein Krankenpfleger eilt in ihre Richtung. Endlich.

»Was haben wir hier?« Die Stimme des Pflegers klingt abgehetzt. Dunkle Ringe umgeben seine dunkelbraunen Augen.

Flink bewegt er sich auf Savannah zu, kniet sich zu ihrem Bein herunter und mustert den Verband. »Was ist passiert?«

»Meine Ferse ist in eine Fahrradspeiche gekommen«, antwortet Savannah knapp. Er neigt seinen Kopf zur Seite und Savannah erkennt den Ansatz eines Tattoos in seinem Nacken. Sie wartet auf eine Reaktion. Doch er verzieht keine Miene. Diese Geschichte hört er bestimmt nicht zum ersten Mal.

»Können Sie noch laufen?«, fragt er weiter und steht wieder auf. Erschöpft fährt er sich über seine Glatze.

»Ich denke schon.«

»Das klingt gut. Aber wir lassen es besser nicht darauf ankommen. Da vorne um die Ecke stehen die Rollstühle. Können Sie Ihrer Freundin bitte einen holen?«, wendet sich der Pfleger mit seiner tiefen Stimme an Logan, der sofort zu der beschriebenen Stelle eilt. Der Pfleger geht währenddessen ins Anmeldezimmer und kommt kurz darauf mit einem Zettel zurück, den er Savannah reicht.

»Möchten Sie mitkommen?«, fragt er an Logan gewandt.

»Ja, auf jeden Fall«, antwortet Logan, wie aus der Pistole geschossen, während Cherry ein verärgertes Gesicht macht. Kurz vor den Flügeltüren der Behandlungsräume öffnet sich die Eingangstür der Ambulanz und eine junge, hochgewachsene Frau marschiert herein. Sie hält sich mehrere Kompressen an ihr Ohr. Ihr folgt eine alte Frau, deren Kopf beim Betreten zur Seite zuckt. Savannah ist sich nicht sicher, ob die beiden zusammen oder getrennt gekommen sind. Beide machen auf jeden Fall den Eindruck, einen Notdienst zu benötigen. Savannah sieht eine lange, bereits vertrocknete Blutspur am Hals der jungen Frau. Auf der Schulter hat sie mehrere kleine Blutstropfen.

»Einen Moment«, sagt der Pfleger zu Logan und Savannah und geht auf die beiden Frauen zu. »Ich vermute, das ist keine Fahrradspeiche gewesen?«, fragt er die junge Frau.

»Nein«, lacht diese und erklärt: »Ich habe mir das Ohr an einer Schranktür angeschlagen. Lange Geschichte ...«, während der Pfleger die Kompressen von der Wunde nimmt.

»Sicher, dass Sie nicht versucht haben sich ein Piercing zu stechen? Das muss auf jeden Fall genäht werden. Sie können gleich mitkommen. Was ist mit der Dame? Hat sie auch eine Schranktür abbekommen?«, besorgt mustert der Pfleger die alte Frau, die sichtlich die Augen verdreht.

»Nein, sie begleitet mich nur. Es geht ihr ... gut«, erklärt die junge Frau zögerlich.

»Möchten Sie mitkommen?«, fragt der Pfleger etwas lauter.

»Besser nicht, sonst werde ich ausfallend«, zischt die alte Frau und geht schwerfällig zu einem freien Stuhl in der Nähe.

»Bis gleich, Annie.«

Im Behandlungsraum angekommen nimmt Logan Savannah den Anmeldebogen aus der Hand und beginnt zu schreiben.

»Allergien?«, fragt er nach kurzer Zeit. Sein Blick ist konzentriert auf das Papier gerichtet und seine Lippen sind fest zusammengepresst.

»Ja.«

»Gegen was bist du allergisch?«

»Starke Klebstoffe. Ich kann das selbst ausfüllen. Du musst das nicht für mich machen.«

»Nimmst du Medikamente?«, ignoriert Logan sie.

»Nein.«

»Wieso hast du das gemacht?«

»Das steht da bestimmt nicht«, bemerkt Savannah und Logan sieht sie wütend an.

»Stimmt. Aber ICH will es wissen, Savannah. Also nochmal. Wieso hast du das gemacht?«

»Als wir die Bar verlassen haben, hat da nur noch ein Fahrrad gestanden. Und zwar meines. Von Cherrys Fahrrad ist nur noch das Vorderrad da gewesen. Also sind wir gemeinsam auf meinem Fahrrad nach Hause gefahren, was zumindest am Anfang, ohne Probleme funktioniert hat. Wir haben bei etwas mehr als der Hälfte der Strecke gewechselt und kurz darauf ... hat sich mein Schuh in der Speiche verfangen.«

»Ist dir klar, was alles hätte passieren können? Was wäre gewesen, wenn ein Auto hinter euch gefahren wäre?«, ruft Logan laut.

»Es ist aber kein Auto hinter uns gefahren. Du übertreibst.«

»Warum hast du mich nicht schon vorher angerufen?« Seine Unterlippe bebt.

»Warum denn?«, fragt Savannah verwirrt. Sie hat es ihm doch bereits erklärt. Fassungslos starrt er sie an. »Ich kann es jetzt nicht mehr ändern, Logan«, lenkt Savannah rasch ein und beobachtet, wie er schnell auf sie zukommt. Noch immer rasend vor Wut schlägt er seine Handflächen mit voller Wucht auf die Armlehnen ihres Rollstuhls, sodass sie kurz zusammenzuckt.

»Weißt du, was ich mir für Sorgen gemacht habe, nachdem ich deinen Anruf bekommen habe? Und dann komme ich bei euch an und sehe, wie du mit deiner blutenden Ferse auf dem Bürgersteig sitzt und aussiehst, als würdest du auf den nächsten Bus warten. Als wäre nichts gewesen. Als wäre dir alles egal«, zischt er ihr entgegen. »Ich bin fast umgekommen vor Angst. Ich bin gerast wie ein Irrer und habe mich die ganze Zeit gefragt, was mich erwarten wird. Es ist nicht schön gewesen, Savannah. DAS ist kein schönes Gefühl gewesen«, ruft er verzweifelt.

»Ich habe mich doch schon entschuldigt.«

»Du hättest dich noch viel schwerer verletzen können, Sav. Begreifst du das nicht?«

»Logan.« Savannah streicht ihm besänftigend über die angespannten Arme. »Es hätte noch etwas viel Schlimmeres passieren können, aber es ist nichts passiert. Ich sitze hier und mir geht es gut. Hörst du? Es geht mir gut.«

Seine Miene wird weicher und es scheint, als würde die Anspannung ein wenig von ihm abfallen.

»Wieso fährt eine so kluge Frau wie du hinten auf einem Fahrrad mit? Das weiß doch jedes Kind, dass sowas schiefgeht«, sagt Logan etwas ruhiger.

»Es kommt nicht wieder vor.« Savannah blickt in seine hellen, warmen Augen. Ihre Hände verweilen noch immer auf seinen

Armen und er neigt seinen Kopf zu ihr herunter, ohne sie dabei aus den Augen zu lassen. Mit einem lauten KLACK öffnet sich die Behandlungstür und eine Frau betritt das Zimmer.

Mabel sitzt allein auf der Liege im Behandlungsraum und sieht sich gelangweilt um, als sie im Nebenzimmer eine laute Stimme hört. Sie beginnt zu summen, denn es gehört sich nicht, andere zu belauschen. Es wird noch lauter. Trotz der Kompresse kann sie verstehen, was der Mann brüllt. Sie hört auf zu summen und lauscht jetzt doch. Der Mann klingt richtig sauer. Und er scheint sich auch nicht wieder zu beruhigen. Was die Frau wohl zu ihm sagt? Plötzlich ist es still. Dann hört sie ihn etwas leiser reden. So viel Elan hätte sie dem Mann auf den ersten Blick gar nicht zugetraut. Die beiden haben eigentlich sehr harmonisch gewirkt.

Logan richtet sich schnell auf und streckt der Frau die Hand entgegen.

»Dr. Doris, hallo«, sagt die Ärztin und reicht erst Logan, dann Savannah die Hand.

»So, was haben wir hier?«

Sie beugt sich zu Savannah hinab und schneidet behänd den Verband auf.

»Das müssen wir nähen«, sagt sie knapp, nachdem sie die Wunde begutachtet hat. Vorsichtig bewegt sie den Fuß und tastet den Knöchel ab. »Sie haben Glück gehabt. Alle Sehnen und Bänder scheinen intakt zu sein. Aber ich bin mir nicht sicher, ob mir die restlichen Hautstücke ausreichen werden, um die Wunde zu verschließen.«

»Was bedeutet das, Dr. Doris?«, fragt Logan angespannt und stemmt die Hände in die Hüften.

»Im schlimmsten Fall werden wir ein Stück Haut aus dem Oberschenkel entnehmen müssen. Die Fahrradspeiche hat die Haut oberhalb der Ferse in mehrere Teile gerissen. Aber ich werde versuchen, die vorhandenen Hautstücke so gut es geht wieder zusammenzusetzen. Könnten Sie Ms. Goats bitte kurz auf die Liege helfen?«

Dr. Doris geht zu dem Computer in der hinteren Ecke des Raumes und öffnet ein Bildschirmfenster, in das sie schnell etwas hineintippt. Währenddessen hebt Logan Savannah sanft aus dem Rollstuhl. Die Tür geht erneut auf und eine Krankenpflegerin betritt den Raum.

»Ms. Goats?«, fragt die Krankenpflegerin. Sie hat eine sehr hohe und piepsige Stimme. »Haben Sie den Anmeldebogen ausgefüllt?«

»Ja, hier«, antwortet Logan an Savannahs Stelle und reicht der Krankenpflegerin das Formular. Savannah erhascht einen kurzen Blick auf den Anmeldebogen und muss erstaunt feststellen, dass er vollständig ausgefüllt ist.

»Sie müssen jetzt leider das Zimmer verlassen. Ms. Goats wird gleich genäht. Wir geben Ihnen Bescheid, sobald sie fertig ist. Wenn Sie also bitte nochmal im Wartebereich Platz nehmen«, sagt die Krankenpflegerin zu Logan. Savannah blickt aufmerksam zu Logan, der sich innerlich zu sträuben scheint. Sie nickt ihm kurz zu. Sein Blick drückt Widerwillen aus, aber er sagt nichts. Er geht einen Schritt auf sie zu und drückt kurz ihre Hand.

»Bis gleich, Savannah.«

»Wie ist das passiert, Ms. Appleby?«, fragt der junge Assistenzarzt abschätzig.

»Ich bin gegen eine Schranktür gefallen. Das habe ich doch schon gesagt.«

»Aha. Wie fällt man denn einfach so gegen eine Schranktür? Sind Sie gestolpert?«, wiederholt der Arzt seine Frage und mustert sie eingehend.

»Ich habe versucht meiner Tante beim Aufstehen zu helfen. Dabei habe ich nicht richtig aufgepasst und das Gleichgewicht verloren.« Der Arzt hebt die Augenbrauen und macht sich eine Notiz.

»Geht es ihrer Tante gut?«

»Ja«, antwortet Mabel kurz angebunden.

»Die Pflege eines Angehörigen ist eine große Aufgabe«, bemerkt der Arzt und zieht eine Spritze auf.

»Tatsächlich?«, bemerkt Mabel spöttisch.

»Eine große Aufgabe, die gerne unterschätzt wird«, fügt er gedehnt hinzu und setzt die erste Spritze hinter ihrem Ohr an. Mabel verzieht schmerzhaft das Gesicht.

»Wie lange wird das jetzt dauern?«, fragt Mabel und spürt den erneuten Einstich der Nadel.

»Drei Stiche. Dann sind wir hier fertig. Das geht schnell.« Sie spürt, wie der Schmerz langsam nachlässt. Der Arzt holt ein kleines Metalltablett und bittet Mabel, den Kopf etwas zu drehen.

»Spüren Sie das?«, fragt er kurze Zeit später.

»Es zieht ein wenig. Aber mehr spüre ich nicht.«

»Sehr gut. Dann fange ich jetzt an.«

»Sie können die Fäden gerne straff ziehen. Vielleicht hilft das ein bisschen gegen meine Segelohren«, bemerkt Mabel spaßig und lacht den Arzt freundlich an.

»... es würde helfen, wenn sie nicht mehr reden würden«, antwortet er schroff. Mabel will noch etwas sagen, überlegt es sich aber doch anders. Annie hätte sicher ein paar treffende Worte gefunden. Hoffentlich geht es schnell. Sie will Annie nicht länger warten lassen als unbedingt nötig.

»Ms. Goats, bitte drehen Sie sich auf den Bauch«, hört Savannah Dr. Doris sagen. »Ich werde Sie jetzt örtlich betäuben. Und dann wird die Wunde zuerst einmal gesäubert und desinfiziert.« Dr. Doris beginnt mit der Betäubung. Es ist unangenehm. Kurz darauf beginnt die Krankenpflegerin mit der Reinigung der Wunde. Savannah spürt ein leichtes Ziehen, als die Ärztin mit dem Nähen beginnt, doch gedanklich ist sie ganz weit weg. Sie denkt an den Moment, bevor die Ärztin hereingekommen ist, sie denkt an den Tag zurück, an dem Logan darauf bestanden hat, sie nach Hause zu fahren, und wie sie ihm ihre

Gefühle gestanden hat. Sie denkt zurück an den Tag, an dem sie ihn zum ersten Mal gesehen hat.

»Geht es Ihnen gut?« Das freundliche Gesicht der Krankenpflegerin taucht in Savannahs Blickfeld auf.

»Ja, danke. Es geht mir gut«, antwortet Savannah. Doch gut ist nicht der richtige Ausdruck. Es geht ihr fantastisch. Endlich fühlt sie sich wie ein echter Klippenspringer, der den Flug genießt und sich sicher ist, dass alles gut wird. Sie könnte sich gerade nicht besser fühlen. Ein komischer Gedanke, wenn man bedenkt, dass die Ärztin gerade versucht, die übrigen Hautreste ihrer Ferse so gut es geht wieder zusammenzufügen.

# 21 Ein Anfang

»So, das hätten wir.«

Dreizehn Stiche später steckt Savannahs Bein in einer Gipsschiene, die knapp unterhalb ihres Knies beginnt. Mit Hilfe der Krankenpflegerin setzt sich Savannah auf.

»Ist Ihr Kreislauf stabil, Ms. Goats?«, fragt die Krankenpflegerin mit ihrer glockenhellen Stimme. Erst jetzt fällt Savannah auf, wie unglaublich hübsch sie ist. Ihr Gesicht ist nahezu makellos. Sie hat volle, rosige Lippen und mandelförmige grüne Augen, die aus ihrem Gesicht hervorstechen. Ihre Haare sind hellblond und stehen in einem starken Kontrast zu der kalten, grauen Krankenhauswelt. Wieso hat sie das nicht gleich bemerkt?

»Ja, es ist alles gut«, antwortet Savannah aufmerksam.

»Hier haben Sie das Rezept für Ihre Schmerztabletten und die Thrombosespritzen. Den Fuß bitte nicht belasten. Erst wenn die Fäden gezogen worden sind, dürfen Sie langsam wieder mit dem Lauftraining beginnen«, erklärt Dr. Doris mit monotoner Stimme und reicht Savannah das Rezept.

»Das Lauftraining beginnen?«, wiederholt Savannah irritiert.

»Die Muskulatur in Ihrem linken Bein wird in den nächsten Tagen sichtlich abbauen. Zudem steht die Haut an der Ferse unter Spannung. Es ist also davon auszugehen, dass Sie zuerst sehr schlecht laufen können. Es wird dauern, bis Sie das Vertrauen haben, um das Spannungsgefühl überwinden zu können. Die Haut ist durch den Verschluss der Wunde sehr dünn und unelastisch geworden. Wenn Sie fleißig üben, wird sich wieder eine gewisse Elastizität einstellen und Sie werden wieder ganz normal laufen können. So, als wäre nie etwas gewesen. Haben Sie jemanden, der sich um sie kümmern wird?«

»Ja.«

»Dann sind Sie jetzt entlassen. Und nicht vergessen: Fuß hochlegen und schonen. Alles Gute.«

Die Krankenpflegerin hilft Savannah in den Rollstuhl.

»Haben Sie Krücken, Ms. Goats? Oder wollen Sie sich welche vom Krankenhaus leihen?«, fragt sie freundlich.

»Nein, danke. Ich habe welche.«

»Sehr gut. Ich mache noch kurz Ihre Akte fertig. Bitte warten Sie so lange noch vor der Tür. Es dauert nur ein paar Minuten und dann dürfen Sie nach Hause.« Die Krankenpflegerin schiebt Savannah vor die Tür des Behandlungszimmers. Die Frau mit der Ohrverletzung scheint ebenfalls zu warten und schaut ungeduldig auf ihre Armbanduhr. Die Krankenpflegerin geht zurück ins Behandlungszimmer und Savannah beobachtet ihren schwingenden Zopf, bevor sich die Tür hinter ihr schließt.

»Ist das die Fahrradspeiche gewesen?«, durchbricht eine raue Stimme die Stille. Die junge Frau deutet auf Savannahs Gipsschiene.

»Richtig. Und was macht Ihr Ohr? Ist es noch dran?«, fragt Savannah zurück.

»Ja, zum Glück.« Unruhig beginnt sie auf dem Flur hin und her zu laufen. »Wie lange dauert das denn noch?«, murmelt sie dabei. »Ich bin normalerweise nicht ungeduldig. Aber es ist schon spät und ich will Annie nicht so lange warten lassen.«

»Ist Annie die Frau, mit der Sie gekommen sind?« Savannah mustert die junge Frau von der Seite, die aus der Nähe betrachtet in ihrem Alter sein müsste.

»Genau. Sie ist meine Tante.« Die junge Frau hält kurz in ihrer Bewegung inne, als sie hinzufügt: »Sie ist krank. Und ich pflege sie.«

»Das ist sicher nicht einfach. Umso bewundernswerter, dass Sie das für Ihre Tante tun. Ich bin übrigens Savannah, Savannah Goats. Aber die meisten nennen mich einfach nur Sav.«

***»Auch eine Reise von tausend Meilen beginnt mit einem Schritt.«***
***(Laotse)***

»Hallo, ›einfach nur Sav‹. Ich heiße Mabel. Wie ist das passiert?«

»Ich bin hinten auf dem Gepäckträger mitgefahren. Mehr gibt es nicht zu erzählen. Du siehst ja, wie es ausgegangen ist.«

»Ich habe es auch gehört«, bemerkt Mabel und denkt an die laute Männerstimme.

»Wie ist das mit deinem Ohr passiert?«, hört sie Savannah fragen, die ganz ruhig in ihrem Rollstuhl sitzt.

»Annie ist gestürzt und als ich versucht habe ihr aufzuhelfen, habe ich das Gleichgewicht verloren und wir sind erneut umgefallen. Dabei bin ich mit dem Ohr gegen den Türknauf der Garderobe gestoßen. Ich habe unterschätzt, wie schwer Annie ist. Normalerweise ist sie nachts nicht unterwegs. Vielleicht liegt es an der Krankheit. Ich weiß es nicht«, überlegt Mabel laut.

»Welcher Krankheit? Dieses Zucken?«

»Genau.«

»Wieso dauert das so lange?«, murmelt Logan und blickt zu der großen Wanduhr. Savannah ist schon über eine Stunde in dem Behandlungszimmer. So lange kann das doch nicht dauern.

»Ugh. Ich kann nicht hinsehen«, sagt Cherry entsetzt und wendet den Kopf schnell ab.

»Was ist denn?«, fragt Logan sie.

Eine alte Frau neben Cherry antwortet ihm an ihrer Stelle: »Sehen Sie die Dame dort drüben? Sie ist mindestens genauso dick wie ich. Neben ihr sitzt ein Herr mit Halbglatze, der nur noch Haut und Knochen ist. Wir wurden gerade Zeugen, wie die Dame einen Burger aus ihrer Jackentasche gezogen hat. Er war so plattgedrückt ...«

»Widerlich«, bemerkt Cherry und verzieht angewidert das Gesicht.

»Der Mann hat abgelehnt und sie lässt es sich jetzt schmecken«, antwortet die alte Frau. Logan folgt ihrer Beschreibung und sieht eine wohlproportionierte Frau, die den letzten Bissen eines Burgers isst. Soll sie doch so viele Burger essen, wie sie in ihren Taschen finden mag. Ob sie Savannah doch Haut aus dem Oberschenkel entnehmen müssen? Unruhig erhebt er sich und geht in Richtung der Anmeldung. Vielleicht kann ihm ja irgendjemand eine Information geben.

»Annie kommt nicht mehr allein zurecht. Also helfe ich ihr, so gut ich kann. Aber es geht ihr immer schlechter. Sie möchte noch den kommenden Sommer erleben und dann ... möchte sie sterben.« Es ist komisch, es laut auszusprechen. Es klingt nicht richtig. Mabel wartet auf eine Reaktion von Savannah. Doch diese schaut sie nur aufmerksam an, weshalb sie fortfährt: »Ich weiß nicht, was ich davon halten soll. Ich möchte keine Option unversucht lassen, aber Annie weigert sich. Sie ist stur und will sich nicht mehr untersuchen lassen.« Warum erzählt sie das eigentlich so ausführlich?

»Das würde ganz sicher nicht jeder für seine Tante tun«, bemerkt Savannah verständnisvoll. Sie ist aber doch eigentlich eine Wildfremde.

»Sie ist nicht einfach nur eine Tante für mich, sondern Annie. Garstig, besserwisserisch und weich. Annie ist toll. Ein gutherziger und lieber Mensch. Jemanden wie sie trifft man nicht oft im Leben.«

»Trotzdem ist das sehr aufopferungsvoll von dir. Und nicht selbstverständlich.«

»Weißt du was, hier hast du meine Nummer. Vielleicht treffen wir uns auf einen Kaffee.« Mabel streckt ihr, ohne wirklich darüber nachzudenken, ihre Visitenkarte entgegen und fragt sich schon im nächsten Moment, ob das nicht zu vorschnell von ihr gewesen ist.

»Warum hast du eine eigene Visitenkarte?«, staunt Savannah und nimmt die Visitenkarte entgegen.

»Ich arbeite in einem größeren Verlag als Verlegerin und da muss man sowas besitzen.« Noch bevor Savannah etwas erwidern kann, öffnen sich die Flügeltüren zum Wartebereich.

»So, die Damen«, sagt der Krankenpfleger erschöpft und tritt hinter Savannah an den Rollstuhl. »Sie haben es geschafft und dürfen jetzt nach Hause. Sollte eine Naht aufgehen, dann bitte ich Sie, umgehend einen Arzt aufzusuchen«, belehrt er sie, als er Savannah durch die Tür schiebt und Mabel ihnen schnell folgt. »Ich bitte Sie, in Zukunft Schränke und Fahrradspeichen zu meiden.« Mabel lacht kurz laut auf und scheint erleichtert zu sein, als sie Annie unbekümmert im Wartebereich sitzen sieht.

Logan blickt besorgt in ihre Richtung. Als er Savannah sieht, geht er sofort auf sie zu. Er sieht froh aus sie zu sehen, was Savannahs Herz ein wenig höherschlagen lässt. Sie beobachtet noch, wie Annie sich langsam erhebt und etwas zu Cherry sagt, bevor Logan Savannah den Blick auf die beiden versperrt.

»Dann bis bald, Mabel. Ich melde mich.« Verabschiedet sich Savannah, unschlüssig über das abrupte Ende ihres Gesprächs.

»Ich würde mich freuen. Und viel Glück.«

»Danke, dir auch!«

»Können wir gehen?«, fragt Logan Savannah, während er sie eingehend mustert. Sein Blick ruht besorgt auf der Gipsschiene.

»Ja. Fertig für heute. Danke, dass du gewartet hast.«

»Hör auf dich ständig zu bedanken, das nervt langsam«, sagt er grinsend und schiebt ihren Rollstuhl in Richtung Ausgang.

»Danke, dass du so ehrlich zu mir bist. Danke, dass du mir mitgeteilt hast, dass du mich nervig findest. Danke, dass du den Rollstuhl schiebst. Danke ...«

»Wie viel fällt dir noch ein, bevor dir die Ideen ausgehen?«

»Auf jeden Fall über einhundert.«

Cherry folgt den beiden ungewöhnlich schweigsam.

»Ist alles in Ordnung, Cherry?«, fragt Savannah leise, als Logan die Autotür öffnet und den Beifahrersitz zurückklappt.

»Ja, alles gut«, winkt Cherry schnell ab. Sie blinzelt. Ihre Augen glänzen und Savannah fragt nicht weiter nach. Was auch immer in Cherry gerade vorgeht, sie ist nicht bereit, es mit ihr zu teilen.

»Wie geht es dir?« Gina Goats steht mit einem Paar Krücken unter dem Arm und mehreren Taschen vor ihrer Tochter und mustert sie besorgt.

»Mir geht es gut, Mum. Komm rein.« Auf einem Bein hüpfend macht Savannah ihrer Mutter den Weg frei, die ihr sofort die Krücken in die Hände drückt und sie ihr richtig einstellt. »Was ist in den Taschen? Willst du bei mir einziehen?«

»Mach dich nicht lächerlich«, antwortet Gina kopfschüttelnd. »Ich habe für dich eingekauft, schließlich bin ich deine Mutter und weiß, dass du nichts zu essen im Haus hast. Und das Spritzen übernimmt nachher dein Vater.«

»Juhu, da kann ich mich ja schon auf etwas freuen. Ist er sehr sauer?«

»Du kennst ihn doch. Er ist nicht gerade begeistert gewesen, als ich ihm heute Morgen erzählt habe, was passiert ist.«

Savannah geht mit Hilfe der Krücken zu ihrem Sofa und lässt sich unbeholfen darauf nieder. Ihre Mutter kommt ihr sofort zur Hilfe.

»Ich schaffe das schon allein. Das ist wirklich nicht nötig.«

»Diskutier nicht mit mir. Wenn ich schon da bin, dann kann ich dir doch auch ein bisschen helfen.« Ungerührt drapiert sie ein Kissen unter Savannahs Kopf und hilft ihr, das Bein auf einem hohen Kissenstapel hochzulegen.

»Ruh dich aus. Ich koche dir etwas«, sagt ihre Mutter und streicht Savannah liebevoll über die Stirn, als wäre sie noch immer ein Kind.

»Danke.«

»Wenn du möchtest, kann ich nachher noch deine Wäsche waschen und hier sauber machen.« Sie reicht Savannah die Fernbedienung. »Du siehst gar nicht gut aus. Hast du heute Nacht überhaupt schlafen können?«

»Nicht wirklich. Es ist schon sehr spät gewesen, als wir aus der Notaufnahme gekommen sind. Trotzdem konnte ich nicht schlafen. Ich hasse es, auf dem Rücken zu liegen und noch mehr, dass eines meiner Beine dabei quasi in der Luft hängt.«

Savannah deutet auf den Kissenberg, während ihre Mutter nickt.

»Wie geht es Cherry?«, fragt Gina.

»Ich weiß es nicht. Ich habe noch nichts von ihr gehört. Wenn sie heute zur Arbeit gegangen ist, dann wird sie auch sehr müde sein.«

Cherry hat die ganze Heimfahrt geschwiegen. Ist irgendetwas vorgefallen, als Savannah nicht da gewesen ist? Könnte sie ein schlechtes Gewissen wegen des Unfalls haben? Hat sie ihr womöglich dieses Gefühl gegeben?

»Warum hast du eigentlich nicht bei uns angerufen? Wir hätten dich auch ins Krankenhaus gefahren«, reißt Gina Savannah aus ihren Gedanken.

»Ein Arbeitskollege ist in der Nähe gewesen. Außerdem wollte ich nicht, dass ihr euch unnötig aufregt. Ist ja auch nichts Schlimmes passiert«, winkt Savannah ab. »Ich bin froh, dass du jetzt da bist«, fügt Savannah ehrlich hinzu und ihre Mutter schenkt ihr ein breites Lächeln.

Savannah wacht auf, als es an der Haustür klingelt. Leise hört sie, wie ihre Mutter zur Sprechanlage geht und in die Hörmuschel flüstert. Savannah hört das Summen des Türöffners und kurz darauf die schwerfälligen Schritte ihres Vaters im Treppenhaus.

»Ich habe fast den Zug verpasst ...«, sagt ihr Vater laut schnaufend an der Tür.

»Pst, Peer. Savannah schläft. Komm rein, aber versuch leise zu sein.«

»Schon gut. Ich bin wach«, meldet sich Savannah verschlafen zu Wort.

»Jetzt hast du sie geweckt«, richtet Gina sich an ihren Ehemann.

»Ich denke, das war der Hunger«, antwortet Savannah.

»Siehst du, Gina, ich habe sie nicht geweckt. Was gibt es denn zum Essen?«, fragt ihr Vater und wechselt galant das Thema.

»Kartoffelsuppe.« Gina geht an den Herd und rührt in einem Topf, während Peer zu seiner Tochter geht und fachmännisch die Gipsschiene begutachtet, bevor er sagt:

»Am liebsten würde ich dir eine ordentliche Standpauke halten. Aber du bist schon gestraft genug.« Savannah verdreht die Augen. »Da brauchst du nicht mit den Augen zu rollen, Savannah. Schließlich bist du selbst daran schuld. Warum fährt man denn hinten auf einem Fahrrad mit?«

»Die Aussicht auf eine tägliche Thrombosespritze von meinem Vater ist einfach zu verlockend gewesen«, bemerkt Savannah ironisch.

»Ich werde es genießen«, antwortet Peer lachend und zieht sich einen Stuhl heran. Wie immer trägt er einen schicken Anzug, heute in Hellgrau mit einem hellblauen Hemd und einer dunkelblauen Krawatte.

»Wie war die Arbeit?«, fragt Gina und reicht ihrem Mann einen Teller mit heißer Suppe. Savannah setzt sich auf und die Naht beginnt zu pulsieren. Gina reicht der nun aschfahlen Savannah auch einen Teller mit Suppe.

»Vollmond, eben. Da spinnen sie alle. Sieht man ja an Savannah: Die Erfahrungen, die sie in der Jugendzeit verpasst hat, meint sie jetzt nachholen zu müssen.« Peer zwinkert seiner Tochter kurz neckisch zu, bevor er fortfährt. »Bis auf ein paar schreiende Anrufer ist es erstaunlich ruhig gewesen. Also kann ich mich nicht beschweren. Ich musste mich mit niemandem prügeln und auch sonst ist es ein angenehmer Tag gewesen. So und jetzt zu dir, Savannah. Was hat denn der Arzt gesagt?«

»Ich habe doch Mum schon alles erzählt«, stöhnt Savannah genervt, die am liebsten nicht mehr über Fahrräder, Fahrradspeichen, Fersen und was sonst noch alles dazugehört reden will.

»Das mag sein, aber sehe ich aus wie deine Mutter?«

»Isst du nicht mit uns, Gina?«, fragt Peer seine Frau.

»Nein, ich habe heute sehr spät gefrühstückt und noch keinen

Hunger.« Peer nickt und wendet sich wieder mit gespannter Miene an Savannah.

»Die Ärztin, die mich genäht hat, konnte die einzelnen Hautteile wieder zusammennähen. Die Ferse wird vermutlich für immer taub sein und es wird eine Weile dauern, bis ich wieder normal laufen kann, aber dann wird es genauso sein wie vorher. Es ist lediglich eine Fleischwunde, die mit dreizehn Stichen genäht worden ist«, fasst Savannah kurz zusammen.

»Wie lange brauchst du die Thrombosespritzen?«, fragt ihr Vater nach.

»Die Ärztin meinte, dass eine Woche reicht.«

»Dann machen wir lieber acht Tage daraus.«

»Warum?« Savannah sieht ihren Vater irritiert an.

»Lieber eine Spritze mehr als eine zu wenig. Da gehen wir besser kein Risiko ein«, stellt er fest und Savannah beschließt, diese Diskussion auf Tag sieben zu verschieben.

»Warum grinst du so, Savannah?«, kommt es von ihrer Mutter, die sie mustert.

»Ich grinse doch gar nicht.«

Savannah blickt aus ihrem Dachfenster und sieht hinauf zu dem strahlend blauen Himmel. Die Sonne hat den ganzen Winter darauf warten müssen, dass der Wind alle Wolken weiterschiebt und ihr den Weg freimacht. Die Zeit hat ihr Übriges dazu getan. Und heute strahlt sie hell und hüllt alles in ein zauberhaftes, freundliches Licht. Vieles scheint leichter zu sein und weniger Gewicht zu haben. Einfach nur, weil die Sonne scheint. Es fühlt sich ähnlich an wie das Gefühl, das Savannah erfüllt. Das Gefühl, Erwiderung zu erfahren und schlichtweg als nicht perfekter Mensch zu genügen. Genug zu sein, für so viel mehr. Alles scheint sich gerade zu fügen und sich zu einem perfekten und magischen Ganzen zu verbinden. Und sie selbst muss sich jetzt nur noch zurücklehnen und warten. Auf den Zeitpunkt, an dem es endlich so weit sein wird und sich das zusammenfügt, was zusammengehört. Sie kostet von der Suppe und sie schmeckt köstlich. Savannah schließt genüsslich die Augen, während die Sonne ihr Zimmer mit ihrer Kraft erfüllt. Hätte sie ihre Ängste nicht überwunden, würde es die Hoffnung auf einen Anfang mit Logan nicht geben.

***»Ängste beeinflussen die Entwicklung. Entfaltung geschieht im Freisein von Angst.« (Else Pannek)***

# 22 Mühselig

*»Nicht von außen wird die Welt umgestaltet, sondern von innen.«*
*(Leo Tolstoi)*

Savannah steht auf ihre blaugrauen Krücken gestützt und wartet auf Cherry. Obwohl sie heute Morgen schon sehr früh aufgestanden ist, hat sie den zeitlichen Aufwand unterschätzt. Das Umziehen, Schminken und der lange Weg durch das Treppenhaus sind anstrengend gewesen. Jetzt steht sie in der lauwarmen Morgenluft und auch wenn ihre Arme von der ungewohnten Belastung schmerzen, genießt Savannah es, wieder an der frischen Luft zu sein. Eine sanfte sommerliche Brise weht ihr ins Gesicht und sie schließt für einen kurzen Moment die Augen.

»Träumst du?«, durchdringt Cherrys gellende Stimme die friedliche Stille.

»Nein«, seufzt Savannah und öffnet die Augen. »Wo ist dein Auto?« Beunruhigt blickt sie sich um.

»Ich habe in der Seitenstraße geparkt«, erklärt Cherry ihr. »Ich dachte, dass ich dir noch bei irgendetwas helfen muss, bevor wir loskönnen.«

»Wie du siehst, habe ich alles gut allein gemeistert«, antwortet Savannah fröhlich. Doch Cherrys Miene bleibt ungewöhnlich distanziert.

»Gut. Dann hole ich schnell das Auto. Bist du dir sicher, dass du heute schon zur Arbeit gehen willst?«, fragt Cherry ernst und sieht besorgt aus.

»Wieso denn nicht? Ob ich zu Hause sitze oder bei der Arbeit, macht doch keinen Unterschied,« meint Savannah, während Cherry abwesend in die Ferne blickt. Wo ist sie nur mit ihren Gedanken?

»Cherry?« Savannah blickt ihre Freundin fragend an.

»Was ist los?«, fragt Savannah, als sie neben Cherry im Auto sitzt.

»Es gibt Neuigkeiten«, antwortet Cherry zögerlich. »Seit deinem Unfall ist einiges passiert. Michael ist bald nicht mehr da, weshalb ein neuer Abteilungsleiter ernannt worden ist.« Savannah hört aufmerksam zu. Ist etwa Cherry ihre neue Abteilungsleiterin? Wie würde sie das finden? Vermutlich ... »Man hat sich für Logan entschieden«, hört sie Cherry sagen. Logan ist ihr neuer Chef? Überrascht sieht Savannah zu Cherry, die fortfährt: »Kurz nach diesen Neuigkeiten hat Josy verkündet, dass sie für ein Jahr nach Amerika geht.« Josy Enders leitet die Rechtsabteilung der Firma und ist seit ein paar Jahren nicht nur ihre Kollegin, sondern auch eine gute Freundin. »Sie veranstaltet bald eine kleine Abschiedsfeier.« Savannah wartet darauf, dass Cherry noch etwas sagt. Doch sie schweigt.

»Ok, also wenn das alles ist, dann können ...«, fängt Savannah an.

»Das ist noch nicht alles gewesen.« Cherry sieht sie unsicher an. »Logan hat deine Projekte neu verteilt.«

»Er hat was?«

»Er hat dir all deine Projekte genommen. Wirklich jedes.«

»Warum?« Savannah schluckt schwer. Ihr Blut beginnt immer lauter in ihren Ohren zu rauschen und ihre Gedanken fangen an, sich zu überschlagen.

»Ich weiß es nicht, Sav. Und ich weiß, es ist schwer, aber vielleicht gibt es für alles eine ganz einfache Erklärung. Ich habe Logan gestern darauf angesprochen, aber er hat mich gleich abgewimmelt und ...« Savannah starrt aus dem Beifahrerfenster und blinzelt gegen das helle Sonnenlicht. Sie nickt, aber hört Cherry nicht mehr zu.

Die Angst vor dem, was sie gleich erwartet, scheint Savannah zu erdrücken. Das Atmen fällt ihr schwer. Es fühlt sich an, als würde ihr ein riesiger Elefant auf der Brust stehen. Hat sie wirklich kein einziges Projekt mehr? Wie werden ihre Kollegen reagieren, wenn sie kommt? Wissen die anderen vielleicht schon mehr? Und was ist mit Logan? Warum hat er das getan? Die

Stille im Auto ist angespannt und keine der beiden scheint sie durchbrechen zu wollen. Es kommt Savannah vor, als wären Cherry und sie gerade erst losgefahren, da stehen sie schon vor der Tür des Großraumbüros.

»Es wird schon alles gut werden«, sagt Cherry und hält Savannah die Tür auf. Die Muskulatur von Savannahs Armen ist bereits übersäuert und der Weg zu ihrem Schreibtisch fällt ihr schwer. Sie hat das Gefühl, dass alle Blicke auf sie gerichtet sind. Cherry folgt ihr an den Schreibtisch und will ihr die Krücken abnehmen.

»Danke, Cherry, aber ich schaffe das schon.«

»Es ist kein Zeichen von Schwäche, wenn man sich helfen lässt, Savannah.«

»Ich will aber keine Hilfe.«

Erschöpft lässt sich Savannah auf ihren Bürostuhl fallen. Nach einer kurzen Verschnaufpause checkt sie zuerst ihr E-Mail-Postfach, das ungewöhnlich leer ist. Nur eine Mail von Josy ist noch als ungelesen markiert. Die Tür des Großraumbüros öffnet sich und Logan kommt herein. In seinen Armen türmen sich mehrere Akten, von denen er eine Vincent auf den Tisch legt, bevor sein Blick auf Savannah fällt. Die Überraschung steht ihm nur zu deutlich ins Gesicht geschrieben.

Logan bemerkt, wie Kash, der gerade bei Naomi am Tisch steht, aufhört zu reden und ihn beobachtet.

»Savannah? Was machst du hier?«, fragt er sie. Auch Naomi wendet sich ihnen zu.

»Ich arbeite hier«, antwortet Savannah. Logan kann ihren Blick nicht deuten.

»Ich dachte, du bist noch die ganze Woche krankgeschrieben.«

»Wie du siehst, bin ich wieder da. Wie ich gehört habe, hast du Michaels Stelle bekommen. Glückwunsch. Also, was soll ich tun, Chef?«

»Danke«, sagt Logan nur und blickt zu Cherry. Was hat sie

Savannah sonst noch erzählt?

»Hätte sie es mir nicht sagen dürfen? Ist deine Beförderung ein Geheimnis?«, fragt Savannah, die ihn nicht aus den Augen lässt.

»Natürlich ist es kein Geheimnis. Ich muss jetzt weitermachen.« Er blickt auf den Stapel in seinen Armen und hofft, sich damit ein wenig Zeit verschaffen zu können.

»Das würde ich auch gerne. Nur womit?« Ihre Augen verengen sich. Ist sie wütend? Sie wird vermutlich bereits wissen, dass sie kein einziges Projekt mehr hat.

»Lass uns das doch heute Mittag besprechen, Savannah, da habe ich noch einen freien Termin.«

»Und was soll ich bis heute Mittag machen?« Weitere Köpfe drehen sich zu ihnen um und Cora flüstert Daniel etwas ins Ohr, der mit ernster Miene nickt.

»Was willst du denn von mir hören? Mach deine Arbeit. Ich habe erst heute Mittag Zeit für dich«, fährt er sie an.

»Ich habe eine einzige Mail, die ganz sicher innerhalb von zwei Minuten beantwortet ist. Also bitte ich dich nochmals, mir zu sagen, wo meine Projekte sind oder was meine Arbeit ist, Chef. Und zwar SOFORT.« Logan zuckt kaum merklich zusammen, als sie ihre Stimme erhebt, und spätestens jetzt haben sie wirklich die Aufmerksamkeit aller.

»In fünf Minuten hinten. Wir besprechen das in Ruhe unter vier Augen«, sagt Logan nachdrücklich und geht zu dem Schreibtisch, an dem Michael sonst immer sitzt.

Savannah greift entschlossen nach ihren Krücken und geht nach hinten in den Konferenzraum. Als Logan sie sieht, steht er auf und folgt ihr. Nachdem er die Tür geschlossen hat, lässt er die Rollos herunter. Savannah erhascht noch einen kurzen Blick auf Cherry, bevor das Rollo Savannah den Blick in das Großraumbüro versperrt.

»Setz dich doch bitte, Savannah«, sagt Logan distanziert.

»Warum sollte ich? Kannst du mich dann besser feuern?«

»Setz dich!«, antwortet Logan nur und sie erkennt an seiner

undurchdringlichen Miene, dass er nicht eher mit ihr reden wird, bis sie sich hingesetzt hat. Also folgt sie seiner Bitte. Nicht gerne, aber sie setzt sich. Legt die Krücken aber nicht aus der Hand. Logan setzt sich auf den Stuhl neben sie und starrt an ihr vorbei.

»Logan? Was soll das alles?«, fragt sie ihn mit brüchiger Stimme.

»Ich habe nicht gewusst, dass du so früh schon wieder zur Arbeit kommen würdest«, erwidert er ruhig.

»Das ist keine Antwort, Logan.« Savannah erkennt ihn kaum wieder.

»Doch, finde ich schon.«

»Und was bringt mir das? Ich bin hier und stehe vor einem leeren Schreibtisch und habe, wie es aussieht, kein einziges Projekt mehr ... Ich verstehe es nicht.«

»Ich habe auf einen günstigen Moment gewartet, um es dir zu erklären. In Ruhe.«

»Und was hättest du mir dann gesagt? Dass du mir jedes Projekt nimmst? Ich meine Sachen packen und gehen soll? Du mich hier nicht mehr haben willst? Was, Logan? Was hättest du mir dann gesagt?«, ihre Stimme zittert. »Liegt es an meiner Arbeit? Findest du, dass ich keine gute Arbeit leiste? Was ist es?«

»Musst du immer übertreiben und alles zu einem großen Drama machen?« Seine Worte treffen sie hart und Savannah schluckt schwer, bevor sie antwortet:

»Ist es wirklich übertrieben, wenn ich wissen will, warum du meine Arbeit an andere Kollegen verteilst und dich nicht einmal dazu herablässt, mich davon in Kenntnis zu setzen? Du kannst gerne versuchen dein eigenes Fehlverhalten mir gegenüber zu relativieren. Das macht es aber nicht besser. Daher bitte ich dich jetzt noch einmal, es mir zu erklären.«

»Es ist ganz einfach. Kurz nach deinem Unfall bin ich zum Nachfolger von Michael ernannt worden und bekomme damit, nach all diesen diskreditierenden E-Mails, die Chance, mich zu beweisen. Entsprechend habe ich deine Projekte neu verteilt. Ich habe das getan, um dir die Zeit einzuräumen, die du brauchst, damit du wieder gesund werden kannst. Wenn die Abteilung nicht einwandfrei läuft, fällt das auf mich zurück, und für die einzelnen Projekte gibt es Fristen, die eingehalten werden müssen. Das ist alles.« Es klingt logisch und trotzdem schrillt ganz hinten in Savannahs Kopf eine Alarmglocke. So plausibel das alles auch klingt, hat sie das Gefühl, dass irgendetwas nicht stimmt. Als sie nicht antwortet, setzt Logan fort: »Ich wusste, du verstehst das, wenn du es mich nur erklären lässt, und bemerkst selbst, dass du dich umsonst aufgeregt hast.« Er wirkt erleichtert. Genau in diesem Moment macht es in Savannahs Kopf K L I C K . Sie hat den Fehler an seiner Geschichte gefunden, das Puzzlestück, das nicht in das Bild passt und das sein stärkstes Argument entkräftet.

»Natürlich verstehe ich dich. Du bist hier der Chef und musst dich durchsetzen. Es ist wohl wirklich besser, nach Hause zu gehen und mich auszukurieren«, wiegt Savannah ihn in Sicherheit. Zu ihrer Überraschung stimmt er mit ein:

»Ja, das wird das Beste sein. Das ist eine absolut vernünftige Idee.« Er will sich schon aus seinem Stuhl erheben und sagt: »Gut, dann haben wir das jetzt ja geregelt.«

»Eine echte Erleichterung«, zischt Savannah enttäuscht. In ihr tobt eine Bestie, die brüllt, tobt und Feuer spuckt. Aus ihr herausbrechen will und nur mit aller Kraft schafft Savannah es, sie zu zügeln. Jetzt erst hebt Logan den Blick und sieht sie zum ersten Mal an diesem Tag an. »Du elendiger Heuchler. Du Lügner«, fährt sie ihn an. »Für wie blöd hältst du mich eigentlich?« Logan hält in seiner Bewegung inne und starrt sie überrumpelt an.

»Savannah ... ich ...«, beginnt er stockend.

»Auf deine erbärmlichen Ausreden kann ich verzichten.« Savannah funkelt ihn zornig an. »Wir werden das jetzt klären und ich erwarte, dass du dir wenigstens anhörst, was ich dir zu sagen habe. Ob du willst oder nicht. Keines meiner Projekte hat eine Frist unter einem Monat. Wie du weißt, habe ich nur eine kleine Fleischwunde. Auch wenn du dir jetzt im Nachhinein wünschst, man hätte mir das ganze Bein amputiert, damit ich monatelang ans Bett gefesselt bin ...«

»Das stimmt nicht.«

»Du hast wissen können, dass ich mit der Verletzung nicht wochenlang krankgeschrieben sein werde.«

»Ja, aber ich dachte, ich habe wenigstens noch ein paar Tage Zeit, um alles zu ordnen.«

»Warum hast du mich nicht einmal angerufen? Du hättest mit mir darüber sprechen können. Du hättest mir sagen können, dass du befördert worden bist. Glaubst du nicht, dass ich mich für dich gefreut hätte? Du hättest mir sagen können, dass du meine berufliche Zukunft in der Hand hast und meine gesamte Arbeit umverteilst.« Die Wut verwandelt sich in Enttäuschung.

»Ja, das hätte ich. Aber ich habe es nicht und ich kann es nicht mehr ändern.«

Mabel schiebt Annie durch den Stadtpark. Kinderlärm erfüllt die warme Sommerluft. Die Vögel zwitschern und ab und an bellt ein Hund. Annie sieht heute besonders schön aus. Sie trägt ein dunkelgrünes, langes, hochgeschlossenes Kleid und um ihre Schultern liegt ein cremefarbenes Tuch. Ihre Haare sind zu einem adretten Dutt hochgesteckt.

»Können wir eine kurze Pause machen?«, fragt Mabel und geht auf die nächste Parkbank zu.

»Geht es dir nicht gut? Du siehst blass aus«, stellt Annie mit einem Blick auf Mabel fest.

»Mein Kreislauf spielt verrückt. Wenn ich mich einen Moment hingesetzt habe, geht es bestimmt wieder.« Kreidebleich lässt sich Mabel auf der Parkbank nieder.

»Ich würde dir ja meinen Rollstuhl anbieten ...«

»Nein, danke«, winkt Mabel ab. Jemand rast auf einem Fahrrad an ihnen vorbei und legt wenige Meter weiter eine Vollbremsung hin.

»Manche haben ja wirklich nicht mehr alle Sinne beisammen«, sagt Annie kopfschüttelnd. Der Fahrradfahrer dreht um und kommt bei ihrer Parkbank wieder zum Stehen. Erst jetzt erkennt Mabel, dass es Jordan ist.

»Hallo, Mabel. Wie geht es dir?«, fragt er freundlich.

»Du kennst den Mann?«, richtet sich Annie entrüstet an Mabel und zieht überrascht die Augenbrauen in die Höhe.

»Das ist Jordan«, antwortet Mabel und sagt an Jordan gerichtet: »Es geht mir gut und dir?«

»Mir auch. Was machst du hier?«, fragt Jordan und Annie stöhnt auf.

»Meine Tante und ich machen eine kurze Pause, bevor wir unseren Spaziergang fortsetzen«, erzählt Mabel. Ihr ist übel.

»Das gute Wetter muss man ja auch nutzen«, sagt Jordan und klopft auf seinen Fahrradlenker. »Ich habe mir jetzt ein Mountainbike gekauft. Das macht echt Spaß. Vielleicht möchtest du irgendwann einmal auf eine Tour mitkommen?« Mabel muss an Savannah denken und blickt zu Annie, die gerade an das gleiche zu denken scheint.

»Das ist also Jordan gewesen?«, fragt Annie und mustert Mabel.

»Richtig.«

»Hat man ihm nicht gesagt, dass man die Sonnenbrille absetzt, wenn man mit jemandem redet?«

»Oh, Annie«, stöhnt Mabel.

»Was ist? Dieser Mann hat kein Benehmen. Hast du das noch nicht bemerkt?«

»Ich treffe mich schon lange nicht mehr mit ihm. Damit ist das Thema beendet.«

»Warum?«

»Ich will nicht darüber reden, Annie. Mir ist schlecht.«

»Wird es nicht besser?« Besorgt sieht Annie sie an. »Soll ich jemanden anrufen?«

»Bloß nicht. Es wird sicher gleich besser.« Mabel legt sich ächzend auf die Parkbank.

»Es sieht irgendwie nicht danach aus. Oh, nein. Da drüben

läuft Clementine«, beobachtet Annie. »Verdammt! Sie hat uns gesehen.« Erschrocken richtet sich Mabel auf und starrt in die Richtung, in die Annie blickt. Tatsächlich. Clementine kommt mit ernster Miene auf sie zu. Ihr Blick verheißt nichts Gutes.

# 23 Richtungswechsel

*»Du hast meine Welt auf den Kopf gestellt und ich muss auf Händen durch's Leben gehen, wenn ich die Orientierung nicht verlieren will.«*
*(Helga Schäferling)*

»Hallo«, begrüßt Clementine sie steif und presst die Lippen fest aufeinander.

»Hallo, Clementine. Wie geht es dir?«, fragt Annie sie höflich. Auch Mabel presst die Lippen aufeinander. Ihr ist immer noch furchtbar schlecht.

»Was für eine Frage. Wie soll es mir denn gehen?«, antwortet Clementine und reckt das Kinn in die Höhe.

»Wie ist es gewesen?«, fragt Annie weiter.

»Klar, dass du das wissen willst«, bemerkt Clementine spitz, erzählt aber dennoch weiter: »Es ist sehr ... friedlich gewesen. Mum hat ein wunderschönes Zimmer mit einer unglaublichen Aussicht bekommen. Es ist alles sehr ruhig und privat gewesen. Wir waren die meiste Zeit unter uns. Und ...« Clementines Stimme bricht. »Ich bin froh dabei gewesen zu sein«, schluchzt sie herzzerreißend. Annie greift nach ihrer Hand und drückt sie kurz, bevor sie sagt:

»Deine Mutter ist immer so stolz auf dich gewesen, Clementine. Du bist ihr großes Glück gewesen. Schön, dass du sie begleitet hast, auch wenn es dir sicher sehr schwergefallen ist. Daisy hat so viele Jahre gekämpft.«

»Ja, da hast du Recht«, Clementine schnäuzt sich lautstark die Nase. »Ich habe es ihr aber oft nicht leicht gemacht.«

»Natürlich nicht. Aber das ist am Ende egal. Hauptsache, du bist bei ihr gewesen.«

»Danke, Annie. Ich wünsche mir trotzdem, dass du deine Meinung noch änderst.«

»Das werde ich nicht, Clementine.« Clementine nickt nur und sieht Mabel mitleidig an.

»Dann wünsche ich dir ganz viel Kraft, Mabel.«

»Hmh«, antwortet Mabel nur, die immer noch mit der Übelkeit kämpft.

»Ich muss weiter.«

»Wird es nicht besser?«, fragt Annie Mabel, die wieder auf der Parkbank liegt. Annie winkt jemandem in der Ferne zu.

»Nein«, stöhnt Mabel gequält.

»Also so langsam mache ich mir Sorgen.«

»Das musst du nicht.«

»Ich könnte Paul anrufen, damit er uns abholen kommt.«

»Bloß nicht.«

»Warum nicht? Als ich euch das letzte Mal zusammen gesehen habe, konntet ihr nicht genug voneinander bekommen.«

»Mir geht es wirklich schlecht, Annie. Lassen wir das Thema.«

»Über welches Thema darf ich denn mit dir reden?«

»Du hast mich vor vollendete Tatsachen gestellt«, sagt Savannah und starrt Logan an.

»Ich will nicht, dass irgendjemand denkt, dass ich dich bevorzugen würde.«

»Mit jedem anderen hättest du vorab ein persönliches Gespräch geführt.«

Logan mustert sie eingehend, bevor er sagt: »Ich hätte mit dir reden sollen, bevor ich deine Projekte neu verteile. Und ja, das hätte ich bei jedem anderen getan. Gerne würde ich das Private und Berufliche voneinander trennen. Aber ich denke, das ist nicht mehr möglich.« Er macht eine kurze Pause bevor er fortfährt: »Ich habe bei der Geschäftsleitung um deine Versetzung gebeten. Sieh mich nicht so an, Sav! Ich kann mir einfach nicht vorstellen weiter mit dir zusammenzuarbeiten.«

»Was?«, stößt Savannah geschockt hervor. Es fühlt sich an, als wäre sie in einem bösen Traum gefangen. Sie möchte etwas tun, beteiligt sein und Einfluss auf die Handlung nehmen und kann es nicht. Sie steht am Rand und ist gezwungen, dabei zuzusehen, wie jemand anderes über ihr Leben entscheidet. Das Adrenalin in ihrem Körper wirkt wie ein Gift, das sie lähmt, und nicht wie eine unbändige Kraft, die es ihr ermöglicht wieder zum Autor ihrer eigenen Geschichte zu werden.

»Lass es mich bitte erklären.« Savannah kann nicht glauben, was hier gerade geschieht. Es ist aus. Sie wird ihren Job verlieren und in irgendeine Abteilung versetzt. Und Logan ... es scheint vorbei zu sein, bevor es richtig angefangen hat. Savannahs Kopf ist wie leergefegt. »Ich weiß nicht, wo ich anfangen soll«, hört sie Logan wie aus weiter Ferne sagen. »Du machst deine Arbeit wirklich toll, daran liegt es nicht. Es ist wegen dieser Sache zwischen uns«, Logan gerät ins Stocken. »Seit dem Tag, als du mich über deine Gefühle in Kenntnis gesetzt hast, bekomme ich immer wieder Zweifel. Es ist, als würde ich zehn Schritte auf dich zugehen und du gehst immer wieder einen zurück.« Savannah horcht auf. Hat sie ihn gerade richtig verstanden?

»Du lässt mich versetzen, weil du dir nicht sicher bist?« Gespannt hält sie die Luft an. Das kann doch nicht wahr sein.

»Ich kann mir aktuell einfach nicht vorstellen, wie sich das alles auf unsere Arbeitssituation auswirken wird und da ich unter besonderer Beobachtung stehe, kann ich dieses Risiko nicht eingehen.« Deswegen soll alles vorbei sein?

»Welches Risiko?«, fragt Savannah immer noch unter Schock stehend.

»Komm schon, Savannah, versuch mich zu verstehen. Was ist, wenn das Ganze schief geht? Es muss ja nicht einmal irgendjemand daran schuld sein. Manchmal läuft das Leben eben anders, als man es sich vorgestellt hat. Wenn du aber in einer anderen Abteilung arbeitest, dann kann sich mit der Zeit zeigen, wie es mit uns weitergeht oder eben nicht.« Aber das bedeutet doch..., dass er ihnen eine Chance geben will? Savannahs Gedanken schießen wie ein Feuerwerk in alle Richtungen. Laut und mit viel Rauch fügt sich alles zu einem farbenfrohen Bild aus Funken zusammen. Es ist nicht vorbei. Er will es ernsthaft mit ihr versuchen.

»Man weiß nie, wie jemand reagiert, wenn man dessen Gefühle verletzt«, hört sie ihn noch sagen.

»Was ist, wenn du dir nur einen Spaß erlaubst und es gar nicht wirklich ernst meinst. Ich bin dein Vorgesetzter. Es könnte mich diskreditieren. Es wäre keine Kleinigkeit«, sagt Logan und schon bei dem Gedanken daran wird ihm flau im Magen.

»Ich verstehe es immer noch nicht so ganz. Willst du mir gerade sagen, dass du nicht weißt, ob ich es ernst meine?«, wiederholt Savannah ungläubig. »Und das ist der Grund, aus dem du mich versetzen lässt? Ohne mich einzubeziehen?!« Logan sieht, wie sie schnell blinzelt.

›Jemandem das Herz zu brechen‹ klingt für Logan wie aus einem schlechten Film. Es klingt gewöhnlich. Als wäre es weniger schlimm, weil es ständig irgendjemandem auf der Welt passiert. Der Begriff wird so oft benutzt, dass er auf eine gewisse Art und Weise abgedroschen klingt. Ein gebrochenes Herz beschreibt einen Zustand, der sich anfühlt, als würde es einen innerlich zerreißen, und der einem das Gefühl gibt, nie wieder froh sein zu können.

»Du kannst mir einfach keine Garantie geben«, sagt er vorsichtig.

»Das kann niemand«, stellt Savannah knapp fest und senkt traurig den Kopf.

Mabel stützt Annie, als sie durch die Haustür treten. Die Übelkeit und der Schwindel machen Mabel immer noch zu schaffen und trotzdem hat sie es geschafft. Sie bugsiert Annie durch den Flur und als Annie in ihrem Ohrensessel sitzt, legt Mabel sich direkt neben sie auf den Fußboden und atmet erleichtert durch. Das Telefon klingelt. Es liegt auf dem Wohnzimmertisch. Schwerfällig erhebt sich Annie und schafft es, danach zu greifen.

»Ja?«, schnauzt sie in den Hörer und lässt sich in ihren Sessel zurückfallen. »Mhm«, hört Mabel sie brummen. »Gut und dir?« Stille. Eine Welle der Übelkeit übermannt Mabel erneut. »Hier.«

Annie streckt ihr den Hörer entgegen. »Deine Mutter.« Mabel nimmt den Hörer entgegen und presst ein knappes »Hallo« zwischen den Lippen hervor, bevor ihr wieder schlecht wird.

»Hallo, Mabel. Da du dich ja nie meldest, dachte ich, dass ich bei dir anrufe«, schnattert ihre Mutter am anderen Ende der Leitung. »Robby Fischer ist letzten Monat Vater geworden. Ist er nicht mit dir in die Schule gegangen?«

»Ja.«

»Er hat Bernarde Delaware, oder wie sie hieß, geheiratet und sich in der Nachbarschaft ein Haus gekauft. Ich sehe sie jeden Tag mit dem Kinderwagen laufen.«

»Toll.«

»Wie geht es dir? Hast du unsere Postkarte bekommen?«

»Ja. Gut und dir?«

»Der Urlaub hat wirklich gutgetan. Und jetzt geht eben wieder der Alltag weiter. Wie lange wirst du noch bei Annie wohnen, bis du dir endlich wieder etwas eigenes suchst?«

»Bis zum Ende des Sommers.«

»Ist es so schwer, in eurer Gegend eine Wohnung zu finden? Bei uns steht aktuell so einiges frei. Soll ich mich für dich umhören?«

»Nein. Es muss sich doch eh jemand um Annie kümmern.«

»Warum das?« Mabel blickt zu Annie hinauf, die ihre Lesebrille aufhat und in ihr Buch vertieft zu sein scheint.

»Weil sie krank ist und sterben wird, Mum.« Ruckartig hebt Annie den Kopf und am anderen Ende der Leitung gibt es einen dumpfen Schlag, als wäre ihrer Mutter gerade der Hörer aus der Hand gefallen.

»Hast du ihr denn nichts gesagt?«, fragt Mabel, bevor sie aufspringt und ins Badezimmer rennt.

»Wann hast du mir das Gefühl gegeben, dass du es ernst mit mir meinst? Hast du jemals irgendetwas getan? Die Initiative ergriffen?«, fragt Logan Savannah, die leise seufzt, bevor sie antwortet:

»Erinnerst du dich noch an den Tag, als wir alle dieses Musical besucht haben?«

»Natürlich erinnere ich mich daran. Du meinst das mit den blauen Männern, das dir so wahnsinnig gut gefallen hat?«, bemerkt er ironisch und setzt fort: »Du hast neben mir gesessen.«

»Nicht von Anfang an. Nadja Horry hat den Platz neben dir gehabt und ich habe mehrere Reihen weiter hinten gesessen, bei Josy, Naomi, Cherry und Eve.«

»Ah, stimmt«, erinnert Logan sich langsam.

»Was du nicht weißt, ist, dass bevor die Vorstellung losgegangen ist, Nadja zu uns nach oben gekommen ist. Sie hat ziemlich unglücklich ausgesehen, weshalb Josy sie gefragt hat, ob etwas nicht stimme. Nadja hat uns dann erzählt, dass sie viel lieber bei uns sitzen würde. Daraufhin hat Naomi gefragt, neben wem sie denn sitzt und sie hat geantwortet, dass sie neben Camilla und dir sitzt. Ich habe keine Sekunde gezögert, bin von meinem Platz aufgestanden und habe ihn ihr angeboten. Ich habe erklärt, dass es mir egal sei, neben wem ich sitze und Nadja hat sofort ihre Sachen geholt. Auf dem Weg hat sie wahrscheinlich gebetet, dass ich es mir nicht doch noch anders überlege. Aber das habe ich nicht.«

»Und daran soll ich erkennen, dass du es wirklich ernst mit mir meinst?« Logan sieht sie skeptisch an.

»Ja. Wer will schon freiwillig neben dir sitzen?«

»Und dann sagst du sowas.« Logan kann sich ein Grinsen nicht länger verkneifen. »Bevor ich den Platz getauscht habe, hatte ich den perfekten Platz«, erklärt Savannah ihm nun wieder ernst. »Irgendwo in der Mitte. Wegen dir bin ich nach vorne in die fünfte Reihe gewechselt und musste mitansehen, wie Männer Cornflakes ins Publikum spucken, Leinwände mit Farbballons und Speichel bespritzen und riesige, schon halb verdaute Marshmallowtürme bauen. Ich muss zugeben, dass es widerlich und beeindruckend zugleich gewesen ist. Nachdem ich mich bei den Publikumsaktivitäten mit zum Affen gemacht habe und am Ende riesige Mengen Klopapier über uns niedergerollt sind, ist mein persönlicher Albtraum wahr geworden. Aber für jedes Wort mit dir hat es sich gelohnt. Ich mache Schritte auf dich zu. Es sind kleine Schritte, aber sie sind da.«

»Ich brauche mehr, Savannah. Dieser Job ist so wichtig für mich. Da reicht es nicht, wenn du einen Sitzplatz tauschst.«

»Was erwartest du von mir?«

»Zeig mir, dass es dir wirklich wichtig ist.« Savannah starrt in seine eisblauen Augen und fragt sich, ob sie eine Versetzung für ihn in Kauf nehmen will. Zärtlich streicht er ihr eine Haarsträhne aus dem Gesicht und sagt leise: »Was glaubst du denn, warum ich mich die letzten Tage so gequält habe?« Und sie weiß, dass sie einfach alles für ihn tun würde.

Mabel spült sich den Mund mit Wasser aus, bevor sie zurück ins Wohnzimmer geht und sich auf das Sofa setzt.

»Hast du vielleicht etwas Schlechtes gegessen?«, fragt Annie und mustert sie eingehend.

»Keine Ahnung. Auf jeden Fall ist jetzt alles draußen.«

»Willst du dich nicht hinlegen?«

»Hast du keinem gesagt, was du vorhast?«, ignoriert Mabel sie.

»Warum sollte ich?«

»Annie! Du musst es ihnen sagen.«

»Ich muss gar nichts mehr.« Annie blickt sie ruhig an.

»Aber Annie ...«

»Spar es dir. Urteile nicht über Dinge, die du nicht verstehst. Du weißt selbst, wie deine Mutter ist. Gerede und Getratsche sind ihr Leben. Gesellschaftliche Normen und Sitten stehen über allem. Für mehr ist kein Platz und kein Verständnis.«

»Aber sie ist doch deine Schwester.«

»Ja und?«

Es ist bereits dunkel, als Mabel und Annie immer noch vor dem Fernseher sitzen. Gerade beginnt der nächste Dokumentarfilm, als es an der Haustür klingelt. Annie stöhnt genervt auf, während Mabel sich erhebt. Das muss Charlie sein. Doch als Mabel die Tür öffnet, staunt sie nicht schlecht. Es ist ihre Mutter, die da vor ihr steht. Sie muss direkt nach dem Telefonat losgefahren sein. Ohne ein Wort stürmt Mabels Mutter an ihr vorbei Richtung Wohnzimmer.

»Annie!«, ruft sie dabei aus. »Du siehst schlecht aus. Was ist mit deinem Arm passiert?« Wie angewurzelt kommt sie zum Stehen und schlägt sich erschrocken eine Hand vor den Mund. Mabel ist ihr leise ins Wohnzimmer gefolgt und setzt sich zurück auf das Sofa. Besser, sie hält sich da raus.

»Er ist taub. Was willst du hier?«, fragt Annie gelassen.

›Wie lange sich die beiden wohl nicht mehr gesehen haben?‹, grübelt Mabel.

»Wie krank bist du wirklich?« Mabel hat ihre Mutter selten so außer sich gesehen.

»Ich habe noch diesen Sommer, Marlisa. Deswegen ist deine Tochter hier. Sie begleitet mich auf meinem letzten Weg.«

»Das glaube ich nicht.« Tränen treten in Marlisas Augen.

»Das darfst du ruhig glauben. Sie ist nicht so wie du«, bemerkt Annie ruhig.

»Das kannst du ihr nicht zumuten. Ich werde mich um dich kümmern.« Marlisa beginnt stumm zu weinen.

»Ganz bestimmt nicht«, sagt Annie nachdrücklich.

»Hör auf so stur zu sein. Ich bin deine Schwester und tue das gerne. Es ist meine Pflicht ...«

»Mach dich bitte nicht lächerlich. Wir wissen beide, dass du nur dein schlechtes Gewissen damit beruhigen willst«, sagt Annie klar und mustert ihre weinende Schwester aufmerksam, die erschrocken die Augen aufreißt.

»Wegen was sollte ich ein schlechtes Gewissen haben?«

»Ich helfe dir gerne auf die Sprünge. Es ist das Jahr gewesen, in dem ich die Ehefrau von Bert Buzz geworden bin ...«, beginnt Annie und macht dabei ein Gesicht, als würde sie in Erinnerungen schwelgen.

»Hör auf. Das ist alles schon etliche Jahre her. Ich habe dir schon tausendmal gesagt, wie leid es mir tut«, keucht Marlisa gepresst.

»Was genau? Dass du Vater gesagt hast, dass ich schwanger bin und einen Bastard erwarte? Dass du ihm verraten hast, dass Bert Buzz ein Auge auf mich geworfen hatte und ich ihn heiraten musste? Was von all dem tut dir leid und was bringt mir deine Entschuldigung?« Mabel bleibt das Herz stehen. Entsetzt blickt sie zu ihrer Mutter.

»Ich bin jung und dumm gewesen, Annie. Bert ist dir ein guter Ehemann gewesen. Mach eure Ehe jetzt nicht schlecht. Er war ein viel besserer Mann als der, der dich schwanger sitzengelassen hat.«

»Du hast keine Ahnung, wovon du da redest.« Annie klingt erstaunlich ruhig, stellt Mabel aufgewühlt fest, während ihr tausend Fragen durch den Kopf schießen: Was ist mit dem Kind geschehen? Warum hat Annie nie erzählt, dass sie ein Kind bekommen hat? Wie alt ist dieses Kind jetzt? Kennt Mabel sie oder ihn vielleicht persönlich?

»Ich weiß sehr viel mehr, als du denkst. Und es tut mir leid, wie das damals gelaufen ist. Aber du hättest auch nein sagen können.«

»Da hast du Recht. Und weil ich es damals verpasst habe, tue ich es jetzt.«

***»Die Sonne verglüht<br>in tausend Farben<br>der Himmel klagt<br>sein letztes Lied<br>hinter den Wolken<br>stirbt der Tag<br>ich fühle wie das Licht versiegt.«<br>(Hans-Christoph Neuert)***

# 24 Die Abschiedsfeier

*»Wenn ich nicht gehe, kann ich nicht zurückkommen.«*
*(Walter Ludin)*

Savannah steht vor dem Spiegel und begutachtet skeptisch ihr Outfit. Sie trägt eine schwarze Palazzohose und ein weit ausfallendes Glitzertop.

»Das ist zu viel«, murmelt sie frustriert und greift nach ihren Krücken. Savannah geht zu ihrem Kleiderschrank und zieht einen dunkelblauen Kapuzenpullover heraus. Während sie ihre Locken zu einem einfachen Dutt zusammensteckt, taucht die Abendsonne, die durch das Dachfenster scheint, alles in ein warmes, goldenes Licht. Zufrieden mustert Savannah ihr Spiegelbild, als das Klingeln ihres Handys sie aus ihren Gedanken reißt.

»Mum.«

»Bist du dir sicher, dass du da wirklich hingehen willst, Savannah?«

»Ja. Es gibt genügend Sitzmöglichkeiten und ich werde mich schonen.«

»Du kannst jederzeit anrufen, dann holen wir dich ab.«

»Ich bin erwachsen, Mum, mach dir keine Sorgen.«

»Das werde ich dir auch sagen, wenn du eines Tages Kinder hast. Du weißt genau, dass am Montag endlich die Fäden gezogen werden, und trotzdem gehst du auf diese Party.«

»Es ist keine Party. Wir verabschieden eine Kollegin, die ein Jahr nach Amerika geht, und sitzen einfach ein bisschen zusammen.« Savannah wirft einen Blick auf die Uhr. »Ich muss los, Mum. Cherry müsste jeden Moment da sein und ich will sie nicht warten lassen.«

»Schreib mir bitte, damit ich weiß, dass es dir gut geht.«

»Ich schreibe dir, sobald ich wieder zu Hause bin.«

»Mach nicht zu lange«, sagt Gina besorgt, bevor sie das Gespräch beenden.

Savannah stützt sich wieder auf ihre Krücken und geht hinüber zu ihrer Kommode, wo sie ein schlichtes Stoffarmband herauszieht. Es ist hellblau und auf dem eingefassten Holzblättchen ist ein kleiner Fisch abgebildet.

»Hey, Todd. Was gibt es? Ich bin ein bisschen in Eile«, sagt Logan und sieht abwartend zu Todd, der außer Atem vor ihm steht.

»Wo gehst du hin?«, fragt Todd und fährt sich durch die verschwitzten Haare.

»Ich gehe auf eine Abschiedsfeier und bin spät dran.«

»Wer ist da alles eingeladen?«

»Falls du wissen willst, ob Jen da sein wird, dann ...«

»Vielleicht diese andere Frau?«, unterbricht Todd ihn und Logan macht eine ungerührte Miene. Er ist es leid. Immer geht es nur um Savannah und jetzt will auch noch Todd ihm sagen, was er zu tun und zu lassen hat? »Hör nicht auf die anderen«, sagt Todd weiter und Logan öffnet überrascht den Mund. »Ich habe euch beide in der Bar gesehen.«

»Du wiederholst dich.« Logan atmet laut aus. Er sieht in Todds pickliges, naives Gesicht. Er wird ihm nicht helfen können, wenn alle auf Savannah und ihn losgehen werden. »Aber danke für deine Worte.«

»Ich glaube, du hast mich nicht verstanden.«

»Was gibt es daran nicht zu verstehen?« Todd schüttelt kurz den Kopf und macht eine grimmige Miene, weshalb Logan hinzufügt: »Was ist denn dein Problem?«

»Nichts. Ich laufe dann mal weiter.« Bevor Logan noch etwas sagen kann, setzt Todd seinen Weg fort. Logan beobachtet, wie Todd in die Dämmerung joggt, und erst als dieser aus seinem Blickfeld verschwunden ist, erinnert er sich daran, dass er es eigentlich eilig hat.

»Weißt du, wo es ist?«, fragt Savannah Cherry, die konzentriert auf die Fahrbahn blickt.

»Es ist ein riesiges Gartengrundstück. Ich bin allerdings erst einmal dort gewesen und hoffe, dass ich es wieder finde«, lacht Cherry leicht.

»Wie läuft es mit Marc?«, fragt Savannah und betrachtet ihr Armband. Hätte sie es vielleicht doch weglassen sollen?

»Ich möchte nicht darüber reden.« Savannah schaut auf und betrachtet Cherry erstaunt von der Seite. »Nicht heute. Denn heute gehe ich auf eine Party und werde Spaß haben«, fährt Cherry fort und behält ihr breites Lächeln bei. »Ich werde es dir ein anderes Mal erzählen. Außerdem hast du mir auch nicht erzählt, was Logan zu dir gesagt hat.«

Savannah sieht hinaus und beobachtet die untergehende Sonne. Sie denkt daran zurück, wie Logan nach ihrem Gespräch allen mitgeteilt hat, dass er Savannah einen anderen Aufgabenbereich zugeteilt hat, was die Gerüchteküche allerdings erst so richtig angeheizt hat.

»Was läuft da mit Logan und dir?«, hat Vincent, kurz nach Feierabend, wissen wollen.

»Wovon redest du?«, hat Savannah nur gefragt, während sie den Computer heruntergefahren hat.

»Verkauf mich nicht für blöd! Warum hat er dir die Projekte weggenommen?«

»Er hat mir die Projekte nicht weggenommen.«

»Wie nennst du es dann?«

»Er ... hat mir Raum gegeben, erst einmal wieder gesund zu werden.«

»Und wie erklärst du dir, dass er deine Versetzung beantragt hat?«

»Woher weißt du das?« Savannahs Herzschlag hat für einen Moment ausgesetzt.

»Ich habe den Antrag zufällig auf Logans Tisch liegen sehen.« Savannah hat es die Luft abgeschnürt, während sie die ihr wichtigste Frage gestellt hat:

»Hast du jemandem davon erzählt?«

»Nein«, sagt Mabel nachdrücklich zu Annie, die sie erstaunt mustert.

»Du kannst ihm nicht ewig aus dem Weg gehen.«

»Doch.«

»Warum?«

»Hör auf, Annie.«

»Warum? Warum stehst du dir selbst so im Weg? Er ist seit Wochen nicht mehr derselbe. Ich denke, es quält ihn, also warum redest du nicht mit ihm?«

»Wie oft noch: ER hat eine Freundin.«

»Woher willst du das wissen?« Mabel sieht Annie erstaunt an.

»Wie meinst du das? Hat er dir erzählt, dass er sich getrennt hat?«

»Annie Buzz?« Ein junger Mann streckt seinen roten Wuschelkopf durch die Tür und blickt in den Wartebereich.

»Hier«, sagt Annie laut und greift nach ihrer Handtasche.

»Lass sie doch bei mir. Ich passe auf deine Tasche auf.«

»Nein, danke. So verblendet wie du bist, ist meine Tasche schneller weg, als ich zucken kann.« Der junge Mann macht ein verwirrtes Gesicht und tritt unsicher hinter Annies Rollstuhl. »Laufen Sie, so schnell Sie können«, richtet Annie sich an den Mann, der unbeholfen zu Mabel blickt, bevor er mit Annie das Wartezimmer verlässt.

»So, hier müsste es sein«, sagt Cherry und hält auf einem holprigen Feldweg. Savannah beugt sich zur Seite und blickt auf einen Maschendrahtzaun, hinter dem sich eine zwei Meter hohe Hecke aus Bäumen und Sträuchern befindet.

»Bist du dir sicher, dass wir hier richtig sind?«, fragt Savannah unsicher.

»Ja, ich bin mir sicher. Wenn ich hier weiterfahre, kommt da hinten ein Parkplatz. Du solltest aber besser nicht so weit über diesen unebenen Boden gehen.« Savannah nickt und blickt kurz darauf den Rücklichtern von Cherrys Wagen hinterher. Vorsichtig geht sie am Zaun entlang und entdeckt ein kleines Schild, ohne das sie das Gartentor gewiss übersehen hätte. Behutsam drückt Savannah die Klinke herunter und vor ihr erstreckt sich ein kleiner Trampelpfad. Bereits nach wenigen Schritten hört sie leises Gelächter und dumpfe Stimmen. Sie erreicht eine kleine Lichtung, auf der ein paar Bänke und abgesägte Baumstämme zu Sitzgruppen arrangiert sind. In der Mitte brennt bereits das Lagerfeuer. An den Tannen ringsum hängen unzählige bunte Lampions, die bei der zunehmenden Dunkelheit alles in ein mildes, warmes Licht tauchen. Ein Stück weiter steht eine große Gartenhütte, aus der laute Musik dringt, und an der Seite befindet sich noch ein Pavillon, der ebenfalls mit Lampions liebevoll dekoriert worden ist. Es sieht zauberhaft aus.

»Wow«, staunt Cherry und kommt hinter Savannah zum Stehen.

»Oh, hallo.« Josy streckt ihren Kopf aus der Hütte und kommt gefolgt von Nadja auf sie zu. Josy trägt ein dunkles, enganliegendes T-Shirt und eine beigefarbene, figurbetonte Dreiviertelhose. Ihre dunkelbraunen Haare fallen glatt bis zu ihren Schultern und mit ihrem Lächeln entblößt sie ihre kerzengeraden Zähne. Irgendwie schafft Josy es immer, dass es sich anfühlt, als wäre keine Zeit vergangen, seitdem man sich das letzte Mal gesehen hat.

»Wie schön, dass ihr da seid«, sagt Josy herzlich und schließt die beiden in eine feste Umarmung. »Was hast du denn gemacht?«, richtet sie sich an Savannah.

»Ich habe mich an der Ferse verletzt. Es ist eine lange Geschichte und ich will dich nicht damit langweilen«, weicht Savannah aus.

»Wir haben bestimmt später noch genug Zeit, um über alles zu reden. Jetzt setzt euch erst einmal. Wollt ihr etwas trinken? Das ist übrigens meine Freundin, Nadja. Ich glaube, ihr kennt euch schon?«, sagt Josy munter und deutet auf Nadja neben sich.

»Ja, wir kennen uns schon«, antwortet Cherry nachdenklich, »aber ich weiß nicht mehr, woher ...«

»Hallo?«, hören sie aus der Richtung des Gartentors und wenig später kommen Vincent, Kash und Logan auf sie zu.

»Hallo.« Josy geht zu ihnen, während Nadja bei Cherry und Savannah stehen bleibt. Savannah starrt zu Logan, der mit Josy redet, als sie von Cherry einen leichten Knuff in die Seite bekommt.

»Wir überlegen gerade, wann wir uns das erste Mal gesehen haben«, sagt Cherry und sieht Savannah abwartend an. »Du erinnerst dich doch immer an alles.«

»Es ist das Musical gewesen«, antwortet Savannah und Cherry nickt zufrieden.

»Das mit den blauen Menschen«, sagt Logan hinter ihr und Savannah zuckt kurz erschrocken zusammen. »Keine Angst. Ich bin es nur.« Während Logan das sagt, streicht er ihr sanft über den Arm. Savannah starrt ihn überrascht an.

»Ah, genau. Du hast mit mir den Platz getauscht«, erinnert sich Nadja und deutet auf Savannah. »Das ist so nett von dir gewesen.«

»Nicht der Rede wert«, murmelt Savannah mit glühenden Wangen, die den Blick von Logan nur zu deutlich auf sich spürt. Irgendetwas ist anders als sonst. Aber noch kann sie sich nicht erklären, was es ist.

»Dann bist du also Nadja«, sagt Logan grinsend und streckt ihr freundlich die Hand entgegen. »Ich bin Logan Adams.«

»Hi«, sagt Nadja und scheint ihn nicht zu erkennen.

»Jetzt setzt euch doch endlich hin«, kommt es von Josy und sie folgen ihrer Bitte und setzen sich um das Lagerfeuer.

»Mabel?«

Mabel blickt von ihrer Zeitung auf und starrt fassungslos in Pauls Gesicht.

»Was machst du hier?«, fragt er sie und lässt sich neben Mabel auf einen Stuhl fallen.

»Das Gleiche könnte ich dich fragen.«

»Annie hat mir gesagt, dass ich sie abholen soll.«

»Ich drehe ihr irgendwann noch den Hals um ...«, brummt Mabel wütend und Paul beginnt zu lachen.

»Dann bin ich also ganz umsonst hier?«

»Scheint so.«

»Na gut, dann gehe ich mal wieder.«

»Entschuldige, ich werde das nachher mit Annie klären.« Mabel greift nach einer Zeitschrift.

»Gehst du mir aus dem Weg?«, fragt er zaghaft. Mabel schlägt die Zeitschrift auf und antwortet, ohne ihn dabei anzusehen:

»Ich gehe dir nicht aus dem Weg. Du hast eine Freundin. Damit ist die Sache für mich klar.«

»Aber wir haben uns ... geküsst.«

»Na und? Bist du noch mit deiner Freundin zusammen?« Mabel hält die Luft an, während sie beharrlich weiter in die Zeitschrift starrt.

»Ja.«

»Suchst du jemanden oder brauchst du etwas?«, fragt Naomi Savannah, die ihren suchenden Blick bemerkt hat.

»Ich suche Cherry. Hast du sie irgendwo gesehen?«

»Ja«, antwortet Naomi grinsend und fügt hinzu: »Und ich würde sie besser nicht stören.«

»Wie meinst du das?«

»Sie knutscht irgendwo da hinten ...«, Naomi deutet in Richtung des verwilderten Gartens, der inzwischen in absoluter Dunkelheit liegt, »... mit Kash.«

»Nicht dein Ernst?« Savannah muss kichern und sagt laut: »Kash?! Aber warum auch nicht?«

»Warum nicht mit Kash rumknutschen?« Langsam dreht Savannah den Kopf und blickt in Logans eisblaue Augen. Schon den ganzen Abend taucht er immer wieder hinter ihr auf.

»Ich hole mir etwas zu Essen. Brauchst du irgendetwas, Sav? Soll ich dir etwas zu trinken bringen?«, fragt Naomi aufmerksam, doch Savannah lehnt dankend ab.

»Was machst du eigentlich hier?«, fragt Logan, nachdem

Naomi in der Dunkelheit verschwunden ist.

»Ach, ich verbringe meine Freitagabende gerne in den Gärten von anderen Leuten.«

»Du sollst dich doch schonen und nicht auf wilden Partys abhängen.« Savannah dreht sich ihm zu und streift dabei versehentlich sein Bein.

»Dann willst du, dass ich sofort nach Hause gehe?«, fragt sie und lächelt ihn ein wenig unsicher an.

»Das will ich ganz bestimmt nicht.«

»Mabel. Bitte rede mit mir«, hört Mabel Paul sagen, während sie sich fragt, wo Annie nur so lange bleibt. Warum hat sie sie in diese Situation gebracht?

»Das tue ich doch.«

»Nein, das tust du nicht. Dafür triffst du dich lieber mit anderen Männern im Park. Lachst und isst Eis.« Mabel horcht auf. Wäre es eine Frau gewesen, dann hätte Paul das bestimmt niemals erwähnt und es wäre ihm egal gewesen.

»Ich kann machen, was und mit wem ich möchte. Ich bin dir sicher nichts schuldig. Wenn du meinst, eifersüchtig sein zu müssen, dann ist das dein Problem«, sagt Mabel direkt und blickt endlich von der Zeitschrift auf.

»Ach, ist das so?« Überrascht stellt Mabel fest, dass Paul sie traurig anblickt. Er steht abrupt auf und verlässt ohne ein weiteres Wort die Praxis. Ist er etwa sauer auf sie?

Während Logan sich ein Bier holt, entdeckt Savannah Cherry, die auf der anderen Seite des Lagerfeuers fleißig mit Kash flirtet. Savannah beobachtet, wie sie lachend den Kopf in den Nacken wirft, beim Sprechen die Augen ungewöhnlich lange geschlossen hält und sich eine Strähne hinter ihr Ohr streicht, bevor sie ihre Hand auf seinem Arm ablegt.

»Hey, Sav.« Savannah sieht zu der Gestalt neben ihr auf.

»Michael«, ruft sie erfreut aus. »Wie geht es dir? Wie ist dein neuer Job?«

»Mir geht‘s gut, Sav. Der neue Job ist super. Wobei das jeder nach ein paar Tagen sagt. Aber bisher sieht es so aus, als hätte ich die richtige Entscheidung getroffen. Und wie geht es dir?« Er begutachtet ihre Gipsschiene.

»Gut. Und das«, sie blickt hinunter zu ihrem Fuß, »hast du bestimmt schon von Logan gehört.«

»Er hat nichts erzählt. Ist er auch hier?«, fragt Michael und sieht sich im Garten um. Merkwürdig.

»Ja, ich habe ihn vorhin gesehen. Ist alles in Ordnung bei euch?«, hakt Savannah nach.

»Ein kleiner Streit. Nichts von Bedeutung«, beginnt Michael, bevor er grimmig an Savannah vorbei blickt. »Logan.«

»Michael«, hört sie Logan distanziert sagen. Kein Schulterklopfen, keine bescheuerten Insiderwitze, nur ein kurzes, distanziertes Kopfnicken.

»Also das sieht mir hier nicht aus wie ein kleiner Streit«, stellt Savannah fest und blickt zwischen den beiden hin und her.

»Du hast es ihr erzählt?«, fährt Logan Michael wütend an.

»Ich habe ihr gar nichts erzählt«, schnauzt Michael zurück und beide funkeln sich zornig an.

»Worum geht es?«, fragt Savannah ruhig.

»Halt die Schnauze, Michael«, sagt Logan nachdrücklich.

»›Never‹ ...«

»Ich habe gesagt, du sollst dich da raushalten«, schreit Logan ihn nun heftig an und geht einen bedrohlichen Schritt auf Michael zu. Savannah greift nach ihren Krücken und steht auf. Sie tritt zwischen Logan und Michael und versucht Logan zu besänftigen:

»Hey, Logan. Was verärgert dich so?« Sie tritt noch näher an Logan heran und er hört auf, Michael mit seinen Blicken zu taxieren.

»Ich möchte nicht, dass er es sagt.« Logans Unterlippe bebt bedrohlich.

»Dass ich was nicht sage? ›Never fuck the company‹? Wenn du nicht einmal das aushältst, dann solltest du es lassen.«

Wie gerne würde er direkt in Michaels grinsendes Gesicht schlagen. Doch dann spürt er eine zarte, warme Hand auf seiner Brust und sieht zu Savannah. Ihre Augen suchen seine und ihre Lippen verziehen sich zu einem Lächeln. Hat sie nicht gehört, was Michael gesagt hat? Er sieht sie verwundert an und sie nickt ihm kurz zu. Es ist ihr egal?!

*»Blitzableiter haben wir, was wird mit dem Donner?«*
*(Manfred Hinrich)*

# 25 Gegen den Strom

*»Im Ozean der Gefühle kommt es nicht selten vor, dass ein fliegender Fisch sich für einen Delphin hält.« (Martin Gerhard Reisenberg)*

»Suchst du jemanden?«, fragt Mabel Annie, die sich im Wartezimmer umsieht.

»Hast du ihn schon vergrault? Du bist schneller, als ich dachte. Komm, lass uns gehen«, sagt Annie und blickt Mabel ungeduldig an.

»Was hat der Arzt gesagt?«, fragt Mabel und tritt hinter Annie an den Rollstuhl.

»Dass es schlecht aussieht.« Es klingt, als würde Annie ihr erzählen, dass es morgen regnen soll. Soll Mabel Annie zuerst auf Paul ansprechen oder ...?

»Annie, soll ich nicht noch irgendjemandem Bescheid geben?« Annie dreht sich in ihrem Rollstuhl um und blickt Mabel verwundert an. »Irgendwelche Angehörigen?«, fragt Mabel weiter. Sie stehen vor den Türen des Aufzugs und warten darauf, dass sie sich öffnen.

»Worauf willst du hinaus, Mabel. Hör auf mit dem Eiertanz.«

»Hast du ein Kind, Annie?« Die Aufzugtüren gehen auf und vor ihnen steht Charlie. Als er sie sieht, strahlt er über das ganze Gesicht und nimmt sich den Hut vom Kopf.

»Spar dir die Mühe, Charlie, und schwing dich aus dem Aufzug. Ich habe nicht ewig Zeit«, schnauzt Annie ihn scharf an, während Mabel die Worte fehlen. Langsam schlürft Charlie aus dem Aufzug und antwortet:

»Schön dich zu sehen, Annie. Du siehst wie immer blendend aus.«

»Ich sehe alt aus, Charlie. Und du auch.« Annie wendet sich an Mabel. »Worauf wartest du noch?«

Nachdem Charlie aus dem Aufzug geschlürft ist, drückt

Mabel den Abwärtsknopf und nimmt erneut ihren ganzen Mut zusammen.

»Annie ...«, beginnt sie, doch Annie unterbricht sie.

»Lass es, Mabel. Du musst niemanden anrufen.«

»Aber warum nicht?«

»Das Kind ist bei der Geburt gestorben. Und mit deinem Onkel habe ich, wie du weißt, nie Kinder bekommen.«

»Das tut mir leid, Annie.« Mabel legt behutsam eine Hand auf Annies Schulter.

»Es ist nicht zu ändern.« Sie erreichen das Erdgeschoss und die Aufzugtür öffnet sich mit einem leisen P I N G. Als sie aus dem Gebäude treten, schlägt ihnen die heiße Mittagssonne entgegen. Mabel schiebt Annie über die unebenen Pflastersteine, als sie in der Ferne einen Mann sieht. Mabel kneift die Augen zusammen und blinzelt gegen das grelle Sonnenlicht. Der Mann winkt und kommt auf sie zu. Es ist Jordan.

»Warum taucht dieser Kerl ständig auf?«, fragt Annie Mabel, der keine Zeit bleibt zu antworten, denn schon steht Jordan strahlend vor ihnen.

»Hallo«, sagt er fröhlich.

»Hi«, sagt Mabel knapp und Annie spart sich die Mühe, ihn zu grüßen. Sie starrt abwesend in die Ferne. Woran sie wohl denkt? Mabel sieht sie mitfühlend an.

»... hättest du Lust?« Jordan strahlt sie an und Mabel starrt perplex zurück, bevor sie knapp antwortet:

»Nein.« Was auch immer er sie gefragt hat, sie hat definitiv keine Lust, Zeit mit ihm zu verbringen. Jordan sieht sie verletzt an. »Es tut mir leid, Jordan. Mach's gut.« Mabel wartet seine Antwort nicht ab, sondern schiebt Annie schnell weiter.

Logan beobachtet, wie Michael, einige Meter entfernt bei Josy und Nadja steht und von seiner neuen Stelle erzählt. Dieser Mistkerl.

»Gibst du ihm Recht?«, hört er Savannah vorsichtig fragen, die seinen Blick bemerkt hat.

»Ist das dein Ernst?«, fährt er sie harsch an und kickt wütend einen Stock in die Dunkelheit. Wieso fragt sie ihn das? Hat sie nicht bemerkt, dass er sie nur beschützen will?

»Es kann dir doch egal sein, was Michael denkt.«

»Es geht hier doch nicht um Michael, Sav. So und noch viel schlimmer werden sie alle denken.« Er mustert Savannah und fragt sich, warum sie immer so naiv sein muss.

»Ja und?« Ungerührt sieht sie ihn an.

»Ich will nicht, dass so über uns geredet wird. Es geht niemanden etwas an.«

»Lass sie doch reden.« Sagt sie das nur so? Er mustert ihr Gesicht und stellt fest, dass sie seinem Blick unverwandt standhält. Und plötzlich überkommt ihn eine Welle von Gefühlen, die er so noch nie empfunden hat. Noch nie in dieser Intensität von ihm Besitz ergriffen haben. Trotz all seiner Fehler und Macken bekennt sich jemand bedingungslos zu ihm. Scheint ihn in seiner Gänze zu akzeptieren, ohne dass er etwas dafür tun muss. Er blinzelt überrascht und fühlt sich übermächtig stark zu ihr hingezogen. Und gleichzeitig macht es ihm Angst.

Savannah findet Logan wenig später in der Gartenhütte. Er sitzt in der Ecke auf einem breiten, dunkelgrünen Sessel und hält ein Bier in der Hand. Cherry, Kash und Vincent sitzen bei ihm und unterhalten sich ausgelassen. Savannah zögert. Cherry dreht lachend den Kopf, sieht Savannah in der Tür stehen und ruft sie laut herbei. Sich aller Augen im Raum bewusst, geht Savannah auf die vier zu.

»Setz dich!«, fordert Cherry sie auf und rutscht ein Stück zu Kash.

»Da kannst du nicht sitzen, Savannah«, kommt es von Logan, der sie nicht aus den Augen lässt.

»Das geht schon«, erklärt Savannah knapp und lehnt ihre Krücken an die Wand.

»Setz dich doch zu mir«, hört sie Logan sagen und blickt erstaunt auf. Er klopft sich mit der Hand auf das Bein. »Komm schon her, Savannah«, fügt er hinzu, als Savannah nichts dergleichen tut. Logan streckt ihr die Hand entgegen. Savannah schlägt das Herz bis zum Hals, als sie nach seiner Hand greift, die ihre fest umschließt. Geschieht das gerade wirklich?

Logan starrt auf ihren lockigen Dutt und spürt ihre weiche, verschwitze Hand in seiner. Ihre spitzen Gesäßknochen bohren sich in seinen Oberschenkel und trotzdem könnte er gerade kaum glücklicher sein. Er lauscht der Musikanlage, die *Dear Mr. President* von *Pink* abspielt, und versucht, alles in seiner Erinnerung zu speichern. Ihre Wärme. Ihren Duft. Er lockert seinen Griff ein wenig, aber nur, um seine Finger mit ihren zu verschlingen. Er streichelt sanft mit seinem Daumen ihren Handrücken, während er einen letzten Schluck Bier trinkt und die Flasche dann auf den Boden stellt. Sie wendet sich zu ihm um und strahlt ihn an. Glück blitzt aus ihren unschuldigen braunen Augen und scheint ihn anzustecken. Er kann sich nicht vorstellen, dass ein Herz stärker schlagen oder sich ein Mensch jemals glücklicher fühlen könnte als er in diesem Moment. Ein Moment, in dem er die Welt um sich herum vergessen kann, die Zeit einfach stehen bleibt und er sie für immer halten kann. Egal wie sehr er es leugnet, er kann einfach nicht ohne sie.

Cherry strahlt Savannah an und blickt dann zu Kash, der verdattert Logan und Savannah mustert.

»Na endlich«, murmelt Vincent zufrieden, bevor er sich an Kash wendet: »Tu mir bitte einen Gefallen und glotz die beiden nicht so an!« Logan greift mit der anderen Hand nach Savannahs Handgelenk und mustert ihr Armband.

»Sieht schön aus«, sagt Logan leise und Savannah grinst glücklich in sich hinein. Da kommt Naomi herein und macht ein Gesicht, als könnte sie nicht glauben, was sich da gerade vor ihren Augen abspielt.

»Ich will mir nur schnell etwas zu trinken holen«, erklärt sie unnötigerweise und greift nach einer Flasche Cola. »Cherry, kann ich nachher bei dir mitfahren?« Savannah hört nicht weiter zu, sondern beobachtet, wie Logans feingliedrige Finger an ihrem Armband herumspielen. Zum Glück kann ein Mensch nicht vor Glück platzen, denn sonst hätte es Savannah spätestens jetzt in tausend Einzelteile zerrissen.

Und so sitzen sie und reden. Sie lachen und machen Witze. Lauschen der Musik und werfen sich gegenseitig vielsagende Blicke zu. Alles um sie herum verändert sich. Immer wieder kommt jemand in die Gartenhütte, die Musikanlage spielt laufend andere Musik, die Stimmung wechselt und die Zeit schreitet in großen Schritten voran. Aber eines verändert sich dabei nicht. Logan hält weiter ihre Hand und Savannah seine. Er klammert sich an das Gefühl der Glückseligkeit und weiß gleichzeitig, dass es irgendwann so weit sein wird und sie einander loslassen müssen. Um auf den nächsten Tag zu warten. Und irgendwann wird es sich anfühlen, als wäre es nie anders gewesen. Als wäre es das Selbstverständlichste, ihre Hand zu halten und an ihrer Seite zu stehen. Für jeden ersichtlich, dass sie zueinander gehören. Oder?

Verschwitzt und außer Atem betreten Annie und Mabel die kühle Wohnung.

»Gott sei Dank«, stöhnt Mabel und schiebt Annie ins Wohnzimmer. »So, jetzt ab in deinen Sessel.«

»Ich kann nicht«, sagt Annie und betrachtet ruhig ihr Bein.

»Wie, du kannst nicht?«, wiederholt Mabel und wischt sich ein paar Schweißperlen von der Stirn.

»Ich spüre das Bein nicht mehr.«

»Was?« Mist. Sonst konnte Annie ihr wenigstens noch ein bisschen helfen, aber so langsam wird es schwierig. »Wir versuchen es trotzdem«, sagt Mabel ernst und schlingt die Arme um Annies Brust. »Wie immer auf drei ...«

»Mabel, du schaffst das nicht allein.«

»Doch ich schaffe das. Eins, ...«

»Mach dir nichts vor.«

»Zwei ... und drei.« Mit allerletzter Kraft hebt Mabel Annie in den Ohrensessel.

»Wie spät ist es?«, fragt Savannah, als Cherry einen müden Blick auf ihre Uhr wirft.

»Halb drei«, antwortet Cherry und versucht ein Gähnen zu unterdrücken.

»Möchtest du nach Hause?«

»Nein, Quatsch.« Savannah sieht Cherry prüfend an, die dann doch noch hinzufügt: »Auch wenn ich jetzt nichts gegen mein Bett einzuwenden hätte.«

»Wie wäre es, wenn du Kanye und Kash mitnimmst und ich fahre Savannah heim?«, schlägt Logan vor.

»Ich weiß nicht«, überlegt Cherry. »Eigentlich habe ich versprochen, Savannah nach Hause zu bringen. Nach dieser Fahrradsache habe ich immer noch ein schlechtes Gewissen.«

»Ich verspreche dir, dass ich sie sicher nach Hause bringen werde«, versichert Logan.

»Stört es dich, wenn ich das Radio anmache?«, fragt Savannah, die die Stille im Auto wohl nicht länger ertragen kann.

»Klar«, sagt Logan knapp. Die Landstraße ist wie ausgestorben.

»Ich weiß nicht, was ich sagen soll. Irgendwie kann ich keinen klaren Gedanken fassen«, hört er Savannah leise sagen.

»Ist das gut oder schlecht?«, fragt er unsicher und sieht sie kurz von der Seite an.

»Das ist gut. Es ist sehr gut.«

Viel zu schnell erreicht er den Parkplatz vor Savannahs Haus. Er will nicht, dass der Abend jetzt schon endet.

»Komm, ich begleite dich noch zur Haustür«, sagt er, steigt aus dem Auto und öffnet Savannah die Tür.

»Danke«, sagt Savannah nur, die Logans Hand ergreift. »Was ist?« Sie steht vor ihm und schaut ihn eindringlich an. Er kann den Blick nicht von ihren Lippen abwenden. Aber was ist, wenn sie es sich vielleicht anders überlegt hat?

»Du hast fünf Sekunden, um laut Stopp zu rufen. Ansonsten werde ich dich gleich küssen. Und es wird mir egal sein, ob ich dein Chef bin oder nicht«, sagt er schnell und sieht sie abwartend an. Er hört nichts anderes mehr als seinen lauten Herzschlag, während ihn die Sehnsucht nach ihr fast um den Verstand bringt.

Mabels Handy klingelt zum wiederholten Mal, während sie den Wohnzimmertisch abräumt.

»Du hast zwei Optionen, Mabel. Entweder ich werfe dein Handy aus dem Fenster oder du gehst endlich ran«, genervt blickt Annie von ihrem Buch auf. »Ich habe diesen Absatz schon zweimal gelesen.« Mabel schaut auf das Display und stellt fest, dass Paul mehrmals versucht hat sie zu erreichen. Sie überlegt einen kurzen Moment, bevor sie ihr Handy auf stumm schaltet. Schließlich ist alles gesagt.

Logan nähert sich langsam, bis Savannah seinen Atem auf ihrem Gesicht spüren kann. Die fünf Sekunden sind schon längst vorbei. Savannah kann die Spannung zwischen ihnen nicht länger aushalten und neigt sich die letzten Millimeter nach vorne, sodass ihre Lippen sich endlich berühren. Als hätte Logan nur noch darauf gewartet, umfasst er sie, hebt sie in die Luft und presst sie gegen das Auto. Savannah schlingt die Arme um seinen Hals und der erst sanfte Kuss wird innerhalb von wenigen Sekunden immer leidenschaftlicher. Heftig treffen ihre beiden Münder aufeinander und geben ihnen kaum Zeit, um nach Luft zu schnappen. Zu lange haben sie beide auf diesen Moment gewartet. Seine Lippen sind glühend heiß, mal hart und dann mal weich und nachgiebig. Immer wieder verändert er das Tempo und die Intensität. Er öffnet leicht die Lippen und Savannah spürt seine warme und süße Zunge in ihren Mund gleiten. Alles um sie herum verschwindet. Sie spürt nur seinen Körper, der sich fest an sie presst, seine Hände, die sie in die Höhe heben und seinen Mund auf ihrem. Und es fühlt sich an, als würde jeder Zentimeter, jedes noch so kleine Molekül in ihrem Körper in Flammen stehen. Langsam und behutsam lässt Logan sie am Auto heruntergleiten. Sie küssen sich nun zärtlicher und weniger stürmisch, während ihr gesunder Fuß den Boden berührt. Noch immer presst er seinen Körper fest gegen ihren. Oder ist sie es, die sich an ihn presst? Savannah weiß nicht mehr, wo oben und unten ist. Logan legt eine Hand an ihren Nacken und zieht sie noch fester an sich heran. Ein leises und fernes Stöhnen dringt aus Logans Kehle, der sofort ihren Nacken loslässt, als hätte er sich verbrannt. Er gibt ihr noch einen weichen Kuss, bevor er zurücktritt, um sie anzusehen. Sein Blick ist verhangen und Savannah sieht eine Mischung aus Verlangen und Angst in seinen Augen. Doch bevor sie weiter darüber nachdenken kann, zieht Logan sie erneut an sich und küsst sie noch leidenschaftlicher als zuvor.

Völlig außer Atem lösen sie sich voneinander.

»Komm, ich begleite dich.« Wie benommen folgt Savannah Logan über die Straße. »Ist alles ok?«, fragt er sie unsicher.

»Ja«, krächzt Savannah mit belegter Stimme und muss über sich selbst lachen, was Logan zu verunsichern scheint, weshalb sie noch sagt: »Ich weiß nicht so richtig, was ich sagen soll.«

»Sag einfach, was du denkst.« Wieder flackert so etwas wie Angst in seinem Blick auf und sie möchte jetzt unbedingt das Richtige sagen.

»Ich ... willst du noch mit nach oben kommen?«

»Das würde ich gerne, aber ich kann nicht.« Mit roten Wangen sieht Savannah zu Boden und murmelt:

»Kein Problem. Dann ...« Wie soll sie sich verabschieden? Oh Gott, ist das peinlich.

»Ich würde mich freuen, wenn du mich das nochmal fragst. Nur nicht heute.« Savannah blickt auf und ihr Herz klopft schneller.

»Warum nicht heute?«

»Wegen deines Beins«, flüstert Logan und Erleichterung durchflutet sie.

»Was ist mit meinem Bein?«, fragt Savannah durcheinander. Logan neigt sich zu ihr und flüstert ihr ins Ohr:

»Wenn ich mit dir nach oben gehe, dann werde ich Dinge mit dir tun, die ich schon ziemlich lange tun möchte. Und dann will ich mich ganz auf dich konzentrieren und mir keine Sorgen um dein Bein machen müssen.« Eine prickelnde Gänsehaut kriecht ihr den Rücken hinunter. »Ich werde Dinge mit dir tun, die deine Vorstellungen weit übertreffen. Ich will es in vollen Zügen genießen. Von mir aus auch tagelang.« Savannah schluckt hörbar und ihr Puls rast.

»Und wenn ich nicht mehr warten kann?«, wispert sie zurück und er küsst sie zur Antwort hart und leidenschaftlich.

»Glaub mir ich WILL mit dir da hoch gehen ...«

»Küss mich!«, fordert Savannah ihn auf und schlingt ihre Arme erneut um seinen Nacken, während sie die Krücken einfach zu Boden fallen lässt. Diesmal ist sie diejenige, die ihren Körper an seinen schmiegt, die ihn so feurig küsst, dass er meint, ersticken zu müssen. Sie wechselt zwischen sanften, herausfordernden und innigen Küssen. Sie lockt ihn und er gibt ihr immer wieder nach. Seine Hände wandern an ihrem Rücken zu ihrem Po herunter, bis sie nach vorne zu ihrer Hüfte gleiten und sie sanft wegdrücken.

»Du musst aufhören, Sav«, keucht er benommen. »Sonst kann ich nicht mehr aufhören. Hör auf mich so anzusehen.« Mit geschwollen Lippen und verhangenen Lidern grinst sie ihn an, bevor sie die Arme aus seinem Nacken nimmt.

»Logan?"

»Ja?«

»Lass das Denken und komm mit mir mit.« Savannah streckt ihm ihre Hand entgegen und Logan greift danach.

***»Sehnsucht nach deinem Blick,***
***der in meinem Innersten lesen kann.***
***Sehnsucht nach deiner Hand,***
***die mein Leben sanft und sicher führen will.***
***Sehnsucht nach deiner Seele,***

*die die meine behutsam umfängt.*
*Sehnsucht nach deinem Herz,*
*das meines liebevoll in sich trägt.*
*Sehnsucht ...*
*nach dir und deiner Liebe!«*
*(Ute Brenner)*

»Charlie«, sagt Mabel erleichtert. »Sie haben sich wieder in der Tür geirrt.« Sie betrachtet den alten Mann, der seinen Hut langsam abnimmt.

»Ich bitte um Entschuldigung«, antwortet Charlie mit zittriger Stimme.

»Kein Problem«, antwortet Mabel freundlich.

»Ich weiß auch nicht, warum mir das ständig passiert«, murmelt Charlie mehr zu sich selbst als zu Mabel, bevor er ihr kurz freundlich zunickt, seinen Hut wieder aufsetzt und den langen Flur zurückgeht. Dabei scheint ihm jeder Schritt schwer zu fallen.

# 26 Du hast mich

*»Sag mir, wie oft kann ein Herz brechen, bevor die Seele daran zerbricht?« (Anni Wieser)*

Savannah sitzt zusammengekauert auf dem Ohrensessel in Mr. Petersons Büro. Ihre Sandalen stehen vor ihr auf dem Boden und mit den Armen umschlingt sie ihre angewinkelten Beine. Aufgelöst wiegt sie sich vor und zurück, während Mr. Peterson sie besorgt mustert. Sie scheint mit ihren Gedanken ganz weit weg zu sein. Weit weg von dem Raum, der für sie sonst Sicherheit, Halt und Beständigkeit bedeutet und der ihr jetzt nichts mehr von all dem zu geben vermag.

»Möchtest du darüber reden?«, fragt Mr. Peterson einfühlsam und beobachtet die in sich gekehrte Savannah. Ohne Unterbrechung bahnen sich stumme Tränen ihren Weg an Savannahs Wange hinab, um dann unbeachtet an ihrem Kinn herabzutropfen. Die Augen sind von den unzähligen Tränen und schlaflosen Nächten stark geschwollen und rot umrandet. Im Auge selbst sind ein paar Adern geplatzt und färben die sonst weiße Bindehaut blutrot. Savannahs Lippen zittern und ihr ganzer Körper ist unnatürlich verkrampft. Jede Faser, jeder Muskel, alles an ihr ist angespannt. Eine Hand hält verkrampft ein Taschentuch, an das sie sich zu klammern scheint wie eine Ertrinkende an einen Rettungsring. Ihr dunkelblaues T-Shirt ist dreckig und die schwarzen Leggings lassen sie noch blasser als sonst aussehen. Die unkontrollierbaren Tränen bahnen sich weiter ihren Weg und Savannah gibt ein leises Schluchzen von sich.

»Savannah, was ist passiert?«, versucht er es erneut.

»Es ist vorbei.« Savannahs Stimme klingt belegt und ist so leise, dass Mr. Peterson sich konzentrieren muss, um sie zu verstehen. »Er will mich nicht.«

»Bitte erzähl mir die ganze Geschichte.«

»Vor sechs Wochen hat eine Kollegin eine Abschiedsfeier veranstaltet. Logan und ich sind uns mehrmals über den Weg gelaufen und ich habe den ganzen Abend das Gefühl gehabt, dass irgendetwas anders ist als sonst. Dann hat er irgendwann gesagt, dass ich mich zu ihm setzen soll, hat meine Hand gehalten und sie nicht wieder losgelassen. Nach der Feier hat er mich nach Hause gefahren und wir haben uns... geküsst.« Savannahs Stimme zittert bedenklich. »Er hat mich nach oben in meine Wohnung begleitet und ist... bis zum nächsten Tag geblieben.« Savannahs Stimme bricht und sie kauert sich noch mehr in dem Sessel zusammen. Als hätte sie Angst, es könnte sie zerreißen, würde sie nicht mit all ihrer Kraft versuchen ihren Körper zusammenzuhalten.

»Mabel«, krächzt Annie aus dem Wohnzimmer und Mabel rennt aus der Küche zu ihr.

»Alles in Ordnung?«, fragt Mabel nervös und Annie grinst ihr entgegen.

»Ich dachte, dass ich dich einmal für den Ernstfall teste. Aber wenn du jetzt schon da bist ... eine Tasse Tee wäre nicht schlecht.«

»Du Biest«, antwortet Mabel und atmet tief durch, um ihren Herzschlag wieder zu beruhigen. »Kamille?«

»Pfefferminze.« Mabel geht in die Küche zurück und schaltet den Wasserkocher an. Besorgt blickt sie auf den Wandkalender. Noch drei Wochen. Dann ist Annies letzter Sommer vorbei.

»Ma-«, hört sie Annie nochmal rufen, bevor es im Wohnzimmer merkwürdig still wird. Mabels Puls schießt wieder in die Höhe und sie läuft, so schnell sie kann, zu Annie ins Wohnzimmer.

»Was ist dann passiert, Savannah?«

»In den darauffolgenden Wochen hat Logan viele Geschäftstermine gehabt. Unter anderem ist er für eine Woche geschäftlich nach Kroatien gereist. Als er von der Geschäftsreise zurückgekommen ist, habe ich das Gefühl gehabt, dass er sich mir gegenüber distanziert hat.«

»Hast du ihn darauf angesprochen?«

Savannah nickt, bevor sie noch hinzufügt:

»Ja, aber er hat gesagt, dass nichts ist, und ich habe ihm geglaubt, weil ich es unbedingt glauben wollte.«

»Wieso denkst du, dass er dich nicht will und es vorbei ist, Savannah? Wie ist es dazu gekommen?«

»Ich habe etwas Blödes gemacht, Mr. Peterson«, schnieft Savannah verzweifelt. »Er hat mir schon vor einer Weile gesagt, dass er immer zehn Schritte auf mich zugeht und ich immer einen zurück. Deswegen habe ich ihm unbedingt zeigen wollen, dass meine Gefühle aufrichtig sind. Also habe ich ihm ein Album gebastelt«, Savannah bricht ab und ihr ganzer Körper zittert noch stärker.

»Was ist das für ein Album?«

»Ein Fotoalbum. Ich habe alle möglichen Fotos herausgesucht und sie hineingeklebt.«

»Das ist doch eine schöne Geste von dir gewesen.«

»Ich habe auch etwas hineingeschrieben«, wispert Savannah und schlingt die Arme noch ein wenig fester um ihre Beine. »Einhundertundeinen Grund, warum ich mich genau in ihn verliebt habe, warum ausgerechnet er mir so viel bedeutet und all das, was ich an ihm liebe. Seine Schwächen und seine Stärken. Einfach alles. Ich habe ihm jeden noch so kleinen Gedanken verraten und daraufhin hat er mir gesagt, dass es endgültig vorbei ist.«

Mr. Peterson hört gespannt zu. Er hätte nicht gedacht, dass Savannah schon bereit ist, jemanden an ihren Gefühlen teilhaben zu lassen. Die Art und Weise, wie sie ihre Gefühle ausdrückt, spielt für Mr. Peterson keine Rolle, denn es hat viel mehr Bedeutung, dass sie es überhaupt getan hat. Sie hat sich geöffnet und sich verletzbar gemacht. Aber um welchen Preis?

»ANNIE!«, ruft Mabel verzweifelt und schüttelt Annie, die kaum die Augen öffnen kann.

»Ma.. ich bekomme ... kaum noch ... Luft«, keucht Annie zurück.

»Was ist nur passiert?«, ruft Mabel verzweifelt und wählt die

Nummer des Notarztes. Panik erfasst sie. Was ist, wenn die Ärzte ihr nicht mehr helfen können? Was ist, wenn sie den Termin nicht mehr einhalten können? Was ist mit Annies letztem Wunsch? Was ist, wenn Annie jetzt stirbt?

»Hallo? Hallo?«, hört Mabel am anderen Ende der Leitung.

»Ich habe ihm das Album zu seinem Geburtstag geschenkt. Obwohl er mir davor bereits gesagt hat, dass ich ihm nichts schenken soll und dass er kein Geschenk möchte. All seine Signale sind klar gewesen und ich habe sie ignoriert.«

»Was ist passiert, nachdem du ihm das Album gegeben hast?«

»Er hat mir noch am selben Abend eine Textnachricht geschrieben, um sich für das Geschenk zu bedanken und ... um ... mir zu sagen, dass gerade ein schlechter Zeitpunkt für uns beide ist.«

»Wieso ein schlechter Zeitpunkt? Weißt du, was er damit meint?« Mr. Peterson wartet geduldig, bis Savannah wieder sprechen kann.

»Wir haben im Büro seit Längerem Probleme«, antwortet sie heiser. »Logan hat mir erzählt, dass sie ihn zur Geschäftsleitung zitiert haben, weil es eine erneute, schwerwiegende Beschwerde gegen ihn gegeben hat. An dem Tag bin ich nicht im Büro gewesen, weil mir die Fäden gezogen worden sind. Logan hat dann irgendein Arbeitszeugnis nachreichen müssen und das ist wohl schlechter gewesen als sein ursprüngliches.«

»Ich verstehe noch immer nicht, wie er das mit dem schlechten Zeitpunkt gemeint hat«, bemerkt Mr. Peterson und zieht die Stirn kraus.

»Nachdem ich seine Nachricht gelesen habe, habe ich ihn angerufen. Ich habe gehofft, dass man vielleicht eine gemeinsame Lösung finden kann, für welches Problem auch immer. Nachdem ich jahrelang auf ihn gewartet habe, hätte ich auch noch länger warten können«, Savannahs Stimme überschlägt sich fast, als sie weitererzählt: »Er hat mir erklärt, dass er aktuell keinem im Büro mehr vertrauen kann. Auch mir nicht. Deswegen möchte er unseren Kontakt auf die Arbeit beschränken. Er hat gesagt, dass er es bedauert, ich aber sicher verstehe, dass er gerade keine andere Möglichkeit hat und es für ihn vorbei ist. Eine Kleinigkeit ohne Konsequenzen und alles ist aus und vorbei.«

Blaulicht. Schnelle und laute Schritte poltern durch das Treppenhaus. Die Haustür steht weit offen, als der Notarzt und zwei Rettungsassistenten hereinstürmen und zu Annie ins Wohnzimmer rennen. Gemeinsam heben sie Annie aus dem geblümten Ohrensessel und legen sie auf die Trage. Der Arzt beginnt sie zu untersuchen und Annie bekommt eine Atemmaske.

»Was ist mit ihr?«, fragt Mabel benommen.

»Es sieht nicht gut aus. Wir hoffen, dass sie es noch bis ins Krankenhaus schafft. Aber ich kann Ihnen keine großen Hoffnungen machen.«

»Aber sie hat doch in drei Wochen einen Termin«, sagt Mabel völlig aufgelöst.

»Den Termin wird sie nicht einhalten können und der ist gerade sicher ihr kleinstes Problem«, sagt der Notarzt schroff und wendet sich mit weiteren Anweisungen an die beiden Rettungsassistenten.

Mabel geht zu Annie, die die Augen geschlossen hat. Sie greift nach ihrer Hand und Tränen treten in Mabels Augen. Ist das also nun der Abschied? Annie öffnet die Augen und Mabel hört sie etwas gurgeln.

»Sie möchte etwas sagen«, richtet sich Mabel hektisch an den Notarzt. Sie möchte kein Wort von Annie verpassen. Ein Rettungsassistent nimmt Annie die Atemmaske vom Mund und Mabel muss sich konzentrieren, um die leisen Worte zu verstehen:

»Du ... hast ... mich ... gepflegt. Mit all deiner ... Kraft. Du hast ... alles gegeben. Du musst mich ... jetzt gehen lassen.«

»Ich kann nicht«, antwortet Mabel schluchzend.

»Du ... musst.«

»Was hast du Logan geantwortet?«, hakt Mr. Peterson nach.

»Ich habe gesagt, dass ich es nicht gewesen bin und nicht verstehe, warum er mich für etwas bestraft, was irgendjemand anderes getan hat. Daraufhin hat er mich gebeten, sein Nein zu akzeptieren und hat aufgelegt. Er hat einfach aufgelegt.« Sie blickt Mr. Peterson aus ihren blutunterlaufenen Augen verzweifelt an und sagt hilflos:

»Noch nie in meinem Leben habe ich mich so gefühlt. Es ist, als würde ich gerade noch so viel Luft bekommen, dass ich nicht ersticke. Es fühlt sich an, als wäre ich innerlich in unzählige Stücke zerfallen. Ich habe das Gefühl, es nicht mehr in meiner eigenen Haut aushalten zu können«, presst Savannah hervor. »Ich frage mich ununterbrochen, warum er mich nicht will? Was ich falsch gemacht habe? Spiele im Kopf durch, warum ich ihm nicht genüge. Warum er mich nicht wenigstens ein bisschen lieben kann? Warum? Warum hat er mir das angetan? Und wissen Sie, was das Schlimmste ist?«, Savannah erschauert. »Er schreibt mir nicht mehr. Er ist höflich und sagt auf der Arbeit das Nötigste zu mir, aber es ist, als wäre ich irgendeine Kollegin. Genauso egal wie alle anderen. Als wäre zwischen uns nie etwas gewesen. Als hätte ich mir alles nur eingebildet«, platzt es aus Savannah heraus, zusammen mit einer neuen Flut an Tränen. »Ich habe alles verloren. Ich habe ihn für immer verloren. Als Menschen, als Kollegen, als Freund ... und es gibt kein Zurück mehr. Er hat mich aus seinem Leben gestrichen. Als wäre ich nie da gewesen. Und mir bleibt nichts anderes übrig, als das auszuhalten.«

»Was ist denn hier los?« Charlie steht in der offenen Haustür. Seine Haare stehen zur Seite und er trägt ausnahmsweise keinen Hut. Als hätte er die Sirenen gehört und wäre direkt losgelaufen. Die Rettungsassistenten heben die Trage hoch und Mabel geht ihnen voran direkt auf Charlie zu.

»Entschuldigung, Charlie, aber Annie muss ins Krankenhaus.«

»Wieso?«

»Sie ist sehr krank«, sagt Mabel knapp und Charlie tritt nicht aus dem Weg. »Bitte gehen Sie zur Seite.«

»Das kann ich nicht, Mabel«, sagt Charlie fest entschlossen und Mabel starrt ihn verwirrt an.

»Wie bitte? Annie liegt im Sterben, sie muss in ein Krankenhaus.«

»Ich habe ihr mein Wort gegeben und dieses Mal werde ich es nicht brechen.«

»Charlie, bitte gehen Sie aus dem Weg.«

»Nein«, antwortet Charlie eisern und hält ihrem Blick stand. Hat er den Verstand verloren?

»Charlie, Sie müssen beiseite gehen. Bitte seien Sie doch vernünftig«, versucht Mabel ihn zur Besinnung zu bringen.

»Ihre Tante möchte noch etwas sagen«, sagt einer der Rettungsassistenten und Charlie geht, so schnell er kann, zu Annie und hebt ihre Beatmungsmaske an. Er hält sein Ohr so dicht an ihren Mund, wie es sein Alter noch zulässt. Mabel sieht, wie er lächelnd die Augen schließt, während er Annies leisen Worten lauscht und eine Träne über seine Wange rollt, bevor er ihr die Maske zärtlich wieder aufsetzt und sich ihnen nicht wieder in den Weg stellt. Schnell geht Mabel voran durch das Treppenhaus. Annie wird in den Krankenwagen verladen und Mabel steigt zu ihr ein. Auf der Fahrt hält sie Annies Hand und klammert sich an die Wärme, die noch von ihr ausgeht.

*»1000 Scherben*
*Wenn eine Glasscheibe zerbricht*
*Dann hört man das*
*Wenn ein Tonkrug zerbricht*
*Dann hört man das*
*Wenn ein Herz bricht*
*Dann hört man nichts*
*Aber der Schmerz ist so laut*
*als würden alle Glasscheiben und Tonkrüge dieser Welt brechen«*
*(Peter Gröger)*

# 27 Letzte Worte

*»Alles hat seine Zeit: Winter und Sommer, Herbst und Frühling, Jugend und Alter, Wirken und Ruhe.« (Johann Gottfried von Herder)*

Logan,
jemand hat mich gefragt, was ich dir in zehn Jahren gerne sagen würde. Zehn Jahre sind eine lange Zeit und dennoch wird es immer noch Tage geben, an denen ich an dich denke. An dich als Freund, langjährigen Kollegen und Wegbegleiter, an dich als eine große Liebe. Eine unerfüllte Liebe.

Die erste Zeit, nachdem du mir gesagt hast, dass aus uns nichts werden kann, bin ich vor allem sehr wütend gewesen. Eine Wut, die ich gebraucht habe, um die erste Zeit zu überstehen. Eine unfaire Wut, die mich hat wünschen lassen, dass du eines Tages zurückblickst und bereust, dass du dich gegen mich entschieden hast und mich für nicht gut genug befunden hast. Du hast mir das Gefühl gegeben, deiner nicht würdig zu sein. Nicht hübsch genug, nicht klug genug, nicht Frau genug. In Wirklichkeit ist es deine Weltanschauung gewesen, gegen die ich nicht ankommen konnte.

Dann ist die Wut verraucht und geblieben ist Bedauern. Bedauern darüber, dass ich dich als Freund für immer verloren habe und wir keinen Kontakt aufbauen können, aus dem vielleicht eines Tages wieder eine Freundschaft werden kann. Ich frage mich, was gewesen wäre, wenn ich dir nie gesagt hätte, dass ich Gefühle für dich habe. Jetzt, nachdem ich den Preis für mein Liebesgeständnis kenne, würde ich es nicht wieder machen. Irgendwie habe ich nicht sehen wollen, dass es immer etwas zu verlieren, wo es auch etwas zu gewinnen gibt. Dass unser Verhältnis so ist, wie es heute ist, daran bin ich mitschuldig und das tut mir leid.

Gleichzeitig habe ich aufgehört, Menschen in meinem Leben zu halten, die kein Teil davon sein wollen. Ich habe aufgehört, den Menschen, die sich von mir abwenden, nachzulaufen, wie ich es noch bei dir getan habe.

Der zehn Jahre jüngere Teil in mir denkt vermutlich ab und zu immer noch an dich und die vergangene Zeit. Aber ich habe mich bewusst dazu entschieden, ein Leben ohne dich zu führen. Denn trotz der Jahre, die vergangen sind, kann ich den Schmerz noch immer fühlen, den du in mir hinterlassen hast. Dieser Schmerz hat dazu geführt, dass ich mich verändert habe. Und ich glaube an keine zweite Chance. Nicht für jemanden, der so eine Gewalt über mich hat, zu dem ich in einer toxischen Abhängigkeit stand und der sein Wort nicht halten kann.

Zu fest sitzt die Erinnerung. Zu schwer hat mich deine Entscheidung getroffen, auch wenn dir das vielleicht nie wirklich bewusst gewesen ist.

Sieben Tage und Nächte habe ich gedacht, dass mich deine Zurückweisung innerlich zerreißen wird. Ich habe mich jeden Tag ins Büro geschleppt, habe weitergemacht, habe nach vorne gesehen und mich immer gefragt: warum? Und ich stelle fest, dass ich ein Feigling gewesen bin. Feige, weil ich mich vor meinen eigenen Gefühlen gefürchtet habe. Feige, weil ich mich nicht zu einhundert Prozent habe fallen lassen. Als wäre ich nur mit einem Bein von der Klippe gesprungen und das ist das Einzige, was ich heute bereue. Ich habe nach deinem Nein aufgegeben. Und daher fehlt mir eine Antwort.

Deswegen stehe ich immer wieder an der gleichen Stelle wie im September vor zehn Jahren und frage mich: warum?

Warum hast du deine Meinung wirklich geändert? Was ist damals in dir vorgegangen? Warum hast du nicht offen mit mir geredet? Was ist passiert? Warum?

Und ich wünschte mir, dass ich dich nicht so einfach hätte gehen lassen, damit du mir das noch hättest erklären können. Ein letztes klärendes Gespräch. Damit du nicht ein ungeschriebener Teil meiner Lebensgeschichte wirst, der mich verfolgt.

Doch jetzt nach zehn Jahren habe ich für mich eine Antwort auf diese Fragen gefunden.

Du hast mich, Logan Adams, einfach nicht gewollt und damit kann ich leben.

Savannah faltet den Brief und legt ihn ganz unten in eine ihrer Schubladen, zu dem Armband mit dem Fisch und dem dunkelblauen Pullover. Dinge, die sie nicht wegwerfen, aber auch nicht wieder tragen kann.

Logan starrt auf das schwarze Fotoalbum, das Savannah ihm vor ein paar Wochen geschenkt hat. Er hat es seit seinem Geburtstag nicht mehr geöffnet. Wo soll er es hintun? Er möchte nicht, dass seine Freunde es irgendwann einmal zufällig entdecken und es durchlesen. Dafür ist es viel zu ... intim. Es klingelt an der Haustür und Logan zuckt erschrocken zusammen. Schnell geht er in die Küche, öffnet einen der Schränke und stopft das Buch in den Mülleimer. ›Es ist besser so‹, denkt er erleichtert, denn so wird es niemals jemand zu Gesicht bekommen. Es ist besser, einen klaren Schlussstrich zu ziehen. Logan schließt den Schrank und eilt an die Tür.

»Hallo, Jen«, begrüßt er sie lächelnd und küsst sie flüchtig auf die Lippen. Mit Jennifer fühlt es sich leichter an. Sie passt besser zu ihm. Seine Freunde haben Recht gehabt.

Mabel legt die Nachthemden von Annie zusammen, legt sie in einen Karton und weint. Da klingelt ihr Handy und eine unbekannte Nummer erscheint auf dem Display.

»Ja?«, fragt sie schniefend.

»Hallo, ich bin es, Savannah.« Mabel überlegt und schaut dabei aus dem Fenster. Die Blätter haben sich verfärbt und fallen von den Bäumen. Langsam erinnert Mabel sich an die Frau aus dem Krankenhaus.

»Hallo, Savannah. Schön, dass du dich meldest«, sagt Mabel aufrichtig und streicht sich eine Träne von der Wange.

»Ist alles in Ordnung bei dir?«, hört sie Savannah vorsichtig fragen.

»Nein«, schluchzt Mabel in den Hörer und lässt das Nachthemd in den Karton fallen.

*»Alles, was einen Anfang hat, hat auch ein Ende, und meistens hat das, was ein Ende hat, auch eine Fortsetzung.« (Peshewa)*

Fortsetzung folgt

**Danksagung**

Zuerst möchte ich mich bei dem Team von JaKe bedanken. Hier gilt mein besonderer Dank Katrin Jandl und Peter Kellert, die mir nicht nur mit ihrer Erfahrung und ihrem Wissen beiseite standen, sondern auch insbesondere für den Umschlag, das Layout und den Druck verantwortlich sind.

Mein Lektor Mark Lustig hat sich intensiv mit der Geschichte auseinandergesetzt und mich bestärkt. Ich danke dir für deine ausgezeichnete Arbeit.
Des Weiteren gilt mein Dank auch meinem Coverfotografen Florian Kenntner, der das Auge für den richtigen Moment gehabt hat und mich bei jeder neuen Idee unterstützt hat. Vollendet wurde das Cover von Katrin Jandl, die unendlich viel Zeit und Mühe investiert hat, damit ich ein Buchcover bekomme, wie ich es mir wünsche. Ich danke dir so sehr für deine Geduld und deine tollen Ideen.

Nachdem die Erstfassung vollendet war, haben sich viele die Zeit genommen, diese zu lesen, um mir ein Feedback zu geben u.a. Peter Kellert. Du hast mir viele gute Hinweise und Anregungen gegeben und ich bin dir unendlich dankbar, weil ich mich immer auf dich verlassen kann. Und nicht zu vergessen: meine beiden Freunde Marion Aupperle und Jens Schmauder. Marion, du hast mir von der ersten Sekunde an beiseite gestanden und mich inspiriert. Jens, du hast für mich jedes Kapitel interpretiert. Hast dich jeder Perspektive angenommen und mit mir über die Charaktere diskutiert.

Ich danke auch meiner Familie, die mir stets den Rücken freigehalten und mich auf diesem langen Weg täglich begleitet hat.

Ohne euch alle wäre dieses Buch heute nicht das, was es geworden ist.